Nicola Förg
Rabenschwarze Beute

PIPER

Zu diesem Buch

Silvester in Murnau: Ein Waffennarr ballert mit einer Schreckschusspistole in die Nacht hinaus. Wegen der lauten Böllerei fällt zunächst nicht auf, dass da wirklich einer erschossen wurde. Das Opfer, Markus Göldner, ist ein arrivierter Architekt, der aber vor allem durch sein aggressives Engagement im Vogelschutz auffiel: Er wetterte gegen Sommerfeuerwerke, gegen Böllerschützentreffen und Windkraftanlagen. Da er sich damit viele Feinde gemacht hat, kommen Irmi Mangold und Kathi Reindl mit ihren Ermittlungen kaum voran. Erst als die vierjährige Tochter der bekannten Modebloggerin La Jolina verschwindet erscheint der Mord an Göldner in einem neuen Licht.

Nicola Förg, Bestsellerautorin und Journalistin, hat mittlerweile 23 Kriminalromane verfasst, an zahlreichen Krimi-Anthologien mitgewirkt, einen Island- sowie einen Weihnachtsroman vorgelegt. »Hintertristerweiher«, ihr von der Presse vielfach gelobter Roman, ist »eine feinsinnige Familiengeschichte, die über Generationen hinweg reicht und einen spannenden Bogen schlägt von den Wirren des Zweiten Weltkriegs bis zu den Wirrungen in der Jetztzeit.« (Münchner Merkur). Die gebürtige Oberallgäuerin, die in München Germanistik und Geografie studiert hat, lebt heute mit Familie sowie Ponys, Katzen und anderem Getier auf einem Hof in Prem am Lech – mit Tieren, Wald und Landwirtschaft kennt sie sich aus. In ihren Büchern thematisiert sie immer wieder brisante Themen rund um Tier- und Umweltschutz, für dieses Engagement wurde sie mit mehreren Preisen ausgezeichnet.

Nicola Förg

Rabenschwarze Beute

Ein Alpen-Krimi

PIPER

Mehr über unsere Autorinnen, Autoren und Bücher:
www.piper.de

Wenn Ihnen dieser Krimi gefallen hat, schreiben Sie uns unter Nennung des Titels »Rabenschwarze Beute« an *empfehlungen@piper.de*, und wir empfehlen Ihnen gerne vergleichbare Bücher.

Von Nicola Förg liegen im Piper Verlag vor:
Alpen-Krimis
Band 1: Tod auf der Piste
Band 2: Mord im Bergwald
Band 3: Hüttengaudi
Band 4: Mordsviecher
Band 5: Platzhirsch
Band 6: Scheunenfest
Band 7: Das stille Gift
Band 8: Scharfe Hunde
Band 9: Rabenschwarze Beute
Band 10: Wütende Wölfe
Band 11: Flüsternde Wälder
Band 12: Böse Häuser
Band 13: Hohe Wogen
Band 14: Dunkle Schluchten

Glück ist nichts für Feiglinge
Das Winterwunder von Dublin
Hintertristerweiher

Unser Versprechen für mehr Nachhaltigkeit
• Klimaneutrales Produkt
• FSC®-zertifiziertes Papier
• Hergestellt in Europa

FSC www.fsc.org
MIX
Papier | Fördert gute Waldnutzung
FSC® C083411

Ungekürzte Taschenbuchausgabe
ISBN 978-3-492-23427-6
1. Auflage April 2019
4. Auflage Mai 2023

erschienen im Verlagsprogramm Pendo
Redaktion: Annika Krummacher
Umschlaggestaltung: U1 berlin/Patrizia Di Stefano
Umschlagabbildung: iascic/shutterstock (Hütte);
Nigel Johnson/Getty Images (Vogel)
Satz: Satz für Satz, Wangen im Allgäu
Gesetzt aus der Adobe Caslon
Druck und Bindung: CPI books GmbH, Leck
Printed in the EU

Langsam kommt die Nacht und deckt mich zu.
Allein mit meiner Angst und meiner Hilflosigkeit,
Ich schwitze, und ich friere, und Verzweiflung
krallt sich stärker in mir fest.
Morgengrau'n, ich bin schon wach,
endlich ist die Nacht vorbei,
Kein Wunder ist geschehen,
und die gleichen Fragen brennen
immer noch.

Klaus-Peter Schweizer (1981),
aus dem Album: »… und schon lange nicht mehr schrei'n«

*Für Toni Freudig (†) und all jene, die aufstehen
für ihre Überzeugungen – auch wenn der Gegenwind
in Sturmstärke bläst!*

1

Rums! Die Kristallgläser erzitterten. Rums! Das Geschirr erbebte. Es war das gute Service, das von der Oma väterlicherseits stammte, noch handbemalt und nicht spülmaschinenfest. Weswegen es eben nur an Weihnachten oder Silvester oder bei anderen besonderen Anlässen zum Einsatz kam. Es war ihr schon als Kind eingetrichtert worden, dass man keinesfalls ein Stück zerbrechen durfte, weil sonst das komplette Service wertlos würde. Was es de facto ohnehin schon war, denn wer wollte heute noch so was haben? Rums!

Es war halb zwölf, das neue Jahr stand in den Startlöchern, und Beate war vorsichtig positiv gestimmt. Sie hatte Markus vor einem halben Jahr übers Internet kennengelernt, und er schien im Gegensatz zu den Flitzpiepen, Dumpfbacken, Angeberärschen und Altmachos, die sie auf ihrem Weg durch die Datingportale getroffen hatte, nahezu mackenlos zu sein. Und Beate wollte einfach mal ans Glück glauben.

Markus hatte die Gabel weggelegt und sah sie fragend an.

»Ist er das?«

»Ja, genau, das ist dieser Volltrottel Rieser! Er ballert jedes Jahr schon ab halb zwölf und hört auch nach eins nicht auf.«

Markus hatte die Stirn gerunzelt und stand auf. Öffnete

die Balkontür und trat hinaus. Es war nicht übermäßig kalt, die Temperatur bewegte sich um den Gefrierpunkt, der Himmel war bedeckt und schien keine Lust zu haben, mit frenetischem Sternengefunkel ein neues Jahr zu feiern. Markus sah hinüber. Da stand allen Ernstes ein Mann am geöffneten Fenster. Er trug einen Tarnanzug und hatte einen Gehörschutz über seine Mütze gestülpt, die die Ludolfs sicher auch aufgesetzt hätten. Es war kaum zu glauben, aber er hielt eine Schreckschusspistole in der Hand, die er markig hinausreckte und dann abfeuerte. Mechanisch zog er die Hand zurück und lud nach. Und setzte den Bewegungsablauf fort wie ein Roboter, völlig fokussiert, ohne Regung im Gesicht. Rums.

Beate war hinterhergekommen.

»Der hat sie nicht alle. Lass Rudolf Rieser mal Rieser sein. Ich will mich nicht schon wieder über den aufregen. Nicht heute! Komm wieder rein, es gibt noch Mousse.«

Markus schüttelte ungläubig den Kopf. »Was für ein Wahnsinn! Und das macht der jedes Jahr?«

»Ja, leider. Zumindest seit ich hier wohne.«

Beate verbrachte schon ihr viertes Silvester hier. Es war keine Traumwohnung, in der sie lebte, aber nach der Scheidung hatte sie auf der Straße gestanden. Oder anders formuliert: Ihr Ex hatte die besseren Anwälte gehabt, keine Skrupel davor, die Türschlösser auszutauschen, ihre Klamotten in den Garten zu kippen – und er hatte sie bluten, ja ausbluten lassen. Emotional und finanziell. Von der Vierhundert-Quadratmeter-Villa in Hagen war sie ins Wohnviertel Längenfeldleite umgezogen. Kein Aufstieg, aber sie war zufrieden. Die Praxis nahm sie sehr in Anspruch, und sie kam gar nicht dazu, sich eine andere Wohnung zu suchen, sie war eh kaum daheim.

»Was für ein Irrsinn«, wetterte Markus. »Und der Idiot schießt doch absichtlich in unsere Richtung. Der könnte ja auch vorne raus von seinem Balkon schießen. Der will mich einfach provozieren!«

»Mich auch«, sagte Beate.

»Dieser ganze Silvesterwahnsinn! Da ballern einzelne ein paar Hundert Euro in die Luft. Ja, wo sind wir denn? Wir müssen doch keine Götter mehr besänftigen! Keine Brandopfer bringen! Egomanisches Pack, keiner denkt an seine Mitmenschen, an Kinder oder an die Tiere.«

»Na ja, manche denken schon an ihre Haustiere. Wer schlau ist, sperrt seine Katze oder seinen Hund in ein dunkles Zimmer und lässt die Jalousien herunter. Aber selbst wenn man sie schützt, haben manche Tiere panische Angst. Wir hatten einen Jagdhund, der eigentlich hätte schussfest sein müssen. Der war an Silvester völlig durch den Wind«, sagte Beate.

Wotan war ein Schisser gewesen, und ihr Ex hatte ihn natürlich verachtet. Ohne Beate hätte er ihn vielleicht sogar erschossen. So aber war Wotan geblieben und mit zwölf Jahren an Herzversagen gestorben. Beate wollte die Bilder abschütteln, aber die Erinnerung war gemein. Plötzlich hockte sie wie ein fies grinsender Troll auf einem Eckregal.

»Mir geht es um die Wildtiere, das weißt du ganz genau. Tausende von Vögeln steigen vor Schreck innerhalb von Minuten von ihren Schlafplätzen in den Luftraum auf, um dem Böllerlärm und den Raketen möglichst schnell zu entkommen. Dabei erreichen sie Höhen von über tausend Metern. Manche Vögel fliehen ganz aus den Städten, aber wo sollen sie hin? Es wird doch heutzutage überall geknallt!«

Markus hatte sich in Rage geredet wie jedes Mal, wenn es um dieses Thema ging. Er war ein sehr engagiertes Mitglied im LBV, dem Landesbund für Vogelschutz. Als Beate ihrer Freundin Petra davon erzählt hatte, hatte die sich bemüßigt gefühlt, den uralten Sparwitz anzubringen: »Der Markus ist eben gut zu Vögeln.« Petra hatte das wahnsinnig komisch gefunden, aber die war schon immer etwas einfach gestrickt gewesen.

Genau genommen war auch Beate selbst gut zu Vögeln, sie engagierte sich ebenfalls für Wildtiere. Das war ein Überbleibsel aus ihrem vorigen Leben. Dank ihres Chirurgenexgatten hatte sie einen Jagdschein gemacht, und nach dem Ende der Beziehung hatte sie sich auf die andere Seite hinüberbewegt. Auf die Seite der Tiere. Als sie mit Markus zu chatten begonnen hatte, war das Interesse für Tier- und Umweltschutz ein Bindeglied zwischen ihnen geworden. Ein Mann, der beim LBV den Mund aufmachte, war für Beate allemal interessanter als einer, der soeben den dritten Porsche gekauft hatte oder der mit seiner Villa am Gardasee prahlte, wo selbst die Außenmauern aus Marmor waren.

»Dir muss ich das nicht sagen«, fuhr Markus fort. »Gerade im Winter hat diese Störung verheerende Folgen für viele Vogelarten. Durch den Aufstieg in so große Höhen verlieren sie unnötig Energie, die sie im Winter viel dringender zum Überleben bräuchten. Die Höhen der normalen Pendelflüge liegen selten über hundert Metern. Die Vögel sind in Lebensgefahr. Nicht selten verlieren sie durch ihre Panik die Orientierung und fliegen dann gegen Häuser, Autos oder andere Hindernisse. Und es kann Tage dauern, bis die Tiere sich von diesem Schock erholt haben.«

»Das Problem ist nur, dass das so einem Trottel wie dem Rieser da drüben am Arsch vorbeigeht«, bemerkte Beate. »Mit solchen Leuten brauchst du nicht zu diskutieren. Das wissen wir ja beide. Zu gut wissen wir das! Und du weißt, dass …« Sie schluckte. Nein, sie wollte sich gerade heute den Abend nicht versauen lassen. »Die Lohmillers schräg unter mir haben auch mehrfach versucht, ihn einzubremsen. Die haben drei kleine Kinder, die sich zu Tode fürchten. Seine Antwort war, dass das einmal im Jahr sein Recht sei. Und wenn sie nicht die Schnauze hielte, könne er ja auch mal rein zufällig schießen, wenn die Kinder am Spielplatz wären. Dieses Ekelpaket!«

Markus schüttelte nochmals den Kopf und hob sein Weinglas. »Darauf, dass die Deppen nicht aussterben und wir uns gefunden haben als Bastion gegen diese Deppen.«

Sie lächelte. Er war wirklich so was wie der Hauptgewinn. Klug und attraktiv. Mitte fünfzig und gut in Schuss. Sie stießen an, ignorierten das gleichförmige Geknalle, das sich um fünf vor zwölf in ein Inferno steigerte. Nun ging es los, die Deutschen ließen ihr sonst so gut gehütetes Geld in Rauch aufgehen. In bizarren Lichtspielen, in schwefeligem Gestank. Sie brüllten sich an und herzten sich, die Gesichter in den Lichtblitzen zu Fratzen verzerrt. Die knallenden Sektkorken klangen wie dezente Musik –

gemessen an dem Lärm. Würden Außerirdische an Silvester auf der Erde landen, sie würden angesichts dieses grausamen Kriegs ihren Raumboliden so schnell wie möglich mit Umkehrschub zurück ins Weltall katapultieren.

Markus und Beate waren kurz auf den Balkon gegangen, hatten mit einem Glas Champagner angestoßen und den Nachbarn Vreni und Wolfi »A guats Neues!« zugerufen. Rums!

»Wird das jedes Jahr lauter, oder werd ich empfindlicher?«, schrie Vreni herüber.

»Beides!«, brüllte Beate zurück.

Sie gingen hinein und versuchten die Ohren so gut wie möglich auf Durchzug zu stellen. Ihr Gespräch drehte sich nur noch um den Irrsinn und Unsinn von Silvesterfeuerwerken, und Markus hatte sich immer weiter in Rage geredet. Schließlich stand er auf, um eine SMS zu schreiben, was Beate einen Stich versetzte. An wen schrieb er? An seine Kollegen? Seine Tochter? An eine andere Frau?

Um halb eins war das Inferno abgeflaut, hier und dort waren noch einzelne Böller zu hören, nur das Geknalle des Nachbarn hielt an.

Plötzlich sprang Markus auf und riss die Balkontür auf. »Es reicht jetzt, du Volltrottel!«, schrie er. »Ich ruf die Polizei an! Das hat mit einem Silvesterfeuerwerk nichts mehr zu tun.«

Man hörte ein paar zustimmende Rufe, und jemand beklatschte seine Rede. Als Antwort donnerte ein weiteres »Rums«. Beate spürte, wie sich die schon etwas angestrengte Gute-Laune-Stimmung weiter verflüchtigte und einer indifferenten Aggression Platz machte. Es hätte ein schöner Abend werden sollen. Aber Rieser schoss mitten hinein in die Luftschlösser, und sie konnte ihre Wut nicht mehr unterdrücken. Dieser ekelhafte Nachbar! Und dieser unbedachte Markus! Wozu anrennen gegen das Unvermeidliche? Der Abend hätte hinübergleiten sollen in eine Nacht voller Leidenschaft – doch Riesers Donnerhall torpedierte jede Romantik. Erotisch gesehen war die Luft jedenfalls raus.

Beate starrte auf die Goldbordüre des Geschirrs. Wie viele Menschen vor ihr mochten davon gegessen haben? An besonderen Tagen wie heute, die nichts werden konnten, weil sie überfrachtet waren mit allzu vielen Wünschen, Vorschusslorbeeren und Emotionen. Und warum kam Markus nicht mehr herein? Sie wollte nicht zulassen, dass sich ein wohlbekanntes Gefühl einschlich. Das Wie-finde-ich-ein-Haar-in-jeder-Männersuppe-Gefühl. Es sollte doch schön werden!

Schließlich stand sie auf und ging hinaus auf den Balkon. Da war kein Markus mehr. Und auch Rieser war nirgends zu sehen.

Irmis Handy läutete um Viertel nach eins. Sie lächelte. Hatte Jens es also doch noch geschafft. In all den Jahren, die sie sich kannten, hatten sie noch nie Silvester zusammen gefeiert. Aber telefoniert oder gesimst hatten sie immer. Mal früher, mal später – je nachdem, wann sich Jens von seiner Familie hatte loseisen können.

Irmi fand es nicht schlimm, dass sie seit Jahren die Silvesternacht im Kuhstall verbrachte. Sie und Bernhard hatten ein Auge auf die Tiere. Ihnen war klar, dass auf einem

Hof viel Brennbares lagerte. Sie befanden sich zwar nicht gerade im Zentrum des Silvesterorkans, aber auch in Eschenlohe und Grafenaschau wurde geschossen. Manche zogen mit ihrer explosiven Ware irgendwohin in die scheinbare Einöde und zündeten das Feuerwerk auf einem von Bernhards Feldern an.

Sie und ihr Bruder hassten Silvester. Um Mitternacht stießen sie mit einem Bier an, es gab eine linkische Umarmung, Bernhard warf den Tieren etwas zusätzliches Futter hin – dann ging er.

Auch Weihnachten war Irmi am liebsten, wenn es vorbei war. Ohne Eltern und ohne Kinder war Heiligabend gnadenlos. Immer wieder musste sie sich klarmachen, dass die Feiertage vorübergehen würden wie jedes Jahr. Auch wenn Weihnachten und Silvester mit stumpfen Dolchen in den immer gleichen Wunden bohrten. Niemals sonst stand die Einsamkeit so raumfüllend vor dem Christbaum, der den alten Baumschmuck ihrer Mutter trug. Die kleinen Nikoläuse, die eine Nickelbrille aufhatten. Die Engel, die eigentlich einen Stern tragen sollten, der aber bei allen längst abgebrochen war. Nur noch ganz wenige von den guten Kugeln waren übrig geblieben, den meisten hatten die Kater den Garaus gemacht.

Der Schmuck war wie Irmi selbst: angeschlagen, nicht mehr fabrikneu. Allerdings durfte der Schmuck stets eine lange Sommerpause im Karton einlegen, bis er in der Adventszeit wieder auftauchte. So eine Kartonpause im Leben hätte doch was, dachte Irmi amüsiert. Den Sommer über einfach unter einem Kartondeckel verschwinden …

Ehe Irmi das Gespräch annahm, sah sie auf ihr Handy und stellte fest, dass nicht Jens anrief, sondern Sailer.

»Chefin, Frau Mangold, a guats Neues wünsch i Eahna. Es fangt allerdings unguat an. Do is oaner vom Balkon gschossn worden.«

»Was ist passiert?«

»Ma hot oan vom Balkon abigholt.«

Es wurde auch aufs Nachfragen hin nicht besser.

»Tot?«

»So hört man's. Der Sepp und i san scho unterwegs. Kemman Sie selber?«

»Wenn Sie mir noch sagen, wohin?«

»Murnau, Längenfeldleite.«

Eigentlich freute sich Irmi, wenn die Feiertage der Arbeitsrealität wichen. Aber diesmal kam diese etwas abrupt. Sie tätschelte Irmi Zwo die Stirn, die auf dem besten Weg war, eine der ältesten Rinderseniorinnen entlang des Alpenhauptkamms zu werden. Sie sah Irmi durchdringend an. Dann geh mal, schien sie zu sagen. Wir kommen hier mit Wiederkäuen gut allein klar.

Letztlich kamen alle klar, mit oder ohne eine Irmi, die sich um die Ihren sorgte. Irmi löschte das Licht, irgendwo knallte es noch. Die Kater hatte sie ins Haus gesperrt, Kicsi auch. Und alle drei zeigten Solidarität. Die kleine Hündin wurde von zwei Katern auf der Couch flankiert. Alle drei sahen sie missmutig an: Kannst du den Lärm mal abstellen?, schienen sie zu fragen.

»Würd ich gerne, Leute!«

Kicsi steckte die Schnauze unter die Vorderläufe, die Kater schlossen die Augen. Ein Traumtrio. Irgendwie glaubte Kicsi wohl, sie sei eine Katze. Sie bellte nie, was für einen Chihuahua fast unglaublich war. Sie knurrte ab und an, und Irmi hatte den Eindruck, dass sie das eher tat, um das Schnurren der Kater zu imitieren.

Bernhard war schon um halb eins ins Bett gegangen, das tat er immer. Irmi fuhr manchmal zu ihrer einzigen »Nachbarin« Lissi und deren Familie hinüber, die etwa achthundert Meter entfernt im nächsten Hof lebte. Doch das würde heute entfallen. Sie überlegte kurz, ob sie Kathi anrufen sollte, doch dann beschloss sie, Kathi erst mal die Silvesterfete zu gönnen. Tote neigten ja nicht zur Flucht, und bei der momentanen Temperatur behielten sie die Form und Fasson auch recht gut.

Eine SMS schnarrte. Diesmal war es Jens.

»Meine allerliebste Liebste! Wünsche dir einen guten Start ins neue Jahr und uns ein baldiges Treffen. Ich muss kurz in die USA, ich flieg nachher gleich los. Aber anschließend sehen wir uns. Fühl dich umarmt!«

Irmi lächelte. Kurz in die USA. Jens musste ständig kurz mal irgendwohin auf dem Erdball. Und komischerweise steckte er das Reisen, die Verspätungen, die Meetings zur Unzeit immer noch ganz locker weg. Wahrscheinlich, weil er negativen Gedanken zu Dingen, die er sowieso nicht ändern konnte, erst gar keinen Platz einräumte.

Irmi simste zurück: »Alles Liebe. Dickes bayerisches Busserl. Muss zum Arbeiten. Ein Toter. Geht schon gut los, das neue Jahr.«

Ein Kuss-Emoji kam zurück.

Als Irmi Richtung Murnau steuerte, durchzuckten immer noch vereinzelte Lichtblitze den grauen Himmel.

Es nieselte ein wenig, und das Nass gefror. Das neue Jahr schien ein renitentes Exemplar zu werden. Auf den Straßen lagen die Überreste des nächtlichen Kriegsgeschehens. Papier, Alufolie, Holzstecken. Drei junge Männer taumelten grölend mitten auf der Straße. Die dazugehörige junge Frau kotzte herzhaft vor Petras Kiosk in der Bahnhofstraße. Irmi hasste Silvester wirklich abgrundtief.

Sie bog am Staffelsee-Gymnasium ab und fuhr in den Längenfeldweg ein. Weiter vorne war schon ein Streifenwagen mit Blaulicht zu sehen, daneben das Auto von Sepp und Sailer. Menschen säumten die Absperrung. Irmi eilte auf eine Freifläche zwischen den Häusern. Im nassen Gras lag eine Gestalt. Ein paar gemurmelte Neujahrswünsche für die Kollegen, dann ging Irmi in die Knie. Das linke krachte herzhaft. Der Notarzt war da, es gab wenig deuterischen Spielraum. Der Mann hatte eine Schusswunde in der Brust. Die Kugel war ins Herz gefahren. Keine Austrittswunde.

»Guter Schuss. Dürfte sofort tot gewesen sein. Na ja, er stand ja auch auf dem Präsentierteller«, bemerkte der Arzt.

Der Mann hatte nur ein Hemd an. Man würde wohl keinen Geldbeutel oder sein Handy finden, beides lag hoffentlich in der Wohnung, aus der er quasi herausgerissen worden war. Mitten aus dem Leben.

Irmi erhob sich, sah Sailer an, der ausnahmsweise diesen Impuls verstand. Er deutete hinauf.

»Oben, erster Stock. Do is er gstandn. Und a paar Zeugen hier herunten im Gartn ham gsehn, wie er wie a Klappmesser nach vorn gekippt und runtergfalln is.«

Irmi war Sailers Blick gefolgt. Der Mann war in jedem Fall vom Garten oder von einem der gegenüberliegenden Häuser aus erschossen worden. Man würde die Eintrittswinkel, die Geschwindigkeit des Geschosses feststellen können. Irmi hatte keine Zweifel, dass sie den Standpunkt des Schützen ziemlich genau würden festlegen können. Aber die Spurenlage versprach katastrophal zu werden. Überall waren Silvesterselige herumgetrampelt. Getränke waren verschüttet, und Betrunkene hatten sich irgendwo erleichtert oder sich des Mageninhalts wieder entledigt. Überall lag der Unrat, Irmi trat auf einen gebrauchten Pariser. Na Mahlzeit, es versprach frustrierend zu werden.

»Gehört hat natürlich keiner was?«

Dabei war ihr schon klar, wie dämlich diese Frage war. Jeder hatte was gehört, Knaller und Böller nämlich. Wer konnte die schon von einem echten Schuss unterscheiden.

»Do is noch was«, sagte Sailer zögerlich.

»Ja?«

»Auf der Seite«, er wies zu einem Fenster im Nachbargebäude jenseits des Gartens, »schießt a gewisser Rieser seit halbe zwölfe.«

»Wie, er schießt?«

»Mit Schreckschuss, aber vielleicht is dem ja a normales Projektil dazwischenkemma?«

»Spinn i?«

»Naa, Frau Mangold. Der Sepp hockt scho bei dem, wegen der Fluchtgefahr, i moan …«

»Sehr umsichtig, Sailer. Und sagen Sie, der Balkon, von dem der Mann abgestürzt ist? War er da allein?«

»Naa, da wohnt dem sei Freindin.«

Eine Frau, der man in der Silvesternacht den Mann vom Balkon geschossen hatte? Die gerade noch den Champagner in der Hand gehalten und sich womöglich auf Neujahrssex gefreut hatte? Das war in der Tat ein abruptes Ende.

»Ist jemand bei der Frau?«

»A Nachbarin.«

»Okay, der Sepp soll beim Rieser bleiben. Alle verfügbaren Leute befragen Zeugen. Ich gehe zu der Frau. Das hat Priorität. Sie kommen mit mir.«

Irmi hastete ins Treppenhaus, wo Menschen vor geöffneten Türen standen und sich leise unterhielten. Ihnen allen stand die Angst im Gesicht geschrieben, aber auch Neugier und das schaurig-wohlige Gefühl, bei einer solchen Katastrophe zum Glück nur Zuschauer zu sein. Ein Mann in Jogginghose und schrillbuntem Rautenpullover, den selbst die Altkleidersammlung ablehnen würde, sah Irmi scharf an.

»San Sie von der Polizei? Des war a Attentäter. Ganz gewiss! Jetzt geht das mit dene ISler aa bei uns los.«

»Haben Sie was gehört? Gesehen?«

»Die Mutschlerin is laut schreiend die Treppn runter. Da san mir hinterher. Und da lag dann ihr Gspusi am Boden.«

»Vorher haben Sie nichts gehört?«

»Den Rieser halt, den bleden Hund, den.«

Seine Frau stand neben ihm. Sie trug ein apartes Jerseyleiberl mit einer Paillettenverzierung in Form einer Eule, deren Form vom Doppel-F-Vorbau seltsam verzerrt wurde.

Nun mischte auch sie sich ins Gespräch ein. »Der Rieser, der is gemeingefährlich, der …«

»Danke«, unterbrach Irmi und nickte Sailer zu. »Der Kollege nimmt das alles gleich mal auf.«

Irmi flüchtete in den ersten Stock. Die Tür von Dr. Beate Mutschler war die einzige, die nicht offen stand. Eine Frau Anfang fünfzig öffnete, und Irmi stellte sich vor.

»Ich bin die Vreni Haseitl, die Nachbarin«, erklärte die Frau. »Die Beate, die Beate …« Sie brach ab und ging in Richtung Wohnzimmer.

An den Wänden des Flurs hingen Drucke von Gabriele Münter und eine stylishe Garderobe aus Birkenholz. Durch die geöffnete Küchentür war eine Einbauküche in Aubergine zu sehen. Das Wohnzimmer hatte eine riesige Fensterfront und war ebenfalls hochwertig möbliert. Hier hatte jemand Geschmack, was man vielleicht nicht vermutet hätte. Die Wohnung hatte etwas von einem Überraschungsei: außen pfui, innen hui.

Was natürlich so auch nicht stimmte, denn in Murnau war nichts pfui. Hier waren selbst die Wohnblocks noch schmuck, in Murnau gab es keine sozialen Brennpunkte. Murnau war ein Lummerland, das mit perfekter Lage, schönen Geschäften und Restaurants prunkte. In Murnau fuhren die Kunden mit dem Cayenne am Aldi im Kemmelpark vor, die Kids wurden mit jeder Menge Qs und Xs bayerischer Autobauer am Gymnasium abgeholt. Die Alteinwohner grantelten gegen die zuagroaste Kunst- und Kulturschickeria. Am Staffelsee lebten diejenigen, die es geschafft hatten, und jene, die die Gnade der richtigen

Geburt für sich verbuchen konnten. Das Staffelseevolk bildete sich viel ein auf etwas, das wahrlich nicht sein Verdienst war, sondern eher der Eiszeit oder dem lieben Himmelspapa zu verdanken war.

Auf der grau melierten Couch im Wohnzimmer saß Frau Dr. Beate Mutschler. Sie hatte schulterlanges, leicht lockiges Haar und trug ein dunkelgraues Etuikleid, für das ihre Beine möglicherweise etwas zu kräftig waren. Irmi schätzte sie auf Mitte vierzig. Sie war hübsch, ohne bildschön zu sein, dazu war ihre römische Nase ein wenig zu markant.

Beate Mutschler sah auf, und in ihrem Blick lag das, was Irmi schon so oft gesehen hatte und was sie dennoch bis ins Mark traf: »Sagen Sie mir, dass das alles nur ein Albtraum ist.« Und: »Sie machen alles wieder gut, oder?« Aber genau das konnte Irmi nicht tun.

Die Nachbarin hatte eine Karaffe mit Wasser und Gläser mitgebracht. Eines davon füllte sie und reichte es Frau Mutschler, die in mechanischen Schlucken trank. Irmi bekam auch ein Glas Wasser.

»Plötzlich war er weg. Einfach weg«, stammelte Beate Mutschler.

»Können Sie mir erzählen, was genau passiert ist?«, fragte Irmi sanft.

»Er hatte sich noch so aufgeregt wegen der Vögel. Weil Feuerwerke doch so grässlich für Vögel sind. Grässlich. Die armen Tiere.« Sie begann zu weinen.

Irmi sah Frau Haseitl an, die ihre Nachbarin umfasst hatte.

»Auf einmal war er weg. Einfach weg. Wir kennen uns

seit gut einem halben Jahr. Es war unser erstes Silvester.« Sie weinte heftiger. Dann begannen ihre Augenlider zu zucken, ein Zittern lief in Wellen durch ihren Körper. Ihre Atmung ging stoßartig.

Irmi war klar, dass das kein guter Zeitpunkt für Fragen nach Feinden oder anderen Details war. Sie ging hinaus und rief in den Hausflur hinunter: »Sailer, schicken Sie mir den Notarzt hoch, bitte!«

Dann rief sie die Psychologin vom Kriseninterventionsteam an. Und die Staatsanwaltschaft. Es war ja nicht so, dass an solchen Tagen alle die Korken knallen ließen. Polizei, Ärzte und Seelsorger standen parat, um die emotionalen und körperlichen Beschädigungen durch diese verdammten Feiertage zu verhindern und zu flicken.

Der Arzt war wenige Minuten später da. Er schlug vor, Beate Mutschler zur Überwachung mit ins UKM zu nehmen, die Murnauer Unfallklinik, um sie zu stabilisieren. Aber auch am nächsten Tag würde nichts besser sein. Sobald die beruhigenden Medikamente den Blutkreislauf verlassen hatten, würde Beate Mutschler mit voller Wucht von der Erinnerung überwältigt werden: Ihr war der Freund vom Balkon geschossen worden.

Als die Frau versorgt war und die Sanitäter sie in die Klinik gebracht hatten, sank Irmi zur Nachbarin auf die Couch. Dieser sah man an, dass auch sie am Limit war. Dabei wirkte sie patent und eher rustikal, so, als hätte sie schon einige Sturmtiefs überstanden.

»Was haben Sie denn von der ganzen Sache mitbekommen, Frau Haseitl?«

»Wir haben uns um zwölf über den Balkon hinweg zugeprostet. Schon da haben wir uns über den Rieser geärgert. Als ich später noch eine Flasche Sekt vom Balkon holen wollte – ich weiß gar nicht, wann das war, aber sicher ging es schon auf eins zu –, jedenfalls habe ich da den Markus gesehen, der auch draußen stand. Er hat zum Rieser hinübergeschrien und wahnsinnig wütend gewirkt. Und dann ist er plötzlich nach vorn geklappt. Mir ist es ewig vorgekommen, bis er schließlich gefallen ist. Ich war wie gelähmt. Mein Mann ist dann rausgekommen, um zu fragen, wo ich denn bliebe. Inzwischen war auch Beate auf dem Balkon. Sie hat hinuntergeschaut und angefangen zu schreien. Dann ist sie losgerannt. Wolfi, also mein Mann, hat die Situation schneller erfasst und ist hinterhergerannt. Ich war immer noch wie paralysiert und habe hinuntergesehen, wo Wolfi aufgetaucht ist. Er hat versucht, Beate vom Markus wegzuziehen. Auf einmal waren überall Leute, und schon bald ist ja auch die Polizei gekommen …«

Sie sprach leise, musste sich immer wieder räuspern.

»Haben Sie eigentlich den Rieser währenddessen irgendwo gesehen?«

»Das hab ich mich auch gefragt. Er war da, als Markus geschrien hat. Aber wie lange er dagestanden ist? Keine Ahnung. Aber er war jedenfalls weg, als Wolfi losgelaufen ist. Ja doch, da bin ich mir sicher.«

»Wie hieß denn der Markus mit vollem Namen?«

»Markus Göldner, die Beate kennt ihn noch nicht so lange.«

Irmi sah sich um. »Haben Sie sein Handy oder seine Geldbörse irgendwo gesehen?«

Die Nachbarin schüttelte den Kopf. Irmi stand auf und

trat an die Garderobe. In der Innentasche eines Herrenmantels lagen Handy und Geldbeutel. Das Telefon war ausgeschaltet. Die Börse enthielt diverse Kreditkarten, achtzig Euro in bar, Führerschein und Ausweis. Markus Johannes Göldner, geboren am 5.5.1962 in Essen. Irmi ging zurück ins Wohnzimmer.

»War er mit dem Auto da?«

»Ja, klar.«

»Wissen Sie, was er für eins hat?«

»Einen Dacia Duster, das ist ein SUV. Sein Statement gegen das Establishment.«

Irmi sah sich genauer um, auf einer Kommode lag der Schlüssel. Mit Dacia-Logo.

»Der Wagen steht wahrscheinlich unten?«

Vreni Haseitl nickte. »Was ist das für ein Irrsinn! Wie kann so was bei uns passieren? Und wie soll die Beate je darüber hinwegkommen?«

Gute Frage. Konnte man so etwas jemals verarbeiten?

»Sind Sie mit Beate Mutschler näher befreundet?«

»Ja. Ich arbeite auch in ihrer Praxis. Als Helferin, schon seit zehn Jahren. Beate ist Hautärztin. Und wir kennen uns schon lange.«

Irmi wartete.

»Beate hat eine ziemlich üble Scheidung hinter sich. Drum wohnt sie auch hier. Wir haben erfahren, dass im Haus jemand auszieht, und Beate brauchte dringend eine Wohnung. Finden Sie in Murnau mal was! Der Markt ist leer gefegt! Der Ulf, das ist ihr Ex, hat ihr das Leben zur Hölle gemacht. Na ja, danach hatte sie ein paar Beziehungen, lauter Trottel, wenn Sie mich fragen.«

Irmi lächelte sie an. »Und Markus?«

»Ein guter Typ. Die beiden haben es ganz ruhig angehen lassen. Er ist auch geschieden. Ich glaub, sogar zweimal. Wohnt in Kempten. Ist Architekt. Das hätte was werden können mit den beiden.«

Ein Architekt mit Understatementauto, dessen neues Jahr sehr kurz geworden war. Die Liebenden waren beide Scheidungskinder. Konnte es was werden, wenn zwei schwer Verwundete sich gegenseitig die Wunden leckten? Was Beziehungen betraf, konnte Irmi allerdings nicht auf viel Erfahrung zurückgreifen. Eine Scheidung, die ewig her war, und aus Feigheit vor dem Feind eine langjährige Beziehung zu einem verheirateten Mann konnte sie auf ihrem Konto verbuchen. Nicht viel, aber sie würde sich auch in tausend Jahren nicht auf einem Datingportal umsehen. Wenn Jens ihr Leben verlassen würde, dann käme sie auch ohne Mann aus. Ihr Leben bestand generell aus viel »ich« und wenig »wir«.

»Sie sagten, dieser Markus sei richtig wütend gewesen, Frau Haseitl?«, fuhr Irmi fort.

»Ja, komisch irgendwie. Klar hat der Rieser genervt, aber der Markus war richtig außer sich. Das hat mich schon gewundert.«

»Vielen Dank.« Irmi verabschiedete sich und verließ die Wohnung. Im Treppenhaus hatten sich inzwischen die Türen geschlossen. Die Show war over and out. Sie überquerte den Garten und ging zu Rieser hinüber. Sepp öffnete ihr die Tür. Er rollte mit den Augen.

»Des is a rechter Zornbinkel, a Gifthaferl«, flüsterte er. »Obacht, Frau Mangold!«

Die Wohnung lag ebenfalls im ersten Stock und war geschnitten wie die von Beate Mutschler. Diesen Flur zierten allerdings keine Kunstdrucke, sondern Urkunden von Sportschützenevents und Schützenscheiben. Rudolf Rieser saß am Küchentisch auf der Eckbank, deren gemusterter Bezug in Orange und Ocker längst durchgewetzt war. Ein paar leere Bierflaschen lungerten herum, eine angebrochene Chipstüte. Sepp saß ihm mit grimmigster Miene gegenüber. Irmi musste in sich hineinlächeln. Sepp war ein friedfertiger Mensch, aber solche Typen hasste er, und außerdem hasste er es, ausgerechnet heute seine Frau und die Kinder im Stich lassen zu müssen.

Rieser war nicht groß, ein aufgstellter Mausdreck genau genommen. Er hing da auf der Bank, die Beine provokant geöffnet, die Wampe quoll über den Hosenbund einer Tarnhose, die Irmi der Schweizer Armee zuordnete. Den olivfarbenen Pulli hatte er ausgezogen, was leider sein T-Shirt mit Schweiß- und Eierflecken in Szene setzte. Überall sprießte grau-schwarze Behaarung hervor. Angesichts dieses Ästheten durfte man wirklich keinen schwachen Magen haben.

»Was soll der Scheiß hier, du Zupfgeign?«, brüllte er Irmi entgegen.

»Herr Rieser, diese Frage stellen sich Ihre Nachbarn auch. Sie ballern anscheinend jedes Jahr an Silvester so rum?«

»Das ist nicht verboten!«

Irmi atmete tief durch. Schreckschusswaffen waren meist Nachbildungen von echten Pistolen und Revolvern. Allerdings verschossen sie keine Projektile, sondern Reizgas- und Kartuschenmunition. Dabei erzeugten sie einen lauten Knall und waren so konzipiert, dass man sie nicht etwa illegal auf scharfe Munition umbauen konnte. Dass ein Freak das natürlich dennoch schaffen würde, war nicht auszuschließen. Und dass man auch mit einer Schreckschusswaffe aus nächster Nähe einen Menschen erheblich verletzen oder gar töten konnte, stand außer Frage.

»Und ich habe einen Waffenschein!«, brüllte Rieser hinterher.

»Der Herr Rieser ist bei einem Sicherheitsdienst«, erklärte Sepp voller Verachtung. »Und Sportschütze. Ein echter Waffennarr, der Herr Rieser, gell!«

»Ich sag Ihnen beiden mal was! Wenn die Bullerei ihren Job machen würde, dann gäb es weniger private Securitydienste. Und wenn wir wie in Amerika alle Waffen hätten, dann täten wir das Gschlerf und Gschwerl zurücktreiben in den Osten und die Kanacken runter bis in die Sahara!«

Irmi hatte mühsam gelernt, solche Menschen durch ihre Reaktion nicht auch noch zu beflügeln. Denn das würde ihnen das Gefühl geben, im Recht zu sein.

»Nun, Herr Rieser, ich nehme mal an, Sie haben eine PTB-Waffe. Augenscheinlich sind Sie über achtzehn Jahre alt, aber das Schießen mit einer Schreckschusspistole ist auch für Besitzer eines Waffenscheins nur auf dem eigenen befriedeten Besitztum zulässig und wenn es dabei nicht zu einer Lärmbelästigung kommt. Jetzt frage ich mich: Gehört Ihnen die ganze Straße? Herrscht gerade Notstand? Findet gerade eine Not- oder Rettungsübung statt? Eine genehmigte Sportveranstaltung? Sind Sie

Landwirt und verfügen über eine Sondergenehmigung zum Vögelvertreiben?«

»Es ist Silvester, du oberschlaue Matz! Du F…«

»Behalten Sie den Rest Ihrer Rede für sich, Rieser. Das rate ich Ihnen dringend! Und was Silvester betrifft, so ist das Schießen nur auf dem eigenen, befriedeten Besitztum erlaubt oder auf einem anderen Besitztum, wenn es der Inhaber des Hausrechts genehmigt hat.«

»Der Willi, der wo der Hausbesitzer ist, hat nichts dagegen. Und wenn Sie schon so schlau sind: Der Transport zum Schießort ist erlaubnisfrei, sofern die Waffe in nichtschießbereitem Zustand verschlossen transportiert wird. Ist sie, ich hab sie ja nur aus dem Schrank bis zum Gangfenster transportiert.«

Rieser wollte sich schier ausschütten vor Lachen. Irmi war sich natürlich bewusst, dass sie sich in einer rechtlichen Grauzone bewegten. Lärmbelästigung an Silvester anzuführen war im Ernstfall eines Prozesses wenig erfolgreich.

»Bestimmt haben Sie noch andere Waffen, Herr Rieser, die Sie natürlich alle an einem sicheren Ort verwahren, oder? Dürfen wir die alle mal sehen?«

Er bedachte Irmi mit einem finsteren Blick. »Dann kommen Sie mit!«

Im Wohnzimmer in Eiche rustikal gab es einen ordnungsgemäßen Waffenschrank. Rieser griff nach einer filigranen Balletttänzerin aus Porzellan, die auf einem Podest stand. Dieses ließ sich öffnen, und darin befand sich der Schlüssel. Im Schrank gab es zwei Luftgewehre und drei Pistolen der Marke Walther, die er wohl als Sportschütze benötigte. Dazu noch eine Walther P99 Q und ein paar Schlagstöcke.

»Die Q ist Ihre Dienstwaffe?«

»Ja, und kommen Sie mir jetzt nicht damit, dass private Sicherheitsdienste keine Waffen tragen sollen! Wann sind Sie zum letzten Mal auf einer Großveranstaltung bekifften und gewaltbereiten Jugendlichen gegenübergestanden? So alt, wie Sie aussehen, war das bei der Bereitschaftspolizei, und das ist lange her! Vermutlich machen Sie bloß Profiling und so! Die Hände bloß nicht selber schmutzig machen, was? Steh du doch mal dem Mob nackt gegenüber! Sollen wir Holzlatten aus dem Zaun reißen, oder wie? Außerdem wirken solche Waffen auch präventiv!«

Dass er Worte wie präventiv kannte, fand Irmi beachtlich.

»Und die Schreckschusspistole?«, fragte sie, ohne auf seine Beschimpfungen näher einzugehen.

»Liegt in der Küche.«

»Gut, dann nehmen wir das hier alles mal mit.«

»Das darfst du gar nicht, du Rutschn!«

Er schien Mühe zu haben, sich zwischen Du und Sie zu entscheiden.

»O doch, das darf ich. Haben Sie weitere Waffen hier?«

»Sehen Sie welche?«

»Ich meine auch die, die Sie versteckt haben.«

»Du F…!«

Irmi nickte Sepp zu, der Handschuhe anzog und die Waffen in eine Tasche zu laden begann.

»Bitte, Herr Rieser, gehen Sie doch vor in die Küche.«

Knurrend kam er ihrer Aufforderung nach. Auf einem

Küchenschneidebrett, über dessen Keimzahl Irmi lieber nicht nachdenken wollte, lag die Schreckschusspistole. Eine Walther P99, ein Nachbau des Originals, das mit echten Projektilen schoss.

»Und die haben Sie umgebaut, um den Mann vom Nachbarbalkon zu holen? Oder welche Ihrer sonstigen Waffen haben Sie verwendet?« Irmi lächelte.

»Was soll ich getan haben?«

»Einen Mann vom Balkon geschossen, der über Ihre Schießübungen nicht so erbaut gewesen ist. Der Sie angebrüllt hat. Dafür gibt es Zeugen. Und der dann kurz nach seiner Tirade vom Balkon geschossen wurde.«

»Jetzt pass mal auf, du siebengscheite Urschl. Ich hab den gesehen. Ob der was gebrüllt hat, weiß ich nicht. Ich hatte Gehörschutz auf. Ich war mit Wichtigerem beschäftigt.«

Das klang nun so staatstragend, als habe er im Auftrag Seiner Majestät gehandelt. Oder der Waffenlobbyisten. Oder im Auftrag Donald Trumps. Das war sicher ein Mann nach Riesers Geschmack.

»Und noch was, ich hab gesehen, wie er fiel. Erst nach vorne, ich dachte, der muss kotzen. Dann hing er kurz noch auf der Brüstung wie ein Sack, und dann kam das Ganze ins Ungleichgewicht und ging zu Boden.« Er lachte mit einer fiesen Polterstimme.

»Ja, das kann einen schon erheitern, wenn Menschen erschossen werden.« Irmis Stimme hätte Granitblöcke zerschneiden können.

»Ja, du dumme Fotze!«

Nun hatte er es doch getan. Neben all seinen bayerischen Schimpfworten war »Fotze« quasi das furiose Finale. Irmi wandte sich an Sepp.

»Der Herr Rieser mag bestimmt gerne mitkommen nach Garmisch. Sein hoheitlicher Schussauftrag ist ja nun erfüllt. Und einen Durchsuchungsbeschluss bekommen wir sicher. Ob der Herr Rieser nicht doch noch andere Waffen hat?«

»Ja, du Matz, du!«

»Matz oder Fotze?«, fragte Irmi kühl und fand sich richtig gut. So viel Contenance gelang ja nicht immer.

Sie defilierten an den Zuschauern in Riesers Hausflur vorbei, Sailer war dazugekommen, Andrea auch. Es war halb drei geworden. Die Kriminaltechniker waren am Werk, der Tote war bereits abtransportiert. Handy und Geldbeutel hatte Irmi der KTU übergeben.

Sailer und Andrea hatten herausgefunden, dass Markus Göldner vermutlich gegen null Uhr fünfzig erschossen worden war. Die Beschreibungen seines Sturzes vom Balkon deckten sich bei allen Befragten und stimmten auch mit dem überein, was Vreni und Rieser gesagt hatten. Alle Zeugen hatten Rieser schießen sehen. Den ganzen Abend schon, aber wie lange er auf dem Balkon gestanden hatte, da war man sich uneins. Ob Rieser den Mann erschossen hatte, vermochte niemand zu hundert Prozent zu sagen. Wenn es nicht Rieser gewesen war, dann hatte er zumindest ein perfektes und perfides Alibi, eben weil er die ganze Zeit gut sichtbar herumgeballert hatte. Und dann hatte sich jemand anderes genau das zunutze gemacht. Der Täter musste gleichzeitig wie Rieser geschossen haben. Ein perfekter Mord!

Mit einem unguten Gefühl, dass ihr gerade ein Faden entglitt, bevor sie ihn überhaupt aufnehmen konnte, stand Irmi mit Andrea und Sailer auf der Straße und sah sich um. Da war der Dacia Duster, und bei allem Minimalismus: Mit Knopfklick öffnen ließ er sich dann doch. Im Inneren gab es verdreckte Bergstiefel, einen dicken langen Lodenmantel, ein Spektiv, ein weiteres Fernglas, ein Notebook.

»Wen hot der bespitzelt?«, fragte Sailer.

Irmi sah ihn überrascht an. »Keine Ahnung! Er sei Architekt gewesen, hat die Nachbarin gesagt. Und er war im Tierschutz aktiv. Die KTU soll sich auch den Wagen vornehmen.« Irgendwo schlug es drei Uhr. Eigentlich läge Irmi längst im Bett.

»Was machen mer jetzt?«, fragte Sailer.

»Nichts mehr. Der gute Rieser übernachtet bestimmt gerne bei uns. Das nehm ich auf meine Kappe. Sauberer als bei ihm ist es im Café Loisach allemal. Morgen, also nachher, ist auch noch Zeit. Wir müssen vor allem wissen: Wer war Markus Göldner?« Sie lächelte Andrea an. »Und du gehst bitte auch ins Bett und setzt dich nicht gleich an den PC. Das ist ein Befehl!«

»Passt schon«, bemerkte Andrea und lächelte zurück.

»Ernsthaft. Ich will morgen keinen vor elf im Büro sehen. Andere Menschen haben schließlich auch frei.«

»Aber weniger Tote«, murmelte Sailer.

Es war kurz vor vier, als Irmi ins Bett ging. Sie erwachte um acht, für ihre Verhältnisse spät, doch vier Stunden unruhigen Schlafes waren alles andere als ausreichend gewesen. Irmi traf Bernhard in der Küche.

»Warst du in der Nacht no weg?«, fragte er.

»Hmm, ein Toter in Murnau.«

»Hot er sich totgesoffen oder was?«

»Nein, Bruderherz, eine Kugel.«

»Fangt ja gut an, das neie Johr«, sagte Bernhard und schenkte Irmi ein schiefes Lächeln.

Sie kannte ihn gut genug, um das als Mitgefühl und Aufmunterung zu deuten. »Allerdings!«

Bernhard würde am heutigen Feiertag zum Frühschoppen aufbrechen, während Irmi sich ins Büro aufmachte. Doch, das Jahr nahm schnell Fahrt auf.

2

Natürlich war Andrea schon da, als Irmi um kurz nach neun im Büro eintraf, und selbstredend hatte sie schon einiges zusammengetragen über Markus Göldner. Seine Vita war auf der Homepage seines Architekturbüros zu finden, das ganz schlicht Göldner & Caviezel hieß. Irmi fand das sympathisch, denn es gab aus ihrer Sicht kaum etwas Exaltierteres als jene, die besonders kreativ sein wollten. Da nannten sich Architekten »Raumskulpteur«, Journalisten hatten ein Büro namens »Wortreich«, die PR-Agentur hieß »Gedankenspiel«, Friseurläden wurden »Haarscharf« getauft, bloß Sanitärnotdienste nannten sich selten »Scheißhaus«.

Göldners Kompagnon war ein gewisser Jürg Caviezel, ein gebürtiger Schweizer, der in Zürich studiert hatte und bei den ganz Großen der Szene gearbeitet hatte: bei Herzog & de Meuron, bei Botta und Zumthor. Markus Göldner selbst stammte aus Velbert, wo immer das war. Er hatte in Bochum studiert, war im Ruhrgebiet und dann in der Schweiz tätig gewesen und anschließend mit Caviezel nach Kempten gegangen.

Irmi fand solche Hochglanz-Homepages immer sehr beeindruckend. Was diese Leute alles für großartige Lebensstationen durchlaufen und Preise eingeheimst hatten. Was würde wohl bei ihr stehen? Geboren in Garmisch, Abitur am St. Irmengard, Ausbildung bei der bayerischen

Polizei, Hauptkommissarin in Garmisch. Keine Preise, keine Zusatzqualifikationen. Auch bei den Sprachen sah es nicht sonderlich eindrucksvoll aus. Deutsch und Bayerisch fließend. Englisch grad so. Brockenhaft Ungarisch und Italienisch.

Irmi sah Andrea an. »Die Herren klingen mir beide nicht so, als bauten die Reihenhäuschen.«

»Nein, die bauen eher Gebäude der öffentlichen Hand, ähm ja, Schulen, Heime und so, und scheinen auch Umbauten von historischen Gebäuden zu übernehmen. Das haben die jedenfalls im Portfolio stehen.«

Irmi betrachtete die Porträtfotos der beiden Männer, die beide Mitte fünfzig waren. Caviezel sah aus wie ein Künstler: Bart, grau meliertes längeres Haar, ein sehr intensiver Blick aus stahlgrauen Augen. Göldners Haar war millimeterkurz geschoren, er sah gut aus, ohne ein Beau zu sein. Nur in seinen braunen Augen lag ein leicht spöttischer Blick, der Irmi nicht so recht gefiel.

Bisher hatte sie viel mit Juristen und Lehrern zu tun gehabt, mit Bankern auch – doch Architekten kannte sie keine, das war eine Berufsgruppe, zu der sie gar keine Meinung hatte. Vielleicht war das ja auch ganz gut.

»Also«, sagte Andrea. »Ich hab ihn weiter gegoogelt, und er ist … ähm … mir kommt da eines sehr komisch vor … ähm …«

»Andrea?«

»Na ja, ich kann es eben schlecht ausdrücken. Du kennst mich ja.«

Das war entwaffnend. Irmi lächelte aufmunternd.

»Er war beim LBV sehr aktiv«, fuhr Andrea fort.

»LBV ist was? Irgendwas mit Vögeln, oder?«

»Landesbund für Vogelschutz. Und der Göldner hat sich da stark engagiert. Und zwar sehr stark, also …«

»Ja, Andrea?«

»Na ja, er schreibt Artikel gegen, ja, eben gegen andere Architekten, also …«

»Wie?«, fragte Irmi, die noch immer nicht verstanden hatte, was Andrea meinte.

»Es ist doch komisch. Also, der Beruf auf der einen Seite. Wo es doch um Ästhetik geht und so. Er will aber alles so bauen, dass der Vogelschutz gewährleistet ist, das geht aber nicht immer … Schau mal hier!«

Irmi drehte den Bildschirm zu sich. Andrea hatte einen Artikel über das Hochhaus Uptown Munich am Georg-Brauchle-Ring gefunden mit der Überschrift: »Ein Architekt klagt an«. Das Aufmacherbild zeigte ein schickes Gebäude mit viel Glas, davor stand ein Mann, der zwei tote Vögel in Händen hielt. Bei dem Mann handelte es sich um Markus Göldner. Irmi überflog den Artikel:

VOGELTOD WEGEN BAUÄSTHETIK

Die bayerische Hauptstadt will zeigen, dass sie kein Millionendorf ist. Glasturm und Glaswände am Georg-Brauchle-Ring sind zweifellos schick. Glas als Baumaterial ist auf dem Vormarsch, sei es für klimagerechtes Bauen oder sei es aus rein ästhetischen Erwägungen, um große Flächen leicht und luftig wirken zu lassen. So weit stimmt auch der bekannte Architekt Markus Göldner zu, aber er ist eben nicht nur Architekt, sondern auch ein aktiver Vogelschützer. »Am Uptown Munich ließen allein in den Monaten September und Oktober über 50 Vögel an den 14 Meter hohen Glasscheiben ihr Leben. Keine schönen Bilder für die Patienten des Instituts für Präventive und Rehabilitative Sportmedizin der TU München. Sie müssen auf Krücken an Vogelleichen vorbei, Mitarbeiter zucken zusammen, wenn's wieder knallt und tote Vögel vor die Fenster fallen. Zu allem Übel kommen dann noch die Krähen und fressen die Kadaver – völlig normal für die Umweltpolizei an der Vogelfront, unschön anzusehen für die Mitarbeiter«, ereifert sich Göldner.

Die Mitarbeiter wandten sich an den Landesbund für Vogelschutz. Hier kam Markus Göldner ins Spiel. »Es gibt keinen triftigen Grund, warum beispielsweise Lärmschutzwände voll transparent sein müssen. Im Gegenteil, sichtbare Markierungen schützen nicht nur vor unnötigem Vogeltod, sie können einen Bau auch optisch aufwerten«, erklärt er. »Es wäre wünschenswert, dass Architekten und Bauherren schon in der Planungsphase Rat beim LBV suchten. Die Kollegen müssen endlich begreifen, dass Bauen nicht im luftleeren Raum stattfindet! Bauen greift in die Lebensräume derer ein, die die menschliche Sichtweise nicht verstehen! Leider sind die Kollegen oft beratungsresistent. Natürlich kosten nachträgliche Veränderungen Geld, und natürlich pochen Architekten auf ihre gestalterische Freiheit. Aber man könnte im Vorfeld schon eben vieles richtig machen, anstatt den Massentod an Glasscheiben billigend in Kauf zu nehmen«, meint Göldner.

»Vögel leben auf unserem Planeten seit 150 Millionen Jahren, Menschen gibt es erst seit 160 000 Jahren. Der Mensch hat die Welt dramatisch umgestaltet, Tier- und Vogelarten haben versucht, sich anzupassen. Sie wurden zu Kulturfolgern. Wir Menschen haben die Verpflichtung, den Schutz von Wildtieren auch in der Stadt umzusetzen«, betont der Architekt. »Denn es geht ja nicht nur um Lärmschutzwände, sondern auch um Wintergärten, gläserne Bushäuschen, Fahrradunterstände und verglaste Tiefgaragenabfahrten. Vögel können Glasflächen nicht rechtzeitig als Hindernis erkennen. Meist spiegeln sich Himmel, Bäume oder Sträucher im Glas, das dadurch zur tödlichen Vogelfalle wird. Mit der zunehmenden Verwendung von Glas in der modernen Architektur erhöht sich die Gefahr für die Tiere stetig. Schätzungen gehen europaweit von 240 000 Vogelopfern pro Tag (!) aus. Meist werden die Opfer rasch von Krähen, Füchsen, Mardern oder Katzen entfernt. Praktisch für den Menschen, der wegsieht!«

Irmi sah ihre Kollegin an. »Jetzt verstehe ich, was du meinst, Andrea. Da geht er seine Zunft ja ganz schön massiv an. Ein echter Nestbeschmutzer.« Sie lächelte kurz. Für einen Vogelfreund war das ein wirklich passender Ausdruck.

»Bestimmt hat er sich viele Feinde gemacht. Grad bei den Kollegen, also …«, meinte Andrea.

»Damit hätten wir schon wieder einen Querulanten am Hals, der sich mit Gott und der Welt anlegt, sodass es einen ganzen Haufen von Verdächtigen gibt. Dabei wäre mir der Rieser als Täter ganz recht. Der gehört eh weggesperrt!«, behauptete Irmi mit Inbrunst.

Andrea lachte. »Irmi, und das von dir. Wo du doch so, so, ähm …«

»Wo ich doch so korrekt bin oder was?«

»Ja, bis zur Langeweile korrekt!«, kam es von der Tür. Kathi war hereingekommen. »Ich hab den Sepp getroffen. Er hat mir von gestern Nacht erzählt. Wieso habt ihr mich nicht angerufen?«

»Um deine Party nicht zu stören! Außerdem wärst du doch eh nicht ans Handy gegangen!«

»Ich hab mit Mama, dem Soferl und den Nachbarn Raclette gegessen. Nix Party.« Sie gähnte. »Hat dieser Rieser echt Fotze zu dir gesagt?«

»Hmm, und einiges andere auch. Wir warten mal auf die Auswertungen, was den Schusswinkel und so weiter betrifft. Lange werden wir den nicht festhalten können.«

»Und was macht ihr jetzt gerade?«

»Wühlen in Göldners Leben, Kathi! Lies mal den Artikel da«, sagte Irmi und wies auf den PC.

Kathi las mit gerunzelter Stirn. »Der hat sich sicher bei den Kollegen wenig Freunde gemacht«, bemerkte sie nach der Lektüre. »Diplomatie scheint ja nicht sein zweiter Vorname zu sein.«

»Dann würd er ja gut zu dir passen«, kam es von Andrea.

Irmi und Kathi starrten ihre Kollegin an. Andrea mochte vielleicht so etwas denken, aber nie aussprechen. Sie selbst schien angesichts ihres Vorstoßes ganz überrascht zu sein.

Erstaunlicherweise grinste Kathi nur. »Ist nicht mein Typ, rein optisch, mein ich. Viel zu alt. Und ich mag keine Glatzen.«

Offenbar gab es noch Zeichen und Wunder. Vielleicht wurde Kathi ja doch noch milde, dachte Irmi.

Andrea hatte einen weiteren Artikel hochgeladen. Es war ein Interview mit Markus Göldner in der Onlineausgabe eines Nachrichtenmagazins. Göldner stand nachts vor einem bunt beleuchteten Gebäude, wieder hatte er einen toten Vogel in der Hand.

LICHTVERSCHMUTZUNG IRRITIERT TIERE

Seit 2002 steht der 162,5 Meter hohe und bis zu 80 Meter breite Post Tower in Bonn, wo die Hauptverwaltung der Deutschen Post AG residiert. Abends und nachts wird das Renommiergebäude von innen in wechselnden Farben hinter der Außenfassade beleuchtet, mit der Farbabfolge Blau – Gelb – Rot, pro Zyklus sind es 10 Minuten. Am Tower verenden zahlreiche Vögel, daher fordern Vogelschützer: »Licht aus!«

Kennen Sie die Milchstraße, Herr Göldner?

Ich schon! Wer am Land lebt wie ich, der schaut gerne mal in die Milchstraße. Aber in den Städten gibt es dank der vielen Straßenlaternen, Leuchtreklamen und imposant angestrahlten Bauwerke keine schwarze Nacht mehr. Eine Stadt mit 30 000 Einwohnern erhellt den Himmel in einem Umkreis von etwa 25 Kilometern! Städte und Gemeinden verschwenden jedes Jahr drei bis vier Milliarden Kilowattstunden Strom für die öffentliche Beleuchtung, jede dritte Straßenlaterne ist mehr als zwanzig Jahre alt!

Die Energieverschwendung ist aber nicht Ihr zentrales Anliegen, Herr Göldner?

Neben der Energieverschwendung geht es um die Gesundheit. Wissenschaftler erforschen, inwieweit der gestörte Tag-Nacht-Rhythmus verantwortlich ist für vermehrte Krebserkrankungen. Und auch wir Vogelkundler müssen endlich gehört werden. Veraltete und schlecht konstruierte Lichtquellen werden häufig zu tödlichen Fallen für nachtaktive Insekten, Vögel und Fledermäuse. Die Dramatik von nächtlicher Kunstbeleuchtung für Insekten ist gut dokumentiert. Untersuchungen, die bereits 2000 gemacht wurden, zeigen, dass in Deutschland in einer einzigen Sommernacht an einer Straßenlaterne durchschnittlich 150 Insekten sterben. Rechnet man das auf die ca. 6,8 Millionen Straßenlaternen auf deutschen Straßen hoch, sind dies jede Nacht über eine Milliarde Insekten! Und das bezieht sich nur auf die Laternen! Nun sind Insekten nicht gerade beliebt, aber sie dienen vielen Vögeln und anderen Spezies als Nahrung. Und all diese Tiere fehlen später bei der Bestäubung von Pflanzen. Angesichts des weltweiten Bienensterbens werden Schmetterlinge immer wichtiger – der Löwenanteil der Arten ist aber nachtaktiv!

Herr Göldner, wir stehen vor dem Post Tower in Bonn …

Die Post AG hat sich hier ein Denkmal setzen wollen. 162,5 Meter Schwachsinn! Nächtliches Kunstlicht verändert die Orientierung von Zugvögeln und führt unter anderem dazu, dass Vögel in hell erleuchtete Gebäude fliegen. Das sogenannte »Towerkill-Phänomen« ist in den USA gut dokumentiert. Amerikanische Vogelkundler gehen davon aus, dass allein in Nordamerika jährlich etwa eine Milliarde Zugvögel an Hochhäusern verenden. In Deutschland ist der Post Tower in Bonn zu trauriger Berühmtheit gelangt. Von den 827 registrierten Vögeln starben 151 (18,3 %) unmittelbar am Turm! Dies passierte vor allem beim Aufprall auf den Boden, nachdem die Vögel, vermutlich entkräftet, von der Turmfassade herabstürzten. Andere verendeten durch Genickbruch, weil sie gegen die Glasscheiben der unteren Gebäudeteile geprallt waren. Manche Tiere stießen morgens an die Scheiben des Erdgeschosses, weil sie in der Nacht in den Büschen der Umgebung geschlafen hatten und durch die starken Wandleuchten angelockt wurden.

Wurde denn reagiert?

Am Post Tower hat die Deutsche Post die mehrfarbige Beleuchtung zumindest zur Zeit des Vogelzuges angepasst. Blaues Licht ist besonders anziehend, die Lösung wäre für illuminierte Gebäude daher generell: Licht aus! Da das aber den Renommiergedanken der Firmen zuwiderläuft, fordern die Vogelfreunde, dass die Nachtbeleuchtung wenigstens abgedimmt wird und eher im Rot-Gelb-Spektrum liegt. Aber auch Skybeamer von Diskotheken lenken Vögel von ihren Wanderungen bis zur totalen Erschöpfung ab, wichtige Energievorräte für den beschwerlichen Flug in wärmere Gefilde werden so verbraucht. Der Mensch breitet sich aus, die Tierwelt stirbt – oft ganz unerkannt.

»Hmm«, machte Kathi. »Darüber hab ich, ehrlich gesagt, nie nachgedacht. Aber, aber …«

»Also, ich finde da momentan keinen Anknüpfungspunkt«, erklärte Irmi. »Markus Göldner war ein arrivierter Architekt, der vor allem Industriebauten konstruiert hat. Und ausgerechnet der hat gegen modernes Bauen gewettert, weil er ein hochengagierter LBVler war. Das lag ihm anscheinend wirklich am Herzen. Da konnte er sich reinknien und reinsteigern. Es gab Interviews, die tatsächlich nicht diplomatisch klingen. Und deshalb hatte er sicher auch Gegner. Oder Feinde, nennen wir es ruhig so. Ich nehme an, die Kritik eines Architekten hat mehr Gewicht als die einer engagierten Volksschullehrerin. Aber was haben wir davon? Wie sollen wir weiter vorgehen? Wo wollt ihr die Feinde suchen?«

Es blieb eine Weile still.

»Wir sind hier. Nicht in München und nicht in Bonn. Wir müssen in der Nähe beginnen. Wir haben diesen idiotischen Rieser. Wir sollten uns auf den konzentrieren«, sagte Kathi schließlich. »Der Rieser kann die Wege von Göldner doch irgendwo beim Vogelschutz gekreuzt haben.«

»Der Rieser ballert sicher auch Vögel ab, also …«, meinte Andrea.

»Stimmt, Andrea, das kann sein. Wir müssen mehr über beide erfahren. Über Göldner und Rieser! Wir müssten einen Zusammenhang zwischen den beiden finden.«

Inzwischen war der Hase hereingekommen. »Ich könnte etwas zum Schusswinkel beitragen«, sagte er und legte die Skizze des Wohngebietes vor, in dem der Mord passiert war. Linien durchzogen das Blatt.

»Und?«, fragte Kathi.

»Wir sehen hier, von wo geschossen wurde. Es ist mit sehr hoher Wahrscheinlichkeit ein Gangfenster im zweiten Stock des gegenüberliegenden Hauses. Göldner wurde von einem Punkt leicht seitlich und oberhalb aus erschossen, das sieht man am Eintrittskanal.«

»Also von dem Haus, in dem Rieser wohnt?«

»Ja, aber eine Etage höher und definitiv nicht aus dem ersten Stock. Da passt die Flugbahn gar nicht.«

»Scheiße!«, rief Kathi.

»Und gibt es am besagten Fenster Spuren?«, fragte Irmi.

»Jede Menge Fingerabdrücke am Fenstergriff und auf der Fensterbank. Und außerdem Kotze am Boden!« Der Hase kniff die Augen zusammen.

»Und leider decken sich die Abdrücke nicht mit denen von Rieser oder von sonst wem, der aktenkundig ist?«, fragte Irmi.

»Leider nein.«

»Und die Waffe?«

»Eine Walther P99 Q.«

»Aber genau so eine hat Rieser!«

»Aus der wurde aber nicht geschossen«, erklärte der Hase.

»Er könnte doch noch eine besitzen! Er könnte Handschuhe getragen haben. Er könnte seine Etage verlassen haben und eine Etage hochgelaufen sein!«, rief Irmi.

»Könnte, Frau Mangold. Könnte! Das müssen Sie aber beweisen.«

Der Kollege deutete etwas wie ein Lächeln an, was für ihn ja schon fast ein emotionaler Ausbruch war. In letzter Zeit war der mimosenhafte Hase sowieso recht aufgeräumt, fand Irmi. Für seine Verhältnisse.

»Die Zeugen waren sich nicht sicher, ob er noch am Fenster stand, als Göldner vom Balkon gestürzt ist«, sagte Irmi zögerlich.

»Zeugen sind sich nie sicher! Die sehen auf dem Balkon auch gern mal King Kong, Superman, Mork vom Ork,

George Clooney oder den Prinzen von Wales in grünen Gummistiefeln. Und die würden Stein und Bein schwören, dass er es wirklich war«, kommentierte Kathi. »So ein Scheiß!«

Der Hase zuckte mit den Schultern. »Man wird ihn erst einmal gehen lassen müssen.«

Irmi nickte gequält. Natürlich würde »man« das müssen. Genau das war auch die Forderung der Staatsanwaltschaft. Also entließen sie Rieser noch vor zwölf Uhr – rechtzeitig zum Weißwurstessen, denn eine Weißwurst sollte bekanntlich das Mittagsläuten nicht hören. Er hatte rumgepöbelt, einen Stuhl umgetreten, und doch war er erst mal raus. Es rumorte in Irmis Innerem. Dieser aggressive Holzklotz, der vor Frauen null Respekt hatte, der konnte einfach so gehen? Kathi hatte schon recht. Post Tower hin oder her – sie taten gut daran, Motive im Nahraum zu suchen.

»Es kann doch einfach nicht sein, dass Rieser aus der Nummer so einfach raus ist!«, rief Kathi wütend.

Irmi überlegte. »Lassen wir die Zeugen mal aus dem Spiel. Wenn Rieser wirklich einen Stock hochgerannt ist, wo ist das Motiv?«

»Na, der brüllende Markus Göldner hat ihn genervt. Dem sind die Sicherungen durchgebrannt. So wie ihr den beschrieben habt, knallt bei dem schnell alles durch. Sehr wacklige Sicherungen. Starkstrom, oder?«, meinte Kathi.

»Okay, wenn es Rieser gewesen sein sollte, dann rennt der doch nicht im Affekt ein Stockwerk höher. Dem Ganzen müsste doch ein perfider Plan zugrunde liegen, nämlich dass er sich ein bombensicheres Alibi gibt, indem er mit Schreckschusswaffe schießt und jeder ihn sieht. So was überdenkt man doch vorher!«

»Und noch was«, warf Andrea ein. »Konnte er ... ähm ... überhaupt wissen, dass Markus Göldner auf den Balkon geht?«

»Guter Punkt!«, meinte Irmi.

»Okay, Leute, alles sehr vage«, räumte Kathi ein. »Aber gut, nehmen wir das mal als Hypothese. Wenn das also geplant war, dann muss es eine direkte Verbindung zwischen Rieser und Göldner geben. Der Göldner muss etwas getan haben, was dem Rieser einen Mord wert ist. Und den Grund find ich!«, rief sie mit Inbrunst. »Keiner sagt Fotze zu uns!«

Irmi lächelte. So aufbrausend Kathi auch war – das gehörte nun mal zu ihrer Persönlichkeit. Sie hielt im Zweifelsfall zu Irmi, und sie verteidigte die Ihren mit Zähnen und Krallen. Dass sie Haare auf den gefletschten Zähnen hatte, war offensichtlich, und ihre Nägel waren im Gegensatz zu Irmis auch immer recht lang.

»Göldner ist tot. Den können wir also nicht fragen«, bemerkte Andrea.

»Aber seine Freundin, oder?«

»Die sicher noch im UKM liegt«, warf Irmi ein.

»Wo man sie besuchen kann«, meinte Kathi.

»Ach, Kathi, ich fahr so ungern ins UKM. Ich finde es beklemmend. Und ich bin abergläubisch. Wenn man zu oft als Besucher in Krankenhäuser geht, landet man selber irgendwann da drin. Ich hab mal als Kind die Krücken von einem Jungen in der Schule ausprobiert, und zwei Tage später hab ich mir den Knöchel gebrochen.«

Kathi tippte sich an die Stirn. »Blödsinn! Wir sind doch gar keine Besucher. Wir sind im Dienst!«

Und so fuhren sie durchs schöne Murnau, hinauf zum aussichtsreichen Klinikum. Kathi parkte ihr Auto in der Garage, dann erfragten sie die Zimmernummer und liefen durch lange Gänge. Eine junge Frau stoppte sie.

»Hallo, Irmi!« Vor ihr stand Bettina, die hübsche Tochter von einem Kumpel ihres Bruders Bernhard.

»Ach, ich wusste gar nicht, dass du hier arbeitest!«, rief Irmi überrascht.

»Ja, schon seit einigen Jahren. Wo wollt ihr hin?«

»Zu Beate Mutschler, die gestern Nacht eingeliefert worden ist. Wir wollten grad nach der Station fragen.«

»Die ist auf meiner Station. Puh, arme Frau. Sie hat jetzt einiges an Sedativa intus. Ich glaube kaum, dass ihr viel von ihr erfahren werdet. Stimmt es denn, dass man ihren Freund vom Balkon geschossen hat? Einfach so?«

»Ja, in der Tat.«

»Das ist ja krass! Also, um zur Frau Mutschler zu kommen, geht ihr durch die Glastür zu den Aufzügen, 4. Ebene, dann links, und schon seid ihr da. Ich muss leider weiter.«

»Krass, ja«, meinte Kathi und sah Bettina nach. »Eine Hübsche, diese Florence Nightingale, aber das wäre ja gar nicht mein Job!«

»Bei deinem immensen Einfühlungsvermögen wäre dieser Job auch wenig empfehlenswert«, kommentierte Irmi grinsend.

Wenig später standen sie vor der Tür des Zimmers, das Bettina ihnen genannt hatte. Kathi klopfte an, und als keine Antwort kam, gingen sie hinein. Beate Mutschler lag allein in einem Dreibettzimmer. Sie starrte an die Decke. Irmi und Kathi traten an ihr Bett.

»Frau Mutschler, ich bin Irmi Mangold, Sie erinnern sich? Das ist meine Kollegin Kathi Reindl.«

Sie schwieg.

»Frau Mutschler?«

»Es ist nicht fair. Nicht fair. Nicht fair«, murmelte Beate Mutschler.

»Nein, es ist nicht fair. Und deshalb sind wir da. Wir wollen den Schützen finden.«

»Ich habe nie Glück«, wimmerte Beate Mutschler.

Was sagte man darauf? Mädel, du bist grad in einem Tief, aber auf jede Senke folgt eine Anhöhe? Mädel, du hast einen guten Job, und es gibt noch andere Männer auf diesem Planeten? Das wird schon wieder? Irmi fühlte sich hilflos und war froh, dass Kathi ausnahmsweise schwieg.

»Frau Mutschler, Ihr Nachbar, den Rudolf Rieser, wie gut kennen Sie den?«

»Der Rieser ist schuld. Nur wegen ihm ist Markus raus auf den Balkon. Ich habe nie Glück. Ich will sterben. Einfach nur sterben.«

Irmi sah Kathi an, die mit den Augen rollte.

»Sie wollen doch auch, dass wir den Schützen finden, oder? Kennen Sie Herrn Rieser besser?«, hakte Irmi nach.

»Rieser will immer ballern. Immer nur ballern. Krach machen. Ballern. Ballern. Überall.« Beate Mutschler begann zu weinen.

Die hübsche Bettina kam herein. »Leute, ihr regt sie auf! Das hat keinen Wert.«

Das Weinen der Patientin wurde hysterisch, und Bettina scheuchte Irmi und Kathi hinaus. »Ich brauche einen Arzt!«, rief sie einer anderen Schwester zu, die hereingekommen war.

Irmi und Kathi standen etwas unschlüssig auf dem Gang herum.

»Na toll«, meinte Kathi. »Die ist völlig hinüber. Gleich spritzt sie der Arzt nieder, und sie wird weggebeamt. Da erfahren wir erst recht nix!«

»Kathi! Mit ihr zu reden ist momentan wirklich sinnlos, sie muss erst etwas stabilisiert werden. Komm, wir verschwinden.«

Sie verließen das UKM und fuhren Richtung Garmisch.

»Wir können momentan nur im Umfeld der beiden herumfragen«, erklärte Irmi. »Lass uns morgen diese Nachbarin besuchen, die auch ihre Arzthelferin ist. Und den Kompagnon im Architekturbüro, den Mann mit dem schönen Namen Caviezel.«

»Graubündner, oder? Die heißen ja auch mal Accola, Badrutt oder Casanova. Schön, diese rätischen Namen, oder?«

»Sag mal, Kathi, hattest du mal einen Lover aus Graubünden? Wusste ich gar nicht«, sagte Irmi. »Du scheinst dich ja richtig auszukennen!«

»So ein Schmarrn! Nein, keinen Lover, obgleich ich mir das witzig vorstelle. Sex mit einem Schweizer. Ich glaub, ich müsst dauernd lachen wegen des Dialekts. Nein, ich hab da Verwandtschaft. In Graubünden. Und die heißen Caduff und wohnen in Sagogn.«

»Saigon?«

»Sagogn! Bei Ilanz. Hinterrheintal. Irgendeine Cousine von Mama hat einen Caduff geheiratet. Furchtbar, die fahren unentwegt Ski. Von November bis Mai. Ich musste da als Kind einen Skikurs machen. Es hat nur geschneit. Voll fette Flocken. Ich war ständig nass, und mir war total kalt. Das hat mich traumatisiert fürs restliche Leben. Du weißt ja, wie sehr ich Sport mag!«

»Also daher hat das Soferl seine Wintersportbegabung. Ich hab mich immer schon gefragt, wie das Madl bei einer so wenig sportaffinen Mutter Biathletin sein kann! Du trägst das irgendwie in dir. Musst es nur rauslassen.« Irmi lachte.

»Ich lass *dich* gleich raus! Überleg dir das gut, da läufst du nämlich lange!«

Kathi machte ihre Drohung nicht wahr, und so gelangte Irmi wohlbehalten zu ihrem Auto, das vor der Polizeiinspektion stand. Auf dem Heimweg wirbelten in ihrem Kopf Bilder wie Schneeflocken im Wintersturm. Der unangenehme Rieser, die Waffen, die Augen von Beate Mutschler.

Als sie die Küche betrat, lagen die beiden Kater nebeneinander auf der Küchenbank und putzten sich. Selbstvergessen, ohne aufzublicken. Das monotone Putzgeräusch hatte sofort eine beruhigende Wirkung auf Irmi. Sie seufzte und beschloss, öfter von ihren Katern zu lernen. Katzen waren die wahren Lebenskünstler und Philosophen. »Love yourself«, lautete deren Motto. Bis zu dreieinhalb Stunden täglich verbrachten Katzen mit Putzen – und sie selbst nahm sich nicht einmal die Zeit, um sich nach dem Duschen einzucremen? Außerdem waren sich die Kater ihres eigenen Wertes bewusst. Sie wählten höher gelegene Plätze, die ihre Anmut unterstrichen. Sie okkupierten sofort den Platz am Fernseher, wenn Bernhard grad aufs Klo musste, nach dem Motto: aufgestanden – Platz vergangen. Sie lebten ihr Leben mit Noblesse und Würde, aber nie mit Hochmut! Und sie ruhten sich aus, wenn es ihnen zu viel wurde. Sie schliefen, träumten sich Pfoten zuckend und ohne Pflichten durch den Tag. Katzen mussten rein gar nichts.

Irmi seufzte erneut und entschied sich, eine weitere Katzenregel umzusetzen: Das Leben ist zu kurz für schlechtes Essen. Ihre Kater waren echt hoaklig. Also machte sich Irmi einen Salat mit Mozzarella. Immerhin.

Anschließend bezog sie ihr Bett neu, schließlich liebten die Kater Wäschekörbe mit frischer Wäsche, und sie bohrten sich auch unter frisch bezogene Betten. Als Irmi schließlich schlafen ging, lag der kleinere der beiden Kater am Kopfende und der ältere unter der Decke. Irmi faltete sich dazu.

3

Sie erwachte leicht verbogen und konnte beim Kaffee noch eines lernen: Katzen waren selbst als Senior noch verspielt. Sie konnten sich beispielsweise an einem Pappkarton unendlich freuen, und zwar am besten zu zweit. Der Alte saß in einem Karton, den Bernhard in der Küche hatte stehen lassen, und verteilte Pfotenhiebe. Der Kleine schlug zurück. Bis er irgendwann anfing, den Fleckerlteppich zu bekämpfen.

Irmis Kater hatten einen sehr unkomplizierten Umgang mit materiellen Werten. Sie massakrierten seit Jahren das Tischbein des alten Wirtshaustisches in der Stube. Sah aus wie Biberverbiss! Selbst Bernhard hatte irgendwann mal aufgegeben, sich aufzuregen. Katzen ließ man besser immer gewinnen.

Offenbar tat die Katzenkur ihre Wirkung. Jedenfalls fuhr Irmi leichten Mutes nach Garmisch, wo die unpünktliche Kathi wundersamerweise schon vor Ort war.

»Ich hab grad angerufen«, berichtete sie. »Die Mutschler ist nicht vernehmungsfähig, sagen die im UKM.«

»Das war zu erwarten.«

»Und was machen wir dann?«

»Na ja, wir können ihre Mitarbeiterin und Nachbarin, diese Vreni Haseitl, mal befragen«, erwiderte Irmi. »Und den Herrn Caviezel, den mit dem schönen Bündner Namen, wie ich gelernt habe, weil meine Kollegin ja mit den

Kabuffs aus Saigon verwandt ist. Ich denke, wir sollten zuerst den Kompagnon aufsuchen.«

Kathi tippte sich an die Stirn. »Du willst nach Kempten?«

»Klar, wir machen doch immer gern einen Ausflug.«

»Das ist aber am Arsch der Welt!«

»Von Garmisch aus betrachtet, ist vieles am Arsch der Welt«, sagte Irmi.

»Quatsch, man ist schnell in München und in Innsbruck. In Bozen auch! Und sogar am Gardasee. Mensch, da wäre ich jetzt viel lieber.«

»Ach komm, Urlaub wird überschätzt. Und nach Kempten könntest du sogar mit der Bahn fahren. Die Außerfernbahn hält doch auch bei dir in Lähn.«

»Irmi, ich verspreche dir, dass ich das mal in der Rente mache. Als Sightseeingtour. Das ist doch eine halbe Weltreise!«

»Quatsch, von Garmisch bis Reutte fährst du ungefähr eine Stunde. Und für die Strecke Reutte – Kempten brauchst du maximal eineinhalb Stunden. Wenn du im Stau stehst, dauert das auch.«

»Hast du einen Promovertrag mit der Bahn abgeschlossen?«, fragte Kathi.

»Nein, ich wollte dir nur die Relativität von Zeit darlegen. Mit dem Auto brauchen wir nämlich sicher auch eineinhalb Stunden. Oder mehr. Egal ob wir übers Außerfern oder übers Ammertal fahren. Andrea, kannst du bitte nachfragen, ob wir kommen können? Ich verständige so lange die Polizei im schönen Kempten, könnte ja sein, dass dieser Caviezel skeptisch ist und bei der örtlichen Polizei nachfragt. Einen Durchsuchungsbeschluss werden wir ja noch keinen brauchen. Auf geht's, Mädels, und Kathi, wir treffen uns in zehn Minuten.«

»Ähm, habt ihr überlegt, dass heute der 2.1. ist? Ob die nicht zuhaben? Ich dachte nur, wegen Urlaub, ähm …«

»Probier es einfach.«

Andrea hatte recht. Bayern ruhte bis Dreikönig in einem bleiernen Verdauungsschlaf. Das würde ihre Ermittlungen in jedem Fall blockieren. Das Architekturbüro in Kempten jedoch schien keine Gnade mit den Mitarbeitern zu kennen. Herr Caviezel gab ihnen sogar einen Termin in gut zwei Stunden.

Es stellte sich heraus, dass die Routenwahl übers Außerfern nicht ideal gewesen war. Sie standen allein vor dem Grenztunnel fünfzehn Minuten wegen Wartungsarbeiten. In Kempten führte das Navi sie über den Berliner Platz.

»Berliner Platz! Warum nicht gleich Piccadilly Circus? Die übertreiben doch, diese All-Geier«, maulte Kathi, die sichtlich genervt war von der zähen Anfahrt.

Das Büro befand sich in der Altstadt. Die beiden mussten sich sputen, denn sie waren sowieso schon einige Minuten zu spät dran. Der Türsummer ging, sie hasteten eine uralte Steintreppe hinauf und standen schließlich vor einer gewaltigen, mit Schnitzereien verzierten Holztür. Wieder ging ein Summer, und mit dem Öffnen der Tür betraten sie ein Wunderland.

Die Herren Architekten schienen fast alle Wände entfernt zu haben, mancherorts waren diese nur noch so hoch wie eine Theke, an anderen Stellen standen weiß gekälkte T-Träger. Ganz am Ende der Blickachse gab es ein etwa drei Meter hohes Bild einer Kuh in poppigen Knallfarben. Das rhythmische Raumgefüge war mehr als beeindruckend. Wenn Räume Visitenkarten waren, dann sahnten Göldner & Caviezel sicher viele Aufträge ab.

Irmi und Kathi wurden von einer jungen Frau mit rosafarbenem Haar begrüßt. Sie trug eine sehr enge schwarze Hose und eine weiße Kurzarmbluse, die verwirrende bunte Tattoos an den Armen freigab. Die junge Frau führte die beiden Besucherinnen wie in einem Irrgarten um ein paar Ecken bis zu einer halbhohen Wand, die wirklich zu einer Theke umgestaltet war. Man konnte von beiden Seiten daran sitzen, was intim war und doch Distanz schuf.

»Kaffee, Tee, Wasser?«, fragte die Frau in Rosé.

»Cappuccino«, sagte Irmi.

»Am besten einen Espresso doppio«, meinte Kathi.

Die beiden Gäste saßen auf Hockern, die früher mal Öltonnen gewesen waren. Wenig später wurde ein Keksteller vor ihnen abgestellt, es folgten die Kaffeetassen, eine Kristallkaraffe mit Wasser und Gläser, aus deren Böden sie Smileys angrinsten.

Und dann kam Caviezel. Er war sicher einen Meter neunzig groß und überschlank. Zu Jeans und Hemd trug er ein olivfarbenes Sakko mit Stehkrägelchen und einen Schal. Bei den meisten Männern hätte das affig ausgesehen, bei ihm hingegen hatte es dieselbe Wirkung wie die gesamte Raumarchitektur: Es schuf Sympathie und Ehrfurcht zugleich.

Irmi und Kathi stellten sich vor.

»Grüezi, die Damen«, erwiderte er. »Ich habe Sie schon erwartet. Sie kommen wegen Markus. Er ist tot.«

Weder sagte er: Wir sind ja völlig erschüttert hier im Büro. Noch: Was für eine Tragödie! Sein Graubündner Akzent war hinreißend. Irmi war sich dessen bewusst, dass dieser Mann jede Bastion mit Charme und Samtstimme umrennen konnte. Ohne dass der Überrannte es bemerkte. Und dann hatte er noch diesen stahlgrauen Blick, der die letzten Winkel von Gehirnen auszuleuchten schien.

»Sie sind über die Todesursache informiert?«, fragte Irmi.

»Ihre Kollegin hat mir am Telefon gesagt, was passiert ist. Ich hatte Markus heute nicht erwartet. Er wollte erst am Mittwoch ins Büro kommen. Er wurde wirklich erschossen? In Murnau? Wo sind wir denn, wenn man mitten in der idyllischen Stadt des Blauen Reiters Menschen erschießt?«

»In einer Welt, die uns immer mehr verstört«, sagte Irmi leise.

Er betrachtete sie interessiert. »Haben Sie denn schon eine Idee?«

»Wir wissen, von wo geschossen wurde. Wir kennen das Kaliber. Wir verfolgen Spuren. Und jetzt müssen wir seine nähere Umgebung ausleuchten. Kennen Sie seine Freundin Beate Mutschler, bei der er Silvester gefeiert hat?«

»Nur sehr flüchtig. Sie war einmal im Büro. Markus hat seine Beziehungen nicht zu Markte getragen. Warum hätte er das auch tun sollen?«

»Das heißt, er hatte mehrere?«, hakte Kathi nach.

»Frau Reindl, wir sind ein Architekturbüro und keine Waschweiber am Dorfbrünnli. Es gab hie und da wohl Damen, aber ich habe mich nicht dafür interessiert, wann Markus seine Beziehungen begann und beendet hat. Warum auch?«

Es trat eine kurze Gesprächspause ein, Caviezel fixierte Irmi.

»Fragen Sie mich nun, ob Markus Feinde hatte, Frau Mangold?«

»Hatte er denn welche?«

»Wer hat das nicht, oder?«

»Waren Sie sein Feind?«

Er lächelte. »Markus war nicht mein Feind. Ich nicht seiner. Wir waren Partner und haben uns sehr gut ergänzt. Wir haben hier in Kempten etwas geschaffen. Wir sind gut. Und ab und zu haben oder hatten wir ein paar Reibereien. Was normal ist im kreativen Prozess. Aber ist das nicht überall so, wo Menschen leben, lieben, denken und forschen?«

Er beendete fast jeden Satz mit einer Frage. Das war sicher seine Kommunikationsstrategie. Irmi beschloss, vorsichtig zu sein. Er wirkte sehr empathisch, aber genau das konnte seine Masche sein.

»War es nicht ein Problem für Ihre Arbeit, dass Ihr Kollege so viel Wert auf Vogelschutz legte? Er ist ja auch nicht vor Kollegenschelte zurückgeschreckt, oder?«, fragte Irmi.

»Ach, darauf wollen Sie hinaus?«

»Ja, das wollen wir!« Irmi beschloss, seinem Stahlblick standzuhalten.

»Die Damen, alles im Leben hat zwei Seiten. Markus

hat uns eine Reihe von Aufträgen beschert, wo es um ökologisches Bauen ging, um Renommierprojekte, wo Gutmenschen sich beklatschen ließen für ihre zukunftsweisende Denke. Bauen für unsere Kinder und Enkelkinder. Darin war Markus sehr gut. Sehr überzeugend. Grün, verträglich, vegan, auch gut zu den Erzeugern der Materialien, das sind die Stichworte. Die Zukunft des Planeten im Blick zu haben ist doch unser aller Anliegen?«

Irmi hörte keinen Sarkasmus heraus. Kathi hingegen schaltete auf Angriff.

»Ihr Kollege war der ›good cop‹ und Sie ›the bad one‹?«

Caviezel lächelte. »Arbeiten Sie so? Ahne ich gar, wer hier welche Rolle besetzt?«

»Wir wechseln auch manchmal!«, entgegnete Kathi unangemessen genervt.

»Herr Caviezel«, fiel Irmi ein. »Verstehe ich Sie richtig, dass Markus Göldner in Ihrem Büro andere Bereiche abdeckte als Sie?«

»Generell ist es so, dass ich eher der Zeichner bin, der Konstrukteur. Markus hingegen ist an die Front gegangen, hat Vorbesprechungen geführt, Verträge gemacht. Ich verhandle ungern, das ist nicht mein Terrain. Aber sind Menschen nicht da am besten, wo sie nebeneinander stark sein können?«

»Ah, der Herr Künstler und der Mann fürs Unerotische!«, warf Kathi ein.

Caviezel war amüsiert. »Sie glauben gar nicht, wie erotisch Verträge sein können. Vor allem, wenn Sie die Zahlen lesen. Bemisst sich Erfolg nicht doch ein wenig nach dem Verdienst?«

Der Schweizer hatte immer wieder zwischendurch Kekse gegessen, eher abwesend und mechanisch, um dann im Gespräch wieder voll da zu sein. Ein durch und durch irritierender Mann, dachte Irmi und überlegte kurz, wie wohl seine Frau sein mochte. Er trug einen Ehering. Entweder sie war ebenso brillant und konnte neben ihm stark sein, wie er das formulierte. Oder sie war ein Hasi, das ihm gar nicht das Wasser reichen wollte. Und sicher hatte sie längst ein Loch im Bauch, wenn er daheim auch ständig Fragen stellte.

»Sie waren erfolgreich und haben sich ergänzt …«, begann Irmi.

Und Kathi fiel ihr ins Wort: »Aber Sie scheint der Tod von Markus Göldner nicht sehr zu bewegen, oder?«

Seine Augen verengten sich. »Ich habe gerade erst davon erfahren. Es ist nicht meine Art, Gefühle vor Wildfremden zur Schau zu stellen. Mein Partner wurde erschossen. Wie im Wilden Westen oder im Partisanenkrieg! Ich bin fassungslos, aber ich habe eilige Projekte zu erledigen und zehn Mitarbeiter, die ich bezahlen muss. Glauben Sie, es ist zielführend, wenn ich hier mit Trauermiene ins Schnütznedli rotze?«

Schönes Wort, dachte Irmi, und zum ersten Mal hatte die blitzsaubere Fassade ein paar Spritzer abbekommen. Caviezel war lauter geworden – und hatte es doch geschafft, wieder mit einer Frage zu enden.

»Wie geht es hier bei Ihnen im Büro denn nun weiter?«, fragte Irmi.

»Ich möchte Sie um etwas Besonnenheit bitten. Der Kollege ist nicht einmal unter der Erde! Natürlich werde ich einen neuen Partner suchen müssen, aber bei Gott: Markus wird uns allen fehlen. Emotional und wirtschaftlich. Gute Architekten wachsen hier nicht auf Bäumen. Wo, glauben Sie, wollen die guten jungen Leute hin? Nicht nach Kempten im Allgäu! Für gute Leute ist nicht mal München eine Option. Die ködern Sie höchstens mit Berlin oder besser gleich mit London oder New York.«

»Warum ist so ein Toparchitekt wie Sie dann in Kempten gelandet?«

»Gelandet würde ich das nicht nennen. Wir haben hier einen sehr interessanten Raum, der bis an den Bodensee reicht, hinein nach Oberschwaben, ins Oberbayerische und bis München. Altes Kulturland mit vielen Klöstern, die sehr interessante Auftraggeber sind. Markus und ich wollten kein Joch mehr auf den Schultern spüren. In großen Büros sind Sie eine Nummer. Sie arbeiten bei, sie arbeiten für. Hier arbeiten wir einzig für uns.«

»Sie waren also ein gutes Team?«

»Ein sehr gutes sogar. Sein Tod schmerzt. Sie sehen, ich habe gar nichts von Markus' Ableben, ganz im Gegenteil. Oder glauben Sie etwa, ich erbe etwas?«

»Erben Sie?«

»Was denn? Seine Stifte? Seine Kaffeetasse? Seine Bücher über Vögel, die er zuhauf besitzt?«

»Hätte denn sonst jemand etwas vom Tod Ihres Partners?«

»Ich weiß nicht, ob er irgendwo Gold lagert. Ich weiß nicht, ob sein Haus abbezahlt ist. Ich kann Ihnen nicht einmal sagen, wer erbberechtigt ist. Markus war zweimal verheiratet und hat aus einer dieser Ehen eine Tochter. Das weiß ich, weil er mal erwähnt hat, dass er zu ihr erst seit Kurzem wieder Kontakt hat. Wir haben nicht abends in der Kneipe gesessen und uns Schwänke aus unserem Leben erzählt. Wir haben miteinander gearbeitet!«

»Eine gewisse Privatheit aber steckt doch immer in einer so engen Zusammenarbeit?«, fragte Irmi.

Caviezel sah zwischen Irmi und Kathi hin und her. »Tatsächlich?« Er aß einen Keks, sah ins Nichts und saugte sich dann mit seinen Stahlaugen wieder an Irmis Blick fest. »Ich habe, wie gesagt, nur einmal seine neue Freundin getroffen, hier im Büro. Sie hat ihn abgeholt, wir haben eine halbe Stunde geplaudert. Die beiden waren auf dem Weg zu einer Arbeitsgruppe. Irgendwas mit Vogelschutz. Beide waren sehr engagiert, insofern hätte ich dieser Beziehung durchaus eine Zukunft attestieren wollen. Brauchen wir nicht alle jemanden, der unsere Passionen teilt?«

»Was uns an den Ausgangspunkt zurückführt. Hat er es nicht übertrieben mit seinem Engagement?«

»Mir steht nicht zu, das zu beurteilen.«

»Herr Caviezel, mit Verlaub! Es liegt ein gewisses Spannungsverhältnis darin, dass Ihr Architekturbüro große öffentliche Gebäude baut und Ihr Partner in Bonn vor dem Post Tower protestiert! Und dabei sehr plakativ und provokativ tote Vögel in die Kamera hält.«

Irmi legte die beiden Artikel, die Andrea ihnen ausgedruckt hatte, auf den Tisch. »Wussten Sie davon?«

»Ja, sicher. Und es gibt weit mehr davon. Markus war ein Frontmann des LBV. Denken Sie etwa, ich wäre ein verwirrter Künstler, hinter dessen umwölkter Stirn die Farben toben, während draußen eine binäre Welt vorbeieilt?«

Irmi schwieg, und auch Kathi hielt netterweise den Mund.

»Natürlich wusste ich von seinen Aktivitäten. Wir sind beide im Bludescher Kreis, das ist eine Vereinigung von Architekten, die sich in Vorarlberg gegründet hat. Dort werden Markus' Auftritte auch diskutiert. Sie werden ihn ja sicher gegoogelt und festgestellt haben, dass er in der Tat medial als Vogelschützer präsenter war denn als Architekt. Aber ich sage Ihnen nochmals: Unsere Auftragslage hat das wenig touchiert, außer im Positiven, indem wir wirklich einige Zuschläge für ökologische Vordenkerprojekte bekommen haben.«

Irmi spürte, dass sie diesen Göldner nicht zu fassen bekam. Aber vielleicht erwartete sie auch zu viel. Sie standen ja noch ganz am Anfang.

»Hat Markus Göldner so viel Hass auf sich gezogen, dass ihn jemand für todeswürdig hielt, Herr Caviezel? Und bitte beantworten Sie meine Frage nicht mit einer Gegenfrage oder einer philosophischen Plattitüde.«

Zum zweiten Mal sah der Architekt Irmi sehr genau an. »Ich lehne mich jetzt weiter aus dem Fenster, als ich es sonst täte. In Markus tobte ein Krieg. Diese Vögel hatten eine Platzhalterfunktion. Eigentlich kämpfte er gegen etwas anderes. Und fragen Sie mich nicht, was das war! Ich bin mir nicht einmal sicher, ob er es selbst hätte analysieren können. Stehen wir Männer nicht generell unter Verdacht, alles zu verdrängen und wegzupacken, meine Damen?«

Hastig aß er noch einen Keks, erhob sich jäh und sagte: »Schon wieder eine Frage, shame on me. Elli zeigt Ihnen gleich Markus' Arbeitsplatz. Sie dürfen sich da gerne umsehen. Ich nehme an, Sie wollen seinen Computer einsehen, seine Korrespondenz?«

»Ja.«

»Es gibt einige laufende Projekte, deren Daten ich benötige. Die würde ich gerne vorher herunterladen. Ansonsten gebe ich Ihnen einfach die Liste mit den Projekten der letzten beiden Jahre mit. Die Namen unserer Auftraggeber. Ich glaube aber kaum, dass einer davon den Markus erschossen hat. Darf ich mich verabschieden?«

Caviezel lächelte hintergründig. Er spielte mit ihnen. Er provozierte, indem er auch noch die Verabschiedung in eine Frage kleidete.

Seine Mitarbeiterin mit dem rosafarbenen Haar war neben ihn getreten. »Elli, du stehst bitte den Damen zur Verfügung«, sagte er an die junge Frau gewandt. Dann sah er Irmi durchdringend an. »Wenn Sie noch etwas wissen müssen, Elli hilft Ihnen gerne. Ganz ohne Fragen!« Dann drehte er sich um und ging elastisch davon.

Die junge Kollegin ging in die andere Richtung, Irmi und Kathi folgten ihr. Sie betraten ein Büro mit einer milchigen Glastür. Ein wenig Intimität gab es also doch im Altbauloft. Die Einrichtung war schlicht, an den Wänden gab es Bücher über Architektur, Kunst und einige über Vögel. Irmi nahm an, dass Göldner die meisten davon zu Hause verwahrt hatte.

»Soll ich den Computer hochfahren?«, fragte Elli.

Irmi sah Kathi an, die unmerklich den Kopf schüttelte. Sie waren einer Meinung. Ohne einen Anhaltspunkt, wonach sie eigentlich suchten, würde das nichts bringen.

»Haben Sie mit Markus Göldner eng zusammengearbeitet?«, erkundigte sich Irmi.

»Ich bin hier das Mädchen für alles. Von Organisation über Buchhaltung bis Kaffee. Keine Architektin, keine Zeichnerin. Wir haben hier sehr schlanke Hierarchien, arbeiten viel, aber gern. Und weil das so ist, sind alle froh, am Abend nach Hause zu kommen. Wir gehen nach der Arbeit nicht noch zusammen aus oder so.«

»Aber Sie müssen doch einen Eindruck von Ihrem Kollegen gehabt haben?«, bemerkte Kathi scharf.

Elli lächelte, ohne aus dem Konzept zu geraten. »Markus war ungeheuer beharrlich. Kompromisslos. Er hat da weitergemacht, wo andere aufgeben. Wo andere resignieren, war er eher angestachelt.«

Das klang nach einem, der große Verträge verhandeln und sich unbeliebt machen konnte. Denn Konfrontation musste man aushalten können. Das konnten nur wenige.

»Seine Vogelschutzbemühungen hat er auch so … sagen wir … kompromisslos betrieben?«, fragte Irmi.

»Ich weiß, dass er sehr engagiert war. Aber wie gesagt: Wir arbeiten viel, wir alle haben ein Privatleben, das so heißt, weil es privat ist. Lateinisch privare, berauben.«

Die junge Frau war zweifellos eine ungewöhnliche Kaffeeköchin.

»Eine Lateinerin ist Mädchen für alles?«, fragte Kathi bissig.

»Ich habe meine Jurakarriere vor dem zweiten Staatsexamen beendet. Ich fand mein Referendariat bedrückend. Zudem kamen meine Jungs, Zwillinge. Privatleben eben.«

Ein junger Mann war dazugekommen. »Soll ich Ihnen geben«, sagte er nur und drückte Irmi eine Liste in die Hand. Das waren wohl die Projekte, an denen Markus Göldner gearbeitet hatte.

»Na, dann haben Sie ja alles«, meinte die junge Kollegin. Ihr Ton machte eindeutig klar, dass auch sie keine weiteren Fragen wünschte. Doch eine musste Irmi noch stellen.

»Markus Göldner hatte sicher auch einen Laptop. Wir haben in seinem Wagen nur ein Notebook gefunden.«

»Das Notebook kenne ich. Seine Computerausstattung zu Hause nicht.« Sie klang sehr unterkühlt.

Wenig später standen Kathi und Irmi draußen, wo ein kalter Wind pfiff und erste Schneeflocken herumwirbelten. Noch tanzten sie wilde Tänze, aber schon bald würden sie sich über die Welt legen und das zudecken, was scharfe Kanten hatte, was rostig war und schmutzig. Schnee tat der Welt gut.

Kathi zog ihren Parka enger zusammen. »Dreckswind! Und dann auch noch dieser Catweazle!«

»Caviezel! Wie Catweazle sah er doch wirklich nicht aus.«

»Nein, viel zu gut sah er aus. Viel zu perfekt. Viel zu affektiert.«

»Ich fand ihn nicht affektiert. Er ist einfach selbstsicher und klug …«

»Da gefällt mir Jens weitaus besser. Der ist auch schlau, aber er trägt es nicht so zur Schau«, sagte Kathi und brachte ein unbestimmtes Gefühl auf den Punkt, das Irmi die ganze Zeit schon beschlichen hatte, während sie über die Gattin des Architekturphilosophen nachgedacht hatte. So ein Mann war bestimmt faszinierend, aber es war schwer vorstellbar, dass man sich neben ihm fallen lassen konnte. In Jogginghose fernsehen. Ungeschminkt über Klamauk lachen. Sie, die banale Irmi aus Schwaigen, die Unperfekte, würde ein solcher Mann in jedem Fall stressen!

»Aber was haben wir jetzt daraus gelernt?«, fragte sie und überging Kathis Kommentar einfach.

»Dass der Vogelökowahn angeblich sehr gut für das Büro war? Was ich nie und nimmer glaube!«

»Hmm«, machte Irmi.

»Dass er irgendwo eine Tochter hat, die wir auftreiben sollten?«

»Stimmt.«

»Und diese Ex-Frauen?«

»Ja, die eventuell auch.«

»Und wir müssen uns sein Haus ansehen, oder?«

»Ja, aber dazu brauchen wir erst mal die Befugnis. Er scheint ja allein gelebt zu haben. Lass uns erst mal zurückfahren.«

Diesmal wählten sie die Strecke über Marktoberdorf und Peiting, passierten die Echelsbacher Brücke, wo es aussah wie nach einem Bombeneinschlag. Die Brücke sollte renoviert werden. So lange hatte man nebenan eine Behelfsbrücke gebaut. Sie hatten abgeholzt, planiert und schmutzige Erdwälle errichtet, überall lagen Stämme und Äste – ob man solche Eingriffe nicht etwas weniger zerstörerisch gestalten konnte? Der Ettaler Berg fuhr sich zäh wie immer. Vor ihnen eierte ein Leichtfahrzeug herum. Die Jugendlichen auf dem Land bekamen mit sechzehn so eine Kiste, die mehr kostete als ein regulärer Kleinwagen, aber nur fünfundvierzig Stundenkilometer fuhr. Aber die Lehrstellen lagen ebenso wenig in fußläufiger Entfernung wie die Berufsschulen.

Im Büro hatte Andrea keine berauschenden Neuigkeiten.

»Wir haben das Handy ausgewertet. Er hat mehrfach mit seinem Partner und dem Büro telefoniert. Mit Beate Mutschler hat er gesimst und telefoniert. Und dann gibt es Nummern, die wir nicht kennen, ähm …«

»Einige davon können wir bestimmt den Auftraggebern zuordnen«, meinte Irmi. »Ich hab hier eine Liste, magst du die dir mal ansehen?«

Andrea nickte.

»Hat denn die Durchsuchung seines Autos etwas ergeben?«, erkundigte sich Irmi.

»Nicht wirklich. Es gab dort Wathosen, zwei Spektive, ein Vogelbestimmungsbuch. Wir haben das Notebook, auf dem sich seine E-Mails, Downloads zum Vogelschutz und viele Fotos von Vögeln befinden. Ähm ja, die Jungs von der Kriminaltechnik werten grad aus, auf welchen Internetseiten er war. Das dauert noch.«

»Gut, die sollen sich ranhalten.« Irmi verschwand in ihr Büro, wo sie sich ans Dokumentieren machte, was sie als schweren Klotz am Bein empfand. Es war schon dunkel, als Andrea und Kathi hereinkamen.

»News oder eben keine«, sagte Kathi. »Göldner hat auf seinem Notebook jede Menge Seiten vom LBV angeklickt. Vor allem Seiten von Windkraftanlagenbetreibern. So viel kann man jetzt schon sagen: Darauf scheint er sich wohl gerade eingeschossen zu haben. Außerdem war er öfter auf einem Ärztebewertungsportal. Dazwischen hat er sich ein paarmal eine Modeseite angeschaut. Vor Weihnachten war das.«

»Der wird ein Geschenk für Beate Mutschler gesucht haben«, mutmaßte Irmi. »Am Anfang, wenn man sich nicht so gut kennt, ist das ja etwas schwierig.«

»Ha! Du meinst, wenn man gleich rote Dessous schenkt, fällt man mit der Tür zu sehr ins Haus, oder?«

Irmi lachte. »Genau. Oder man sagt damit, dass man die Dessous der Angebeteten ziemlich fad findet.«

»Was hat dir Jens geschenkt?«, stichelte Kathi. »Du mit deinen Sport-BHs. Die findet er sicher auch fad, oder?«

»Bei mir gibt es wenigstens was zu halten – Sport-BH hin oder her. Bei Doppel-A wie bei dir ja eher nicht.«

Andrea verschluckte sich fast.

Weil Kathi anscheinend keine sofortige Retourkutsche einfiel, fuhr Irmi fort: »Das Ärzteportal interessiert mich auch. Vielleicht war er ernsthaft krank? Hast du sonst noch was gefunden, Andrea?«

»Seine erste Frau habe ich noch nicht auftreiben können. Seine zweite Frau leider auch nicht. Blöd, aber, also ...«

»Bleib einfach dran. Und dann lasst uns mal eins nach dem anderen angehen. Ein Gespräch mit Beate Mutschler wäre mir am wichtigsten. Aber darum kümmern wir uns morgen. Oder, Kathi?«

»Sicher.«

Ihre Kollegin klang verschnupft. Kathi war im Austeilen groß, im Nehmen aber nicht so sehr.

Irmi fuhr nach Hause und bekam dort eine weitere

Lehrstunde in Katzenphilosophie, was die Beharrlichkeit betraf. Es war kalt im Gang, Irmi hatte die Tür zur Küche geschlossen, was dem Kleinen aber sichtlich missfiel. Ein Tier, das stundenlang vor dem Mauseloch sitzt und wartet, kann auch das Öffnen einer Tür so lange einfordern, bis irgendein menschlicher Trottel es endlich tut. Die Kater befanden sich generell immer auf der falschen Seite der Tür und suchten sich einen Adjutanten, der immer wieder öffnete, schloss, öffnete, schloss …

Schließlich resignierte Irmi. Sie ging ins Bett und ließ die Tür einen Spalt offen. Immerhin war sie als Mensch lernfähig.

Eine SMS von Jens traf ein. Immer wenn er in den Staaten weilte, hatten sie nur wenig Kontakt. Ihrer beider Stundenpläne inklusive der Zeitverschiebung waren für Liebesgeflüster wenig geeignet.

»Wie geht's dir? Schon wieder mittendrin im Rätselraten?«

»Ja, aber bisher nur wenig Ergebnisse.«

»Du bist klug. Und besonnen. Das wird schon. Ergebnisse nach einem Tag wäre etwas viel verlangt. Bei mir dauert es auch.«

»Bist du gut angekommen? Wo steckst du eigentlich genau?«

»In Virginia Beach. Bei einer Firma, die du liebst.«

»Eine Schokofabrik?« Sie setzte noch einen Smiley dazu.

»Nein, bei Stihl USA.«

»Toll! Ich beneide dich. Bringst du mir ein US-Modell mit?«

»Nicht lieber einen großen, starken Kerl, der beim Timbersport Weltmeister wird?«

»Auch gut. Aber du bist mir stark genug.«

Ein Kuss-Emoji kam zurück. Irmi lächelte. Es war schön zu wissen, dass er an sie dachte.

4

Als Irmi ins Büro kam, griff sie zuerst zum Telefon. Ein Mann in der Telefonzentrale des UKM berichtete, dass Beate Mutschler nicht mehr in der Klinik sei. Irmi war überrascht und ließ sich zur Station verbinden, wo sie aber auch nur die Auskunft bekam, dass Beate Mutschler inzwischen entlassen worden sei. Da bei ihr zu Hause keiner abnahm, war sie vielleicht in ihrer Praxis. Arbeit half in solchen Situationen ja oft.

Kathi kam voller Tatendrang herein. Zum Glück war sie nicht nachtragend.

»Morgen, Kathi! Beate Mutschler ist aus der Klinik entlassen worden. Die wollten mir keine weiteren Auskünfte geben. Zu Hause ist sie auch nicht. Ich würde mal in die Praxis fahren«, sagte Irmi.

»Meinst du, die geht arbeiten?«

»Das ist immerhin besser als herumzugrübeln!«

Sie fuhren los, es war kalt und grau. Kein Tag, der zu Großtaten motivierte. Immer wenn Irmi durch den Farchanter Tunnel fuhr, musste sie daran denken, wie ein Dodge Ram einst versucht hatte, sie in der Tunnelwand wie ein lästiges Insekt zu zerdrücken. Und sie war immer froh, wenn das Tageslicht sie wiederhatte.

Sie passierten das Murnauer Moos, das nun so kahl und verletzlich wirkte. Der Parkplatz vor dem Tengelmann in Murnau war voll belegt – vor und nach Feiertagen drohte der Deutsche anscheinend zu verhungern. Sie bogen schließlich in die Bahnhofstraße ein. Die Praxis lag im dritten Stock eines Gebäudes, das mehrere Praxen barg. Oben an der Tür hing ein Schild.

»Die Praxis ist leider geschlossen. Bitte informieren Sie sich auf unserer Homepage, wann wir wieder für Sie da sind. Die Vertretung übernimmt Dr. Roye.«

»Na toll«, maulte Kathi. »Und jetzt?«

Irmi drückte den Klingelknopf. Man konnte ja nie wissen. Erst passierte nichts, doch nach dem dritten Klingeln öffnete sich die Tür, und die Helferin streckte den Kopf heraus.

»Wir haben geschlossen. Ach, Sie sind es!«

»Die Praxis ist noch zu, Frau Haseitl? Wir dachten, Beate Mutschler sei aus der Klinik entlassen worden?«

»Beate ist völlig durch den Wind. Sie wurde nach Garmisch verlegt. Kommen Sie doch rein.«

Die Praxis war modern und in den Farben Weiß und Türkis gehalten. Der Empfangstresen war U-förmig, der Blick ging ins Wartezimmer, das türkisfarbene Stühle hatte, erfreulich groß war und aus dessen Kinderspielecke sie ein riesiger Plüschbär angrinste.

Vreni Haseitl hatte auf ihrem Schreibtisch Patientenkarten liegen, sie schien gerade Verwaltungsarbeiten zu machen.

»Beate ist in Garmisch in der Psychiatrie. In der Murnauer Klinik haben sie ihr dazu geraten und sie überzeugt, Hilfe anzunehmen. Das ist auch gut so. Ich hab Angst, dass sie sich was antut.«

Das klang gar nicht gut, aber wenn über der Seele ein

schwerer grauer Filzmantel lag, konnte man sich eben nicht einfach zusammenreißen.

»So schlimm?«

Vreni Haseitl sah Irmi an. »Schlimmer! Sie bekommt natürlich Tabletten, aber das ist ja auf Dauer keine Lösung. Sie muss aus dem Loch raus. Ich hatte solche Hoffnung, dass mit Markus alles besser wird.«

Kathi stutzte. »Das klingt so, als hätte sie schon vorher in diesem Loch gesessen?«

Das war mal wieder eine echte Kathi-Formulierung.

»Ja«, sagte Vreni Haseitl zögerlich. »Die Scheidung war wirklich bitter. Und gerade als sie sich etwas derrappelt hatte, ist das mit Medijama losgegangen.«

»Mit was?«, hakte Irmi nach.

»Medijama ist ein Bewertungsportal für Ärzte«, erklärte Kathi und wandte sich wieder an Vreni Haseitl. »Die Kollegin hat es nicht so mit sozialen Netzwerken.«

»In dem Fall ist es sicherlich auch besser so«, meinte Vreni Haseitl. »Beate hat sich das so sehr zu Herzen genommen.«

»Klärt ihr mich mal auf?«, bat Irmi.

»Du wohnst auf deinem Einödhof wirklich auf einer Insel der WLAN-losen Glückseligkeit, Irmi! Man kann im Internet den Einkauf beim Modeshop bewerten, man kann Hotels bewerten und eben auch Ärzte. Dafür gibt es extra Portale, das bekannteste ist Medijama.«

»Dass im Internet jeder Depp seine unqualifizierte Meinung binnen Sekunden herauskotzen darf, das weiß ich auch«, echauffierte sich Irmi. »Aber die Patienten haben doch keine fachliche Kompetenz, deren Bewertung ist total subjektiv! Da sitzt einem ein Pups quer, eine Patientin findet keinen Parkplatz, und ein anderer wartet zu lange – und schon rotzen die das ins Internet. Die Zeit möcht ich mal haben!«

»Jaa«, sagte Vreni Haseitl gedehnt, »aber so einfach ist es nicht. Diese Bewertungen beeinflussen schon die Entscheidung der Leute. Ärzte sind auch Dienstleister, die Patienten brauchen. Bei Medijama bewertet man mit Sternchen. Dabei bedeutet sechs Sterne ›top‹ und ein Stern ›ungenügend‹. Und die springen dich dann an, dazu diese teils fiesen Wortkommentare. Das tut schon weh.«

»Es gilt das Recht auf freie Meinungsäußerung. Grundgesetz, Artikel 5, Absatz 1. Das lernen wir bei der Polizei zuerst. Das müssen wir uns sagen, wenn wir als junge Polizisten auf Demos den Kopf hinhalten. Freie Meinungsäußerung, Pressefreiheit, Versammlungsfreiheit …« Kathi verzog das Gesicht. »Allerdings dürfen die Bewerter eh nur ihre Gefühle mitteilen, soweit ich weiß. Tatsachenbehauptungen sind meines Erachtens verboten. Wenn einer schreibt: Ich fühlte mich falsch behandelt, dann ist das okay. Wenn da aber steht: Ich wurde falsch behandelt, ist das eine Tatsachenbehauptung, oder? Einträge sind rechtswidrig, wenn sie ehrverletzend oder unwahr sind. Tatsachenbehauptungen müssen einer rechtlichen Prüfung standhalten, die gegebenenfalls eine Unterlassungserklärung nach sich ziehen könnte. Ich nehme doch mal an, dass die Bewertungsportale dieses Prozessrisiko vermeiden, oder?«

Irmi war von Kathi immer wieder überrascht. So wie heute. Sie war hellwach und wusste eine Menge.

»Das stimmt alles«, entgegnete Vreni Haseitl. »Wir haben auch viel recherchiert. Die aktuelle Rechtsprechung orientiert sich am Urteil des Bundesgerichtshofs. Demnach hat ein Forumsbetreiber entsprechende Einträge zu entfernen, sobald er darauf aufmerksam gemacht wird. Wir haben gelernt, dass es dabei unerheblich ist, ob die Person, die die Beleidigungen ausgesprochen hat, bekannt ist oder nicht. Ein Rechtsanspruch kann nicht nur gegen die beleidigende Person erhoben werden, sondern auch gegen den Forumsbetreiber, wenn dieser die Einträge nicht entfernt. Das würde aber heißen, dass er unentwegt in diesem Forum lesen und sofort die Betreiber des Portals informieren müsste, damit die Einträge entfernt werden. Irgendwann werden sie auch entfernt, aber eine Weile stehen sie eben doch bedrohlich da.«

»Aber das kann doch alles nicht komplett anonym sein?«, fragte Irmi.

»Nein, die Nutzer haben einen registrierten Usernamen, das schon, aber es dauert, bis die Einträge entfernt werden, wie gesagt. Und die Leute lesen das. Sie glauben gar nicht, wie sehr dem Internet geglaubt wird! Neu Zugezogene nutzen das Portal auch, um nach Ärzten zu suchen. Man darf die Macht des World Wide Web nicht unterschätzen!«

»Das nennen wir ja seit 2017 alternative Fakten, oder? Wahnsinn!«, kam es von Kathi. »Und keiner schnallt, dass da Werbung und Meinungen wild durcheinandergehen.«

»Ja, leider. Schauen Sie, man kann beispielsweise einen Premiumeintrag buchen. Da steht man immer ganz oben, ist also prominent platziert. Und dann gibt es ja auch noch

Rankings für die Ärzte der Region. Beate war auf der Top-Ten-Liste, sie ist nämlich wirklich eine sehr gute und engagierte Ärztin. Sie hatte auf Medijama für ein Jahr so einen Premiumeintrag gebucht. Als der auslief und Beate ihn nicht verlängert hatte, war plötzlich auch das Top-Ten-Logo weg, obwohl sie ja noch unter der Besten rangierte. Aber das weiß der Nutzer doch alles nicht!«

»Könnte er sich aber denken«, grummelte Irmi. »Krankheits- und Körperempfinden und Wahrnehmung der Umgebung sind individuell völlig verschieden. Ob man sich gut aufgehoben fühlt, das hat doch mit der viel zitierten Chemie zu tun. Ich würde eher meine Nachbarin fragen oder andere Menschen, denen ich vertraue. Ich glaub nicht irgendeiner Wurst im Internet!«

»Ja, du, Irmi. Aber du bist nicht wie alle.«

Irmi verdrehte die Augen. »Gott sei Dank! Und was wurde denn nun über Beate Mutschler geschrieben?«

»Na ja, solche Klassiker wie die, dass die Wartezeiten zu lang sind, dass es zu wenig Parkplätze gibt – das nimmt man mal so hin. Aber einer hat behauptet, dass man ihm für die Behandlung von weißem Hautkrebs nur eine Behandlungsmethode angeboten und keine Alternativen aufgezeigt hätte. Die Ärztin sei arrogant gewesen und geldgierig. Beate hat sich gut an den Fall erinnert, der Patient hatte einfach gar nicht zugehört, sie hatte ihm natürlich alle Möglichkeiten aufgezeigt, aber auch gesagt, was ihr am sinnvollsten erschiene.«

»Ja, genau dazu gehe ich doch zum Arzt!«, rief Irmi. »Sonst kann ich auch den Netdoktor nehmen oder die Apothekenumschau als Bildungsbladl!«

»Hmm, das Problem ist nur, dass die meisten im Internet gerade beim Netdoc vorrecherchiert haben, schon komplette Diagnosen wissen und auch genau, was der Arzt nun tun muss! Wir hatten dann in der Folge noch drei ähnliche Bewertungen, die immer darauf abzielten, Beate schlüge nur teure Behandlungen vor, die die Kasse nicht zahlt.«

»War das so?«

»Nein, es gab in der Zeit gar keine solchen Fälle.«

»Die Einträge waren also gefakt?«

»Wahrscheinlich! Aber der absolute GAU war dann, dass wir als Kinderhasser bezeichnet wurden. Da war eine Patientin mit Kinderwagen, der wir gesagt haben, sie könne aus Platzgründen den Wagen nicht mit ins Wartezimmer nehmen. Als sie dann behandelt wurde, hatten wir drum gebeten, den Kinderwagen so lange auf dem Flur neben dem Rezeptionstresen abzustellen. Eine Kollegin hatte sich sogar erboten, nach dem Baby zu sehen, das aber eh schlief wie ein Ratz. Und dann lesen wir, dass wir gelogen hätten wegen der Größe des Wartezimmers, dass wir Kinderhasser seien, die ein hilfloses Baby ohne Mami irgendwo in der Praxis abgestellt hätten. Der Kinderwagen hat eben leider auch nicht in den Behandlungsraum gepasst, weil da ja mittig eine Liege steht. Aber Kinderhasser ist halt so ziemlich das Übelste. Wird nur noch getoppt davon, wenn wir keine Hunde mögen. Die Kritik wurde dann später auch entfernt vom Betreiber, aber Beate hat das echt getroffen!«

Cybermobbing gab es offenbar überall. In den Schulen, am Arbeitsplatz, bei Hotels und Ärzten. Bücher, Bilder,

Musik konnte man per Internet vernichten oder zu Kassenschlagern werden lassen. Und Irmi verstand auch, dass diese jähe, ungerechte Kritik verletzte, schmerzte und bohrte in den Eingeweiden. Weil sie feig war, weil da keiner stand, der einem in die Augen sah und mit dem man eventuell ein Streitgespräch hätte führen können. Anonym im Internet zum Vernichtungsschlag anzusetzen war einfacher.

Zum Glück gab es bisher kein Polijama, wo man Polizisten bewerten konnte. Vielleicht wäre sie dann auch nicht mehr ganz so cool?

»Sie wussten demnach also, von wem die Kritik kam?«, fragte Irmi.

»Im Fall des Mannes mit dem weißen Hautkrebs waren wir uns ziemlich sicher, und bei der Kinderwagenfrau war es ja klar. Beate hat den Mann angerufen, ihn zur Rede gestellt, ihm auch vorgeschlagen, noch mal zu kommen. Er hat sie aber nur beschimpft. In der Folge gab es ebendiese weiteren negativen Bewertungen, ob er das war, keine Ahnung. Ich konnte Beate überzeugen, die Frau nicht auch noch anzurufen. Beate tat das gar nicht gut, sie richtete sich damit selbst zugrunde. Man darf solchen Deppen gar keinen Raum geben, finden Sie nicht auch? Und dann ist das alles ohnehin sehr undurchsichtig. Es gibt auch Ärzte, die sich selber gute Kritiken schreiben und den Kollegen schlechte.«

»Ich sag's noch mal: Die Leute müssen echt Zeit haben«, meinte Irmi.

Sie selbst hatte keine, denn sie wollte einen Mord aufklären. Bei ihrem Gespräch waren sie ein wenig vom

Thema abgekommen. Sie wussten nun zwar, weshalb Beate Mutschler so dünnhäutig war, aber immer noch nichts weiter über das Mordopfer.

»Das tut mir alles leid für Ihre Chefin und für die ganze Praxis, Frau Haseitl. Dass einen so was zermürben kann, verstehe ich. Vor allem, wenn man vorher schon angeschlagen war. Und dann passiert dieser feige Mord am Lebensgefährten! Beate Mutschler scheint keine gute Phase zu haben. Die Arme«, sagte Irmi. »Aber wir brauchen vor allem mehr Infos über Markus Göldner.«

Vreni Haseitl sah auf die Tischplatte, dann suchte sie Irmis Blick. »Ich verstehe schon. Aber ich habe Ihnen das nicht von ungefähr erzählt. Der Markus ist etwa vor einem guten halben Jahr in Beates Leben getreten. In diese Zeitspanne fielen auch die Einträge. Ich war ganz froh, dass sie jemanden hatte, bei dem sie sich mal ausheulen und trösten lassen konnte. Markus hat versucht, Beate da aufzufangen – und er war extrem sauer.«

Irmi sah überrascht auf. »Er hat ein Ärztebewertungsportal im Internet aufgesucht. Ich dachte kurz, er sei womöglich krank. Aber dann hat er wahrscheinlich versucht, für Beate etwas zu recherchieren?«

»Er hat sich da richtig reingekniet. Mir gegenüber hat er verlauten lassen, dass er sich diese Typen mal zur Brust nehmen werde.«

»Diese Typen?«

»Die Leute von der Plattform Medijama. Und auch diese beiden Patienten, die das mutmaßlich verfasst haben«, sagte sie zögerlich.

Irmi stutzte. »Gibt es denn keine Schweigepflicht?

Glauben Sie, dass Ihre Chefin Markus Göldner die Klarnamen der mutmaßlichen Schreiber genannt hat?«

»Ich weiß es nicht.« Vreni Haseitls Stimme klang kläglich.

»Das wäre ein Mordmotiv. Wir müssen wissen, wer diese Patienten waren!«

»Das darf ich doch nicht!«

»Stimmt. Aber die Praxis ist eigentlich geschlossen. Wir sind hier eingedrungen. Sie waren grad im Labor und haben erst eine Weile später bemerkt, dass wir da sind. Der Computer läuft, da kommt man leicht an irgendwelche Daten ran. Es geht um Mord! Beate möchte sicher wissen, wer ihren Freund erschossen hat!« Kathi legte alle Überzeugungskraft in ihre Stimme.

Man sah Vreni Haseitl an, dass sie haderte. Dann kritzelte sie zwei Namen auf einen Zettel. Name, Vorname, Wohnort.

Kathi nahm ihn, tippte etwas in ihr Handy. Dann zerknüllte sie den Zettel. »Wo waren wir stehen geblieben?«

»Dass wir uns verabschieden wollten«, sagte Irmi.

Als sie auf der Straße standen, schüttelte Irmi den Kopf. »Mensch, Kathi, das war ja eine Nummer eben!«

»Aber wir haben zwei Namen. Ist doch schon mal ein Ansatzpunkt, oder? Dieser Markus war ja einer, der vorangeprescht ist. Der kann den beiden Internetschreibern ganz schön das Kraut ausgeschüttet haben, Irmi! Los, komm, es ist arschkalt hier.«

Das stimmte allerdings. Ein eisiger Westwind ging, und es roch nach Schnee. Gestern in Kempten hatte er schon mal leise angeklopft. Die weiße Pracht hatte lange auf sich warten lassen, aber es war die letzten Jahre immer so gewesen, dass der Dezember eher dem Spätherbst geähnelt hatte. Doch letztlich war es immer irgendwann Winter geworden – und das dann gern bis weit über Ostern hinaus.

Irmi war immer noch nicht überzeugt. »Und eine wütende Mami mit Kleinkind schießt ihn dann aus Rache vom Balkon, weil die in der Praxis so gemein zu ihr waren und er auch noch Salz in die Wunde gestreut hat?«

»Vielleicht hat Mami auch einen Papi. Oder das Balg einen Opi? Jetzt sei nicht so sperrig, das ist immerhin mal eine Spur!«

Irmi verzog den Mund. Sie war nicht sperrig, nur realistisch. Aber Kathi hatte schon recht. Irmi rief Andrea an, die ihr wenig später zwei volle Adressen nennen konnte. Anna Maria Hutter in Hagen und Ludwig Bader in Hofheim.

Beides lag in der Nähe, und sie beschlossen, Hagen den Vorzug zu geben. Es war wirklich kalt, der Wind trieb schwere Wolken vor sich her. Es war eine eigentümliche Stimmung im Blauen Land. Hagen und Perlach lagen hoch oben über dem Loisachtal, blickten hinüber auf den harschen Berg, der sich wie ein gewaltiger Dinosaurierrücken ganz im Osten aus der Ebene hebt: die Benediktenwand. Es folgten die oberbayerischen Kultberge Herzogstand und Heimgarten. Auch heute lag Lichtmagie über den Felsriegeln, wenn auch in Grautönen.

Irmi bedauerte es manchmal, dass sie ihre Eindrücke nicht in Bilder übersetzen konnte, in Musik oder in federleichte Poesie. Das musste befreiend sein, aber vielleicht romantisierte sie auch nur, und solche Begabungen stellten eher eine Bürde dar?

Ein Schild verwies auf die Aquarellschule Hagen. Ob die in die Fußstapfen von Gabriele Münter, Wassily Kandinsky, Franz Marc, August Macke oder Marianne von Werefkin treten konnte?

»Was schaust du so umwölkt?«, fragte Kathi.

»Ach, ich hab an all die Künstler gedacht, das Blaue Land.«

»Je tiefer das Blau wird, desto mehr ruft es den Menschen in das Unendliche, weckt in ihm die Sehnsucht nach Reinem und schließlich Übersinnlichem. Es ist die Farbe des Himmels«, rezitierte Kathi. »Na ja, heute nicht. Heut ist eher Shades of Grey.« Sie lachte.

Das war Kathi. Sie konnte aus dem Nichts Kandinsky zitieren und gleich Profanes hinterherschicken. Kathis Welt war sprunghaft, es musste sich nichts reimen und ein klangvolles Gedicht ergeben. Sie hatte keine Berührungsängste, vor niemand und nichts.

»Chapeau!«, bemerkte Irmi.

»Ich kann mir manchmal Sachen merken, bei denen ich nicht einmal weiß, woher ich sie habe«, meinte Kathi und bog bei der Kirche ab. »Ich muss schnell eine rauchen«, erklärte sie. Die beiden stiegen aus, und während sie auf die Kirche zuschlenderten und über den Friedhof gingen, steckte sich Kathi eine Zigarette an.

»Jetzt weiß ich auch mal was«, sagte Irmi. »Es soll hier ein Rittergeschlecht von Hagen gegeben haben, und die Kirche ist dem heiligen Blasius geweiht, der als Märtyrer während einer der Christenverfolgungen des Römischen

Reiches starb. Er zählt zu den vierzehn Nothelfern, und sein Gedenktag ist, glaub ich, Anfang Februar.«

»Ja, Heiliger wurde man nur, wenn man vorher ordentlich gelitten hatte! Die katholische Kirche ist grausam!«, rief Kathi. »Wo hat der gute Blasi deinen Weg gekreuzt?«

»Bernhard hat mal gesagt, der heilige Blasius sei der Schutzpatron der Blasmusiker. Außerdem der Ärzte und einiger Gewerke am Bau. Ich glaube, man ruft ihn bei Halsbeschwerden und Blasenleiden an. Bei Pest auch.«

»Na dann schauen wir mal, mit welcher Pest wir es hier zu tun bekommen«, meinte Kathi und trat ihre Zigarette aus. Und wundersamerweise hob sie selbige sogar auf und stopfte sie in ein Plastiksackerl. Das hatte sie sonst nie getan. Und sie sah Irmis überraschten Blick.

»Ja, schau halt! Das Soferl hat mich gerügt! Voll die Ökotussi, meine Tochter!«

»Ich kann es nicht oft genug sagen: Manche Kinder werden trotz ihrer Mutter zu etwas ganz Großem!«

»Pfft!«

Kathi fuhr wieder los und bog in die angegebene Straße ein.

»Und was willst du nun sagen?«, fragte Irmi. »Woher hast du den Namen der Frau? Du bringst Beate Mutschler doch in Teufels Küche!«

»Jetzt lass mich mal machen!«

Sie läuteten an dem Landhaus, das ziemlich gediegen wirkte. Einige Gummistiefelpaare lagen vor der Tür, kleine und große. Eine junge blonde Frau öffnete, ein Hund kam angeschossen, der Kathi erst mal ansprang. Die wurde steif wie ein Stock. Kathi mochte keine Hunde, und außerdem hatte ihr letzter Fall sie eindeutig zu nahe an Hunde herangeführt.

»Lassie, aus! Entschuldigung«, sagte die junge Frau.

»Anna Maria Hutter?«, fragte Kathi, und es war ihr anzumerken, dass die Hundeattacke ihre Laune nicht wirklich verbessert hatte.

Anna Maria Hutter nickte. Sie war recht moppelig. Die Jeans sah verbeult und formlos aus, dazu trug sie eine kurze Fleeceweste über einem Ringelshirt, was beides nicht sonderlich vorteilhaft war. Die schulterlangen Naturlocken hätten einen Schnitt vertragen. Die Frau hatte sehr hübsche blaue Augen und hätte bestimmt mehr aus sich machen können.

»Polizei«, sagte Kathi. »Können wir reinkommen?«

Frau Hutter nickte konsterniert, watschelte voran in ein Wohnesszimmer, das mit hellen Holzmöbeln ausstaffiert war. Die Küche stammte sicher vom Schreiner, die Elektrogeräte sahen teuer aus. Die Zeiten, wo junge Leute mit ein paar Ikea-Möbeln ausgekommen waren, schienen vorbei zu sein. Ein paar Spielsachen lagen ordentlich in einer Holzkiste. Der Hund namens Lassie, der kein Collie war, sondern ein drahthaariger, ziemlich großer Mischling, hatte sich artig in seinen Korb gelegt. Sie setzten sich an den Küchentisch.

»Frau Hutter, wir haben da eine Anzeige vorliegen. Es geht um Beleidigung. Sie haben auf einem Bewertungsportal eine Frau Dr. Mutschler bewertet. Es hat aber gar nicht gestimmt, was Sie da reingeschrieben haben!«, schoss Kathi schnell aus der Hüfte.

Das Moppelchen zwinkerte. »Wieso Anzeige?«

»Ihr Eintrag war ehrenrührig!«

»Was? Hat die Mutschler mich angezeigt?«

»Die Portalbetreiber sehen ihren guten Ruf beschädigt.«

Kathi log ja wirklich dreist, dachte Irmi und wartete ab, wie die Sache weiterging.

»So ein Schmarrn!«, sagte Frau Hutter, war aber eindeutig in der Defensive.

»Sie haben Tatsachen behauptet, die schlichtweg falsch waren!«

»Aber ich durfte wirklich nirgends rein mit der Lara!«

»Weil da kein Platz war! Die Helferin am Empfang hat sogar auf das Kind aufgepasst.«

»Das sagen die!«

»Da gibt es Zeugen. Die Arzthelferinnen! Andere Patienten. Sie haben diese ehrenrührige Bewertung reingestellt! Das ist nun mal so!«

»Die halten doch alle bloß zamm!« Sie klang kläglich.

»Frau Hutter, das ist Rufmord. Darauf stehen Strafen. Ist Ihnen das klar? Warum wurden Sie denn gleich so massiv gegen die Ärztin?«

»Wie massiv?«

»Na, gleich mit dem Vorschlaghammer, oder?«

»Ach!«

»Ach, was?«

Frau Hutter wand sich. Sie stand auf und hantierte an der Spüle. Lassie verfolgte sie mit Blicken. Dann drehte sie sich wieder um und stieß aus: »Das war alles auch gar nicht meine Idee!«

»Wie meinen Sie das? Nicht Ihre Idee?«

»Na, da was reinzumschreiben.«

»Ach? Und wessen Idee war das dann?«

Sie schwieg und trat von einem Fuß auf den anderen.

»Jetzt setzen Sie sich wieder!«, polterte Kathi. »Wer hatte denn diese glorreiche Idee?«

Für Irmi überraschend, tat Frau Hutter, wie geheißen, sah auf die Tischplatte und sagte schließlich: »Der Papa.«

»Ach, der Papa?«

»Ja!« Das klang jetzt fast weinerlich.

»Und wie heißt der?«

»Lugi.«

»Ach was! Heißt der Papa echt Lugi? Und hat der Lugi noch einen Namen? Einen Nachnamen vielleicht?« Kathi durchbohrte die junge Frau mit bösen Blicken.

»Bader.«

Bader? Irmi stutzte. »Ludwig Bader? Aus Hofheim?«, fragte sie.

»Ja.«

»Interessant. Der Herr Papa Lugi hatte doch auch Probleme mit der Praxis?«, kommentierte Kathi.

Irmi schob hinterher: »Er wurde angeblich falsch beraten.«

»Stimmt ja auch!«

»Ihre gesamte Familie wurde schlecht behandelt, Frau Hutter? Das ist aber ein Zufall!«, bemerkte Irmi.

»Gar nicht!«, entgegnete Frau Hutter trotzig. »Man fragt doch in der Familie nach, wo man zum Arzt, also … Aber die Mutschler ist eine beschissene Ärztin! Jawoll! Das haben wir dann auch gemerkt. Wir alle!«

»Ach nee! Da wird Ihr Herr Papa schon schlecht versorgt, und Sie gehen da trotzdem hin? Wollen Sie mich verarschen? Frau Hutter, ich glaub, Sie verstehen mich nicht ganz! Es geht hier um Rufschädigung. Ich wiederhole mich gerne: Das kann empfindliche Strafen nach sich ziehen. Wie viele Kinder haben Sie? Die Lara? Noch weitere? Was sollen die denn von der Mami denken? Und erst das Gerede im Dorf und in der Schule«, ranzte Kathi sie an.

Irmi warf Kathi einen Blick zu, der eindeutig vermittelte: Übertreib es nicht!

»Was Sie da gemacht haben, war eine regelrechte Kampagne gegen die Ärztin. Warum?«, fragte Irmi.

Frau Hutter schwieg.

»Sie haben später noch zusätzlich gefakte Kommentare reingeschrieben. Es gab in der Folge weitere Einträge, dass die Praxis kinderunfreundlich sei. Und es gab auch weitere Kommentare, dass die Ärztin eine arrogante Person sei, der es nur ums Geld gehe! Warum diese regelrechte Hasskampagne, frage ich Sie nochmals?«

Man sah ihr an, dass sie nachdachte. Die hellste Kerze im fettigen Geburtstagskuchen war sie bestimmt nicht. Aber sie war im Prinzip ein nettes Mädchen, das mit den kleinen Kindern wahrscheinlich wenig Zeit für sich selbst hatte. Irmi kam sie nicht ganz unrecht vor.

Frau Hutter zögerte lange, bis sie sagte: »Das war doch alles wegen dem Feuerwerk.«

»Was?«

»Der Matte …«

»Welche Matte?«, rief Kathi.

»Der Matte, der Matthias, was mein Mann ist, also der Matthias hat gleich gesagt, ich soll da nicht mitmachen.«

»Wobei?« Der Gatte des Pummelchens schien immerhin etwas Licht in diese Bude zu bringen und hoffentlich etwas Positives im Erbgang beizutragen.

»Dass wir die Mutschler ärgern.«

»Sie wollten die Ärztin ärgern wegen eines Feuerwerks?«, wiederholte Irmi.

»Der Papa und der Onkel ham doch am Riegsee ein großes Feuerwerk zu Sonnwend organisiert. Und a Zelt. Getränke, alles eben. Und dann wurde es verboten. Wegen dene blöden Vögel!«

Irmi schwante etwas. Ihr schwante eine Vogelgeschichte? Die deutsche Sprache war großartig.

»Und das Feuerwerk hat Beate Mutschler verboten? Das kann sie doch gar nicht«, sagte Irmi.

»Sie nicht. Aber das Landratsamt. Weil sie und ihr noch blöderer Freund …«

»Markus Göldner?«, fragte Kathi dazwischen.

»Ja, der Ökodepp, der! Weil die wegen der Vögel am Landratsamt durchgesetzt haben, dass wir absagen müssen. Tagelang ham mir die Steaks und die Kuchen selber gfressen.«

Ja, das sah man. In dem Moment ging die Tür auf, und ein älterer Mann mit einem Kleinkind auf dem Arm kam herein. Die Familienähnlichkeit war unverkennbar. Der Mann war groß und fleischig, das Blond der Tochter war bei ihm einem Schmutzgrau gewichen.

»Der Papa war mit der Lara spazieren«, sagte Anna Maria Hutter lahm.

»Und Sie san wer?«, polterte er lautstark los.

»Die Freunde und Helferlein!«

»De Gräna?«

»Nun, Herr Bader, wir sind die Mordkommission. Wir sind in Zivil. Und grün ist die Polizei ja auch gar nicht mehr«, sagte Irmi und sah ihn scharf an.

»Wieso Mordkommission?«

»Wieso diese Schmutzkampagne gegen die Praxis von Beate Mutschler?«

»Wos?«

»Ich nehme an, Sie wollten sagen: ›Wie bitte?‹ Sie und Ihre Tochter haben gemeine und unwahre Behauptungen ins Netz gestellt. Über die Hautärztin Beate Mutschler. Wir haben schon Ihrer Tochter erklärt, dass das Rufmord ist.«

»Und deswegen kimmt de Mordkommission?«

Mord. Rufmord. Mordkommission. Irmi wartete. Das half meist. Ein Impuls des Schweigens. Ein Schreier wie Bader musste die Stille schnell füllen.

»Die hot koa Ahnung, die Mutschlerin!«, maulte er wie erwartet.

»Das mag Ihre Meinung sein. Gibt ja genug Ärzte in und um Murnau herum, zu denen Sie auch noch hätten gehen können, aber warum diese Schmutzkampagne? Und die gefakten Einträge!«

»I hob gar nix gschriebn. I hob gar koan Computer.«

Das glaubte ihm Irmi sogar. »Dann waren Sie das?«, fragte sie die Tochter.

»Bloß das eine Mal. Dann nicht mehr, weil der Matte ...«

»Ja, der Lutscher! Feiger Hund. Klemmt des Schwanzerl ein!«, brüllte der Vater.

Die kleine Lara begann zu heulen, Lassie heulte mit. Es

dauerte geraume Zeit, bis Ruhe eingekehrt war. Lara hatte einen Lolli, Lassie Hundekekse. Und Anna Maria war zur Löwenmama erstarkt. Sie wehrte sich auf einmal und sah den Vater herausfordernd an.

»Dann sag du doch, dass es der Onkel war! Der wollt das doch! Der wollt, dass wir die Mutschlerin fertigmachen!«

»Du blede Kachel!«, fuhr Herr Bader seine Tochter an.

Na, das war ja mal Vaterliebe, dachte Irmi.

»Und der Onkel ist wer?«

»Der Onkel Rudolf.«

»Rudolf wer?«

»Rudolf Rieser. Aus Murnau«, sagte sie trotzig.

Kathi hatte die Augen weit aufgerissen. »Ihr Onkel ist Rudolf Rieser, Waffennarr und Wadlbeißer?«

»Der Onkel Rudolf ist der Bruder von meiner Mama.«

Na, das war ja prima! Rudolf Rieser hatte eine Schwester, die Ludwig Bader geheiratet hatte. Dessen Tochter hatte einen Hutter geheiratet, und alle miteinander hatten Beate Mutschler attackiert. Ein nettes Dreigestirn. Und das wegen eines abgesagten Feuerwerks? Und da war sie doch, die Verbindung zu Markus Göldner!

Weil der streitbare Bader nichts sagte, blieb Irmi am Ball. »Und das Feuerwerk, das wurde warum abgesagt?«

»Weil die Mutschler und ihr Tschamperer dem Landratsamt Studien und so einen Scheiß vorglegt ham. Dass Feuerwerke an Gewässern und in Feuchtgebieten am schlimmsten seien, weil die Vögel angeblich viel zu hoch und noch höher aufsteigen dadn. Und weil die Spiegelung im Wasser angeblich dem Bruterfolg schadt. So a

Schmarrn. Aber die waren so nervig, dass des Landratsamt aufgeben hot. Und des Feuerwerk verboten hat's aa!«

»Und der Schwager, der Rudolf Rieser, hätte das Feuerwerk gemacht?«

»Ja, der is do Profi!«

»Schießen tut er schon gern, der Schwager«, sagte Irmi so dahin.

»Is a Pfundskerl, der Rudolf!«, meinte Bader. Er schien noch nicht mitbekommen zu haben, dass sein pfundiger und schießwütiger Schwager kürzlich in Sicherheitsverwahrung gewesen war.

»Und der Pfundskerl kennt auch den Freund der Ärztin?«, fragte Irmi.

»Sicher, i kenn dem aa. War bei uns. Wollt uns über Vögel aufklären. Und wie mir ned so mitzogn ham, is der voll unguat gwesn. Hot dem Rudolf droht. Und dann erst san mir auf die Idee kemma, die Mutschlerin zu ärgern!«

»Wir?«

»Naa, der Rudolf! Der wollt des. Der hat die Anna dann aa hingschickt. Damit sie schreiben kann, des san Kinderhasser. Kinderhasser, des ziagt, hot der Rudolf gsagt.«

Ja, das zog. Es hatte Beate Mutschler in schwere Depressionen getrieben. Und ihren Lebensgefährten dazu gebracht, seine Liebste zu verteidigen.

»Und warum haben Sie da mitgemacht?«, fragte Irmi in Richtung von Anna Maria Hutter.

»Weil's mir auch gestunken hat. Das ganze schöne Fest am Arsch, also …«

»Man hätt doch auch ohne Feuerwerk feiern können?«, warf Kathi genervt ein.

»Naa, die Leit erwarten was von uns. Dass es rumst. A paar Bierbänk aufstelln reicht do ned!«, polterte Bader.

Dabei war es auf einer Bierbank im Abendlicht am Riegsee sicher schön. Aber die Menschen schienen auch Stille nicht mehr zu vertragen. Rumsen musste es, hatte Bader gesagt. Ballern, immer nur ballern … Irmi hatte Beate Mutschlers Worte noch gut im Ohr. Ja, klar – und die Bierkrüge mussten aufeinanderkrachen. »Oans, zwoa, gsuffa!«, musste kollektiv gebrüllt werden. Feuerwerke und Rock am See, Rave am Berg, Mountain-Top-Konzerte lärmten durch den Sommer – dabei war doch Stille der letzte Luxus der Menschheit, die längst halb taub war von Verkehrslärm und Musik in den Ohrstöpseln. Letztlich ging es immer um dasselbe. Sich selbst auszuhalten, Stille in und um sich auszuhalten, ja sogar zu genießen. Die Hände im Schoß liegen zu lassen. Aber das schien fast alle zu ängstigen. Nach wenigen Minuten musste das Smartphone gegen diese Bedrohung des Nichts herausgefummelt werden. Es war ein Notnagel, ein Helfer und Tröster. Wahrscheinlich hatte der moderne Mensch einfach Angst, von einem bösen schwarzen Loch aufgesogen zu werden.

»Und was wollen S' jetzt von uns?«, schob Bader hinterher, weil weder Irmi noch Kathi etwas sagten.

»In jedem Fall gibt das eine Anzeige wegen Rufschädigung!«, rief Kathi. »Und dann ist da noch die Frage, ob nicht einer von Ihnen den guten Markus Göldner erschossen hat. Wo waren Sie in der Silvesternacht?«

Vater und Tochter starrten die Kommissarinnen an.

»Wie? Derschussn?«, fragte Bader schließlich.

»Tot. Erschossen.«

»An Silvester?« Anna Maria Hutter stand der Mund offen.

»Wo waren Sie in der Silvesternacht?«, wiederholte Kathi lautstark, was die kleine Lara mit Heulen quittierte und Lassie mit Wolfsgeheul. Wieder mussten die beiden geräuschempfindlichen Wesen beruhigt werden. Irmi nahm an, dass zumindest dem Hund und dem Kind der Verzicht auf das Feuerwerk gutgetan hatte.

»Ich war die ganze Zeit im Haus. Lara hat Angst, der Beni und der Flori auch und Lassie erst recht«, sagte Anna Maria, der ganz allmählich in ihr etwas ärmliches Hirn einzusickern schien, dass der lustige Witz, eine Ärztin zu ärgern, so witzig gar nicht gewesen war.

»Mir warn dahoam! Ham Raclette gegessn. San erst in den Garten und dann wieder nei. Mir ham dann no gfernseht«, sagte Bader.

»Und dafür haben Sie Zeugen?«

»Ja, mei Frau und a Freind von uns aus Seehausn. I soll gschussn ham? Sie spinnen doch!«

»Na, na, na, nicht die Grünen beleidigen! Name des Freundes?«, fragte Kathi forsch. »Und die Adresse!«

»Höck Uli, also Ulrich, Johannisstraße! Und wo soll des gwesen sein, wo s' den derschussn ham? Den Göldner, den Deppen?«

Die Frage war gar nicht so dumm.

»Bei der Beate Mutschler. Aus dem Gebäude, in dem das Onkelchen wohnt, Ihr pfundiger Schwager! Aber Sie wissen ja sicher beide, wo die Ärztin lebt, oder?«

Aus Baders Blick sprach nun pure Verwirrung. Seiner Tochter stand die Angst im Gesicht geschrieben. Er würde bestimmt sofort bei Rieser anrufen. Und wenn er etwas damit zu tun hatte, dann würden sie sich absprechen. Aber das alles reichte nicht, um ihn zu verhaften.

Die Kommissarinnen verabschiedeten sich, nicht ohne noch eine intensive Warnung bezüglich gefakter Internetkommentare abzugeben. Sie spürten, dass sie zumindest die junge Mutter eingeschüchtert hatten. Die war eindeutig das schwächste Glied in der Kette der Schmutzschleuderbrigade. Im Grunde konnte sie einem leidtun. Ein lauter Vater, ein noch lauterer Onkel und ein Ehemann, der anscheinend der einzig Vernünftige im ganzen Familienclan war. Wahrscheinlich konnte er sich aber nicht gegen die übermächtige polternde Verwandtschaft durchsetzen.

Irmi wandte sich an Anna Maria Hutter. »Ihr Mann, wo ist der gerade?«

»Beim Arbeiten.«

»Wo?«

»Beim Echtler.«

Das war ein Landmaschinenhändler in Uffing. Den konnten sie aufsuchen und den Seehausener Kumpel gleich dazu. Sie verabschiedeten sich frostig.

»Wow!«, rief Kathi, als sie im Auto saßen. »Da hast du deinen Zusammenhang! Markus Göldner hat Rieser im Mark getroffen. Er durfte nicht rumfeuerwerken. Drum hat Rieser die Einträge geschrieben! Oder schreiben lassen von der Nichte. Markus Göldner ist draufgekommen, er war bei ihm, um ihn zur Rede zu stellen. Er hat ihn gewarnt und ihm mit irgendwas gedroht. Rieser hat den Göldner getötet. Und zwar nicht aus dem Affekt heraus, nein, dahinter steckt ein eiskalter Plan! Wir müssen es ihm nur noch beweisen!«

»Ja gut, aber Beate Mutschler kannte doch die Namen der Patienten. Sie kannte auch die Namen der Feuerwerker. Warum hat sie selbst keinen Zusammenhang hergestellt?«

»Hat sie ja vielleicht! Und Markus Göldner auch. Wir müssen diese Beate zu der ganzen Aktion befragen!«

»Du weißt, wie die am Sonntag beieinander war. Die Psychiatrie wird binnen zwei Tagen kaum ein Wunder erzielt haben. Die werden uns gar nicht reinlassen.«

»Wir rufen da an und fragen nach, wann wir mit ihr sprechen können.«

»Das mach ich jetzt gleich«, sagte Irmi.

Doch was sie erfuhr, war nicht gerade vielversprechend. Beate Mutschler galt als akut suizidgefährdet und durfte keinesfalls besucht werden.

»Wir fahren mal zu Matthias Hutter und zu diesem Höck«, meinte Kathi.

5

Von Hagen ging es durch eine moorige Landschaft, mit Strahwiesen, Waldstückchen und Pferdekoppeln, deren Bewohner wohl in ihren Winterquartieren waren. Die Welt war kahl, die Bäume dunkle Skelette. Sie passierten Hofheim, Spatzenhausen – lauter behäbige, hübsche Dörfer, wo im Winter allerdings die Geranienpracht an den Balkonen und Fenstern fehlte.

Es war fast gespenstisch still. Keine Kinder, die Schneebälle warfen, keine Schneemänner mit Karottennasen. Die spärliche Schneeschicht ließ das kaum zu. Irmi war früher mit ihrem Bruder so lange Schlittschuh gelaufen, bis ihre Zehen komplett steif gefroren gewesen waren. Damals war der Staffelsee zugefroren gewesen, und sie waren staunend an den Häusern mit Seegrundstücken vorbeigeglitten. Die Winter waren auch nicht mehr das, was sie mal gewesen waren. Und selbst wenn sich Frau Holle noch Mühe geben würde – die Dorfsträßchen würden wohl dennoch leer bleiben, denn die Kinder wären trotzdem bei irgendeinem organisierten Bespaßungprogramm oder gleich am PC.

Erneut ließ Irmi den Blick schweifen. Gerade fuhr ein riesiger Fendt in eine Hofeinfahrt hinein. Der dazugehörige Landwirt hatte sicher gar nicht die Flächen für dieses Monster. Vieles war leichter geworden, die harte Arbeit passé, aber waren die Menschen deshalb gesünder oder gar entspannter? Ihre Hirne kamen der Welt nicht mehr hinterher.

Sie waren in Uffing am geschlossenen Bahnübergang angekommen.

»Bist du noch anwesend?«, fragte Kathi.

»Ja, ich hab nur mal so über dies und das nachgedacht«, sagte Irmi.

»Wenn du mir mal deine Aufmerksamkeit schenken würdest: Wo müssen wir hin, falls hier die Schranke jemals aufgeht?«

»Gemach, gemach, wir sind gleich da.«

Nach einer gefühlten Ewigkeit – so war es eben, wenn man an Ostern den Bahnübergang schloss und an Pfingsten der Zug kam – konnten sie beim Echtler vorfahren. Ein junger Mann, der überm wattierten Hemd noch eine dicke Weste trug, wechselte an einem Riesenbulldog gerade einen Riesenreifen.

»Matthias Hutter?«

Der Mann nickte. Er war ein recht Hübscher, sah aber müde aus unter seiner dunkelblauen Wollmütze, die Löcher hatte. Das kam sicher vom Schweißen, dachte Irmi. Dass er trotz der dicken Kleidung immer noch sehr dünn daherkam, zeigte, dass an dem Kerl gar nichts dran war. Aber vielleicht war es auch besser, wenn Landmaschinenmechaniker klein und dünn waren, weil sie sich unter und teils in die Motoren und Fahrwerke hineinwinden mussten.

»Wir sind die Mordkommission. Grad waren wir bei Ihrer Frau, und Ihr Schwiegervater ist dazugekommen. Es ging um Beate Mutschler.«

Er schwieg.

»Sie waren nicht so sehr dafür, die Ärztin zu ärgern?«

»Ich hab der Anna gleich gesagt, sie soll sich da raushalten. Aber ihr Onkel Rudolf ist so was von einem Arsch, der jeden mit runterzieht.«

»Klare Worte«, bemerkte Irmi.

»Warum eigentlich Mordkommission?«

»Weil der Freund der Ärztin an Silvester vom Balkon geschossen wurde. Just aus dem Haus von Onkel Rudolf wurde gefeuert«, erklärte Kathi.

»Haben Sie zufällig eine Zigarette?«, fragte er.

»Bloß zum Drehen.«

»Auch gut.« Er drehte schnell und präzise, Kathis Fluppen sahen nicht annähernd so gut aus wie seine.

»Da war was in der Zeitung, oder? Von einem Toten in der Silvesternacht?«

»Ja. Haben Sie dazu was zu sagen?«

»Ich hab sicher nicht geschossen. Anna auch nicht. Wir waren an Silvester daheim. Wegen der Kinder. Und dem Hund. Der hat Panik.«

»Drei Kinder haben Sie?«

»Ja, die Buam, die Zwillinge, und die Lara.« Stolz klang aus seiner Stimme. Er schien vom Auftritt der Polizei völlig unbeeindruckt zu sein.

»Haben Sie Markus Göldner denn gekannt?«

»Nein, das nicht. Aber er hat mal eine Werberede für den Vogelschutz gehalten. Da war ich auch dabei.«

»Wo es darum ging, das Sonnwendfest zu verhindern?«

»Ja, und so unrecht hatte er ja auch nicht. Am Riegsee

brüten viele Arten. Gerade im Umfeld von Gewässern und Feuchtgebieten gibt es viele Vögel. Und wenn man zur Brutzeit Feuerwerke an oder über Gewässern macht, bei denen die Spiegelung im Wasser für das Publikum einen Zusatzeffekt liefert, dann hören die Vögel oft auf zu brüten oder verlassen ihre Jungen. Und grad das mit der Spiegelung war dem Rudolf ja so wichtig.« Er schüttelte den Kopf, nahm einen letzten Zug von seiner Zigarette. »Muss ja nicht grad am Riegsee sein. Das ist eh ein ganz besonderer See. Ein 188 Hektar großer Toteissee aus der Würmeiszeit, übrigens der größte bayerische See ohne oberirdischen Zu- oder Abfluss. Das Wasser kommt nur vom Grundwasser, und wenn man's färbt, dann kommt es im Ettingerbach und Hungerbach bei Huglfing raus.«

»Sie wissen ja so einiges ...«, sagte Kathi.

»Für einen Landmaschinenmechaniker, meinen Sie?«

Er sagte das weder aggressiv noch provokativ. Und genau das brachte Kathi aus der Fassung.

»Nein, ich hab nur gedacht ...«

»Ich bin im historischen Verein. Ich finde, da gehören auch Junge rein, nicht bloß Hundertjährige. Oder Lehrer. Oder zugroaste Spinner mit Meditationszirkeln, Yoga und so einem Kas.«

»Wäre es aus Sicht der Feuerwerker nicht sinnvoller gewesen, den Herrn Göldner zu ärgern als die Frau Dr. Mutschler?«

Er grinste. »Die Beate Mutschler hat denen schon mal das Kraut ausgeschüttet. Da ging es im Vorjahr um ein Böllerschützentreffen, und sie hat es zusammen mit ein paar Naturschutzleuten geschafft, dass das stark eingeschränkt wurde. Sie durften nur ganz kurz böllern. Wegen der Wildtiere. Weil die in kopfloser Flucht irgendwo dagegenrennen oder mitten in der Nacht aus dem Schlaf gerissen werden und womöglich gegen ein Auto laufen. Und dann sterben möglicherweise Menschen. Das hat gewirkt. Und wie dann ein Jahr später wieder diese Mutschler mit ihrem Freund auftauchte, ist der Rudolf voll ausgetickt.«

»Immer wenn es laut wird, ist Rudolf Rieser an vorderster Front, oder?«, fragte Kathi.

»Ja, der hat einen Knall.« Er lächelte. »Passt ja.«

»In diesem Organisationskomitee für das Sonnwendfestl, wer war da noch drin?«, erkundigte sich Irmi.

»Puh, der Schwiegervater natürlich, der Rudolf, noch ein paar aus Hofheim und Aidling, aber wie die alle heißen? Da müssen S' den Schwiegervater fragen.«

»Kann der schießen?«

»Klar, der ist mehrfacher Schützenkönig. Aber der macht so was nicht. Ist nicht seine Art. Der gibt dir a Fotzn, der haut drauf, volle Lotte, immer dicht dran, verstehen S'?«

Ja, sie verstanden, und am Ende war es eben immer Rudolf Rieser, der der wahrscheinlichste Täter war. Aber so sympathisch dieser Landmaschinenschrauber auch war, es ging doch um seine Familie. Würde der wirklich alles erzählen?

»Kann sein, dass wir Sie nochmals brauchen«, sagte Kathi. »Noch 'ne Kippe?«

Er nickte, drehte zwei und gab Kathi die eine sowie die Packung zurück. Dann sah er Kathi forschend an.

»Passiert der Anna denn jetzt was? Wegen dem Zeugs da im Internet?«, fragte er und klang ehrlich besorgt.

»Schau mer mal«, sagte Kathi, die wohl dem Charme des Schraubers erlegen war.

Als sie vom Hof fuhren, grinste Irmi. »Schmuckes Kerlchen. Und er hat dir sogar ein Brandopfer gedreht. Das ist Zuneigung.«

»Dumme Nuss.«

»Komm, der hat dir doch gefallen.«

»Und wenn! Der hat seine Anna. Dabei ist das dürre Hendl doch viel zu schmal für diese Walküre!«

»Immerhin hat's zu drei Kindern gereicht, und vielleicht war Anna Maria vor den Kindern deutlich schlanker und wird das auch wieder. Sie hat sehr schöne blaue Augen.«

Kathi verdrehte ihre braunen Augen und startete das Auto. Für ihre Verhältnisse fuhr sie langsam, rollte am Staffelsee entlang, der da lag mit seiner zerlappten Struktur und seinen sieben Inseln.

Irmi kam nicht oft nach Seehausen und war jedes Mal überrascht, wie schmuck das Dorf war. Ein Großteil des Sees, samt den Inseln, gehörte zu Seehausen. Nur im Norden und Westen hat die Gemeinde Uffing Anteile am Seeufer, während Murnau, das sich so großspurig »Murnau am Staffelsee« nannte, gerade mal zweihundert Meter Seeufer zwischen dem Strandbad Murnau und der Schiffsanlegestelle hatte! Die wahre Königin am See war eindeutig Seehausen.

Kathi verfranzte sich irgendwie, und schließlich landeten sie am Strandbad. Es hatte ganz leicht zu schneien begonnen. Sie liefen zum See und weiter bis zur Bootsanlegestelle, die verwaist war. Wo sonst Jugendgruppen auf die Buchau übersetzten oder auch mal Auerochsen zum Beweiden auf die Wörth, war es still. Ein alter Herr fütterte Enten, eine Frau mit Kinderwagen eilte vorbei. Immer dichter fielen die Flocken. Kathi und Irmi gingen weiter zu Fuß, bis sie vor dem Haus von Uli Höck standen.

Sie klingelten, und wenig später öffnete ein Mann, der einige Jährchen älter als Bader wirkte. Er war etwa einen Meter siebzig groß, seine Cordhose war etwas speckig, und an der Nase hafteten Reste von Schnupftabak.

»San Sie von die Zeugen Jehovas? Bleiben S' mir vom Hals mit Ihrem Wachtturm!«

»Nein, wir sind nur die Mordkommission«, setzte Kathi auf den Überraschungseffekt.

Das schien ihn eher zu amüsieren als zu beunruhigen.

»Kommen S' rein. Es is aber ned aufgräumt.«

Der Grad der Verwahrlosung zeigte, dass man sich in einem Männerhaushalt befand. Drei Paar Schuhe, eines davon schmutzstarrend, purzelten im Gang umher. Einer Öljacke entstieg ein unguter Geruch, und in der Stube hätte Lüften sicher einiges zum freien Atmen beigetragen. Auf einer Kommode stand ein Bild mit schwarzer Binde. Höck war Irmis Blick gefolgt.

»Die Maria. Is letztes Jahr verstorbn. So a Dreckskrebs. Mei Dochter wui, dass i des Haus aufgeb, weil es zu groß is. Mach i aber ned«, sagte er.

Ein rotes, plattnasiges Perserkatzentier von beeindruckender Größe kam herein und legte sich zu einem zweiten Exemplar in Graublau, das etwas weniger groß war.

»Der Albano, des is der Kater, und die Kloane is die Romina«, sagte er. »Mei Frau war so a Fan von dene.«

Von den Katzen oder den Sängern? Wohl von beiden.

»Und weil Sie jetzt allein sind, waren Sie an Silvester bei den Baders?«, fragte Irmi etwas abrupt.

Er runzelte kurz die Stirn. »Naa, früher warn mir immer zu viert. War unguat des Johr, drum bin i um zehne aa ganga.«

Irmi sah ihn überrascht an. »Sie waren nicht bis Mitternacht dort?«

»Naa, wissen S', die Erni, die Frau vom Lugi, hot scho um neine eigschloffn, glei nach dem Essen.«

»Sie meinen, Frau Bader ist eingeschlafen, und Sie sind wirklich schon gegen zehn gegangen?«

»Ja, genau, und des wollen Sie warum jetzt genau wissen?«

»Weil ein gewisser Markus Göldner tot ist. Ihr Kumpel Bader ist der Schwager vom Rudolf Rieser, und beide haben diesen Göldner nicht gemocht«, sagte Kathi schnell.

»Was?«

»Ja, es gab einen Toten in Murnau namens Markus Göldner. Der in der Silvesternacht vom Balkon geschossen wurde. Der Mann hat sich mit Rudolf Rieser und Ihrem Kumpel Bader angelegt. Wegen des Feuerwerks am Riegsee gab es Ärger. Und nun haben wir Anlass zu glauben, dass Bader und Rieser mit dem Tod etwas zu tun haben.«

»Ach so, jetzt versteh i. Und den Göldner do, den soll der Lugi ermordet haben?«

»Könnte sein«, sagte Kathi.

»Und jetzt hob i dem Lugi sei Alibi versaut?« Er lachte. »Blöde Gschicht.«

Höck war wirklich ein Unikum. Er nahm etwas von seiner Gletscherbrise, schnupfte, nieste, zauberte ein von Flecken starrendes Taschentuch unter einem Brokatkissen hervor. Dann sagte er durchaus ernst: »I woaß ja ned, um was es do genau geht. Aber der Lugi ermordet koanen. Der schlagt amoi zu, des war's au scho.«

So was Ähnliches hatten sie schon vom netten Schrauber gehört. Man traute dem guten Herrn Bader durchaus Aggression zu, einen Mord aber nicht. Eine gewisse Wahrnehmungsverzerrung, wie Irmi fand.

»Mei, und so Leut wie der Göldner …«, fuhr Höck fort.

»Kannten Sie den?«, fragte Irmi überrascht.

»Naa, ned direkt, aber der Lugi hat erzählt vom abgsagten Festl. Wissen S', i hob ja früher beim Landratsamt gearbeitet, und des Thema Sommerfeuerwerke werd in Bayern immer brisanter. I bin aa ned für des Geknalle, die Landratsämter mechten lieber Argumentationshilfen, warum sie solche Feuerwerke untersagen können.«

Irmi sah ihn interessiert an.

»Ja, i war da ned auf der Linie vom Lugi«, fuhr Höck fort.

»Liege ich richtig, dass Privatpersonen anlässlich von Geburtstagen oder Hochzeiten auf Privatgrund ein Feuerwerk der Klasse zwei abfeuern dürfen? Das sind Feuerwerkskörper, wie man sie an Silvester benutzt. Letztlich entscheidet die Gemeinde, ob es erlaubt wird, und die kann auch ablehnen, wenn sie triftige Gründe hat, oder?«

»Ja genau, aber die triftigen Gründe brauchst eben! Und wenn ein gewerblicher Pyrotechniker ein Feuerwerk zündet, greift § 7 vom Sprengstoffgesetz. Der derf des, muss des Feuerwerk aber beim Gewerbeaufsichtsamt anzeigen. Wenn der Kerl oder aa die Frau die nötige Fachkunde hot, passt des scho. Das Gewerbeaufsichtsamt informiert dann das zuständige Kreisverwaltungsamt, die untere Naturschutzbehörde und die Gemeinde. Und wenn die Gemeinde die Knallerei ned wui, muss sie per Bescheid des Feuerwerk untersagen. Und oans sag i eich: Der Grund zur Absage muass einer eventuellen Gerichtsverhandlung standhalten. Mir auf die Ämter waren immer froh, wenn mir absagen konnten.«

»Warum?«

»Weil immer was passieren kann oder aa passiert. Mir hatten da vor Jahren den Fall mit dene Ross. A Wahnsinn! Des san so Ross, die wo alle direkt vom Stall auf die Koppeln laufn und aa wieder retour. In der Nacht warn s' draußen. Als um zehn nach zehn ein Feuerwerk losging, host echt gmeint, die Russn kemma! Böller, Schüsse, des hot gehallt, da machst du dir koan Begriff! Es war heiß, noch fast dreißig Grad draußen, und die Herde von gut zwanzig Rössern war in heller Panik. Die sind in die Stallgasse gerannt, und zum Glück waren ein paar von den Besitzern do, die ham versucht, Ruhe neizumbringen. Do san Seniorengäule dabei, ja was moanst, die waren total hinüber.« Er nahm noch eine Prise Schnupftabak. »Die Stallbesitzerin is no in der Nacht zu den Feuerwerkern und am nächsten Tag zur Versicherung. Der Pyrotechniker hot gsagt, er hätt alles richtig gmacht. Und dann kommt die Gemeinde ins

Spiel. Mir hatten vom Gewerbeaufsichtsamt die Information erhalten, dass des Feuerwerk stattfindet. Mir ham die Anlieger informiert, aber irgendwie falsch eingschätzt, dass der drei Kilometer entfernt liegende Reitbetrieb aa hätt informiert werden sollen. So und jetzt: Wer is schuld? Zwoa von de Ross ham sich schwer an einem Draht gerissen, einer hat gelahmt. Oaner war tot. Aber wofür und wer will aufkommen, wenn so an alten Gaul der Herzschlag trifft?«

Irmi und Kathi hatten wie gebannt zugehört. All das war ihnen bislang gar nicht so bewusst gewesen.

»Des Sommergeknalle is a richtiger Gewerbezweig geworden«, fügte er hinzu. »Von mir aus muass des gar ned sei.«

»Haben nicht manche Gemeinden eine Satzung, die von Haus aus Feuerwerke untersagt?«

»Ja, das gibt's aa. Von mir aus derfen des mehr werden.«

»Da waren Sie aber wirklich auf einem ganz anderen Kurs wie Ihr Spezl!«, rief Kathi.

»Ja, des kimmt vor unter Freind«, sagte er und kraulte den Albano. »De zwoa Katzenviecher ham so a Angst. Und des is bei de Wildviecher ja ned besser.«

Irmi sah Kathi an, die verstand und sich erhob. »Danke, Herr Höck, falls wir noch was wissen müssten, würden wir uns melden.«

»Is recht, und wie gsagt: Der Lugi ermordet koan.«

»Hmm«, machte Irmi.

Als sie draußen standen, lag schon eine dünne überzuckerte Schicht am Boden. Im Licht der Straßenlaterne tanzten Schneekristalle.

»Hätt es mal besser an Weihnachten geschneit«, meinte Kathi.

»Tut's doch nie.«

Kathi streckte die Zunge heraus und fing ein paar Flocken ein. Irmi hatte sich gebückt und einen Minischneeball geformt, der punktgenau in Kathis Kragen landete.

»Iii, du Nuss!«

Kathi warf zurück, und sie lieferten sich eine kleine Schneeballschlacht, bis Irmi lachend sagte: »Hoffentlich sieht uns keiner.«

»Ach, die denken, wir sind zwei völlig verblödete Weiber. Weiß ja keiner, dass wir die Polizei sind.«

»Leider sind wir das aber, und wir müssen den Mord an Markus Göldner aufklären.«

»Das Ganze stinkt doch zum Himmel! Der Bader und der Rieser haben beide Beate Mutschler und Markus Göldner gehasst. Der Bader hat kein Alibi in der Nacht. Der Höck war weg, und die Frau hat geschlafen. Das ist doch perfekt! Der Rieser hatte ein Alibi, weil er auf dem Balkon gestanden hat. Eine großartige Ablenkung, die Bader freies Feld bereitet hat. Das haben sich die beiden doch perfekt ausgedacht. Unterschätz mir den Rieser nicht. Der ist eine Sau, aber keine dumme!«

Nein, dumm war der Mann nicht. Was ihn allerdings nur gefährlicher machte.

»Und nun?«, fragte Irmi und blies warme Luft in ihre kalten Hände.

»Vielleicht wurde Bader gesehen. Wir müssen die Anwohner befragen und ihnen Baders Konterfei zeigen.

Wenn der vor Ort war, dann gnade ihm Gott«, stieß Kathi aus.

Sie schlenderten zum Auto zurück. Die Schneeflocken waren dicker geworden und schwebten unvermindert zu Boden.

»Wenn das so weiterschneit, muss ich morgen früh mein Auto ausgraben. Scheiße!«, schimpfte Kathi.

»Aber schön«, erwiderte Irmi, die fand, dass der Schnee eine entschleunigende Wirkung hatte. »Wusstest du, dass es gar nicht die Eskimos sind, die die meisten Worte für Schnee benutzen?«

»Nein, wer dann? Wozu brauch ich da mehrere Worte? Schnee ist doch Schnee! Kalt, nervig, pappig!«, maulte Kathi.

»Schnee ist schon mal gar nicht Schnee! Neuschnee, Altschnee, Pulverschnee, Harsch, Bruchharsch, Pappschnee, Sulz und Firn. Die meisten Worte haben die Schotten. Über vierhundert Wörter sollen existieren – und der heutige wäre *feefle*, herumwirbelnder Schnee.«

»Klar, bei den Schotten ist es ja auch fast so grauenvoll kalt wie bei den Eskimos. Die Isländer haben bestimmt auch viele Worte für das weiße Zeug!«

Irmi lachte. »Ich glaube auch. Soweit ich mich erinnere, bedeutet *hundslappadrífa* richtig fette Flocken bei ruhigem Wetter.«

»Hundslappen, ja das passt. Komm jetzt. Mich friert!«

Irmi fror auch, wollte das aber gerade jetzt nicht zugeben. Sie war eine Herbstfrau. Sie hasste Sommerhitze, ihre Wohlfühltemperatur lag bei zwanzig Grad. Sie mochte es, wenn es am Morgen frostkalt war, doch wenn das Thermometer unter fünfzehn Grad minus absank, war auch Irmis Begeisterung getrübt. Der Schnee behinderte so viele Arbeiten in der Landwirtschaft. Und seit der Minihund bei ihnen lebte, hatte sich ihre Sicht auf den Winter gründlich verändert.

Irmi hatte lange mit sich gehadert und zu Bernhard gesagt, sie sei doch nicht Paris Hilton. Aber Kicsi hatte so erbärmlich gezittert. Es half nichts, sie brauchte ein Mäntelchen. Und es war Bernhard gewesen, der es im Internet bestellt hatte. Die kleine Hündin, die glaubte, ein Kater zu sein, hatte nämlich Bernhard als Lieblingsmenschen auserkoren. Sie hatte das einfach so beschlossen, war ihm wochenlang gefolgt. Bis in den Wald war sie ihm hinterhergerannt – und das mit den kurzen Haxn. Bernhard musste schließlich resignieren: Der Kitschhund war seiner. Nun fuhr Kicsi im Bulldog mit, Bernhard hatte ihr extra ein Kisterl auf die Seitenbank montiert. Sie ging sogar manchmal mit an den Stammtisch, und all die brummigen Grantlhuber liebten sie.

Zudem hatte Bernhard einen ganz entscheidenden Vorteil erkannt: Kicsi brach auch die Herzen von Frauen. Bei seinem Stammwirt gab es eine neue Bedienung aus Ungarn. Sie war Ende dreißig, etwas »fester«, und sie wählte ihre Dirndl immer eine Nummer zu klein. Ihr Dekolleté war schon im ganzen Loisachtal im Gespräch. Dem Absatz beim Wirt tat die neue Bedienung ausgesprochen gut! Zsofia rettete darüber hinweg, dass die Küche eher durchschnittlich war und die Biermarke wirklich so ziemlich das Schlimmste, was man in Südbayern durch die Kehlen schütten konnte. Dazu hatte sie diesen zauberhaften Akzent!

Bernhard hatte ja schon eine Schwäche für Irmis Polizistenkollegin Eszter gehabt, die aber etwas über seinen Möglichkeiten gelegen hatte. Diese Ungarin aber liebte immerhin schon die Hündin. Und Zsofia war ganz reizend – auch wenn Irmi auf ihre alten Tage eigentlich nicht mehr mit einer Schwägerin gerechnet hätte.

6

In der Nacht war weiterer Schnee gekommen, mittlerweile lagen bestimmt dreißig Zentimeter. Bernhard rumorte mit dem Bulldog, schob Schnee mit der Frontladerschaufel, während die Flocken weiter herabschwebten und sofort einen feinen weißen Pelz über die gerade freigeschobenen Flächen legten. Bernhards Laptop stand auf dem Küchentisch, er hatte den Wetterbericht auf der Website des Maschinenrings geöffnet. Der sagte ab Freitag sibirische Kaltluft an, die passend zum Wochenende Sonne im Gepäck haben sollte, aber auch eisige Temperaturen. Es würde zapfig werden, und wenn man den Vorhersagen trauen konnte, würde sich die Kälte einnisten. Blieb es länger kalt, konnten nicht nur die Leitungen im Stall einfrieren, sondern auch das Klo unten im Hausgang. Bei eisiger Kälte gepaart mit Ostwind steife Silage aus dem Fahrsilo zu holen war eigentlich Folter. Irmi vermied es, Bernhard mal wieder eine Umstellung auf Heumilch vorzuschlagen, er war in strengen Wintern ohnehin sehr angespannt, für ihn war der Winter nur eine Last.

Auch Irmi stand trotz des romantischen Flockenzaubers unter Anspannung. Im Fall Göldner ging nichts weiter, wobei sie nun immerhin Bader genauer unter die Lupe nehmen konnten. Gestern hatte sie ein totes Reh gefunden, das eindeutig verhungert war. Zwei tote Greifvögel die Woche davor. Es war ein stilles Sterben, das an den

Städtern komplett vorbeiging. Deren Heizungen liefen störungsfrei, sie joggten im Studio und radelten beim Spinning, und am Wochenende ging es hinaus in die Natur, zum Outdoorsport in Goretexschichten. Alles mit Netz und doppeltem Boden. Es war ein vager Unmut, der Irmi überfiel, aber es lebten nun mal immer mehr Menschen in Städten und nutzten die Natur nur noch als Freizeitraum. So ein paar tote Viecher hätten ihr egal sein müssen, und doch tat es ihr weh. Diese gewisse emotionale Dünnhäutigkeit kam bisweilen ganz ohne Vorwarnung angeflattert.

Ob das immer noch die Wechseljahre seien, hatte Kathi kürzlich mal gefragt. Der Unterton war klar: In deinem Alter müsstest du doch längst durch sein. Irmi war ein elegantes »Es heißt Wechseljahre, nicht Wechseltage« eingefallen, aber doch hatte sie darüber nachgedacht. Und als sie in der eisigen Kälte Richtung Büro fuhr, überlegte sie, dass sie nicht das Gefühl hatte, jemals so richtig »im Wechsel« gewesen zu sein, weil sie selten in sich hineinhorchte. Ein paar Hitzeschübe in der Nacht, na gut. Betonbusen wegen Hormonschwankungen und BHs, die drückten wie Folterkorsagen. Blutungen wie Sturzbäche. Wassereinlagerungen und mehr Speck um die Leibesmitte – alles geschenkt. Und doch war auch einer wenig selbstverliebten Frau wie Irmi klar, dass dieses Jahrzehnt zwischen fünfzig und sechzig anders war als frühere Lebensabschnitte. Ohne dass sie ihre Wahrnehmung an etwas Dramatischem hätte festmachen können.

Irmi kam mit einem unbestimmten Unmut ins Büro und konnte dann im Intranet lesen, dass der Big Boss aus Weilheim um neun alle im Konferenzraum zu sehen wünschte. Kathi hatte den Aufruf wohl auch gerade gelesen.

»Weißt du, was der will?«, fragte sie.

»Keinen Schimmer.«

Schon bald wussten sie es. Ihr Chef outete sich als Freund des »Teamspirit«. Irmi staunte. Sie kannte ihn eigentlich als spaßbefreiten, todernsten Egomanen, der Strenge mit Witzlosigkeit paarte. Er musste irgendein Seminar belegt haben, denn seine Ansprache klang auswendig gelernt.

»Teamwork ist eine positive Form der Zusammenarbeit, während der Teamspirit jener Geist ist, der im Team entwickelt wird – das Zusammengehörigkeitsgefühl über alle Ebenen hinweg. Wenn jeder von jedem lernt, dann lernen wir die Meinungen aller anderen im Team kennen und können dann auch auf Fehler eingehen und mehr Gefühl füreinander entwickeln. Gefühl, jawohl! Neue Ideen und Sichtweisen werden aus zarten Pflänzchen zum Mammutbaum erstarken. Der Teamspirit ist vielleicht rechnerisch schwer zu analysieren, aber wer den anderen fühlt, der arbeitet auch gern.«

Irmi sah sich vorsichtig um. Sailer hing wie so oft die Kinnlade runter, Sepp starrte so ungläubig vor sich hin, dass ihm gleich die Augen herauszufallen drohten. Andrea blickte vorsichtshalber in die Tischplatte, der Hase hatte einen Nirwanablick aufgesetzt, und Kathi funkelte den Chef fassungslos an. Der suchte Irmis Blick, doch sie hielt ihm stand, sie würde nichts fragen!

»Nun, sehen Sie, gerade in Ihrer Arbeit ist man auch

mal einsam, einige neigen sogar dazu, Alleingänge und Alleindenkprozesse zu vollführen.«

Sein Blick war weiter auf Irmi geheftet. Doch es war Kathi, die rief: »Wie soll ich kollektiv denken? Ich bin froh, dass ich das noch alleine kann. Sonst würde ich entweder im Koma liegen oder wäre tot.«

»Oder ich bezieh meine Bildung von RTL zwo«, bemerkte Sailer grinsend.

»Sie sollten das nicht ins Lächerliche ziehen, Herr Sailer. Ihnen allen mangelt es an Teamspirit!«

»Solln mir jetzt zusammen die Sau hüten? Oder ein Picknick machen?«, konterte Sailer.

»Ich habe Ihnen allen ein Hüttenwochenende gebucht«, erklärte der Chef. »Um mehr Teamspirit zu entwickeln.«

»Sie haben was?« Irmi brach ihr Schweigegelübde.

»Das ist eine dienstliche Anordnung. Sie alle reisen am Freitagnachmittag auf der Buchenbergalm an. Ich dachte, wir gehen mal ins Allgäu rüber, das hat dann mehr den Charakter einer Reise – anders, als wenn Sie im Bayernhaus nächtigen. Anfahrt Freitag, Abfahrt ist dann Sonntagmittag. Wir werden Schneeschuh wandern, rodeln, ein paar Rollenspiele machen.«

»Wir? Sie sind auch dabei?« Kathis Stimme bebte.

»Na sicher. Und kommen Sie mir ja nicht mit irgendwelchen Ausflüchten oder Krankschreibungen! Wir haben einen Jour fixe. Einer für alle, alle für einen.«

»Wer hat dem denn ins Hirn gschissen?«, fragte Sepp leise.

»Wie bitte?«

»Nix«, versicherte Sepp. »Freitag? Des is übermorgen!«

»Wir stecken mitten in der Ermittlung im Fall Göldner!«, beschwerte sich Irmi.

»Und meines Wissens geht da momentan nichts weiter«, konterte ihr Chef. »Das Wochenende wird Ihnen allen guttun. Wo der Körper atmen kann, wird der Kopf frei und die Seele lernt fliegen.«

Kurzzeitig waren sie sprachlos. Der seelenlose Chef wollte ein Organ fliegen lehren, dessen Platz im Körper bislang keiner hatte bestimmen können?

»Und wenn Sie von Hüttenwochenende reden, dann is des mit Matratzenlager oder was?«, fragte Sepp nach einer geraumen Weile.

Das war auch Irmis erster Gedanke gewesen. Man konnte es sicher überleben, mit Schneeschuhen irgendwo blöd rumzutappen. Auch das Rodeln versprach nicht so schlimm zu werden. Sie würde mit den Kollegen essen und trinken, aber irgendwann brauchte sie Abstand. Von allen erdenklichen Horrorszenarien war ein Mehrbettzimmer das bei Weitem grusligste. Sie hatte manchmal schon Mühe, mit Jens mehrere Tage am Stück das Bett zu teilen. Schlaf war ihr Heiligtum. Schlaf war so kostbar. Schlaf war intim.

»Natürlich, wir wollen doch Gemeinsamkeiten ausloten.«

»Was denn für Gemeinsamkeiten? Ob welche von uns gemeinsam pupsen? Ob mir zur selben Zeit brunzn miassn?« Sailer war außer sich vor Wut.

Irmi war verblüfft. Sosehr sie Sailers leicht brummige und reduzierte Art über die Jahre zu schätzen gelernt hatte, so wenig hatte sie geahnt, dass er so richtig zwider werden konnte. Das hier ging offenbar völlig gegen seine Werdenfelser Natur. Der dackelbeinige, drahthaarige Sailer konnte so sauer werden wie ein Teckel vor dem Bau.

»Und wir Mädels könnten gemeinsam menstruieren!«, rief Kathi zornig.

Der Chef hatte sich erhoben. Sein Ton war eisiger als die letzten Nächte. »Sie sehen bereits jetzt, was an Unaufgearbeitetem in Ihnen allen schlummert. Unser Meetingpoint ist Freitag um 15:30 Uhr an der Talstation der Buchenbergbahn. Sie bringen Sportbekleidung mit. Am besten bilden Sie Fahrgemeinschaften. Halb vier also! Sine tempore.«

Sie alle starrten ihm hinterher. Kaum hatte der Chef den Raum verlassen, brandete Stimmengewirr auf. Hansi Schwarz, ein Mann aus dem Hasenteam, rief: »Ich kotz gleich!«

»Ich auch«, meinte Susanne Ostermeier, die ebenfalls bei der KTU arbeitete.

»Na ja, so schlimm wird's schon nicht werden, also …« Andreas verzweifelter Blick strafte ihre Rede Lügen.

»Na toll, Andrea. Gib schon mal Durchhalteparolen aus, bevor es überhaupt anfängt«, maulte Sepp. »Mei Frau werd begeistert sein, wenn sie wieder a Wochenend alloa is.«

Sepps Frau war Mexikanerin und in jeder Hinsicht temperamentvoll. Drum hieß Sepps Sohn auch Xolotl, Gott sei Dank auch noch Josef Barnabas, was ihn seit dem Kindergartenalter zum Barnie gemacht hatte. Die Tochter Katharina Ximena Dolitta war eine Katinka geworden. Sepp lag seiner Familie zu Füßen, sie tanzten ihm alle auf der niederbayerischen Nase rum.

»Das Soferl wird wirklich begeistert sein«, meinte Kathi. »Sie hat einen Wettkampf in Oberstdorf und will da bei einer Freundin übernachten. Ich hatte ihr eigentlich gesagt, dass sie jeden Abend heimkommen soll, weil ich endlich mal ein Wochenende frei hab. Aber das Argument kann ich mir ja nun verreiben.«

Irmi stellte wieder einmal fest, wie wenige Familienrituale sie hatte. Bernhard war es egal, ob sie die Nächte daheim verbrachte. Manches Mal merkte er gar nicht, dass sie nicht da war. Sie konnte getrost auf der Hütte rumlungern.

Kathi hatte am PC die Website der Buchenbergalm hochgeladen. Ihre Kollegen krochen fast in den Bildschirm. Der Berg war eher ein Bergerl. Es gab einen Skilift, und die Betten im Lager sahen gepflegt aus, ebenso wie die ganze Hütte, und irgendwie beruhigte es alle, dass sie nur vierhundert Meter über dem Talboden sein würden. Es gab Fluchtwege. Die Zivilisation war nah.

»Leute, lasst uns das runterreißen«, sagte Irmi. »Wenn der Chef das beschlossen hat, dann ziehen wir das durch. Und jetzt zu unserem aktuellen Fall.« Sie fasste die Ergebnisse der neuesten Befragungen zusammen und schloss: »Wir sollten in jedem Fall noch einmal die Wohnanlage abklappern. Möglicherweise finden wir jemanden, der Bader in der Silvesternacht gesehen hat. Auf geht's!«

Das Klinkenputzen und Zeugenbefragen am Donnerstag und am Freitagvormittag verlief erfolglos. Es war besonders ärgerlich, dass sie ausgerechnet am Wochenende, wenn die Menschen eher daheim waren, zu Berge ziehen mussten. Irmi graute schon vor der Hüttengaudi.

Der Schnee war noch bis mittags gefallen, und kaum hatte Frau Holle ihre Arbeit eingestellt, kaum klarte es auf, rauschten die Temperaturen in den Eiskeller. Sie reisten alle mit dem eigenen Pkw an. Ein Statement des Individualismus, eine Art letzter Notnagel. Würde es unerträglich werden, konnte man flüchten. Darin waren sie sich schon mal alle gleich.

Sie trafen sich an der Talstation des Sesselliftes, der recht geruhsam zu Berge schaukelte. Der Parkplatz leerte sich gerade, der freitägliche Sportsmensch verlud sein Equipment. Einheimische Mamas bugsierten Skizwergerl und Zipfelbobenthusiasten in die Familienkutschen. Ein Tourenskifahrer, der aussah, als sei er weit über achtzig, bog vor ihnen schwungvoll ab. Seine Mütze im Stenmarkstil hätte jedes Skimuseum bereichert, die Ski hingegen waren brandaktuell. Die Senioren fuhren heutzutage auch nicht mehr mit untaillierten Hickory-Skiern.

Während die einen dem Heimathafen zustrebten, kamen andere erst jetzt. Alpines Afterwork. Zwei junge Männer zogen Ski an, deren Bindungen klein wie Druckknöpfe waren, und es war fast schon beängstigend, wie schnell die beiden davonstoben.

Sailer sah ihnen bewundernd nach. »Speedtourengeher. Des san Typen!«

Er selber hatte seine Tourenski dabei, der Hase und Susanne ebenso.

»Wie lange läuft der Lift?«, fragte Kathi.

»Nicht mehr lang, und selbst wenn er die ganze Nacht

aktiv wäre, wir gehen mit Schneeschuhen«, erklärte der Chef, der mittlerweile mit seinem Touareg eingetroffen war.

»Diese blöden Tennisschläger an den Füßen oder was?«, fragte Sepp.

Allerdings waren es eher moderne Exemplare aus Plastik mit Alukrallen. Der Chef warf einen Stapel knallgelber Schneeschuhe vor ihre Füße und ließ wie bei einem Riesenmikado Stöcke zu Boden rieseln. Und ganz plötzlich begann Irmi das Ganze zu amüsieren. Würde er die drei Tourengeher gleich mal falten? Weil die jetzt schon eine Extratour planten. Doch er schwieg.

Irmi war ein paarmal mit Jens auf Schneeschuhen gelaufen, und so wie Andrea die Dinger anlegte, war klar, dass auch sie kein Neuling war. Kathi hingegen fluchte, Sepp verdrehte die Augen, und der KTU-Hansi grummelte: »Mei Wampn is im Weg. Wie macht ma das Glump zu?«

Der Chef hingegen versuchte, mit besonderer Eleganz in die Schneeschuhe einzusteigen. Er wirkte wie euphorisiert. Sah sich wohl als Pelzjäger und Trapper oder wie Jack London höchstselbst.

Während sie sich zum Abmarsch rüsteten und die Rucksäcke schulterten, war ein Van vorgefahren. Ein jüngerer Mann in einem Parka mit albernem Pelzkragen entlud Kleiderständer, die sich im Schnee höchst merkwürdig ausnahmen. Dem Bus entstieg auch eine junge Frau, die gut zum Schneepolo in St. Moritz oder zum Proseccoschlürfen in Cortina gepasst hätte. Sie trug Moonboots in Silber und dazu hautenge Jeans über einem properen Popo.

Darüber hatte sie ein superkurzes Pelzjäckchen gezogen, das völlig sinnlos war, weil es einem dennoch in die Nieren zog. Auch daran merkte man, dass man alt wurde, dachte Irmi lächelnd. Warme Unterhemden, die man weit über den Po ziehen konnte, waren ein Schritt ins Omatum.

»Wenn die Jacke echt ist, werf ich einen Farbbeutel«, sagte Andrea.

»Ich glaube kaum, dass dieser Dame das elende Leben in einer Pelztierfarm ans Herz geht«, meinte Irmi und staunte umso mehr, als aus dem Bus ein kleines Mädchen sprang, das absolut identisch wie die Mutter gekleidet war. Ob das überhaupt die Mutter war? Oder eher die Schwester?

Sailer stand die Kinnlade offen.

»Hollywood im Ostallgäu, oder?«, kommentierte Kathi.

»Bevor Sie sich da jetzt weiter ergötzen, brechen wir auf«, kam es vom Chef. »Wir passen das Tempo dem schwächsten Glied der Kette an.«

»Der kann mi amoi mit seinem Glied. Wenn i mein Tritt hob, dann hob i den«, grummelte Sailer in Irmis Richtung. Und kaum waren sie unterhalb des Lifthäuschens, hatte Sailer seinen Tritt gefunden. Der Hase folgte in seiner Spur. Und derer beider Tritt war eindeutig zu schnell für die übrige Schneeschuhcrew.

Irmi sah den beiden nach. Der Hase war ein dürrer Stecken, eher ein Marathontyp, doch der dackelbeinige Sailer war fester, schnürlte aber den Hang hinauf, als wäre das nichts Besonderes. Irmi hatte ihn auch noch nie außerhalb von Lederhosen oder der Uniform gesehen. Jetzt aber trug er eine orangefarbene Tourenhose und eine kornblumenblaue Jacke. Der Sailer!

Der Rest der Gruppe schlug sich wacker. Sie stapften und keuchten und erfuhren am eigenen Leib die Relativität des Lebens. Ein relativ kleiner Berg war für relativ schlechte Kondition hoch wie das Matterhorn. Dem Chef rann der Schweiß aus der Mütze, er war angenehm still. Nach dem ersten langen Hang passierten sie eine Schmalstelle und stoppten an einem Bankerl.

»Ist es noch weit?«, keuchte Kathi, mit deren Bergkondition es nicht weit her war.

Irmi reichte ihr eine Wasserflasche.

»Gut die Hälfte, tät ich sagen.«

»Ach, du Scheiße!«

Sie stapften breitbeinig weiter. Hinter einer Baumgruppe kamen die Ammergauer Alpen heraus. Erst waren nur die Gipfel zu sehen, aber mit jedem Schritt erschien mehr von dieser malerischen Berggruppe. Auch die Sonne erreichte den Hang.

Berge hatten wahrlich die Macht, die Seele leicht zu machen. Leider kam dann ein Steilhang, in den man die Zacken der Schneeschuhe krallen musste. Sepp und Kathi fluchten im Einklang. Es folgte ein Flachstück, und irgendwann standen sie wieder in der letzten untergehenden Sonne und blickten auf den letzten steilen Anstieg vor der Hütte.

»Die Eigernordwand«, sagte Sepp grimmig.

Man sah aber schon das Rad des Liftes, das das Kontergewicht trug, und links von ihnen lag eine kleine romantische Hütte.

»Da sollen wir alle reinpassen?«, schnaufte Kathi.

»Nein, die eigentliche Hütte ist ein paar Meter weiter oben. Kathi, halt durch«, meinte Irmi, die eigentlich ganz zufrieden war mit ihrer Performance. Es war besser gegangen als erwartet. Ihre Devise »Besser fett und fit als schlank und schlapp« hatte was!

Schließlich erreichten sie ein breites Plateau. Liftstation, Hütte, ein Gipfelkreuz. Sepp hatte die Schneeschuhe entfernt und stürmte regelrecht zum Kreuz. Die andern kamen grinsend hinterher und schüttelten sich die Hände, als hätten sie soeben den K2 bestiegen. Sie schlenderten zur Hütte, wo die letzten Tagesgäste ihre Ski anschnallten und ihre Rodel packten. Es war eiskalt.

Irmi verzog sich erst mal ins Untergeschoss. Die Toilette hatte netterweise zwei Handtrockner, unter die man seinen Kopf halten und die verschwitzten Haare föhnen konnte. Die Buchenbergalm war eine Luxushütte, keine Frage.

Irmis Herz war seltsam leicht, als sie wieder auf die Terrasse kam. Die Berge glühten, eine Allgäuer Enrosadira, und selbst eine Werdenfelserin wie Irmi musste zugeben, dass diese Allgäuer über wunderbare Berge verfügten. Und über Seen, denn der Chef hob nun an, weitschweifig zu erläutern, dass man von hier dreizehn Seen sähe. Schon bald wurde er von Sailer unterbrochen.

»I dat erst mal vorschlagen, die Herrschaften ziehn sich um. Sonst habts es alle im Kreiz morgen.« Er selbst hatte sich bereits umgezogen und trug jetzt seine Krachlederne. Sie schafften ihre Rucksäcke nach oben. Jetzt kam der gefürchtete Teil der Veranstaltung. Es gab zwei Schlafräume – der eine war rot kariert bezogen, der zweite blau kariert.

»Die Männer im blauen Lager, oder?«, fragte Sepp.

»Auf jeden Fall«, meinte Irmi. Im rot karierten Damenzimmer gab es eine Reihe von Betten, einen Schrank als Raumteiler und dahinter noch zwei Stockbetten. Alles sehr sauber und weniger bedrohlich als befürchtet. Drei Betten im Lager waren schon belegt. Kati, Andrea und Susanne verteilten sich mit Sicherheitsabstand über den Raum. Irmi nahm eines der Stockbetten und hoffte inständig, dass nicht noch mehr Damen kommen würden. Die schnarchten, schnupften, husteten, sich herumwälzten, eine Reizblase hatten, im Schlaf sprachen oder Knoblauch gegessen hatten. Die Hoffnung starb ja bekanntlich zuletzt. Man würde es überleben, versuchte Irmi sich Mut zu machen. Zwei Nächte musste man doch überleben können, zumal es keinen Brunnen vor dem Hüttentore gab, sondern zwei moderne Duschen.

Es war halb sechs, als sie alle im Gastraum auftauchten. Sepp und Sailer saßen vor einem Weißbier am Kachelofen, Irmi ließ den Blick schweifen. Der Raum war in hellem Holz eingerichtet, und es war warm und griabig. Mit Jens hätte sie den Abend hier sicher sehr genossen. Jens war aber leider gerade in den USA.

Der Hase trug ein High-Definition-Leiberl, trank Rotwein und spreizte beim Trinken das dürre kleine Fingerchen ab. Den Blick des Chefs fing Sailer ab.

»Is Alkohol aa verboten?«, fragte er. Anscheinend hatte er beschlossen, von seinem Antikurs keinen Millimeter zu weichen.

»Nein, aber ich hab uns eine der privaten Stuben gebucht, da essen wir zu Abend«, sagte der Chef. »Ich hoffe, jeder mag Kässpatzn.« Sein Ton besagte: Und wer sie nicht mag, hat Pech gehabt!

Irmi mochte Kässpatzn, sehr sogar. Und diese waren ausgesprochen gut. Die Zwiebeln genau richtig. Und ein Bier würde es schon richten. Der Chef begann eine Begrüßungsrede, er war einer der Kandidaten, die immer versprachen, sich kurz zu halten, und genau das Gegenteil taten. Der immer kokett anhob, er sei ja kein großer Redner, und der genau diese unumstößliche Tatsache dann weitschweifend bewies. Weit kam er aber nicht, denn draußen war es laut geworden – Stimmen, Geschimpfe, Gescheppper. Die Tür ging auf, und herein schob sich ein Monster. Beim näheren Anblick zeigte sich, dass es nur ein wackliger Kleiderständer war, der zitterte und bebte. Geschoben von dem jungen Mann, den sie schon am Parkplatz gesehen hatten.

Hinter ihm lief die junge Frau und zeterte: »Es stinkt hier nach Käse und ranzigem Fett. Hier können die Sachen nicht bleiben.«

»Mir verwenden koi ranziges Fett«, sagte der Hüttenwirt, der ebenfalls zu diesem seltsamen Tross gehörte. Dann wandte er sich an Irmis Chef: »Mir ham morgen eine Geburtstagsfeier in der andern Stubn. Stört's eich, wenn des Zeug in der Ecke steht?«

Da keiner etwas sagte, rückte er ein paar Stühle beiseite und platzierte den Kleiderständer in der Zimmerecke. Die Sprachlosigkeit der Polizisten lag schlichtweg daran, dass sie vom Erscheinungsbild der jungen Frau gefangen waren. Sie war irgendwas zwischen Kunstwerk und Geisterbahn. Inzwischen trug sie Ankle-Boots, dazu noch immer die hautenge Jeans und ein superenges pinkfarbenes Oberteil, auf dem »Heureka!« stand. Ob sie dieser Sprache wohl mächtig war? Der U-Boot-Ausschnitt des Shirts brachte das zur Geltung, was stark gepusht war. Sehr lange blonde und rot gesträhnte Haare flossen bis zur Hüfte und rahmten das ein, was einst ein Gesicht gewesen sein musste. Das Näschen winzig, die Lippen wulstig, die Augen seltsam mandelförmig. Die Schminke zentimeterdick. Es war schwer zu sagen, wie alt sie war, aber sicher noch keine dreißig. Sie musste mit allen ihren OPs im Teeniealter begonnen haben.

Irmi warf einen vorsichtigen Blick auf ihre Leute und bedauerte, dass sie nicht wusste, wie man mit dem Handy ein Video dreht. Sailer starrte mit der gewohnt ausgeleierten Kinnlade. Sepps Stirn war runzlig wie bei einem Chinesischen Faltenhund. Kathi hatte eine scharfe Furche zwischen den Augen. Andrea und Susanne sahen aus, als wäre gerade ein Ufo gelandet. Hansi sah sicherheitshalber mal weg. Und der Hase? Dessen schmalen Mund umspielte doch wirklich ein Lächeln. Dabei ging der Hase sonst zum Lachen in den Keller!

»Also, ich weiß nicht …«, hob der Chef an.

Das Kunstwerk ging einen Schritt auf ihn zu. »Ja, sorry, aber das sind Schätze. Meine Schätzlein. Die dürfen doch hierbleiben?« Ihr Ton war der eines kleinen Mädchens. Sie hatte den Kopf schief gelegt, was die Wirkung nicht verfehlte. Sie beugte sich nach vorne, es quoll und wogte. Der Eispanzer des Chefs schmolz. Typisch

Männer!, dachte Irmi. Sabberten vor so einer Kunstbarbie!

»Ja, nun … Na dann. Sie sind Model?«, fragte er.

»Ich heiße Jolina und bin Bloggerin. Sie sind ja sooo süß.« Sie warf dem Chef eine Kusshand zu.

Während das Kunstwerk seinen Charme versprühte, war das kleine Mädchen ins Zimmer gekommen. Es hatte brünette Löckchen und trug ein Kleidchen in Pink mit Pelzapplikationen.

»Mami, ich hab Hunger!«

Aber die Mami war damit beschäftigt, am Ständer herumzuzupfen und mit ihren beiden Smartphones herumzuwirbeln.

»Mami, ich hab Hunger!« Der Ton wurde schriller.

Sailer stand wortlos auf und nahm die Kleine an die Hand. »Kimm!«

Das Mädchen war so verblüfft, dass es ihm ohne Widerrede folgte. Das Ganze geriet zu einem Schauspiel, das schon jetzt alles toppte, was der Chef gewollt haben mochte. Unglaubliche Szenen! Wenig später kam Sepp zurück. Die Kleine, die nun selig an einer Butterbreze nagte, saß auf seinen Schultern.

»Sie sind alle echt sooo süß«, meinte die junge Frau hingerissen. »Schätzchen, ich komm gleich! Die Mami hat grad noch zu tun.«

Sailer hatte den Zwerg wieder auf die Füße gestellt. Die Kleine setzte sich auf eine Bank. »Ich hab auch Durst«, erklärte sie. Susanne reichte ihr ein Glas Wasser.

»Ich will aber Limo!«

»Schätzchen, das ist gaaar nicht gesund«, erklärte Jolina.

»Da wirst du fett und dumm. Ich hab deinen Kräutertee mit. Jetzt wart halt mal!« Der letzte Satz kam unerwartet aggressiv. Das Kind zuckte zusammen und sah zu Boden.

»Dann hol ihr den auch!« Kathis Augen schossen Feuerpfeile.

»Kümmern Sie sich doch um sich!«, sagte diese Jolina allen Ernstes.

»Ja, sag mal, du Schaufensterpuppe, bist du hier eingedrungen mit deinen Fetzen oder wir?«

»Frau Reindl, ich glaube, Sie sollten …«, mischte sich der Chef ein.

»Ich bin schon weg. Komm, Paris!« Jolina streckte die Hand aus, die Kleine folgte und warf Sailer noch einen flehentlichen Blick zu.

Sie waren beide längst draußen, als Sailer wütend bemerkte: »Es müsst einen Derf-Schein fürs Kinderkriegen geben. Des arme Wuzerl! Paris, ja, des passt!«

»Wir sind nicht hier, um den Erziehungsstil von jungen Müttern zu kommentieren!«, entgegnete der Chef. »Wir sind …«

Hansi unterbrach ihn rüde: »Bloggerin? Ist das ein Job?«

»Hmm, wenn ma La Jolina is, dann scho«, kam es von Sepp.

»Wer bitte?«

»La Jolina, mei Tochter folgt ihr.«

»Was? Wer verfolgt wen?«, wollte der Chef wissen.

Andrea war diesmal schneller als Kathi, die sonst immer zügig am Handy war. Bloß nicht dann, wenn man sie wirklich einmal telefonisch erreichen wollte.

»Also, La Jolina ist eine Beauty- und Modebloggerin. Sie hat 1,7 Millionen Follower und einen YouTube-Kanal. Sie ist sehr … ähm … umstritten, weil sie ganz jungen Mädels sagt, es sei, also, es sei voll okay, wenn man sich was machen lässt …«

»Ha!«, rief Kathi. »Stimmt, ich hab erst kürzlich mit dem Soferl darüber diskutiert. Die La Dingsbums war irgendwo in so einem C-Fernsehkanal zu sehen. Andrea, schau mal nach, da muss es irgendwo eine Seite geben, wo man sie mit fünfzehn sieht!«

Andrea tippte und scrollte und reichte Irmi schließlich das Handy. Ein hübsches Mädchen war zu sehen, sehr dünn mit schulterlangen Haaren. Irmi reichte das Handy weiter. Es wanderte durch die Kollegenriege.

»Und das ist dieselbe?«, fragte Susanne konsterniert.

»Ja«, sagte der Hase. »Nase verkleinert. Augenstellung verändert. Lippen aufgespritzt. Regelmäßige Botoxsessions. Brüste vergrößert, Po modelliert. Ich würde mal so auf sechs bis acht OPs tippen.« Er klang völlig emotionslos und nippte an seinem Wein.

»Neun, um genau zu sein«, sagte Andrea, die ihr Handy wieder vor sich hatte. »Die Nase hat sie mit siebzehn machen lassen, jetzt ist sie fünfundzwanzig. Sie hat von allen OPs Bilder gepostet. Voll eklig. Wie gestört ist das denn!«

»Kommt drauf an, in welcher Welt du lebst«, murmelte Irmi.

»Des koscht doch a Vermögen!«, rief Sailer.

»Sie verdient so viel mit ihrem Blog, dass das leicht drin ist«, sagte Kathi. »Sie hat Werbeeinnahmen und vertickt die Klamotten, Schuhe und Taschen dann wieder im Internet. Wenn du da weltweit zu den Meistgeklickten gehörst, kommt da was rum!«

»Dann bist ja bloß no online. Wann lebst denn dann no?«, fragte Sailer.

Der Satz blieb im Raum hängen. Sailer, Sepp, der Chef und Irmi waren über fünfzig, sie kannten Wählscheibentelefone und hatten Pop nach acht vom Radio auf Kassetten aufgenommen. Sie hatten Toaster gehabt, die man seitlich aufklappen musste, um den Toast einzulegen. Es hatte Eierschneider gegeben, und bei Partys wurden Käsewürfel auf ekligen Pumpernickel gespießt. Ihre Väter hatten Super-acht-Filme gedreht, die bei der Vorführung gerissen waren. Sie hatten Helanca-Pullover getragen. In der Schule hatte der Hausmeister Mohrenkopfsemmeln für ein Fufzgerl verkauft. Heute gab es nur noch Schaumküsse, und die Mütter erlaubten so eine ernährungsphysiologische Totalsünde nicht mehr. Sie hatten LPs gekauft, von denen manche heute echte Raritäten waren wie Irmis Platte von Klaus-Peter Schweizer. Er hatte Liedzeilen geschaffen, die ewig waren, und andere, die heute die Dimension von Zeitzeugen hatten. Schweizer hatte von einem gesungen, der im Postamt jobbte, der an Liebeskummer in Telefonzellen litt und Briefe schrieb. Postamt, Telefonzelle und Briefe – all das waren Gespenster aus dem Jahre 1981. Andrea, Susanne, Hansi und Kathi waren zu jung für LPs und Telefonzellen. Sie waren jung genug für diese schöne neue Welt. Wie alt der Hase war, wusste Irmi gar nicht.

Es herrschte Schweigen im Raum, bis Kathi schließlich

sagte: »Vielleicht sollte ich das auch machen. Extensions rein, Silikon in Titten und Arsch – und ab geht's. Dann tanz ich hier auch auf der Alm rum und poste Bilder von mir in irgendwelchen Fummeln.«

»Das wär ja sooo süüüß«, sagte Irmi, aber irgendwie misslang der Witz. Es blieb ein schales Gefühl zurück.

»Nun ja.« Der Chef riss den Abend wieder an sich. »Wir machen zur Auflockerung ein Gesellschaftsspiel. Sie bilden bitte Zweierteams.«

»Hä?«, machte Sailer.

»Wählen Sie einen Partner aus!«

»Wie beim Völkerball oder wos?«

Irmi gluckste. Auch keine gute Erinnerung. Dieses Warten darauf, gewählt zu werden. Sie war nie unter den ersten Auserwählten gewesen, aber Gott sei Dank auch nie die Letzte. Sailer war sicher immer einer der Ersten gewesen.

»Gut, i spiel mit dem Sepp«, sagte Sailer.

Kathi nickte Irmi zu.

Der Chef grätschte hinein. »Da sehen Sie schon, dass Sie null offen für neue Kommunikation sind. Sie bleiben in der Komfortzone. Ich möchte, dass Sie nicht die wählen, die auch sonst Ihre Peergroup bilden!«

»Na, dann wähl ich Andrea«, meinte Kathi und zwinkerte Andrea zu. »Wir sind so was wie gar keine Peergroup, oder?«

»Und ich würde mit Freuden mit Herrn Hase spielen. Sofern er meine Wahl annimmt«, schickte Irmi hinterher.

Sepp tat sich mit Hansi zusammen und Sailer mit Susanne. Am Ende saßen vier Teams vor den Scrabblesteinen. Irmi war überhaupt keine Freundin von Gesellschaftsspielen, in Ermangelung von Kindern, Pärchenabenden oder Familienfeiern war sie davon weitgehend verschont geblieben. Sie war selten dabei gewesen, als Mensch-ärger-dich-nicht-Bretter über Tische flogen und wüste Beschimpfungen wie Pingpongbälle durch den Raum ploppten. Scrabble kam ihr da wie ein relativ kleines Übel vor, und der Hase würde es sicher richten.

Ihr Team musste beginnen, die beiden zogen gleich mal ein X, und der Hase legte, ohne die Miene zu verziehen, das Wort BOTOX. Doppelter Buchstabenwert beim B, doppelter Wortwert, 40 Punkte.

Kathi bekam einen Lachkrampf. »Kaum ist die Botoxhex draußen, schon bringt euer Unterbewusstsein das Wort ins Spiel.«

»Das ist mein Sprachgefühl, Frau Reindl«, sagte der Hase. Und wieder war da ein kaum merkliches Zucken um seine Nase.

»Was mach i bloß mit fünf E?«, maulte Sailer und legte dann das Wort Teer. Eine Runde später baute er ein weiteres E an.

»Teere? Was ist das bitte?«

»Mehrzahl von Teer.«

»Schmarrn!«, kam es von Sepp.

Der Chef, der auf seinem Beobachterposten thronte und wie ein Gefängniswärter über die Truppe wachte, förderte einen Duden zutage. »Teere, Plural von Teer. Beim Scrabble gilt nur das, was im Duden steht.«

»Sag i doch«, meinte Sailer, der weiter seine Taktik verfolgte, jeweils nur ein oder zwei Buchstaben an bereits gelegte Wörter hinzuzufügen. Bei »Buttere« ging jedoch ein Aufschrei durch die Gruppe.

»Es gibt keinen Plural von Butter!«

»Naa, des is an Ausruf an die Magd auf dem Hof: Buttere, Madel! Buttere um dei Leben!«

Irmi verschluckte sich an ihrem inzwischen dritten Bier, das Spiel wurde zur Komödie, und sie musste insgeheim zugeben, dass sie selten so viel an einem Abend gelacht hatte. Zudem würden sie und der Hase haushoch gewinnen, denn der Hase verstand es, alle zwei- und dreifachen Werte auszuschöpfen. Soeben legte er PELZZELT auf einen dreifachen Wortwert. 54 Punkte.

»Duden raus! Es gibt kein Pelzzelt!«, rief Kathi.

»Liebe Frau Reindl, wir reden hier vom kirgisischen Pelzzelt, fein gewirkt aus Rentierpelzen. Wenn es etwas zweifelsfrei gibt, dann das Rentierpelzzelt. Eventuell möchte der Herr Sailer ja auch noch RENTIER anlegen!«

Wenn der Ausflug schon nach wenigen Stunden bei Irmi einen Effekt gezeitigt hatte, dann die Tatsache, dass ihre Achtung vor dem Hasen ins Unermessliche stieg. Der Mann hatte einen unglaublich subtilen Witz!

Es war dann der Hase selbst, der MÖSENPELZZELT legte. Es ging ihm wieder um den dreifachen Wortwert. Alle Blicke waren auf ihn gerichtet.

»Sie wollen meine volkskundlichen Ausführungen zum Wesen des kirgisischen Mösenpelzzeltes lieber nicht hören, vermute ich«, sagte er, ohne das Gesicht zu verziehen.

Kathi lag fast unter dem Tisch vor Lachen. Andrea hatte rote Bäckchen, und Hansi schüttelte unentwegt den Kopf.

»Mit oder ohne dies Zelt – die gewinnen eh«, meinte Andrea und notierte die schier unglaublichen 96 Punkte.

»Mir kimmt des ganze Spiel anders vor als meins dahoam«, maulte Sailer, dessen Team verloren hatte.

»Kann sein«, meinte der Hase. »Das hier ist die Variante von 1950–1980. Diese Version von Scrabble geistert noch in einigen wenigen Haushalten herum. Es gab hier 117 + 2 Steine und etwas andere Buchstabenwerte. Ich sammle Scrabble-Bretter.«

Ein echter Scrabble-Fan, der Mann war sagenhaft. Als sie schließlich zu Bett gingen, musste Irmi immer noch grinsen. Der Einzige, der etwas verstummt war, war der Chef. Für ihn war die Veranstaltung eindeutig entgleist. Er hatte die Zügel längst verloren. Als sie nach oben kamen, schliefen dort schon drei Frauen. Kichernd versuchten die vier Polizistinnen, leise zu sein, was ihnen misslang.

7

Irmi schlief gut, eingemummelt in den Schlafsack. Als sie um halb sieben erwachte, war sie kurz orientierungslos. Es war stockdunkel, und wundersamerweise hatte sie nicht das übliche Gefühl, gelähmt zu sein. Kein Kater hatte sie einzementiert. Sie döste noch ein wenig und ging dann ins Bad. Fast verstohlen duschte sie und war wahnsinnig erleichtert. Keine ihrer Kolleginnen hatte sie gesehen, denn die schliefen alle noch.

Sie ging hinunter, wo ein Frühstücksbüfett aufgebaut war und wo es einen unglaublichen Kaffeevollautomaten gab. Der konnte was. So durfte dieser Tag beginnen, der wieder sonnig werden sollte. Die anderen drei Frauen aus dem Matratzenlager saßen bereits beim Frühstück. Sie trugen Skikleidung und sahen ausgesprochen fit aus. Bestimmt hatten sie nicht viel getrunken am Vorabend und waren auch weniger in volkskundliche Betrachtungen über Pelzzelte verwickelt gewesen.

Irmi warf ein »Guten Morgen« in die Runde und hörte mit halbem Ohr zu. Die drei Frauen wollten mit den Skiern ins Tal fahren und von dort mit dem Bus weiter ins Tannheimer Tal. Dort würden sie auf eine Skitour gehen und am Abend wieder zurück sein. Drei sportive Frauen Anfang fünfzig machten augenscheinlich einen Mädelsausflug. Irmi holte sich einen zweiten Cappuccino und fing wieder ein paar Sätze auf.

Es ging um La Jolina, die nicht auf der Hütte übernachtet hatte. Das war wahrscheinlich unter ihrem Niveau. Wortfetzen wehten wie Fahnenzipfel zu ihr herüber: »völlig falsche Werte«, »nimmt ihr doch die Kindheit«, »rächt sich irgendwann«, »so was ist doch keine Mutter« … Irgendwas im Tonfall ließ Irmi aufhorchen. Dem Zungenschlag nach kamen die drei nicht aus Bayern, sondern eher aus einer Region, wo man Hochdeutsch konnte. Eine der Frauen sah herüber, ihr Blick und der von Irmi trafen sich.

»Finden Sie nicht auch, dass eine Mutter ihr Kind schützen sollte?«, fragte sie.

»Doch, ja. Aber vielleicht macht das der Kleinen ja alles Spaß«, sagte Irmi etwas lahm.

»Meinen Sie, es macht einer Vierjährigen Spaß, zu modeln, geschminkt zu werden und das anzuziehen, was Mutti will? Ich bitte Sie!«

Irmi fühlte sich unwohl, doch eine Antwort blieb ihr erspart, denn die anderen trudelten ein. Der Chef verkündete den Tagesplan. Zunächst würde man zu Tale rodeln, anschließend würde ein Kleinbus sie transferieren, und zwar – nun kam der für Kathi besonders bedrohliche Teil – bis zum Ausgangspunkt einer Wanderung zur Drehhütte.

»Wanderung? Hochlatschen? Und den Schlitten hinterherziehen?«

»So ist es, Frau Reindl.«

»Ich bin doch keine fünf Jahre mehr, oder?«

»Unterschätzen Sie das nicht! Rodeln boomt in den Alpen! Immer neue gepflegte Rodelbahnen erobern neue Fans. Rodeln kann die ganze Familie bis hin zum Opa.

Dann wird das bei Ihnen auch klappen, Frau Reindl. Frisch zu Berge! Eine wasserdichte Hose und gute, feste Schuhe haben Sie ja, oder? Besammlung ist in zehn Minuten!«

»Besammlung? Hat der einen Schweizer gefrühstückt?«, murmelte der Hase.

Irmi grinste. »Die Bergluft macht's. Na dann.«

Jeder war mit einem eigenen Schlitten ausgestattet. Sailer hatte dem Chef den Zahn gezogen, in Zweierteams zu rodeln. »Außer der werten Susanne, dem dürren Hasen und unserer Tiroler Elfe, der Kathl, passen von unseren Kalibern koane zwoa auf an Schlitten. Sakrakruzinesen!«

Wenig später zog Sailer dann etwas Merkwürdiges aus einer Plastiktüte.

»Was ist das?«, fragte Andrea.

»A Speckschwarte zum Wachseln. Vom Wirt!«

Wobei das Wachseln nicht nötig gewesen wäre. Die Bahn lief – und wie. Da der Untergrund bockhart gefroren und der kalte Schnee sehr fluffig war, rodelten sie quasi auf Eis. Sogar der Rodel von Leichtgewicht Kathi gewann ganz schön an Fahrt. Eine scharfe Kurve, und schon lag sie mitten in der Schneewechte.

»Scheiße!«, brüllte Kathi. Sie sah schon an der Talstation aus, als würde sie die Winterkrätze bekommen. Aber das war ja nur die Zubringerfahrt gewesen. Ihr Auftrag im Namen des Chefs kam ja erst noch, der Aufstieg auf diese Drehhütte. Sie fuhren mit einem Kleinbus, der mit dem Schriftzug »Outward Bound« versehen war.

»Na, Kathi, das spricht dich an, gell? Outward Bound«, meinte Irmi grinsend.

»Ich kotz gleich!«

Und dann wurde es ein ziemlicher Hatsch, sie brauchten eindreiviertel Stunden, und auch Irmi war froh, als sie den Glühwein und die Brotzeitplatte in der Drehhütte erreicht hatten. Die Wärme machte angenehm müde, aber zu viel Relaxen war dem Chef zuwider.

»Wer zuerst unten ist, hat gewonnen«, tönte er nach ungefähr einer Stunde.

»Echt? Was gewinn ich? Einen Urlaub mit Ihnen? In Sibirien am besten?«, schimpfte Kathi.

Er ignorierte sie, und sie stürzten sich mit ihren Rodeln wieder talwärts – mit neu gewonnener Wärme und frischem Mut.

Irmi hatte Freude an der Sache. Man lebte vor den Bergen, und doch nutzte man ihr großzügiges Angebot, ihre gnädige Einladung, an ihren Flanken Spaß zu haben, viel zu wenig, dachte Irmi. Und wie schon so oft nahm sie sich vor, mehr Sport zu machen. Mehr für sich selbst zu tun. Denn ihr Relaxprogramm bestand ja maximal aus der heißen Badewanne.

Auch diese Bahn lief wie geschmiert. Irmi versagte bei der Kurventechnik. Doch es half nichts! Abklopfen, sortieren und weiter ging's. Als die Bauchmuskulatur schließlich jeden Dienst versagte, kam endlich der Parkplatz in Sicht, wo Sailer, Hansi und der Hase schon standen und warteten.

»Und wer hat den Urlaub mit dem Chef gewonnen?«, fragte Irmi lachend, die wohl als Vierte ins Ziel gekommen war.

Die drei sahen sich an. »Wir sind gleichzeitig angekommen. Den Urlaub können Sie …«

Irmi warf einen Schneeball, und wieder war das Unerwartete eingetreten. Sie hatten wirklich Spaß. Bis auf eine klatschnasse Kathi, die als Letzte eintraf.

Als sie um drei Uhr wieder auf der Hütte eintrafen, war auf der Terrasse eine wundersame Show im Gange. La Jolina hatte ihren Kleiderständer auf der dem Bannwaldsee zugewandten Seite platziert. Der junge Mann von neulich reichte ihr immer neue Jacken, Mützen, Schals und Handschuhe an und drehte Videos. Ab und zu gab sie Autogramme und posierte für Selfies. Auch so ein Furunkel der Moderne: das Selfie. Und sein Stick. Wie hatte Irmi nur all die Jahre ohne Selfiestick überlebt? Und mehr noch: Wie würde sie das weiterhin schaffen?

Die kleine Paris war mit von der Partie. Ihr Mund war erdbeerrosa geschminkt, und sie warf der Kamera Kusshändchen zu.

»Wahnsinn, oder?«, rief Kathi. »Macht aus einer Vierjährigen einen bemalten Kleiderständer.«

Sie setzten sich auf eine der freien Biergartengarnituren und verfolgten das Spektakel weiter, dessen Höhepunkt sie ohnehin verpasst hatten. Mittags hatte nämlich eine Blaskapelle ein Bergkonzert gegeben, rund um die Hütte war es rappelvoll gewesen. Das Setting hatte La Jolina anscheinend als Hintergrund gedient. Der Hüttenwirt reichte sein Handy herum: Fotos, wo La Jolinas Schlauchbootlippen ein Alphorn umschlungen hielten. Eines, wo sie den prallen Hintern an einer Trommel rieb. Die Trachtler im Hintergrund glotzten – von sabbernd bis Abscheu reichten ihre Mienen.

»Die waren bestimmt auch sooo süß«, grummelte Sepp.

»Und sooo gamsig«, bemerkte der Hüttenwirt lachend.

»Wie bist überhaupt hinter die kemma?«, fragte Sepp.

»Sie hat angefragt, ob sie hier ein Modeshooting machen kann. Ja mei, mir hot die ja nix gsagt, aber die isch ja sehr bekannt. Im Internet und so.«

Irmi betrachtete die versprengten Menschenreste auf der Hütte. Da waren noch ein paar Tourengeher und eine Restbesatzung der Blaskapelle, die augenscheinlich schon seit der Mittagszeit ordentlich dem Bier und dem Schnaps zusprachen. Sie feuerten La Jolina an, die immer mal wieder zu ihnen herüberwinkte. Irmi hatte keinerlei Illusionen: Da konnten Männer noch so sehr beteuern, wie künstlich sie »so eine« fänden, wie sehr sie auf natürliche Frauen stünden. Doch hätte La Jolina die Herren der Schöpfung auch nur mit dem Arsch angeschaut – was in ihrem Fall ja wohl auch reizvoll gewesen wäre –, keiner hätte da auf sein Zölibat verwiesen.

Allzu lange konnten sie der Show nicht mehr beiwohnen, denn die Trachtler torkelten gen Lift, die Sonne trudelte hinter die Berge – und es wurde schlagartig kalt. Es würde eine weitere glasklare Bergnacht werden.

La Jolina hatte der Kleinen einen Schneeanzug übergezogen, das Rosa um den Mund war verschmiert, und auf einmal sah Paris wieder aus wie ein kleines Kind. Eines, das Irmi berührte in seiner puppenhaften Zerbrechlichkeit. Hübsche Kinder hatten es sicher leichter, so wie alle hübschen Menschen sich leichter taten. Ihnen öffneten sich die Türen aus Emotion und Zuneigung schneller. Der Rest der Welt hatte den Wunsch, diese Schönen zu kennen, sie gar zu ihren Freunden zu zählen – auf dass etwas von deren Glanz auf ihr eigenes durchschnittsgraues Leben abstrahlen möge.

Paris stand am Zaun des Tiergeheges und streichelte einem der Walliser Schwarznasenschafe über die Nase. Irmi ging zu ihr hinüber.

»Gefallen die dir?«, fragte sie.

Das Mädchen nickte.

»Hast du auch ein Tier?«

»Nein, Mami ist allergisch. Und sie sagt, dass wir den Dreck nicht brauchen können. Weil die Kleider sonst schmutzig werden. Mami ist ein Star, weißt du?«

Irmi schluckte. Für diese Vierjährige war ihre Mutter ein Star. Diese Jolina war ja auch ein echter YouTube-Star. Für andere Vierjährige waren ihre Mütter oft auch Stars, aus ganz anderen Gründen. Aber war Jolina denn deshalb eine schlechte Mutter? Was war denn überhaupt eine »normale« Kindheit? Eine »normale« Mutter? Urteilte sie da nicht vom hohen Ross herab, von einem völlig veralteten, vermoosten Reiterstandbild? La Jolina als Mutter zu haben war bestimmt cool, und es gab auch andere Mütter, die Haustiere verboten.

»Ja, toll! Und du zeigst ja auch schon Kleider. Bringt das Spaß?«

»Ja, aber ich werd später kein Model.«

»Nein?«

»Nein, weil ich Tierärztin werde.« Sie wandte sich wieder den Wallisern zu.

Viele kleine Mädchen wollten Tierärztin werden, sie selbst hatte den Wunsch auch mal gehegt. Viele Kinder mussten doch mit überarbeiteten, abwesenden, psychotischen Eltern zurechtkommen und machten später trotzdem was aus ihrem Leben. Die feine Mami, die mittags an der Tür den Nachwuchs empfing, das Küsschen gab und dann das gesunde Essen auftischte, später bei den Hausaufgaben half, nachmittags Schokoriegel hervorzauberte und am Abend Geschichten vorlas, war ein Zerrbild aus der Werbewelt und ein Überbleibsel vom Frauenbild der Fünfzigerjahre. Es gab sicher schlimmere Mütter als Jolina. Irgendwas in Irmi bohrte und nagte. Fehlte es ihr einfach an Toleranz?

Von der Terrasse her rief Jolina: »Schätzchen, wir essen! Und du musst was trinken! Sonst kriegst du später Falten!« Sie winkte Irmi zu. Diese junge Frau war eine merkwürdige Mischung aus Naivität und Nervensäge.

Irmi ging hinein und setzte sich zu den Männern. »Wo ist unser Zirkusdirektor?«

»Telefoniert in einer Tour. Mit München. Scheint Ärger zu geben. Vielleicht bricht er das Unternehmen hier ja ab«, sagte Hansi.

»Das wäre aber schade. Eine Runde Scrabble müsste schon sein«, meinte Irmi lachend. »Der Herr Hase hat sicher noch Lehrreiches in petto.«

»Darauf können Sie Gift nehmen.«

»Ich nehm lieber ein Bier«, sagte Irmi, die sonst nie mehr als eine Halbe trank, aber harte Zeiten erforderten eben auch härtere Getränke als Wasser oder Kaffee – und ein, zwei Halbe mehr.

»Ich hab Hunger«, nörgelte Hansi.

»Um sechs gibt es Brotzeit. Kas, Speck, Butter – was

will der Mensch mehr«, entgegnete Sailer, der sich allmählich wohl auch mit der Situation arrangiert hatte.

In der Tat bogen sich riesige Holzbretter unter der Last all dessen, was ein Landmetzger und die Sennerei so vollbracht hatten. Die drei sportiven Damen aus dem Matratzenlager waren mit von der Partie. Sie waren gerade zurückgekommen und erzählten, dass sie von Haldensee auf die Krinnenspitze gegangen seien. Die drei wirkten noch ganz euphorisch, und sie hatten ordentlich Sonne getankt. Die Frau, die am Morgen Jolinas Erziehungsstil so sehr kritisiert hatte, war am Hals rotgefleckt – ja, die Gebirgssonne hatte Kraft.

La Jolina, ihre Tochter und der junge Begleiter langten ebenfalls zu, und Irmi war erstaunt, dass La Jolina zwar Vegetarierin war, dem Kind aber nicht etwa den Speck verbot. Gespräche flogen hin und her, die Bloggerin schrieb Autogrammkarten für Sepps Tochter und deren Freundinnen. Sie trank zwei Bier, was ihr wohl schnell zu Kopf stieg. Irmi hätte damit gerechnet, dass sie Champagner oder Wodka Bull bestellen würde. Immerhin erfuhren sie, dass sie in Murnau lebte. München sei ihr zu schickimicki geworden, sagte sie allen Ernstes, und ja, sie würde die Berge so lieben. Später erzählte sie, dass sie ihren »Vati« erst kürzlich wiedergefunden hätte. Dass der ganz verliebt in seine Enkelin sei. Es flossen sogar ein paar Tränchen. Offenbar konnten nicht einmal Gesamtkunstwerke ihr Herz shapen oder absaugen lassen.

»Wo steckt eigentlich die Kloine?«, fragte der Hüttenwirt irgendwann, als er wieder eine Runde Getränke brachte.

»Sie ist sehr selbstständig. Sie legt sich selber hin«, flötete La Jolina, die sich wieder gefangen hatte.

»Muss sie bei dir auch«, sagte Susanne leise.

»Sie schläft bestimmt schon«, kam es von dem merkwürdigen Typen, der Jolina begleitete. Ah, der konnte sogar sprechen. »Die frische Luft, das ermüdet ja.«

Irmi hatte die Stirn krausgezogen. Brachte man so ein kleines Kind nicht zu Bett und las noch eine Geschichte vor? Oder war das längst überholt?

»Eventuell mal rufen? Suchen?« Kathi war aufgestanden, denn in der Tat hatten sie das Kind seit einer geraumen Weile nicht mehr gesehen.

Sailer hatte sich auch erhoben und stampfte ins Untergeschoss, wo die Toiletten lagen und an den Wänden alte Fotos vom Berglerleben in der Gemeinde Trauchgau hingen. Kathi war nach oben geeilt. Weit und breit kein schlafendes Kind, das sich mal eben selbst hingelegt hatte. Irgendwie schien nun auch La Jolina einen inneren Weckruf gespürt zu haben.

»Paris! Schätzchen! Nicht Verstecken spielen!«

Im Obergeschoss war die Kleine definitiv nicht zu finden, auch nicht in den Privaträumen oder in der Küche, wo sie mehrfach aufgetaucht war, um etwas abzustauben.

»Sie versteckt sich häufig«, flüsterte La Jolina. Ihre Augenlider flackerten.

»Sie war sehr angetan von den Schafen. Eventuell ist sie dorthin gegangen«, sagte Irmi leise und nahm ihre Jacke von der Stuhllehne.

»Aber ich hab ihr doch gesagt, dass man nachts nicht nach draußen geht.« La Jolinas Stimme wurde schrill.

»Sagen kann man dem Kind ja viel«, kam es vom Wirt.

»Jolina, Sie suchen weiter in der Hütte. Wenn Paris sich gerne versteckt, gibt es hier drin ja genug Möglichkeiten«, sagte Irmi. »Andrea hilft mit und Susanne auch, und wir anderen gehen mal nach draußen.«

Kathi und Sailer hatten Mützen und Jacken parat, der Hase stand schon in der Tür. Der Himmel war klar, die Sterne funkelten und blitzten an gegen den schwarzen Himmel. Der Schnee knirschte beim Auftreten, das war ein Kindheitsgeräusch, das die letzten Winter selten hörbar gewesen war. Das Thermometer war auf siebzehn Grad minus gefallen.

»Wir verteilen uns. Ihr schaut rund um die Hütte, bei der Liftstation, am Gipfelkreuz. Kathi und ich gehen zu den Tieren.« Irmis Herz pochte hinauf zu den Sternen. Die bierselige Müdigkeit vor dem Kachelofen war innerem Alarm gewichen.

Die Rufe nach dem Kind durchschnitten die Luft. Irmi und Kathi waren ins Gehege gestiegen, der Bock sah sie skeptisch an. Sie rutschten den Hang hinunter. »Paris!«, riefen sie.

Die Kälte kroch jäh in den Körper. Sie trugen nur Jeans, die wenig Schutz boten. Irmi sah hinauf zum Sternenhimmel und zur Hütte, die beleuchtet dalag. Wenn es einen Gott gab … wenn es einen gab, der Leben beschützte … musste er nicht … sollte er nicht …

»Was ist mit der anderen Hütte? Dieser kleinen?«, fragte Irmi.

Kathi nickte. Sie hasteten über die Piste, Kathi zog es die Beine weg, sie rutschte ein kurzes Stück dahin, rappelte sich wieder hoch. Es war eine helle Nacht, sternenhell und milchstraßengefärbt.

»Paris!« Sie umrundeten die Hütte, die von allerlei Büschen und kleinen Bäumchen umstanden war. Sie rüttelten an der Tür. Nichts!

»Scheiße«, sagte Kathi leise. »Sie muss doch irgendwo sein.«

Irmi blickte hilflos zur Hütte hinauf und hinüber in die Berge. Ihr Blick blieb an zwei hohen Fichten hängen, kurz unterhalb der Hütte. Blitzte da nicht etwas? Die beiden Polizistinnen schlingerten unter die beiden weit ausladenden Bäume, deren Äste in die Finsternis hinausfingerten. Rund um die Stämme befand sich kein Schnee, gelbes Gras lag strubblig am Boden. An einen der Stämme gelehnt saß Paris. Zusammengesackt. Irmi legte ihre Finger auf die Halsschlagader des Kindes. War da nicht etwas ganz Schwaches zu spüren? Im selben Moment war Sailer bei ihnen und fing mit einer Herzmassage an, mit Mund-zu-Mund-Beatmung. Kathi schrie in ihr Telefon nach einem Notarzt.

Inzwischen war auch der Hüttenwirt hinzugekommen. Er schlug das Kind in eine Decke ein und trug es bergwärts, die anderen folgten ihm. Jolina kam aus der Hütte gestürzt und schrie wie ein schwer verwundetes Tier. Hansi umfasste sie und zwang ihre rudernden Arme nieder, bis sie zu weinen begann und er sie zu einer Bank bringen konnte.

Das Mädchen im lila Kleidchen lag auf einer Decke am Boden. Sailer machte weiter mit den Wiederbelebungsmaßnahmen, bis schon fünfundzwanzig Minuten nach

Kathis Anruf ein Sanka und ein Notarzt aus dem Tal eintrafen. Die alles versuchten – und aufgaben.

Am Ende waren nur noch eine Sanitäterin, der Arzt, Irmi und Sailer im Raum. Den Rest hatten sie hinausgeschickt. Die Augen des Arztes schienen im Lauf dieser letzten Stunde immer weiter in die müden schwarzen Höhlen hineingewandert zu sein. Als wollten sie nicht sehen, wie etwas endete, was doch noch gar nicht richtig begonnen hatte. Bestimmt sah er viel als Arzt, aber ein so kleines Mädchen? Die junge Sanitäterin weinte tonlos, Irmis Augen schwammen in Tränen.

»Warum bist denn ned aufgstanden und zruckgegangen, Engerl?«, fragte Sailer mit bebender Stimme.

Der Arzt sah Sailer durchdringend an, dann Irmi. »Diese Frage habe ich mir auch gerade gestellt. Sie kennen ja bestimmt diese tragischen Fälle von alkoholisierten Jugendlichen, die sich irgendwo ins Fastkoma saufen und dann heimgehen. Nur kurz ausruhen wollen und dann einschlafen. Alkohol ist unter diesen Bedingungen nicht förderlich, da er für eine erweiterte Durchblutung der Haut sorgt. Der Körper verliert noch mehr und schneller Wärme als im nüchternen Zustand.«

Das Nicken von Sailer war kaum zu sehen. Sein »Warum?« war tonlos.

»Mit Beginn der Abkühlung von außen zielen alle Reaktionen des Körpers darauf ab, die Kerntemperatur so lange wie möglich stabil zu halten«, fuhr der Arzt fort. »Schon mit dem ersten Kälteschock ziehen sich die Blutgefäße in der Haut nahe der Körperoberfläche zusammen, der Blut- und Wärmeaustausch zwischen dem warmen

Körperkern und den kalten Extremitäten, der normalerweise für eine gleichmäßige Körpertemperatur sorgt, wird jetzt eingeschränkt. Durch diesen Mechanismus kann die Kerntemperatur aber auch bei winterlichen Minusgraden oder in kaltem Wasser für zehn, vielleicht fünfzehn Minuten aufrechterhalten werden. Aber nicht länger. Leider.«

Wieder suchte er Sailers Blick.

»Die echte Hypothermie setzt ein, wenn die Kerntemperatur des Körpers um zwei Grad oder mehr absinkt. Der Stoffwechsel mobilisiert jetzt zusätzliche Energien, um der Kälte zu trotzen. Der Körper versucht, durch Muskelzittern die Wärme zu halten. Wenn dann die Nervenenden betäubt werden, nimmt man Kälte und Erfrierungen nicht mehr wahr. Sinkt die Kerntemperatur unter dreißig Grad ab, verliert man meist das Bewusstsein. Die Organe im Körperinneren arbeiten zwar, aber extrem langsam: Das Herz schlägt nur noch zwei- bis dreimal in der Minute, Puls und Atem sind kaum mehr messbar. Wenn ein unterkühlter Mensch jetzt noch lange der Kälte ausgeliefert bleibt, stirbt er. Ohne Schmerzen.«

War das tröstlich? Dass der Schmerz irgendwann vorbei war?

»Aber ein kleines Kind hat keinen Alkohol im Blut, und die Kleine war durchaus pfiffig. Sie hat gefroren und ist nicht zurückgelaufen? Warum?« Irmis Stimme brach, und sie wischte ein paar salzige Tränen von den Wangen.

»Nicht zurückgefunden?«, schlug der Arzt vor.

»Man sieht das Licht der Hütte von den Bäumen aus. Wenn sie losgelaufen wäre, hätten wir sie dann nicht irgendwo auf der Piste im Schnee finden müssen?«

Irmis Frage blieb unbeantwortet.

»Sie kann eingeschlafen sein, ein Kind hat andere Stoffwechselvorgänge als wir Erwachsenen. Die Kleine war sehr schmal«, sagte der Arzt. »Was für eine Tragödie.«

»Werden Sie sie obduzieren lassen?«, fragte Irmi. Die drei anderen sahen sie überrascht an. »Warum erfriert ein gesundes Kind hundert Meter von seiner Rettung entfernt?«

»Vielleicht hat sie sich den Knöchel verknackst, oder ihr war schlecht. Es gibt genug Gründe, die ein Kind davon abhalten, das Vernünftige zu tun. Kinder agieren nicht unbedingt rational«, sagte der Arzt.

Irmi sah den Mann an, der unendlich müde wirkte. Es war die alte Krux, mit der so vieles begann oder eben nicht. Es gab drei Todesarten: natürlicher Tod, unklarer Tod und nichtnatürlicher Tod. Irmi wusste, dass Mediziner dazu neigten, im Totenschein »natürlicher Tod« anzukreuzen. Weil sie dazu genötigt wurden, weil es Zeit sparte, weil sie wirklich davon überzeugt waren. Irmi war – wohl berufsbedingt – selten von der Normalität des Todes überzeugt. Auch beim todkranken Opa konnte jemand nachgeholfen haben, und das Baby musste auch nicht unbedingt den plötzlichen Kindstod gestorben sein.

»Ein Verdacht würde ausreichen«, flüsterte Irmi. »Die Kausalkette, ich meine … Unklar ist das doch allemal?«

Der Arzt betrachtete Irmi lange. »Gut, wir wollen nichts übersehen«, sagte er schließlich. »Wir nehmen sie mit ins Tal. Es wäre dann Sache der Klinik, eine gerichtliche Obduktion anzuordnen.« Er atmete schwer durch. »Es tut mir leid, dass ich nichts mehr tun konnte. Ich hoffe, meine

Kollegen haben wenigstens die Mutter etwas stabilisieren können. Können wir?«

»Aber ned so«, sagte Sailer.

Er nahm das Kind hoch und trug es auf seinen Armen. Dieses Bild würde sich bei ihnen allen einbrennen. Und ungefragt wiederauferstehen. Sailer, der den Kopf des leblosen Kindes an seine Brust gebettet hatte. Die Beine mit den weißen Strumpfhosen baumelten herunter, die Arme auch. Sailer starrte geradeaus ins Leere.

In der großen Stube saßen die anderen. Die Polizisten, die drei Frauen, zwei einheimische Tourengeher, das Hüttenpersonal. Die Szene lief wie in Zeitlupe ab. Sailer trug das Kind auf seinen Armen und legte es auf eine Trage. Dann malte er vorsichtig mit den Fingern ein Kreuz auf die blasse Stirn.

»Schlaf fein, Engerl.«

Abrupt wandte er sich ab und floh aus dem Raum. Andrea schluchzte. Kathi war so blass wie selten, und ihre Tränen zogen Glitzerspuren in das Elfenbeinweiß ihres Gesichts. Irgendwann waren die Sanitäter fort und mit ihnen das tote Kind. Auch La Jolina war verschwunden, mitsamt dem jungen Mann, von dem sie bis jetzt nicht wussten, was für eine Rolle er im Leben der Bloggerin spielte. Es waren noch ein paar Einheimische da gewesen, die mitgesucht hatten. Sie alle hatten verloren. Der Wirt hatte Schnaps auf den Tisch gestellt, der nicht helfen würde und doch diese zufällig zusammengewürfelten Menschen einte. Niemand sprach. Inzwischen war auch Sailer zurückgekommen.

Der Hase sah zur Decke und rief plötzlich: »Was für

eine Verschwendung! Wo ist der Sinn? Himmelsakrament, wo ist der Gott, der faule Sack? Wo schaut der immer hin?« Er sprang auf und wandte sich dem Chef zu: »Sie werden morgen früh diese Farce beenden! Wir haben lange genug Ihre Posse bevölkert. Die Kollegen sind alles integre Menschen. Wir brauchen keine Gruppenkur. Wir sind so gut, weil wir alle wir selbst sind. Ich darf mich heute schon verabschieden.«

Sailer hat sich ebenfalls erhoben. »Ich schließe mich an«, erklärte er.

Über dem Tisch lag ein Schweigen, das wie ein Bann war. Wer wollte jetzt noch etwas sagen? Irmi stand auf und ging hinaus, wo die Sterne unbeeindruckt von der Tragödie weiterschienen. Der Hase und Sailer legten ihre Ski an und setzten ihre Stirnlampen auf.

Irmi streifte Sailers Blick.

»Danke«, sagte sie nur und sah ihnen hinterher, wie sie den Hang hinunterschwangen. Elegant, schwerelos, bis sich die Silhouetten auflösten.

Sie schloss die Augen. Lauschte dem Kratzen der Skikanten nach. Noch jemand von den Einheimischen schien abzufahren, da war noch ein flackerndes Licht einer Stirnlampe. Zum ersten Mal in ihren Leben bedauerte es Irmi, nicht Ski fahren zu können. Es hielt Fluchtwege aus der Enge der Berge offen. Natürlich hätte sie zu Fuß ins Tal gehen können, aber sie wusste, dass ihre Knie versagen würden.

8

Am nächsten Morgen packten sie alle früh und schweigend zusammen, tranken Kaffee, aßen kaum. Jemand hatte den Lift in Betrieb gesetzt, und es war noch vor acht, als sie zu Tale schaukelten. Bis auf Susanne, die ihre Ski nahm, saßen sie alle im Lift, der durch eine eisige Schattenwelt fuhr. Am Parkplatz warfen sie sich alle ein kurzes »Wiedersehen« zu, legten die Schneeschuhe auf einen Haufen, die der Chef schweigend in seinen SUV lud. Erste Wintersportler fuhren vor, wunderten sich über die Sonderfahrt des Liftes. Sahen hinauf in einen Himmel, der wieder makellos zu werden versprach. So viel unpassendes Licht. So viel Sonne über unschuldigem Schneeweiß.

Es war zehn, als Irmi auf dem Hof vorfuhr. Die Sonne spielte in den Schneekristallen, Kicsi jagte Schnee. Sie sprang und drehte sich in der Luft um sich selbst, bellte und bohrte ihre winzige Schnauze immer wieder in das Weiß. Kicsis erster Schnee! So viel Lebenslust hätte sie dem einst halb toten ungarischen Welpen niemals zugetraut, als der Hundetransport vergangenes Jahr in Garmisch gestoppt worden war.

Bernhard trat aus dem Stall. Er hatte Filzstiefel an, ein Holzfällerhemd und eine Weste – innen Lammfell, außen Cord –, die extrem alt und extrem hässlich war, von Bernhard aber geliebt wurde. Er trug eine neue olivfarbene

Strickmütze mit einem Bommel – sonst hatte er immer nur eine marineblaue mit Dreckspritzern aufgehabt.

»Neue Mütze?« Irmi war überrascht, dass sie in der Lage war, Laute auszustoßen.

»Die hot mir die Zsofia gstrickt. Jetzt schau dir die mal an!«, meinte er und blickte auf Kicsi. Ganz der stolze Papa!

»Leben pur«, sagte Irmi sehr leise.

»Du schaust aber ned aus wie Leben pur?«

»Ein kleines Mädchen ist gestorben.«

»Wie? Ermordet?«

»Erfroren.«

Sie wandte sich ab und ging ins Haus, wo sie ein heißes Bad einlaufen ließ. Ihre Schultern schmerzten, das linke Knie knackste, als sie sich in der Wanne niederließ. Weiße Winterhaut war wenig schmeichelhaft, denn man sah die Besenreiser und die Krampfadern besser. Warum nur legte sich eine hübsche junge Frau wie diese Jolina unters Messer? Die Jugend schenkte einem doch schöne Haut und festes Fleisch. In Irmis Alter hingegen mussten ein ruhiges Herz und eine gereifte Seele die Schlaffheit des Fleisches wettmachen.

Dabei war ihr Herz keineswegs ruhig. Es pochte im Takt der Frage: Warum? Warum? Warum?

Irgendwann verließ Irmi die Wanne mit schrumpeliger Haut. Immer wieder hatte sie Wasser nachlaufen lassen, um diesen Kokon aus Wärme und Sicherheit nicht verlassen zu müssen. Sie blickte in den Spiegel. Auch das war ein seltsames Gauklerspiel des Älterwerdens: Sie erkannte sich nicht mehr in den Schaufensterscheiben, in den Spiegeln, an denen sie ab und zu vorbeilief. War sie etwa diese ältere Frau dort?

Es war Mittag geworden, und ihr Handy läutete. Andrea war dran.

»Wir, also der Sailer und der Sepp und ich, wir sind grad im Büro und haben uns gedacht, jetzt könnten wir ja mal weiter nachfragen, nach Bader, also …«

Es dauerte einige Sekunden, bis Irmi begriff. Sie hatten den Fall Göldner zu lösen, und die Kollegen wollten weitere Anwohner befragen. Das Leben hatte keinen Sinn für Pietät. Es gönnte einem keine Verschnaufpausen, es drückte einen sofort wieder unter die Wasseroberfläche, sobald man Luft geschnappt hatte. Und Zeit war kostbar, man konnte sie nicht einfach im Versandhauskatalog nachbestellen.

In Irmi breitete sich ein warmes Gefühl aus. Ihre Leute waren gutherzig und keineswegs abgestumpft. Das Erlebte hatte sie alle so verstört, dass sie lieber an diesem sonnigen Wintersonntag zur Arbeit gingen, als daheim herumzugrübeln.

Sie lächelte. »Ja, das ist gut. Holt mich jemand ab? Das läge ja am Weg.«

»Ja, äh … Kathi kommt grad rein«, erklärte Andrea. »Sie holt dich gleich ab.«

Also war auch Kathi, die wilde Hummel, das rotzfreche Gör, mit im Boot. Als sie vorfuhr, sauste Kicsi ihr entgegen. Das kleine zerbrechliche Wesen war einer der wenigen Hunde, die Kathi gelten ließ. Sie war einfach zu winzig, um ihr Angst zu machen. Und ihr glubschäugiges Gesicht erweichte sogar Kathis Hundehasserherz.

»Das ist kein Hund, das ist ein Flummi«, sagte Kathi und lächelte müde.

Sie fuhren los. Im Auto herrschte Schweigen, bis Kathi plötzlich sagte: »Ich hab vorher das Soferl in seinem Bett überfallen. Sie schlief noch, und ich musste sie anfassen, drücken, schauen, ob sie noch da ist. Sie glaubt jetzt, ihre Mutter hat einen totalen Knall. Mehr noch, als sie das ohnehin schon gedacht hat.«

»Das überlebt sie.« Irmi lächelte. Kathi hatte sich weit geöffnet, sehr weit. Das tat sie nicht oft.

Sie stellten sich hinter die Wagen der Kollegen im Längenfeldweg. Es war zwei Uhr geworden. Die Sonne strahlte, doch im Schatten hatte es einige Grad minus. Ein paar Anwohner waren sicher im Schnee unterwegs, aber sie würden bald heimkommen. Die Kälte würde rote Rotznasen nach Hause treiben.

Irmi bat ihre Leute, sich aufzuteilen. Andrea hatte Fotos aufgetan. Von Bader, von Höck und Hutter. Bader hatte sie auf einer Schützenseite gefunden, Höck auf einer Ehemaligenliste des Landratsamts und Anna Maria auf Facebook. Mit einem älteren Foto, auf dem sie sicher zwanzig Kilo weniger gehabt hatte und sehr hübsch aussah.

Irmi stiefelte mit Kathi los, als Vreni Haseitl ihnen über den Weg lief.

»Sie haben wohl auch keinen Sonntag, oder?«, fragte sie lächelnd.

»Ach, das Wochenende wird doch völlig überbewertet«, sagte Kathi leichthin. »Wie geht es Beate Mutschler?«

»Ich war grad bei ihr. Sie bekommt natürlich Medikamente. Und sie hat eine Therapeutin, die sie auch später betreuen wird. Ja, sie wird es packen. Muss sie ja, aber … Kommen Sie denn weiter?«

»Ja«, sagte Kathi und hielt ihr die Fotos hin. »Die werden Sie kennen, oder?«

»Den Herr Bader natürlich und die junge Frau mit dem Kinderwagen auch. Den anderen kenn ich nicht. War das auch ein Patient von uns?«

»Nein.«

»Ja, aber, meinen Sie nun wirklich, dass das Bewertungsforum, also …« Sie verlor den Faden.

»Es besteht ein Verwandtschaftsverhältnis zwischen Herrn Rieser und Ihren Patienten«, sagte Irmi vorsichtig.

»Was? Und da …?«

»Frau Haseitl, haben Sie Herrn Bader außerhalb der Praxis mal hier gesehen? Überlegen Sie bitte.«

»Nein, ich glaube nicht. Aber sollte er, kann es sein …«

»Wir stehen noch am Anfang, und es war sehr gut, dass Sie uns die Sache mit Medijama erzählt haben. Wenn Ihnen noch was einfällt, melden Sie sich bitte.«

Vreni Haseitl nickte. Im Gehen drehte sie sich nochmals um und sah sie konsterniert an.

Andrea und Sepp kamen dazu. Sie hatten einen Mann im Schlepptau.

»Das ist der Herr Lohmiller. Würden Sie, ähm, den Kolleginnen grad noch mal erzählen, was Sie mir eben erzählt haben?«, bat Andrea.

»Ja, also, ich war über Silvester in den Dolomiten zum Skifahren. Auch kein Schnee, nur Kunstschnee, diese Zahnpastabänder im Braun und Grau der Felsen, aber man konnt trotzdem geil Ski fahren. Die Sonne …«

»Herr Lohmiller, bitte«, mahnte Irmi.

»Ja, ach so. Ich bin heute zurückgekommen, muss ja morgen wieder arbeiten, und da erfahr ich von der Nachbarin, was in der Silvesternacht passiert ist. Wahnsinn! Bei uns hier! Und da zeigt mir Ihre Kollegin die Bilder.«

»Ja, und weiter?«

»Also, ich hab mehrfach einen Mann gesehen, der mir nicht ganz koscher vorkam. Der ist um die Häuser geschlichen, als würde er was suchen. Er war im Haus von der Frau Mutschler und auch im Haus vom Rieser. Ich arbeite Spätschicht und Nachtschicht und komm also oft spät oder ganz früh heim. Da ist ja sonst keiner am Weg. Einmal hab ich gesehen, wie der Mann in ein Auto geglotzt hat. Er hat die Hände seitlich ans Gesicht gepresst und reingeschaut. Verstehen Sie?«

Irmi nickte. »Und das Auto, was für eines war das?«, hakte sie nach.

»So ein SUV mit Ostallgäuer Kennzeichen.«

»Herr Lohmiller, die Kollegin hat Ihnen die Bilder gezeigt. War es einer der Männer auf den Fotos?«

»Also der da«, er zeigte auf Höck, »war es sicher nicht. Der andere – durchaus möglich. Der Mann, den ich gesehen habe, hatte meist einen Hut auf oder eine Kapuze.« Er überlegte. »Stimmt, der hatte schon so schmutzgraue Haare, einmal ist ihm nämlich die Kapuze verrutscht.«

Ob Hut oder Kapuze immer verdächtig waren? Dann stand halb Brauchtumsbayern unter Verdacht, denn da trugen fast alle Herren Trachtenhüte. Aber es war schon etwas dubios, wenn man nachts leicht vermummt herumschlich.

Lohmiller hatte Bader nicht eindeutig identifiziert. Das wäre auch zu schön gewesen. Aber wenn ihn noch jemand erkannt hatte, wäre das ein Etappensieg. Darauf mussten sie hoffen!

»Wann haben Sie den Mann denn gesehen, Herr Lohmiller?«

»Im Herbst, eher Spätherbst. Ich glaub, im Oktober und November.«

»Vielen Dank. Wenn Sie den Mann noch einmal sehen, informieren Sie uns bitte umgehend, Herr Lohmiller!«

Er nickte und ging davon.

»Das ist doch schon mal was!« Kathi klang euphorisch. »Der Bader hat das Terrain sondiert und überlegt, wie er am besten vorgehen kann! Da geht doch was!«

»Aber … « Andrea brach sofort wieder ab, weil Kathi gar so skeptisch schaute.

»Aber dazu hätte Bader wissen müssen, dass Göldner auf dem Balkon stehen würde«, sagte Irmi und nickte Andrea zu. »Und dass die beiden dort Silvester feiern.«

»Davon war auszugehen, oder? Frisch verliebt feiert man doch in jedem Fall Silvester zusammen.«

War das so?, fragte sich Irmi. Wahrscheinlich schon, aber sie war ja auch nicht frisch verliebt. Sie hatte sich arrangiert in ihrer Beziehung mit Jens, den sie liebte für seine Umsicht und Klugheit. Der ihrem Leben einen Rahmen gab, aus dem sie nicht fallen konnte. Das war viel – auch wenn sie noch nie zusammen Silvester gefeiert hatten.

»Die hätten ja aa bei ihm feiern können«, warf Sepp ein.

»Oder verreisen«, meinte Andrea.

»Deshalb werden wir auch diese Bilder mal in Kempten beim Catweazle vorlegen und da, wo Göldner wohnt. Wenn ihn einer ausspioniert hat, dann hat er das überall getan.« Kathi ließ sich nicht beirren.

»Und das alles nur wegen dem Feuerwerk, ich weiß ja nicht …«, gab Andrea zu bedenken.

»Solchen Idioten brennen schnelle mal die Sicherungen durch. Die akzeptieren keine Gelben Karten. Und Rote schon gar nicht!« Kathi blieb siegessicher.

»Wir brechen das hier mal ab«, sagte Irmi, deren Zehen eiskalt geworden waren.

Auch wenn dieser Fall sie kurzzeitig abgelenkt hatte, nun war es wieder da – das Bild der toten Paris. Irmi schickte ihre Leute nach Hause. Schließlich war Sonntag, und bei allen anderen wartete jemand daheim.

Das Bild vom toten Mädchen wollte auch am Abend nicht weichen. Bernhard fragte Irmi sogar, ob sie mit an den Stammtisch kommen wolle. Ein echtes Liebesbekenntnis, aber Irmi lehnte ab.

In dieser Nacht schlief sie schlecht und wachte immer wieder auf. Angeblich waren Träume wichtig, um das tagsüber Erlebte zu verarbeiten. Ihre Haut war schweißnass, als sie aus dem Traum aufschreckte, und sie fühlte ihr Herz von innen gegen den Brustkorb klopfen. Als wollte es einfach fliehen aus seinem Gefängnis hinter den Rippen.

Während Irmi ins Büro fuhr, fokussierte sie ihre Gedanken wieder auf Göldner und seine Gegner. Sosehr sie Kathi zustimmte, dass man Mordmotive am ehesten im nahen Umfeld suchen sollte, so sehr störte sie doch das Vorgehen des Täters. Würde einer wie Bader oder Rieser wirklich so überlegt agieren? Göldner ausspionieren und dann erschießen? Waren das nicht eher typische Schnellkochtopf-Typen, die spontan reagierten, hochkochten und schnell verdampften? Andererseits war die Kampagne im Internet durchaus im Vorfeld geplant und perfide gewesen. Rieser traute sie so etwas zu, aber war Bader wirklich für eine solche Sache zu haben?

Andrea hatte schon wieder vorgearbeitet und die Fotos von Bader, Rieser und Anna Maria Hutter ans Architekturbüro Caviezel gemailt – mit der Bitte, genau zu überlegen, ob einer der Abgebildeten dort jemals aufgetaucht war.

Am Vormittag kam Irmis Chef zu ihr ins Büro.

»Nun, Frau Mangold, das war ja etwas …«

»Was? Unpassend, dass ein totes Kind Ihre Posse, ich verwende gerne das Wort von Herrn Hase, durchkreuzt hat?«

»Frau Mangold, auch ich bedauere das zutiefst.«

Die Tatsache, dass Sie uns da hochgejagt haben, oder den Tod der kleinen Paris?, dachte Irmi, doch sie schwieg.

»Ich habe gehört, Sie haben eine Obduktion angeordnet, Frau Mangold?«

»Ich kann gar nichts anordnen. Ich habe nur den Notarzt gefragt, wie er es einschätzt, dass ein gesundes Kind in einer sternklaren Nacht einen so kurzen Weg nicht mehr zurückfindet. Da liegt doch wohl eine unklare Todesursache vor, meinen Sie nicht auch?«

»Ich wüsste nicht, was daran unklar sein sollte. Aber den Ärzten in Füssen war die ganze Sache wohl zu dubios. Die Staatsanwaltschaft hat eine gerichtliche Obduktion angeordnet. Das tote Kind befindet sich nun in München.« Ihr Chef klang angewidert.

»Wie Sie wissen, wird eine klinische Autopsie von einem ausgebildeten Pathologen durchgeführt. Bei einer gerichtlichen Obduktion müssen laut Paragraf 87 der Strafprozessordnung immer zwei Ärzte anwesend sein, von denen einer die Zulassung als Rechtsmediziner besitzt. Und so einen wird Füssen nicht haben.«

Der Chef schüttelte unwirsch den Kopf. »Dabei wird nichts herauskommen. Das Kind ist erfroren, so bedauerlich das auch ist. Aber der offizielle Wohnsitz von Fräulein Jolina ist Murnau. Wenn also doch etwas sein sollte, also wenn …«

»Sie meinen, wenn bei der Obduktion was rauskommt, dann haben wir das am Hals?«

»Sie formulieren etwas flapsig, Frau Mangold! Ich will damit nur sagen, dass es heikel wäre. Wir waren auf der Hütte, Sie sind … nun ja …«

»Was bin ich?«

»Sie alle sind voreingenommen gegen das Fräulein Jolina!«

»Na, dann hoffen wir mal, dass bei der Obduktion nichts rauskommt, oder? Sie können uns aber gern vom Fall abziehen, wenn's denn so wäre. Ich reiße mich wahrlich nicht um das Fräulein Jolina.«

So explosiv war Irmi selten, aber heute ging es mit ihr durch. Was dachte sich dieser Mensch auf der anderen Seite ihres Schreibtisches eigentlich? Sein Einfühlungsvermögen war das eines Presslufthammers. Er war ein Egomane ohne jede Führungskompetenz. Wie kam so einer an den Job? Vermutlich durch Spezlwirtschaft, Ellenbogen und die Radfahrermentalität: nach oben katzbuckeln und nach unten treten. Außerdem war er als Ettal-Absolvent Teil des Gespinstes, das in Bayern Politik, Juristerei und Gremien überzog.

»Frau Mangold, ich wollte doch nur darlegen …« Er brach ab, als er Irmis Blick sah, und machte eine unwillige Handbewegung, als verscheuche er mit einer imaginären Fliegenklatsche ein lästiges Insekt. Dann verließ er den Raum. Fast wäre er dabei mit Kathi zusammengestoßen, die gerade hereinkam.

»Was hat der denn?«, fragte sie, als der Chef verschwunden war.

Irmi erzählte von dem kurzen Gespräch, und Kathi tippte sich an die Stirn.

»Lass gut sein«, meinte Irmi. »Ich habe dauernd das Bild des Mädchens im Kopf. Grauenvoll! Aber sosehr das auch schmerzt, lass uns bei Göldner weitermachen.«

Andrea kam herein: »Also, die Elli vom Architekturbüro, die hat inzwischen rumgefragt und …«

»Ja, Andrea?«

»Die meint, wie der Lohmiller, dass ihr und ihren Kollegen der Mann mit den schmutzgrauen Haaren am ehesten bekannt vorkäme. So einen hat sie wohl zweimal im Hausgang bei ihnen im Büro gesehen. Sie und noch wer vom Büro …«

»Na also!« Kathi wirkte begeistert.

»Ja, aber wirklich identifiziert hat ihn keiner … ähm … Und sie hat gesagt, dem Göldner sein Privathaus befindet sich in der Nähe von Unterthingau in ziemlicher Alleinlage. Es wäre wohl … ähm … ganz schön zugewachsen. Keine direkten Nachbarn … Da hat keiner was gesehen, meint sie.«

»Danke, Andrea! Das ist immerhin schon mal eine Aussage.«

»Dieses Hätte und Könnte nervt irgendwie!«, fiel Kathi ein. »Ich habe hier noch Material, das Hansi ausgewertet hat. Vom Notebook aus dem Auto. Göldner war extrem gegen Sommerfeuerwerke. Er hat nicht bloß das am Riegsee verhindert, sondern auch eines im Oberallgäu am Alpsee. Und noch besser: Er hat es sogar geschafft, dass bei einem Böllerschützentreffen im Unterallgäu vor drei Jahren das Geböller stark eingeschränkt werden musste.«

»Wie das?«

»Na ja, zu dem Böllerschützentreffen waren über hundert Gruppen gekommen, und er war eben das Sprachrohr einer Gruppe von Naturschützern, die natürlich gegen die Knallerei waren. Und wegen des Vogelschutzes in der Brutzeit durften letztlich die großen Kanonen nicht abgefeuert werden.« Kathi lachte. »Das Kernproblem am Ende war, dass der Landwirt, auf dessen Wiese hätte geschossen werden sollen, ein Betretungsverbot ausgesprochen hat. Vorher und nachher ging es ganz schön rund. Jede Menge toller Leserbriefe – wobei sich viel mehr Leute für das Geböller ausgesprochen haben als dagegen, weil das ja so eine tolle Tradition sei.«

Irmi war komplett unklar, warum manche freiwillig Krach machen mussten. Die Welt war doch lärmend genug, wozu also mit alten Kanonen feuern? Aber wahrscheinlich war mit der Erfindung des Schwarzpulvers nicht bloß die Idee gereift, damit Treibladungen abzuschießen, sondern auch ohne Projektile viel Lärm zu machen.

Sailer war im Türrahmen stehen geblieben. »Sie reden grad vom Prangerschießen, die Damen?«, fragte er.

»Ja, genau. Böllern Sie auch, Sailer?«

»Naa, aber der Schwoger. Der is bei den Königstreuen dabei, beim König-Ludwig-Verein in Garmisch. Ja mei …«

»Ja mei, Sailer? Sind Sie etwa auch dagegen?«, fiel ihm Kathi ins Wort. »Unser Toter, Markus Göldner, war jedenfalls ein Gegner des Geböllers und seine Umweltschützerfreunde auch. Wir reden grad von einem Treffen im Unterallgäu, das im Endeffekt einigermaßen haustierfreundlich abgehalten werden musste, mit einer langsamen Abfolge von Einzelschüssen. Damit sich Mensch und Tier an die entstehende Lärmkulisse gewöhnen konnten. Dann gab's noch einen gemeinsamen Salut. Aber jedenfalls keine Kanonen mehr. Ist das ein Schmarrn, das alles!«

»Wissen S', die Damen, meinetwegen könnt ma sich des sparen. Ob des Brauchtum is? Bei jeder Hochzeit, zu Kirchweih, an Sonnwend, bei jedem Schützenfest und bei Beerdigungen von Kriegsveteranen lasst ma's krachen. Was hat des mit Brauchtum zum tun? Als Ehrensalut für depperte Landräte schießen s' sogar. Und wenn die Geranien-SS Geld sammelt …«

»Wer bitte?«

»Die Geranien-SS, das san die Gebirgsschützen«, sagte Sailer todernst.

Irmi grinste. Sailer war einfach wunderbar. Am Geböller schieden sich offenbar die Geister. Obwohl sie selbst weder in einem Trachtenverein noch bei einer Musikkapelle gewesen war, empfand sie so etwas doch als schätzens- und schützenswert. Weil diese Art von Brauchtum wirklich etwas bewahrte und Kindern und Jugendlichen oftmals einen dörflichen Halt gab. Aber wozu man uralte Kanonen herumzerren musste? Was mussten Flüchtlinge aus Syrien denken, wenn sie plötzlich das hörten, was sie durch die Straßen getrieben, was ihre Verwandten zerfetzt hatte? Warum schoss man in einem Land, das glücklicherweise schon lange in Frieden lebte, mit archaischen Kanonen? Weil man die Tradition der Verrohung und der Dummheit bewahren wollte?

Auch Irmi hatte schon solche Umzüge vom Straßenrand aus mitverfolgt und die Männer beobachtet, die in alten Uniformen vorbeimarschiert waren und ihre Handböller mit Stolz getragen hatten. Eine Gruppe hatte ausgesehen wie im Südstaatenkrieg. Nur ohne Patrick Swayze und Fackeln im Sturm – bloß bayerische Dummschädel. Einige Meter weiter hatten die Mountainbiker mit ihren schicken E-Bikes gestanden, daneben einige Nordic-Walking-Damen und eine Urlauberfamilie, deren Kleinster auf einem gelben Giraffenbuggy gesessen hatte. Sie alle hatten auf diese Parallelwelt geblickt, staunend und recht verwirrt.

»Die Schlausten warn die Böllerschützen ja nie ned«, fuhr Sailer fort. »Zum Beispiel als die im Schwarzwald so lange ihre Schüsse für die Ankunft des Fürsten geprobt ham. Als der Fürst dann endlich da war, is denen des Pulver ausganga. Es ging aus wie das Hornberger Schießen.«

Sailer war wirklich großartig. Diese Herzensbildung

und Allgemeinbildung entdeckte man allerdings erst auf den zweiten oder gar dritten Blick.

»Und drum red ma aa vom Lauffeuer. Da wird im gleichen Takt gschussn, und ma wartet oiwei, bis ma den Schall vom Vorgänger wieder hört.«

»Again what learnt«, meinte Kathi grinsend.

»Und dann ist des Böllerpulver in Deutschland Sache des Sprengstoffgesetzes, und für jeden Böller musst a Beschussbescheinigung ham. Aber Böllergeräte zählen nicht als Waffe im Sinne des Waffengesetzes. Des san sogenannte Lärmgeräte. Ja, san mir denn alle no ganz bacha?«

Wie weit der Mensch ganz durchgebacken war, ließ Irmi mal dahingestellt sein. Dass es beim Böllerschießen immer wieder zu Unfällen kam, war kein Wunder, denn das Schwarzpulver entzündete sich gern einfach mal so. Oder die Verschlüsse der Kanonen wurden abgerissen – so ganz ohne war dieses angebliche Brauchtum ja nicht.

»Aber die Geschichte ist drei Jahre her. Glaubt ihr wirklich, dass heute einer den Göldner deshalb vom Balkon böllert?«, fragte Irmi.

»Und wenn, dann haben wir wieder unzählige Verdächtige. Jeder von diesen kostümierten Stutzenträgern könnt ja sauer gewesen sein. Was ein Scheiß!«, wetterte Kathi.

Irmi überlegte. »Also lassen wir momentan die ganze Feuerwerksache weg, ebenso wie Göldners Interviews, in denen er sich als Architekt gegen all die Glasbauten ausgesprochen hat. Haben wir denn nichts Konkretes? Also ich meine außer seiner Feindschaft mit Rieser und der Familie Bader?«

»Konkret, na ja«, antwortete Kathi. »Hansi hat jede

Menge E-Mails und eingescannte Artikel über Windkraft gefunden. Vor allem die Windkraftanlagen scheinen bei ihm im Fokus gestanden zu sein. Auch Beate Mutschler war hier sehr engagiert. Beide gehörten einer Bürgerinitiative gegen Windkraftanlagen an. Göldner hat mehrere Brandbriefe veröffentlicht. Mit seinen Leserbriefen in diversen Zeitungen kannst du ganze Zimmer tapezieren. Der schrieb gerne und viel. Und wie gesagt, die Mutschler war da ganz auf seiner Linie.«

»Du willst jetzt aber nicht sagen, dass der Anschlag eigentlich der Mutschler hätte gelten sollen?«, fragte Irmi.

»Das sollten wir jedenfalls nicht ganz außer Acht lassen«, meinte Kathi.

Dieser Gedanke machte alles noch komplizierter. »Lass uns mal bei seinem Engagement bleiben«, schlug Irmi deshalb vor. »Windkraft – was fällt uns dazu ein? Stark umstritten, Stichworte wie Ästhetik, Schallemission, Schatten- und Eiswurf. Wind ist keine Konstante, die Speicherung der Energie ist immer noch nicht optimal gelöst. Ihm ist es aber sicher um Habitatzerstörung und um Naturschutz gegangen, oder?«

»Ja, er hat sich unter anderem mit dem Rotorenschlag beschäftigt. Andrea hat da einen Artikel aus der *Nature* ausgedruckt. Die Ornithologische Gesellschaft in Spanien geht davon aus, dass die 18 000 Windturbinen im Land jährlich acht bis achtzehn Millionen Vögel und Fledermäuse töten. Das Hauptproblem sind wohl die Anlagen, die in Zugrouten liegen. Zum Beispiel müsste man in der Straße von Gibraltar oder in Cádiz die Anlagen temporär zum Frühlings- und zum Herbstzug runterdrehen. Das wird teilweise auch schon versucht, aber die Grenzen sind anscheinend da, wo Vögel ganzjährig fliegen. Da gibt's auch eine Grafik, die mich etwas irritiert. Schau mal!«

Die Grafik aus der *Nature* veranschaulichte die verschiedenen Gefahrenquellen und nannte die geschätzten Todeszahlen von Vögeln in den USA. Demnach starben durch Kommunikationsmasten 5–6,8 Millionen Vögel, durch Autos 60–80 Millionen, durch Stromleitungen bis zu 175 Millionen und durch Pestizide 76–90 Millionen. Bei Unfällen an Glasgebäuden kamen 100 000–1 Milliarde Vögel zu Tode, durch Haus- und Wildkatzenarten 365 000 Millionen und durch Windkraftanlagen bis zu 440 000 Vögel.

»Dann sind die Verluste durch Windkraftanlagen vergleichsweise gering, oder?«, meinte Irmi. »Und das werden die Befürworter sicher ganz perfide für ihre Argumentation nutzen. Und diese gewaltigen Spannen in den Schätzwerten sind natürlich wenig überzeugend. Vielleicht sollten wir jemanden aufsuchen, der tiefer drin ist in der Thematik. Den Landesbund für Vogelschutz zum Beispiel, der sitzt ja im selben Haus wie die staatliche Behörde. Da bekommen wir wahrscheinlich die gesuchten Antworten.«

»Genau, da gibt's den Jürgen Frühstück, der macht doch gern seine Klappe auf. Das ist unser Mann.«

»Ja, aber hinter der großen Klappe, wie du das nennst, steckt hoffentlich fundiertes Fachwissen«, erwiderte Irmi lächelnd.

Der Weg zur Geschäftsstelle des Landesbundes für Vogelschutz in Garmisch-Partenkirchen war fast ein touristischer Ausflug. Stetig hinauf am Südhang des Wank, vorbei an den Apartmentklötzen und der Villa vom Scheich, an Ferienwohnungen und Zweitwohnsitzen, hinauf zu dem imposanten Gebäude aus den Fünfzigerjahren. Dahinter gab es nur noch Wanderwege. Eine eigene Welt war das da oben.

Sie wurden bereits erwartet. Der Vorsitzende der Regionalgruppe stieg sofort ins Thema ein und griff die Frage auf, die Irmi bei ihrem Anruf im Vorfeld gestellt hatte. Schon am Telefon war er zum vertraulichen Du übergegangen.

»Ihr wundert euch also, dass die Schätzungen, wie viele Vögel in den USA jährlich durch Kollision mit Glasgebäuden umkommen, so vage sind und zwischen 100 000 und einer Milliarde liegen?«

»Unter anderem, ja.«

»Das ist doch klar: Viele Vögel verletzen sich beim Zusammenstoß mit dem Glasgebäude nur und verenden später ganz woanders. Viele Opfer werden auf natürliche Art und Weise entsorgt, noch bevor sie überhaupt gefunden werden. Einen Teil holen sich Fuchs und andere Aasfresser. Kleinvögel und Fledermäuse werden von Aaskäfern und Totengräbern in den Boden eingegraben.«

»Als Vorsitzender hast du bestimmt den Markus Göldner gekannt. Dann weißt du sicher auch, dass er tot ist, oder?«

»Natürlich, wer vom LBV hat ihn nicht gekannt. Ich war über Silvester nicht da, aber natürlich spricht sich das rum. Und ihr glaubt nun, dass sein Einsatz auf dem Gebiet des Vogelschutzes das Mordmotiv war. Wie gut, dass ich da überhaupt noch lebe!« Sein Witz hatte einen schalen Beigeschmack.

»Wir glauben, dass er sich auf zwei Feldern ganz konkret mit anderen Menschen angelegt hat. Was die Sommerfeuerwerke angeht, sind wir bereits dran. Doch was Windkraftanlagen betrifft, wissen wir einfach zu wenig.«

»Da bewegt ihr euch auf dünnem Eis. In diesem Bereich werden die Regelwerke immer wilder. Seit November 2014 gilt in Bayern die sogenannte 10-H-Regelung, und zwar für alle Projekte, die nach dem 4. Februar 2014 beantragt wurden. Demnach muss ein Windrad mindestens zehnmal so weit vom nächsten Wohngebäude entfernt sein, wie es inklusive der Rotorblattspitzen hoch ist. Im Übergangsbereich Ostallgäu und Landsberg am Lech gibt es so einen Fall: Da sollte ein Windrad gebaut werden, über zweihundert Meter hoch, und der Abstand zum nächsten Wohngebäude hätte nur knapp zweitausend Meter betragen. Also wurde der Antrag noch vor Baubeginn abgelehnt. In den Gemeinderäten kocht so was natürlich richtig hoch. Die Anwälte haben gut zu tun, denn da sucht man nach Ausnahmen und Mäuselöchern.«

»Wer will die hässlichen Dinger denn eigentlich?«, fragte Kathi.

»Ich sag dir mal, wer sie nicht will: die Anwohner, nicht zuletzt, weil der Immobilienwert sinkt, wenn du so ein Ding in Sichtweite hast. Geliebt werden sie von denen, auf deren Grund sie stehen. Der Landwirt bekommt im Jahr locker 25 000 Euro an Pacht, oft auch sehr viel mehr – das ist doch schon mal eine Hausnummer. In Norddeutschland werden mittlerweile bis zu 100 000 Euro pro Jahr und Windrad verlangt.«

»Wow! Da hast du in zehn Jahren eine Million verdient, oder?«, rief Kathi. »Nur schade, dass ich keinen Grund habe. Das wäre doch was für euch Großbauern, Irmi. Viel Kohle für wenig Arbeit!«

Irmi verzog den Mund.

»Für die Höhe der Pacht gab's früher die Formel: maximal zehn Prozent der Stromerträge von einem Windrad. Heute sind es schnell mal dreizehn Prozent. Nach Adam Riese sind das für ein Windrad, das pro Jahr rund sechs Millionen Kilowattstunden Strom produziert, Pachteinnahmen von rund 78 000 Euro. An windreichen Standorten sind es auch mal 100 000 Euro. Solarparks rentieren sich nicht mehr, also stürzen sich die Projektentwickler auf den Wind. Für den Landwirt oder die Staatsforsten ist das sehr lukrativ, denn der Flächenverbrauch ist verschwindend gering. Das Fundament misst fünfzehn mal fünfzehn Meter. Ein Zufahrtsweg wird gebaut, den man ohnehin gebraucht hätte, um mit dem Bulldog nicht im Schlamm zu versinken. Eine Stellfläche für einen Kran wird errichtet, für Wartungsarbeiten oder wenn das Ding mal havariert. Platz für ein Trafohaus. Das war es schon. Rundherum kann man ja weiter ganz normal wirtschaften. Ein perfekter Deal für den Grundstücksbesitzer!«

»Und weil es gar nicht so viel Platz gibt für die Anlagen, tut man alles, also …« Irmi stutzte.

»Da gibt es diese erwähnten Abstandsregelungen und Einschränkungen zum Menschenschutz, und dann kommen auch noch wir, diese lästigen Vogelschützer. Wisst ihr, es ist ja ein bisschen bizarr. Die Umweltschützer sehen die Windkraftanlagen positiv, da es saubere Energie ist. Natur und Artenschützer sind hier Gegner, da die Windräder am falschen Ort einfach zu viele Tiere das Leben kosten. 2015 haben die Bundesländer das sogenannte Neue Helgoländer Papier freigegeben. Es regelt die Mindestabstände zwischen den Anlagen und den Brutplätzen seltener Vogelarten – wie Schreiadler, Rotmilane oder Schwarzstörche. Das Papier gab es schon 2007, seitdem wurde immer auch prozessiert, und die aktuelle Version hat zum Beispiel den Abstand für den Rotmilan auf 1500 Meter statt 1000 Meter erhöht.«

»Und wenn da einer brütet, darf nicht gebaut werden, oder?«, hakte Kathi nach.

»Ja, und drum brütet er eben nicht! Komisch, dass an potenziellen Standorten von Windparks Seeadler erschossen werden. Und seltsam, dass plötzlich die Rotmilane nicht mehr brüten. Da werden Nester entfernt, und es heißt dann, der Vogel habe sich eben einen anderen Platz gesucht. Dass ich nicht lache! Kein Vogel verschwindet einfach so aus dem angestammten Brutgebiet. Und würde er das tun, wäre das Nest ja noch da. Der organisiert sich doch keinen Umzugswagen und nimmt sein Nest mit!«

»Du meinst …«

»Da war ein Nest, und das hat dann ein menschlicher Nesträuber rückstandsfrei entfernt. Ich kenne Fälle, da war ein Nest, und da ist nicht mal mehr ein Ästchen, Gewölle oder irgendwas am Boden. Wenn Göldner so was beobachtet hat, nun …«

»Du würdest also …«

»Ich würde mal nachsehen, wo es Pläne für den Bau von Windkraftanlagen gab. Vielleicht war Markus Göldner wirklich einem konkreten Fall auf der Spur und wollte einem Landwirt seine goldene Pachtsumme torpedieren? Stell dir mal vor, da bringt dich einer um 50 000 Euro im Jahr? Da kann man doch echt sauer auf diese blöden Vögel werden!«

»Okay«, sagte Irmi gedehnt, »aber die Bürgerinitiativen schließen sich doch mit dem LBV oder anderen Verbänden zusammen?«

»Das wäre manchmal schon recht, aber meistens wollen uns die Initiativen nur vor ihren Karren spannen. Deshalb werden oft alle möglichen Tierarten gefunden, die den Bau einer Anlage verhindern sollen. Oft sind ja gar keine Milane oder Schwarzstörche da, auch wenn mal einer gesehen wurde. Harte Fakten sind was anderes.«

»Aber es gibt doch sicher eine Voruntersuchung, oder nicht?«, fragte Irmi. Sie tat sich immer noch schwer zu akzeptieren, dass eben alles manipulierbar war. Wofür gab es denn Gesetze? Aber das fragte die Polizistin, die noch ans Gute glauben wollte.

»Ja, und mit dieser Untersuchung, der sogenannten speziellen artenschutzrechtlichen Prüfung, ist eben auch gut Geld zu verdienen. Die guten Ornithologen sind alle ausgebucht, und da werden von den Büros auch mal Leute beauftragt, die ihr Handwerk nicht so gut beherrschen. Ich habe mal zu meiner Frau gesagt, da könnte sie mit ihren Kenntnissen leicht mithalten. Solche Leute finden dann den Horst vom Rotmilan nicht, oder sie verwechseln ihn mit dem Nest eines Mäusebussards. Außerdem soll es Büros geben, die generell nichts finden – denn wer zahlt, schafft an! Auch hier gibt's offensichtlich einige Amigos.«

Irmi schwirrte der Kopf. Dieser Fall wurde immer unübersichtlicher, und die Zahl der Verdächtigen war wieder einmal ins Uferlose gewachsen.

Die beiden Kommissarinnen verabschiedeten sich vom pfiffigen Herrn Frühstück und fuhren in Schrittgeschwindigkeit Richtung Tal. Indisch hatten sie auch schon lange nicht mehr gegessen, dachte Irmi, als sie am Restaurant Taj Mahal vorbeikamen. Sie sah auf die Uhr. Es war halb zwölf.

»Mittagessen?«, schlug sie vor.

»Um die Zeit? Das ist ja wie bei meiner Omi, wo das Essen vor zwölf auf den Tisch muss!«

»Dann nimm es als Frühstück«, meinte Irmi. »Ich brauch jetzt was Scharfes. Und Linsen. Und Spinat.«

»Ich glaube, ich will später nicht unbedingt neben dir sitzen«, bemerkte Kathi grinsend.

Irmi zog eine Grimasse, doch wenig später saßen sie im Taj Mahal und tranken Mango Lassi, während sie auf ihr Essen warteten. Sie waren sich einig, dass die Computerfachleute detailliert in Göldners Notebook suchen mussten, wo es um Windkraft ging und um ein ganz konkretes Projekt.

Nach dem Essen fuhren die beiden zurück ins Büro. Es war früher Nachmittag, als Andrea und Sailer hereingeschneit kamen.

»Der Hansi lässt euch ausrichten, dass er noch nie ein so überladenes Notebook gesehen hat«, erklärte Andrea.

»Verzeichnisse, Unterverzeichnisse, Unterunterverzeichnisse … Und so weiter.«

Irmi wartete.

»Er hat das Ganze mal zeitlich und örtlich sortiert, und da haben wir, also … da haben wir festgestellt, dass im nordöstlichen Eck von unserem Landkreis, unweit der Grenze zum Landkreis Weilheim-Schongau, eine Windkraftanlage geplant ist. Und da gibt es einen Zeitungsartikel, ähm ja, wo der Göldner und die Mutschler und noch drei Leute die Gemeinderatsversammlung gesprengt haben. Solltet ihr mal lesen.«

Gemeinsam beugten sie sich über den Text.

WKA-GEGNER ATTACKIEREN GEMEINDERÄTE

Ursprünglich ging es darum, Änderungen im Regionalplan zu beantragen. Es ging um den Umfang der nötigen Rodungen für die Erschließung einer Windkraftanlage im Bereich von Bruckmoos. »Uns reicht eine nicht asphaltierte Forststraße«, erklärte Max Maier von der Münchner Firma Windwards. »Und als Rodungsfläche pro Windrad genügen uns 2000 Quadratmeter.« Gemeinderätin Helga Bichler verwies auf die Lärmbelästigung, was Maier entkräftete. »Die neuesten Turbinen sind leiser geworden, Sie werden sie schon in 800 Metern Entfernung nicht mehr hören können.« In der öffentlichen Sitzung saßen auch Windkraftgegner. Der Architekt Markus Göldner, der sich für ökologisches Bauen einsetzt und Mitglied im LBV (Landesbund für Vogelschutz) ist, mischte sich ein: »Es gibt ein Vogelschutzgebiet, das weniger als die vorgeschriebenen zwei Kilometer von der geplanten Anlage entfernt liegt.« Zudem verwies Göldner darauf, dass es nie eine Langzeitwindmessung gegeben habe, mit der man feststellen könnte, ob es genug Wind gibt, um überhaupt Rendite zu erzielen. »Die Aidlinger Höhe schirmt hier ab«, sagte er. Maier konterte, dass ein Höhenzug im Norden nicht relevant sei, wenn die Hauptwindachse von West nach Ost offen sei. Die Diskussion wurde hitziger, Gemeinderat und Landwirt Gernot Schickler, dem der Grund für die geplante Anlage gehört, sprach sich für das Projekt aus, was ihm vonseiten der Gegner den Vorwurf einbrachte, seine Position im Gemeinderat auszunutzen. Helga Bichler versuchte zwar zu vermitteln, gab aber zu bedenken, dass man aufpassen müsse, dass keine Großinvestoren die Heimat aufkauften. Die Abstimmung wurde vertagt, man prüft nun die Kosten einer Langzeitwindmessung. Göldner sagte, dass man mit 50 000 Euro zu rechnen habe. Zudem stimmten die Räte einer erneuten speziellen artenschutzrechtlichen Prüfung zu. Göldner gab sich zufrieden, Schickler und Maier wollen in jedem Fall weiterkämpfen.

»Das ist interessant, oder?«, sagte Kathi euphorisch. »Wir besuchen den Herrn Schickler morgen mal, oder?«

»Und noch interessanter ist, dass der Hansi im Wust der Bilder die hier herausgefiltert hat«, sagte Andrea und legte ein paar Fotos auf den Tisch.

Sie waren unscharf und pixelig, ganz offensichtlich hatte da jemand mit einem Zoom gearbeitet und war einfach zu weit weg gewesen. Was man sah, war ein Mann, der eine Leiter an einen Baum gelehnt hatte. Dann den Mann, der etwas in einen Sack stopfte. Und auf dem dritten Bild war derselbe Mann zu sehen, der mit Leiter und geschultertem Sack davonging. In einer weiteren Sequenz sah man ihn mit einem angelegten Gewehr in einem Hain stehen. Und dann sah man drei Bilder, die einen großen Vogel zeigten, der vom Himmel fiel. In der Abfolge waren die Bilder fast wie ein Daumenkino. Das letzte Foto zeigte den Mann, der wieder einen Sack trug.

»Ja, spinn i?«, rief Kathi.

Irmi starrte auf die Bilder.

Sailer stand der Mund leicht offen. »Hot der, hot der …?«

»Ich würde mal sagen, er hat Jungvögel aus dem Nest geholt und den Altvogel vom Himmel geschossen«, entgegnete Irmi leise.

»Dann hot der den Vögeln den Kragen umdreht oder wos?« Sailer war immer noch völlig von der Rolle.

»Sieht ganz so aus.«

»Die Sau!«, sagte Sailer aus tiefstem Herzensgrund.

»Ja, schon, aber wer die Sau ist, kann man beim besten Willen nicht erkennen«, meinte Kathi. »Wir nehmen mal an, das ist Schickler, oder?«

»Schwer zu beweisen. Kann ja auch ein gekaufter Vollstrecker dieser Windwards sein. Und dann müssten wir erst mal wissen, wo das genau ist«, meinte Irmi.

»Göldner hat die Bilder unter ›Milanmord‹ abgespeichert und durchnummeriert …«, sagte Andrea.

»Sehts ihr des?«, fragte Sailer und deutete auf eine Hütte, die im Hintergrund der Bilderfolge mit der Leiter zu sehen war.

»Ein verranzter Stadel«, kommentierte Kathi. »Die gibt's tausendfach.«

»Des is koa Stadel, das is ein Offenstall für Rösser. So was Ähnliches hob ich mol in der Nähe der Höhlmühl' gesehen. Wenn mir den Stall finden täten, dann wüssten mir, von wo des aufgnomma is.«

»Sailer, Ihre Ortskenntnis ist ein Segen!«

»Ja mei, a Nichte von mir, de wo zwo Haflinger hot,

hot a Weile solch oanen Stall gepachtet. Weil die Veronika …«

»Danke, Sailer, das pack mer morgen an. Im Dunkeln bringt das ja eh nichts mehr«, unterbrach Irmi eine drohende Geschichte aus Sailers Verwandtschaftsgeflecht.

Aufgewühlt fuhr sie heim. Die Bilder waren letztes Jahr zur Brutzeit aufgenommen worden, das ließ sich anhand der Bilddatei feststellen. Da waren die ersten Prüfungen für die beiden geplanten Windräder gelaufen. Und offenbar hatte dort ein Milan genistet. Irmi hatte die Worte von Jürgen Frühstück noch im Ohr. Wenn die Natur den Begehrlichkeiten des modernen Menschen im Weg stand, musste man sie eben passend machen. Soweit Irmi wusste, war der Rotmilan ein Aasfresser. Es ging keine Gefahr von ihm aus, aber man hatte ihn lange Zeit für einen räuberischen Jäger gehalten und ihn fast ausgerottet. Endlich hatte sich der Bestand wieder erholt, doch nun stand er der Windkraft im Wege. Es war zum Kotzen!

Erst kürzlich war es rundgegangen in Polizeikreisen. Im Frühsommer war bei Oberstaufen im Allgäu ein Schwarzstorch getötet worden. Ein Revierjäger hatte das bestätigt. Der Vogel war erschossen worden! Die schwäbischen Kollegen hatten den toten Schwarzstorch jedoch nicht etwa einem Amtstierarzt zur Obduktion übergeben, sondern einfach in die Tierkörperverwertung gegeben. Der LBV hatte sich über das dilettantische und skandalöse Vorgehen aufgeregt. Das war nun mal Artenschutzkriminalität, die geahndet werden musste – aber nun war der einzige Beweis in Rauch aufgegangen. Dabei gab es in Bayern nur rund 230 Schwarzstorchreviere. Dieser Vogel war streng geschützt, und seine illegale Tötung konnte mit einer Geldstrafe von bis zu 50 000 Euro geahndet werden.

Warum bloß schoss jemand einen Schwarzstorch vom Himmel?, fragte sich Irmi. Wenn es nicht einmal gelang, die primitivste Form der Naturzerstörung, das gezielte Töten von geschützten Arten, zu verhindern – wie sollte man bei einem so komplexen Projekt wie einer Windkraftanlage ein mögliches Verbrechen aufdecken?

9

Irmi, Kathi, Andrea und Sailer trafen sich am nächsten Tag um halb neun am Froschhauser See und fuhren langsam das Sträßchen entlang Richtung Höhlmühle. Eine stille Landschaft, die zauberhaft schockgefrostet wirkte.

Hier gab es tatsächlich Pferdeställe, von denen jedoch nicht alle besetzt waren. Einige dienten wohl nur als Sommerquartier, denn für Pferdehaltung brauchte man Wasser. Ob man ohne eine frostsicher gefasste Quelle mehrfach am Tag Wasser in Kannen anliefern musste?, fragte sich Irmi. Aber Pferdeleute waren ja allgemein etwas irre.

Sie durchstreiften das Filz, es gab eine Reihe von Wegen abseits der Teerstraße, und nach kalten fünfundvierzig Minuten wurde Sailer fündig.

»Das is es doch!«

Das war tatsächlich der Offenstall, den sie auf dem Foto gesehen hatten, und sie konnten in etwa ausmachen, wo Göldner gestanden haben musste. Langsam zogen sie Spuren in die verschneite Moorwiese. Auf einmal dröhnte es, und etwa drei Meter vor ihnen fuhr ein Schuss in den Boden. Schrotkugeln spickten vom eisigen Boden ab und wagten ein Tänzchen. Irmi war derart erschrocken, dass ihr Herz einen Hüpfer machte. Kathi schrie: »Scheiße!«, und Andrea war ebenso erstarrt wie die Natur ringsum.

Sailer hatte als Einziger seine Dienstwaffe dabei, riss sie

hoch und brüllte: »Polizei! Kimm raus, du Weihnachtsmann!«

Überraschenderweise folgte der Schütze seiner Aufforderung. Mit seinem Gewehr im Anschlag kam er auf sie zu.

»Ja, du Erzdepp, du! Nimm den Prügel runter!«, brüllte Sailer.

Der Mann senkte die Waffe.

»Was machts ihr do? Des is mei Grund!«, brüllte er zurück.

»Ach, und da schießen Sie zur Begrüßung gleich mal?«, konterte Irmi wütend. Waren sie hier in Amerika, wo jeder sich bis an die Zähne bewaffnete und Selbstjustiz übte?

»Des is mei Grund! Sie san auf Privatgrund. Hausfriedensbruch is des!«

»Ja glauben Sie, ich schieß gleich auf jeden Wanderer oder Mountainbiker, der auf meinem Grund unterwegs ist?« Irmi hatte die Augen zusammengekniffen. »Geben Sie mir mal Ihre Waffe!«

»Warum?«

»Weil wir die Polizei sind. Und weil Sie uns bedroht und eventuell sogar in Tötungsabsicht auf uns geschossen haben.«

Er sah Irmi scharf an. »Erstens: Woher woaß i, dass ihr die Bullen seid? Zweitens: Tötungsabsicht? Dass i ned lach. Ich hab meterweis vor euch gschossn, und zwar mit Schrot.« Er lachte abfällig.

»Dass wir die Polizei sind, werden Sie daran sehen, dass wir Sie jetzt verhaften. Wegen des tätlichen Angriffs. Wird das jetzt was mit der Waffe?«

»Des is a Schrotflinte!«

»Und mit Schrot auf gefrorenen Boden zu schießen ist sauschlau, oder? Sie können bloß von Glück sagen, dass keiner von uns eine Kugel im Knie oder im Arsch hat.« Auch Kathi war sauer. »Oder was meinen Sie, Herr …?«

»Des war a Warnschuss. Wegen Hausfriedensbruch auf meim Grund. Mehr ned. Ihr spinnts doch!«

»Machen Sie es nicht noch schlimmer. Würden Sie jetzt bitte mal Ihren werten Namen nennen?«

»Schickler, Schickler Gernot.«

»Quod erat expectandum«, grummelte Irmi.

»Hä?«

»Herr Schickler, Sie kommen jetzt mal mit auf Garmisch, und dann reden wir mal über Schrotgewehre. Aber auch über den Milan und seinen Horst. Und über Markus Göldner. Den kennen Sie doch?«

»Den Vogelschützerdeppen? Ja, was glaubts? Ich hob denkt, ihr seids aa so depperte Umweltschützer. Zwecks dem Windradl.«

Es war schon drollig: Schickler bestätigte alles, was sie vermutet hatten. Und schien keinerlei Unrechtsbewusstsein zu haben.

»Das Windradl, genau! Das Sie bauen wollen?«

»Ned i. Die Windwards wui des.«

»Aber Sie bekommen Pacht?«

»Ja, sicher.«

Sailer hatte mittlerweile einen Streifenwagen geholt, und Irmi meinte: »Da reden wir doch gern bei uns im Büro weiter. Ist auch wärmer als hier. Hier zieht's ja doch etwas.« Sie machte eine Kunstpause. »Ach ja, Sie mögen ja

Wind, Sie wollten ja aufs Windradl setzen. Pack mer's, Herr Schickler!«

Kathi und Irmi folgten mit dem zweiten Auto dem Streifenwagen in Richtung Garmisch. Kathi war außer sich. »Schießt der echt auf uns! Die Welt wird täglich irrer!«

Irmi schüttelte unentwegt den Kopf. »Mich hat's so was von gerissen! Da hätte ja wirklich was passieren können. Rechnest du mit so was?«

»Wahrscheinlich muss man inzwischen mit allem rechnen. Ich bin mal gespannt, was der uns auftischt.«

Was er ihnen auftischte, war gleich mal ein Anwalt, den ihm die Windwards gesandt hatte. Und natürlich war er kein Nesträuber, das wies Schickler weit von sich. Es gebe bei ihm weit und breit keinen Milan, sagte er. Die seien viel weiter am Lech drüben.

»So a Gabelweihe brüt do eh ned bei mir«, meinte er.

»Wenn sie's aber täte, würde ihnen ein lukrativer Deal entgehen. Da wird man schnell sauer auf so ein Tier, nicht wahr, Herr Schickler? Das musste weg, das Sauviech. Und die Brut gleich mit! Der Horst auch!«, rief Kathi.

Natürlich führte der Anwalt ins Feld, dass man auf den Fotos den Mandanten nicht eindeutig erkennen könne und es zudem auch nicht sicher sei, dass es sich um das Ausräumen eines Nestes handle. Eine an den Baum gelehnte Leiter und ein Sack müssten überhaupt nicht auf einen Nestraub hindeuten. Und einen Vogel am Himmel in verschiedenen Höhen abzulichten sei auch kein Indiz.

Irmi wäre dem Anwalt am liebsten mit dem Allerwertesten ins Gesicht gesprungen, aber sie wusste natürlich, dass er damit durchkommen würde. Auch Markus Göldner war sich der mangelnden Qualität seiner Beweisfotos bestimmt bewusst gewesen. Es war zu vertrackt!

»Der Herr Göldner, war der denn mal bei Ihnen?«

»Im Gemeinderat war er, der Depp. Und a paar andere Vogelnarrische«, pflaumte Schickler sie an.

»Frau Mutschler auch?«

»Wer?«

»Frau Dr. Beate Mutschler, Ärztin aus Murnau.«

»Sagt mir nix. Bin selten krank. Gesunde Lebensführung.« Er lachte unangenehm.

»Kennen Sie Rudolf Rieser?«, fuhr Irmi fort.

»Naa, wer soll des sein?«

Der Anwalt mit der Adlernase und der Designerbrille fixierte Irmi. »Stellen Sie doch bitte zielführende Fragen.«

»Was zielführend ist, überlassen Sie bitte uns!«

»Mein Mandant hat keinen Milanhorst entfernt. Er bestreitet, dass es überhaupt einen gab. Dazu bräuchte es eine aussagekräftige spezielle artenschutzrechtliche Prüfung. Nicht nur Spekulationen von ein paar Vogelfreunden.«

Leider war ihm ohne Beweise nicht beizukommen.

»Und wo waren Sie an Silvester, Herr Schickler?«, fragte Kathi.

»Dahoam. Mir sagt Silvester nix.«

»Zeugen?«

Die hatte Schickler nicht, da er allein daheim gewesen war. Seine Frau war ihm vor einigen Jahren wohl abhandengekommen. Sohn und Tochter waren aus dem Haus, von denen hatte auch keiner Interesse am Hof. Daher hielt Schickler schon lange kein Vieh mehr, sondern verkaufte

Holz und arbeitete als Lohnunternehmer im Forst, gerüstet mit Motorsägen und Holzrückewagen. Wenn man ihm so lauschte, war er der Einzige, der sich mit Holz richtig auskannte. So eine Jahrespacht kam ihm sicher gut zupass, denn reich wurde er mit dem Holzen bestimmt nicht. Er hatte kein Alibi für Silvester und jeden Grund, Göldner nicht gerade zu lieben. Aber außer einer Anzeige wegen seines »Schreckschusses« hatten sie nichts gegen ihn in der Hand. Sie mussten ihn gehen lassen.

»Totale Scheiße!«, brüllte Kathi, als der feixende Schickler mitsamt seinem Anwalt draußen war. »Toll! Hätte der Göldner mal bessere Bilder gemacht!«

»Ja, das wäre schön. Uns bleibt nur, bei Schicklers Nachbarn rumzuhören. Vielleicht wurde Göldner oder auch Beate Mutschler da gesehen. Könnt ihr das übernehmen?«, wandte sich Irmi an Sailer und Andrea.

Die nickten und verschwanden.

»Ich würde gerne mehr über Windwards wissen. Kathi, du bist die Bessere von uns beiden, wenn es um so etwas geht. Ich erstatte mal Rapport beim Chef, oder willst du?«

»Danke, mein Bedarf an selbstgefälligen Ärschen ist für heute gedeckt!«

Auch für Irmi war es eine ungeheure Erleichterung zu erfahren, dass der Chef derzeit in Weilheim in einer Besprechung saß. Auch gut, so konnte sie einiges aufarbeiten.

Es vergingen zwei Stunden, bis Andrea und Sailer wieder auftauchten. Sie hatten nichts ausrichten können, der Hof von Schickler lag an einer uneinsehbaren Stichstraße abseits von den Nachbarn. Die einen waren »zuagroaste Freaks mit einera WG«, wie Sailer sich auszudrücken pflegte, und die anderen waren Landwirte, die außer »griaß di« und »pfiat di« wenig Kontakt mit Schickler pflegten.

Dafür hatte Kathi Neuigkeiten. »Diese Firma Windwards hat ihren Verwaltungssitz in München, den Hauptsitz in Dänemark und das Hauptwerk in Frankfurt/Oder. Anscheinend haben die den Bau solcher Anlagen revolutioniert. Sie bauen in drei Montagelinien Maschinenhaus, Triebstrang und Nabe und setzen das dann später zusammen. So konnte die Produktionszeit pro Turbine um 35 Prozent gesenkt werden. Was alles natürlich rentabler macht, und die haben nun eine Jahreskapazität von bis zu 1200 Anlagen. Sofern die nachgefragt werden, natürlich. Wie es denen finanziell geht, kann ich nicht sagen. Die ganze Branche hat derzeit wohl Probleme. Bei der Windwards bekommst du alles aus einer Hand – Planung, Fertigung, Errichtung und Wartung von Windkraftanlagen. Sie bauen vor allem Schwachwindanlagen an Standorten mit vergleichsweise niedrigen durchschnittlichen Windgeschwindigkeiten und nur im Landesinneren. Nix offshore. Eine schöne Homepage haben die, und sie machen auf ganz flauschig und behaupten sogar, sie freuen sich regelrecht über das Neue Helgoländer Papier. Moment, ich zitiere: ›Bislang gab es immer wieder gravierende Versäumnisse bei der Wahl von Standorten und der Umsetzung einzelner Projekte. Wir freuen uns, dass nun endlich Politik, Windkraftplaner und Naturschützer eine vor Gericht belastbare Grundlage haben. So können Konflikte zwischen Windkraft und Vogelschutz künftig gelöst werden – ein wichtiger Schritt auf dem Weg hin zu einer naturverträglichen Energiewende.‹«

»Okay«, sagte Irmi gedehnt. »Die geben also vor, die Guten zu sein. Die werden sich kaum auf bestellten Vogelmord einlassen, was meint ihr?«

»Naa, des glaub i aa ned«, meinte Sailer. »Wenn des rauskimmt, san die am Arsch.«

»Also doch der Schickler! Der kommt mir wegen seines Mordmotivs am verdächtigsten vor«, sagte Irmi.

»Ja, das dachte ich auch, bis ich gesehen habe, wer die Gebäude der Windwards in München und Frankfurt gebaut hat.« Kathi sah in die Runde.

»Wenn du schon so fragst: Göldner & Caviezel?«, schlug Irmi vor.

»Ja, und es kommt noch besser: Der Caviezel hat Anteile an der Windwards, ein Mordsgemauschel, wenn ihr mich fragt. Das Büro hat die Planung und die Bauleitung übernommen. Der Chef des Büros ist Mitinhaber. Und sein Kompagnon ist ein vorlauter Gegner von Windkraft, der sich überall einmischt, wo man es nicht brauchen kann!«, rief Kathi.

Das hatte natürlich was. Das war sensationell! Denn auch wenn Caviezel gut aussah und redegewandt war, konnte er durchaus Dreck am Stecken haben.

»Gut«, meinte Irmi. »Den Caviezel müssen wir uns noch mal näher ansehen, auch seine finanzielle Situation. Und die Situation des Architekturbüros. Vielleicht lief das nicht so gut? Alles, was wir bis morgen haben, gibt uns vielleicht neue Impulse an die Hand. Wenn wir noch einmal in seinem Edelbüro vorsprechen, brauchen wir mehr. Viel mehr.«

»Ja, sonst nervt uns der bloß wieder mit seinen ewigen Pseudofragen, oder?«, meinte Kathi.

»Glaubt ihr … also … dass der Caviezel persönlich … also …«

»Andrea, falls du darauf abhebst, ob wir glauben, dass Caviezel seinen Mitstreiter vom Balkon geschossen hat? Nein, ich glaube das nicht. Ich denke, er hat für so was Leute. Und was ich auch interessant fände: Kennt Caviezel den reizenden Herrn Schickler? Das ergäbe ein interessantes Bild. Und kennt er Bader?« Irmi überlegte kurz. »Wir haben diese Elli ja die Bilder rumzeigen lassen. Wenn Caviezel Bader erkannt hat und wirklich etwas mit ihm zu tun hat, dann haben wir ihn auf jeden Fall gewarnt.«

»Caviezel stiftet den Schickler an, die Vögel zu eliminieren und den Göldner gleich dazu«, entgegnete Kathi. »Das klingt in meinen Ohren sehr gut! Ich glaube eher, dass Bader raus ist.«

»Tja, Kathi, der Klang ist das eine. Aber Klang ist nun mal sehr flüchtig. Wir brauchen mehr als schöne Theorien.«

»Und wir sollten uns jetzt unbedingt das Haus von Göldner ansehen.«

»Ich besorg einen Durchsuchungsbeschluss. Wir treffen uns morgen früh um acht hier im Büro. Und auch wenn du im Recherchefieber bist, Andrea, schlaf mal ein paar Stunden!«

Die junge Kollegin nickte halbherzig. Bestimmt würde sie sich wieder die Nacht um die Ohren schlagen.

Irmi fuhr nach Hause und bog kurz entschlossen zu Lissi ab. Die stand am Backofen und hatte gerade Rohrnudeln gemacht.

»Du hast ein gutes Timing. Sind gleich fertig«, sagte Lissi. Sie ging zum Kühlschrank, holte eine Flasche Prosecco heraus und goss ihnen zwei Gläser ein.

Wenn es mal keinen Prosecco mehr gäbe, würde Lissi wahrscheinlich eingehen wie eine wasserlose Primel, dachte Irmi. Lissi war wahrlich keine Trinkerin, aber ein Gläschen Prosecco am Tag schien der Treibstoff zu sein, Mann und Söhne, den Haushalt, die Landwirtschaft und die Vermietung von Ferienwohnungen locker zu bewältigen.

Rohrnudeln! Wann hatte Irmi die zuletzt gegessen? Das war mindestens zehn Jahre her! Lissis Rohrnudeln waren außen dunkelbraun und kross, innen weich und schmeckten nach mehr. Es gab Vanillesoße dazu. Nach zweieinhalb Stück gab Irmi auf. Lissis Männer redeten über einen neuen Bulldog, den sie zu kaufen gedachten. Es war die Normalität einer Bauernfamilie, die Irmi berührte und ein klein wenig melancholisch stimmte. Was wäre gewesen, wenn sie eine bessere Hand bei der Wahl ihres Ehemanns gehabt hätte? Wenn sie Kinder bekommen hätte? Hätte sie dann auch Rohrnudeln gebacken? In jedem Fall wären ihre niemals so gut geworden wie die von Lissi.

Lissis Mann nahm einen großen Schluck von seinem Bier. »Sag mal, Irmi, der Bernhard legt sich bei der Zsofia aber sauber ins Zeug. Ist auch ein saubers Madel.«

»Der alte Depp«, meinte Lissi. »Jetzt, auf seine alten Tage, muss er mit so was auch nicht mehr anfangen!«

Irmi war froh, dass sie nichts dazu sagen musste, weil die beiden sich kabbelten.

»Es bleibt a Schmarrn, womöglich zeugt er noch ein

Kind. Dann ist der Bernhard weit über siebzig, wenn's Abitur macht«, ereiferte sich Lissi.

»Wenn die Mutter jung genug ist«, bemerkte ihr Mann lachend.

»Die wird auch schon auf die vierzig zugehen, oder, Irmi?«

»Keine Ahnung. Leute, ich muss.« Irmi flüchtete. Aber wenn jetzt schon die Nachbarn wahrnahmen, dass ihr Bruder verliebt wirkte …

Bernhard saß in der Küche und blätterte im Prospekt eines Discounters, wo Bohrmaschinen angepriesen wurden. Der Typ, der sie hielt, stand in merkwürdiger Position da und grinste blöd.

»Der hot doch amoi Kinderlähmung gehabt«, brummte Bernhard.

Irmi lachte. Ob Zsofia Bernhards Humor verstand? Bernhard hatte schon als Kind nur wenige Freunde gehabt und einst den ebenso legendären wie entwaffnenden Satz geprägt: »Meine beste Freindin in der Schui war die Frau vom Hausmeister, die wo die Semmeln verkauft hot.«

Irmi träumte in dieser Nacht von Bernhard, der drei kleinen Kindern auf einer endlosen Schneefläche hinterherlief. Und sie nie einholte. Sie brauchte zwei Tassen Kaffee, um in ihre Realität zurückzufinden. Und die lautete: Findet den Mörder von Göldner!

Es war fünf vor acht, als Irmi am nächsten Tag ihre Jacke an den Haken im Büro hängte. Göldner, Schickler, Bader, Caviezel – um diese Herren kreisten ihre Gedanken.

Um kurz nach acht klingelte das Telefon. Es war eine Münchner Nummer, die Irmi bekannt war. Wenn der Arzt anrief, hieß das nichts Gutes. Sie hatten letztes Jahr schon mit dem Rechtsmediziner in München zu tun gehabt, als es um einen Tollwutfall gegangen war. Damals hatte der Mann sie gebeten, nach München zu kommen. Das zumindest tat er heute nicht, aber er wirkte sehr beunruhigt am Telefon. Er hatte die kleine Paris obduziert, weil es nun mal einen gerichtlichen Beschluss gegeben hatte.

»So ein kleines Kind, Frau Mangold, ja, das geht einem schon sehr nahe«, sagte er leise.

»Ich würde auf laut stellen und die Kollegin dazubitten«, schlug Irmi vor, weil Kathi soeben hereingekommen war. Gerade noch hatte sie über die Männer im Fall Göldner nachgedacht, aber da war nun schlagartig wieder Paris mit dem lila Kleidchen. Ein Bild, das sie für kurze Zeit aus ihren Gedanken hatte verscheuchen können.

»Gerne«, sagte der Rechtsmediziner.

Irmi und Kathi saßen am Schreibtisch.

»Haben Sie denn was Markantes gefunden?«, fragte Irmi, obwohl ihr die Frage schwerfiel. Genau genommen wollte sie die Antwort gar nicht wissen.

»Frau Mangold, Frau Reindl, ich muss Ihnen sagen …« Er zögerte. »Nun, das Kind hatte größere Mengen Beruhigungsmittel in seinem Körper.«

Die Worte verhallten. Kathi starrte Irmi an.

»Was?«, rief sie.

»Ja, Sedativa. Und die würden erklären, warum die Kleine nicht zur Hütte zurückgegangen ist. Sie wurde benommen, ist dann sicher eingeschlafen. Ohne diese Medikamente, wer weiß … Ungut, sehr ungut!«

»Sie war sediert? Ruhiggestellt?«, fragte Kathi völlig konsterniert.

»Ja, das zumindest muss man annehmen«, sagte er.

Irmi und Kathi mussten das erst mal verdauen.

»Haben Sie eigene Kinder?«, fragte der Arzt.

»Eine Tochter«, antwortete Kathi.

Irmi schwieg. Auch mit fast sechzig kam sie sich als Kinderlose in solchen Momenten immer minderwertig vor. Sie konnte nicht mitreden. Hatte nie mitreden können bei Windpocken, einer unfähigen Erzieherin, dem Mathelehrer, der jede Ex extra schwer gemacht hatte. Hatte nichts beitragen können, wenn die Kids die Schule abbrachen oder die Lehre. Hatte nie daheimgesessen und auf die gewartet, die spätestens um Mitternacht hätten zurück sein sollen und die erst um fünf mit dem Morgenläuten eingetrudelt waren. Sie hatte an keinem Abifest teilgenommen oder war zum Masterabschluss gereist. Und sie war auch nie Oma geworden. Was ihr eigentlich am besten gefallen hätte. Den ersten Teil zu überspringen und gleich Oma zu werden. Im ländlichen Raum war sie immer merkwürdig angesehen worden. Kann sie ned? Will sie ned? Hat s' koan Mann gefunden? Wobei ein Erzeuger ja leichter zu finden gewesen wäre als einer, der jede Last hätte mittragen wollen, die nach der Geburt des Kindes folgte.

»Nun, Frau Reindl, Hand aufs Herz: Hatten Sie nie das Gefühl, Sie müssten das Kind mal ruhigstellen? Wegen einer langen Fahrt nach Italien? Wegen eines Flugs nach Thailand oder gar Australien? Oder weil Sie einfach nicht mehr konnten im Alltag? Weil das Blag keine Nacht durchschlief, alle Kinderkrankheiten dieser Welt hatte und Sie selber nur noch ein Zombie auf Schlafentzug waren?«

Kathi starrte auf das Telefon. »Ich hätte meine Tochter mehrfach gerne zur Adoption freigegeben. Ich hätte sie auch mal gerne verhauen. Ja, das gebe ich zu. Aber ich hab es nicht getan, weil sie meine Tochter ist. Und wenn sie zu laut war, sind wir raus. Sie war mit der Oma in den Bergen, hat Kräuter gebrockt. Das Kind war sehr müde, und die Kräuter ergaben gute Tees.«

»Ein schönes Szenario. Omas sind ein Segen. Aber so leben die wenigsten Kinder. Sie wohnen in Städten, und auch ihre Bewegungen werden kanalisiert: Kampfsport, Fußball, Tennis, Golf. Die Eltern sind eingebunden in echte oder selbst gewählte Fesseln, da greift man gerne mal zu Medikamenten. Schauen Sie mal ins Internet, da finden sich Abertausende von Hilferufen der Eltern, die am Ende sind, weil sie wegen ihrer schreienden Kinder keine Ruhe mehr finden. Ärmlich, egoistisch, werden Sie jetzt vielleicht sagen. Stimmt, aber die schöne Welt der Pharmakologie hat Beruhigungs- und Schlafmittel, die für Kinder bis drei Jahren verschrieben werden.«

»Das glaub ich nicht!«, rief Irmi.

»Doch, leider. Und selbst wenn die Eltern vor solchen Schritten zurückschrecken, sich also nichts verschreiben lassen, dann gibt's ja auch noch rezeptfreie Pillen und Säftchen. Und die können doch nicht gefährlich sein – sonst wären sie ja nicht frei verkäuflich!«

»Echt rezeptfrei?«, fragte Irmi nach.

»Natürlich rede ich nicht von rezeptpflichtigen Medikamenten wie Valium oder Tavor. Mir bereitet vor allem der Wirkstoff Doxylamin Sorgen. Der findet sich im harmlos wirkenden Präparat Sedaplus oder im Mereprine-Sirup – zur Behandlung von Unruhe, Erregungszuständen und Schlafstörungen. Diphenhydramin und Dimenhydrinat ist in den Emesan-Kinderzäpfchen und im beliebten Vomex-A-Sirup enthalten. Sie wissen ja: Kindern ist oft übel, sie neigen zum Erbrechen, da wird Vomex gerne eingesetzt.«

»Aber …«, hob Irmi an.

»Frau Mangold, ob Sie es glauben oder nicht: Selbst im scheinbar harmlosen Pflanzensaft Curatan mit so blumig klingenden Zutaten wie Weißdorn, Mistel, Passionsblume, Hopfen und Hafer ist eben auch Doxylamin drin. Von den ganzen Kombipräparaten gegen Erkältungen oder von Hustensäftchen will ich gar nicht reden – die machen alle müde und sedieren. Vieles beruht auf Antihistaminika, die ursprünglich gegen Allergien entwickelt wurden, aber man weiß ja, wie schläfrig die machen. Es sind vor allem die Antihistaminika der ersten Generation, die heute als Erkältungsmittel, Hustenstiller oder gegen Übelkeit beworben werden.«

»Aber wenn ich das weiß, wenn die Firmen das wissen, wieso setzt man es dann ein?«

»Money rules the world. Und der Witz ist: Erwachsenen wird von diesen Alt-Antihistaminika wegen ihres ungünstigen Nebenwirkungsprofils abgeraten, für die Kleinen setzt man sie ein!«

»Aber das kann doch nicht einfach frei verfügbar sein!«, insistierte Irmi.

»Ich muss Sie korrigieren. Es *sollte* nicht frei verfügbar sein! Seit 2012 gibt es ein Positionspapier der Deutschen Gesellschaft für Kinder- und Jugendmedizin, die solche Medikamente wieder rezeptpflichtig machen will. Aber selbst wenn, dann lässt sich Mutti eben Wick MediNait für sich selber verschreiben und verabreicht es dem Kind. In Frankreich sind viele solcher Medikamente für Kinder unter zwei Jahren seit 2010 nicht mehr zugelassen. In den USA, Großbritannien und Kanada ist man noch strikter.«

»Und Paris, hat sie, ist sie …«

»Sie hatte eine hohe Dosis Doxylamin und Diphenhydramin im Blut. Wissen Sie, schon kleine Dosen können bei weit älteren Kindern zu Tagesmüdigkeit und Benommenheit führen, bei Säuglingen muss man mit zentralen Atemstörungen rechnen. Dieses Kind war erst vier Jahre alt und sehr dünn. Wenn Sie mich fragen, müssten viele Fälle von plötzlichem Kindstod und anderen ungeklärten Todesursachen von Kleinkindern toxikologisch genauer untersucht werden. Man muss kein Prophet sein, um zu wissen, dass diese Kinder oft vorher Husten hatten und ihnen entsprechende Medikamente verabreicht wurden. Den Rest können Sie sich ausmalen.«

»Aber dann könnte Paris doch einen Hustensaft bekommen haben?«, fragte Irmi.

»Könnte, könnte – diese Dosis allerdings deutet auf Abusus«, sagte er.

Seine Worte standen im Raum, krallten sich fest, hallten nach – Abusus, Missbrauch, Egoismus …

»Das passt doch zu dieser Jolina!«, brüllte Kathi schließlich. »Zerrt ihr Kind vor die Kamera! Scheffelt Geld mit ihrer Tochter, und wenn sie am Abend Ruhe haben will, beamt sie die Kleine weg! Das ist unterirdisch!«

»Kathi, es muss nicht unbedingt Jolina gewesen sein. Man müsste …«

Irmis Einwand wurde unterbrochen, weil Kathi nun durchs Telefon dem Arzt zurief: »Wer gibt Kindern so was? Die Mutter doch, oder?«

»Es sind meist die Eltern, die überfordert sind. Es können auch mal die Großeltern sein, die aufpassen sollen. Vielleicht die Babysitterin. Meistens aber sind es wirklich die Mütter. Leider.«

»Ich mach sie fertig, diese Jolina! Diese Ersatzbarbie! Die wird nicht mehr froh!«, versicherte Kathi wütend.

Irmi wollte den Ausbruch der Kollegin vor dem Rechtsmediziner lieber nicht kommentieren, aber das ging zu weit! Sosehr man von einem Fall persönlich berührt sein mochte – Ermittler waren da, um objektiv Indizien zu sammeln wie ein Eichhörnchen seinen Wintervorrat. Sie mussten fragen und fragen und weiterfragen und dabei Ruhe bewahren. Kathis Ausbruch war höchst unprofessionell.

»Schicken Sie uns bitte die Ergebnisse zu?«, fragte Irmi, um etwas Ruhe in die aufgeheizte Stimmung zu bringen.

»Wie gesagt, bei dem, was wir nachgewiesen haben, tue ich mich schwer, an einen regulär verabreichten Hustensaft zu denken.«

»Aber was ist, wenn jemand gedacht hat: Viel hilft viel?«, fragte Irmi.

»Das mag schon sein, Frau Mangold. Aber so einer Person müsste man dann schon schwere Fahrlässigkeit attestieren, auch wenn es kein Vorsatz gewesen ist.«

»Diese Jolina ist so eine dämliche Schlampe!«, brüllte Kathi.

»Nun ja«, sagte der Mediziner etwas gequält.

Irmi bedankte sich, verabschiedete sich, legte auf und blickte dann Kathi an. Der war anzusehen, dass sie innerlich immer noch bebte.

»Das war nicht gut«, sagte Irmi sehr leise.

»Nein, mag sein. Aber diese Jolina ist ein mieses Stück. Sie hat ihr eigenes Kind ermordet!«

»Das können wir doch noch gar nicht wissen.«

»Doch, ich weiß es! Und du weißt es auch. Verschanz du dich hinter deiner Professionalität, hinter deiner Altersmilde. Versteck dich nur!«

»Kathi, es reicht! Ich werde jetzt Jolina aufsuchen und dabei Andrea mitnehmen. Denn so kann ich dich nicht brauchen. Es kann nicht sein, dass du wie ein Derwisch herumtobst. Du bist Ermittlerin.«

»Jaja, und zur Objektivität verpflichtet! Scheiße!« Kathi stampfte auf wie Rumpelstilzchen.

Irmi ließ sie einfach stehen, obwohl ihr noch einiges auf der Zunge gelegen hätte. Sie telefonierte lange mit der Staatsanwaltschaft. Der Vorwurf einer Kindstötung war immer sehr dünnes Eis. Dann ging Irmi zu Andrea und bat sie, nach Murnau mitzukommen.

»Ist Kathi nicht, will sie nicht …«

»Kathi ist, im weitesten Sinne, grad unpässlich. Also los!«

Irmi berichtete Andrea vom Stand der Dinge.

»Ich kann mir einfach nicht vorstellen, dass Eltern ihre eigenen Kinder töten«, sagte Andrea aufgewühlt. »Und doch passiert so was. Immer wieder. Furchtbar. Glaubst du, es war ein Unfall? Falsche Dosierung oder …«

»Ach, Andrea, wenn Glauben uns weiterbringen könnte …«

La Jolina lebte in der Nähe der Klinik in Murnau. Das Haus war schon älter, aber modern umgebaut. An der Klingelleiste war zu erkennen, dass Jolina ganz oben wohnte. Es gab nur sieben Parteien. Sie läuteten. Eine genervte männliche Stimme meldete sich: »Autogramm gibt's nicht an der Tür. Bitte unser Kontaktformular …«

»Kriminalpolizei. Wir möchten keine Autogramme«, sagte Irmi.

»Ach, lassen Sie uns endlich wissen, wann wir Paris begraben können? Wird auch Zeit! Das ist doch …«

»Würden Sie bitte öffnen?«, unterbrach Irmi das Gezeter.

Der Summer ging. Ein Aufzug führte hinauf in ein Penthouse. Vom Treppenhaus aus blickte man durch ein großes Fenster auf die Berge. Gegenüber vom Aufzug ging eine Tür auf. Es war der junge Mann, den sie auf der Hütte gesehen hatten.

Er war überschlank, trug eine beige Chinohose, die er hochgekrempelt hatte. Weiße Turnschuhe, ein Henleyshirt darüber. Er war sommerlich gekleidet, dabei hatte es draußen weiterhin satte Minusgrade.

Er winkte sie etwas unwirsch herein, und sofort umfing sie eine unnatürliche Wärme. In dem loftartigen Penthouse war es wirklich affenheiß.

»Also, was ist nun mit Paris?«, fragte er.

»Können wir uns setzen?«

Er wedelte mit der Hand in Richtung einer ausladenden weißen Ledergarnitur. In der Ecke hockte ein Plüscheinhorn, das sicher Paris gehört hatte. Der Stich ins Herz war schnell und tief.

»Darf ich nachfragen, wer Sie sind? Wir hatten uns auf der Hütte gesehen, mir ist Ihre Rolle allerdings nicht ganz klar«, konterte Irmi.

Er zwinkerte kurz. »Marius von Hohenester. Ich bin Jolinas Assistent.«

»Als Bloggerin hat man einen Assistenten?«

Er warf eine Haartolle mit einer eleganten Kopfbewegung zur Seite. »Ich weiß ja nicht, was Sie sich vorstellen, aber Jolina arbeitet sehr diszipliniert. Sie hat waaahnsinnig viel zu tun. Zum Beispiel schreibt sie all ihren Followern selber. Sie ist wirklich klass.«

Sein leiser Akzent war der eines Wieners. Und La Jolina? Die antwortete ihren 1,7 Millionen Followern eigenhändig?, dachte Irmi. Na, da musste man wahrlich diszipliniert sein.

»Ich kümmere mich um die Abläufe. Bestelle die Kleidungsstücke, die Schuhe, die Tascherl, einfach alles, ich bin auch der Location-Scout für die Shootings.«

»Sie hatten sich also auch die Buchenbergalm ausgeguckt?«, erkundigte sich Irmi.

»Ja, wir haben echtes Winterfeeling gebraucht, mountains around, a first class setting. Und leicht erreichbar. Wir hatten einige Almen zur Auswahl, aber diese war am geeignetsten. Ja!«

»Aha«, sagte Irmi nur.

»Und außerdem mache ich Jolinas gesamtes Styling«, fuhr er fort.

Es klappte immer besser, einfach mal zu schweigen. Die Menschen ertrugen die Stille nicht. Sie füllten sie mit Antworten, obwohl es oftmals gar keine Fragen gegeben hatte.

»Sie sind dann also …«

»Maskenbildner. Ich war in Wien am Burgtheater. Aber Mode ist mein Leben. Magnifik!«

Andrea hatte ihn die ganze Zeit angestarrt wie ein Wesen von einem anderen Stern, und nun brach es aus ihr hervor: »Und Sie sind auch ihr … ähm … Freund, Lover, also …?«

»Sie san ja lustig! Nein, ich bin an Frauen rein gar nicht interessiert.«

Andrea schluckte.

»Hatte Jolina denn einen Freund? Einen Partner?«, fragte Irmi.

»Nein, momentan nicht. Sie wollte sich auf ihre Karriere fokussieren. Das Schatzerl ist sooo fleißig.«

»Wo steckt Jolina denn jetzt?«, fragte Irmi. »Wir müssten mit ihr reden.«

»Im Bad war sie eben, das arme Mauserl. Es geht ihr grauenvoll, jämmerlich, erbärmlich, aber ich habe ihr gesagt, dass sie aufstehen muss. Sie darf nicht verwahrlosen. Momentan ist sie in ihrem Zimmer und zieht sich an. Sie muss weitermachen. Sie darf nicht destruktiv werden. Im Web sind sie so klass. Alle schicken Beileidsbekundungen, alle wollen sie aufrichten. Alle können ohne sie doch gar nicht leben! Jolina ist ihrer aller Vorbild. Und Sie glauben gar nicht, wie alle mitleiden. Das Kind tot, das eigene

Kind, das ist das Schlimmste, was passieren kann.« Marius von Hohenester schniefte.

»Wie war Paris denn so?«, fragte Irmi und sah die bestrumpften weißen Beine ihres leblosen Körpers wieder vor sich. Spürte erneut die eisige Kälte der Nacht.

»Wie sie war? Entzückend. Erzgescheit, des Madel. Und sehr bestimmt. Sie wusste genau, was sie wollte. Ein starker Charakter.«

»Solche Kinder fordern viel, oder? Und das mitten im anstrengenden Alltag?«, sagte Irmi ganz leicht dahin.

»Sie war immer bis drei Uhr im Kindergarten. Sooft es ging, hat Jolina sie selbst abgeholt. Wir reisen ja viel. Da war Paris immer dabei. Kinder profitieren doch sehr, wenn sie früh weltgewandt sind.«

War das so? Waren Vierjährige schon weltgewandt? Mussten sie das sein in einer Welt, wo man als Kind nicht mehr barfuß lief, aber dafür in Dubai in der Glitzermall urlaubte? Wo man mir vier Chinesisch lernen musste und in der ersten Klasse schon Nachhilfe hatte? Doch so etwas fragte vermutlich nur sie – Irmi Landei aus Schwaigen!

»Paris war Jolina so ähnlich! Sie hatte genau dieselben Interessen. Es gibt einen schönen Spruch in Wien: Is der Voda a Kanarie, wird da Bua gelb. Das stimmt auch. Paris war ganz die Mama!«

Ob er sich da nicht täuschte? Machten diese beiden Fashion-Victims nicht eher das Kind zu einem Abziehbild? Wusste Jolina überhaupt, dass Paris Tiere mochte? Wusste der Wiener das?

»Aber diese ganzen Reisen, der Jetlag – wie steckt ein

Kind das denn weg?«, fragte Irmi und gab ganz die besorgte Oma.

»Ach, wir haben da so unsere Rezepte …« Er tupfte eine Träne weg. »Ich begreife noch gar nicht, dass sie tot sein soll. Ich mache mir solche Vorwürfe, weil mir nicht früher aufgefallen ist, dass Paris nicht mehr auf der Hütte war. Das wird mich mein Leben lang verfolgen. Und wie Jolina das jemals schaffen soll, o mein Gott, das arme Mauserl!«

Er rief Gott an? Und er hatte so seine Rezepte? Hatte vielleicht er der Kleinen etwas verabreicht? Offenbar hielt er viel von der Glitzergestalt La Jolina fern, warum nicht auch deren erzgescheites Kind? Kluge Kinder wurden gerne lästig.

»Hat Jolina denn Hilfe? Ihre Mutter? Eine Schwester? Bruder? Vater? Den Vater hat sie erst kürzlich wiedergetroffen, haben wir gehört?«

Sein Blick umwölkte sich kurz. »Ja, mit dem Vater war länger Sendepause. Mittlerweile sehen sie sich ab und zu. Aber sie hat ja sooo viel zu tun.«

»Und ihre Mutter?«, fragte Irmi.

»Sie hat keinen Kontakt zu ihrer Mutter, sie hat keine Geschwister. Aber sie hat doch mich! Ich zerreiße mich für sie! Und sie hat all ihre Freunde im Web.«

Konnten die einen in den Arm nehmen? Einem Tee ans Bett bringen und Taschentücher anreichen? Und irgendwie kam es Irmi sehr ungesund vor, wie dieser Wiener seine Chefin anbetete, oder wie immer man das nennen wollte.

»Ob sie wohl mit uns sprechen kann?«, fragte Irmi, obgleich das eigentlich nicht die Frage war. Jolina würde mit ihnen sprechen müssen!

»Ich fühle mal vor«, sagte Marius von Hohenester.

»Dürfte ich so lange das Bad benutzen?«, erkundigte sich Irmi.

Jolinas Assistent wies auf einen Gang. »Am Ende links ist das Gäste-WC.« Dann wandte er sich selbst in die andere Richtung.

Irmi ging den Gang entlang und sah sich kurz um. Andrea war sitzen geblieben und starrte Irmi an. Links lag das Gäste-WC, doch Irmi öffnete die Tür direkt daneben. Volltreffer, das war das Badezimmer. Sie glitt hinein und sperrte die Tür hinter sich ab.

Das Bad war riesig. Am Boden lagen Terrakottafliesen, die Wanne war ein Jacuzzi, die bodentiefe Dusche mit einem gewaltigen Regenwaldbrausekopf war breiter als so manche Küche in Studentenapartments. Über dem Doppelwaschtisch und der Wanne verliefen lange Regale. Irmi hatte noch nie so viele Kosmetika gesehen!

Zudem gab es zwei Schränke mit giftgrünen Schiebeglastüren. Einer war gefüllt mit Handtüchern, einigen Perücken sowie weiteren Döschen und Tiegeln. Der andere Schrank hatte drei Fächer. Das mittlere war voll von Nagellacken, das obere voller Lippenstifte. So mancher Drogeriemarkt war schlechter sortiert. Irmi bückte sich und zog aus dem untersten Fach einen Korb mit Deckel heraus. Ein gewaltiges Potpourri an Medikamenten purzelte darin durcheinander: Ibuprofen, Paracetamol, Aspirin, zwei Packungen Antibiotika, Diazepam, diverse Varianten von Appetitzüglern, Hustensaft, Schleimlöser, Melatonin,

Vitaminpräparate, Ginkgotropfen, ein Präparat namens Wakix, irgendwas namens Rapastinel. Außerdem gab es Emesan-Zäpfchen und Mereprine-Sirup, wovon der Rechtsmediziner gesprochen hatte. Und da waren noch viele andere Packungen, mit denen Irmi gar nichts anfangen konnte. Sie würden einen Durchsuchungsbeschluss brauchen. Das hier war doch keine normale Hausapotheke!

Irmi machte ein paar Fotos und ging zurück. Gerade noch rechtzeitig, bevor die Fashionista und ihr Helfer retour kamen.

Auftritt: La Jolina. Top gestylt in einem olivfarbenen Jersey-Overall und weißen Sneakers, heute mit Lockenmähne, maskenhaft geschminkt. Sie trug eine Brille in Holzoptik, was sie älter und strenger machte.

Kurz blickte sie zwischen den beiden Frauen hin und her.

»Sie waren auch auf der Hütte, oder? Von der Polizei waren Sie also?«

Sie sprach schleppend und roboterhaft. Es war völlig offensichtlich, dass sie irgendetwas eingenommen hatte.

»Ja, Jolina, wir müssen mit Ihnen sprechen.«

Irmi fragte nicht nach, wie es der jungen Frau ging, und sie versuchte auch nicht, ihr Beileid zu bekunden. Sie tat ihr leid, aber davon durfte sie sich nicht leiten lassen. Womöglich hatte diese Frau ihr eigenes Kind auf dem Gewissen. Absichtlich oder unbeabsichtigt.

Jolina hatte sich auf die Kante eines ausladenden Sessels gesetzt. Sie überschlug die langen Beine in einer anmutigen Bewegung, die ihr in Fleisch und Blut übergegangen zu sein schien.

»Wir hatten ein Gespräch mit dem Rechtsmediziner. Ihre Tochter hatte Beruhigungsmittel im Körper. Sehr viel davon. Es ist sicher anstrengend, bei Ihrem Job auch noch ein aufgewecktes Kind zu haben, oder?«

Der Einstieg war rüde, eher in Kathis Stil, aber wovor hätte Irmi sich drücken können?

Der Wiener gab ein kieksendes Geräusch von sich. Jolina schien gar nicht recht zu erfassen, was Irmi sagte.

»Das Kind wurde sediert. Geben Sie dem Kind öfter mal was zur Beruhigung?«, fuhr Irmi fort.

»Sie, Sie werden doch nicht, Sie wollen doch nicht etwa sagen, Sie …« Der Wiener schnappte nach Luft.

Natürlich konnte Irmi ihre Entdeckung im Bad nicht anführen. Sie brauchte einen offiziellen Durchsuchungsbeschluss.

»Jolina, ich frage Sie, verwenden Sie Medikamente, damit Paris besser schläft? Damit sie Ruhe gibt am Abend? Oder auf einem Langstreckenflug schlummert? Damit Sie Ihre Arbeit machen können?«

Irmi sprach im Präsens, dabei war alles längst Präteritum. Paris war tot. Verstorben mit gerade mal vier Jahren.

»Ich rufe die Mareike an, Schatzerl!«, rief der Wiener. »Das müssen wir uns nicht gefallen lassen!«

»Mareike ist wer?«

»Unsere Anwältin.«

»Tun Sie das. Ich würde meinerseits eine Hausdurchsuchung anordnen. Und Sie beide bitte ich, den Raum nicht zu verlassen.« Denn ließen die beiden die Medikamente jetzt verschwinden, wäre das mehr als ungünstig. »Ich frage Sie nochmals, Jolina: Geben Sie der Kleinen manchmal was zur Beruhigung? Kann ja nervig sein, so ein aufgewecktes Kind. Wenn es nie schlafen will. Wenn es morgens um sechs schon auf der Matte steht. Ich meine, Sie arbeiten ja wirklich hart, Sie sind zu bewundern für Ihr Pensum.«

»Ich … also … ich hab höchstens mal …«, setzte Jolina an.

»Du bist still, Schatzerl! Du wartest auf Mareike«, fuhr ihr der Wiener in die Parade. Erneut hatte Irmi das Gefühl, dass er das Schätzchen Jolina schützte und auch mal das Kind in Schach gehalten hatte.

Irmi ging auf die Dachterrasse und erwirkte die notwendigen Beschlüsse für eine Durchsuchung und eine Verhaftung. Dann saßen sie zu viert in diesem überheizten Raum und warteten. Jolina war noch immer merkwürdig teilnahmslos. Gleichzeitig wie die Kollegen, die die Hausdurchsuchung übernehmen sollten, traf die Anwältin ein. »Dr. Mareike von Rosenstein« stand auf dem Kärtchen, das sie Irmi reichte. Noch eine Adlige. Und wieder mit österreichischem Akzent. Frau Dr. von Rosenstein war etwa fünfzig. Sie legte ihren langen Kaschmirmantel elegant auf die Couch, darunter trug sie ein Kostüm in Taupe, dazu eine weiße Bluse. Die Ankle-Boots waren farblich genau auf das Kostüm abgestimmt. Ihre schulterlangen Haare saßen perfekt: Murnau – Windwetter – die Frisur hielt. Sie war dezent geschminkt und wirkte alterslos. Im Stillen zollte Irmi ihr Respekt. Sie selbst konnte Strumpfhosen niemals länger als fünf Minuten tragen, ohne eine Laufmasche zu bekommen. In dieses Kostüm würde sie nie passen, selbst wenn sie endlose Diäten machte, und sie würde so eine Rolle auch nie ausfüllen können.

Die Anwältin ließ sich ins Bild setzen und zeigte ganz kurz eine Regung aus Unwirschheit und Unsicherheit, als die Kollegen all die Medikamente zutage förderten.

»Frau Dr. Rosenstein, ich hatte Ihre Mandantin lediglich gebeten, mir zu sagen, ob sie ihrer Tochter öfter Medikamente gab. Angesichts dieses Tablettenpotpourris liegt das nahe, oder?«

»Ich hab doch nur mal …«, kam es weinerlich von Jolina.

»Du sagst gar nichts!«, konterte die Anwältin.

Jolina begann zu weinen, immer lauter, immer hysterischer, bis der Wiener sie vorsichtig in den Arm nahm und in Irmis Richtung brüllte: »Sie Gurkn! Das haben Sie angerichtet! Eine Mutter trauert um ihr Kind, und Sie haben null Respekt! Null!«

Es war für Sekunden still, wiewohl immer noch die Kollegen in der Wohnung zugange waren. Kurzzeitig stand alles still. Jolina hatte schlagartig aufgehört zu weinen.

»Was werfen Sie meiner Mandantin denn nun genau vor?«, sagte die Anwältin in die Stille hinein.

»Ich werfe ihr gar nichts vor, es ging nur um eine Zeugenaussage. Aber ab dann brach ja sofort der Tumult aus«, sagte Irmi kühl.

»Marius hat korrekt gehandelt, als er meine Hilfe erbeten hat. Sie sind doch längst bei einer Vorverurteilung angekommen.«

»Nein, aber ich möchte wissen, wer einer Vierjährigen so viele Medikamente gegeben hat, dass sie in einer kalten

Januarnacht erfrieren musste. Bevor ihr Leben so richtig losgegangen ist.«

»Und warum soll das Jolina gewesen sein?«

Es war bizarr, dass Jolina immer noch wie abgeschaltet danebensaß und ins Nichts starrte.

»Komm, Mauserl, das musst du dir nicht anhören«, erklärte Marius von Hohenester und zog Jolina mit sich aus dem Zimmer.

Irmi sah den beiden nach. »Gut, es könnte auch ihr Assistent Marius gewesen sein, der alles von seinem Schätzelein fernhält.«

»Sparen Sie sich Ihren Sarkasmus!«

»Ich bin nicht sarkastisch, nur realistisch. Oder anders gefragt: Wer hätte denn etwas davon, der Kleinen solche Mittel zu geben? Auf einer Berghütte, wo sich eine überschaubare Menge an Menschen befunden hat. Darunter zufälligerweise auch meine Kollegen und ich.«

Das brachte die Anwältin kurz aus der Fassung. »Sie?«

»Ja, neun Kollegen der Polizeiinspektion Garmisch, außerdem Tagesgäste und einige Übernachtungsgäste. Niemand, der einen Grund gehabt hätte, ein Kind zu sedieren. Wir alle können bezeugen, dass weder Marius noch Jolina sich Sorgen um das Kind gemacht haben. Der Hüttenwirt hat das lange Fehlen der Kleinen bemerkt. Marius und Jolina wähnten das Kind schlafend. Die beiden haben das auch so formuliert: Paris lege sich gerne allein schlafen. Sie waren ganz entspannt. Beide. Und bei der Dosis war das auch wahrscheinlich!«

»Sie können doch nicht …«

»Doch, ich kann durchaus von fahrlässiger Tötung ausgehen!«

»Woran wollen Sie das festmachen?«

»Ich bitte Sie! Das Haus ist voll von Medikamenten. Die Blister sind angebrochen. Darunter mehrere Kinderpräparate wie Emesan-Zäpfchen und Mereprine-Sirup. Hat Ihre Mandantin diese Medikamente etwa selber eingenommen?«

»Sie können nicht beweisen, dass irgendetwas davon dem Kind verabreicht wurde. Schon gar nicht, dass die Kleine es auf der Hütte bekommen hätte. Der Besitz dieser Medikamente ist nicht strafbar. Warum auch?«, entgegnete die Anwältin.

»Genau das werde ich tun: Ich werde versuchen zu beweisen, dass dem Kind eine Überdosis des Medikaments verabreicht wurde. Das ist fahrlässige Tötung oder fahrlässiger Totschlag. Vielleicht hat sie sogar vorsätzlich überdosiert, dann hat Jolina den Tod ihrer Tochter nicht nur billigend in Kauf genommen, sondern sogar geplant.«

»Jetzt nehmen Sie sich aber zu viel heraus! Sie fabulieren, Frau Mangold!«

»Nein, das tue ich nicht, und ich habe von der Staatsanwaltschaft bereits einen Haftbefehl erhalten. Wir werden Jolina mitnehmen und morgen befragen, wenn sie besser ansprechbar ist als jetzt. Denn momentan scheint sie ja selbst in ihre Tablettenzauberkiste gegriffen zu haben.«

»Ihr Kind ist tot!« Nun geriet auch die kühle Anwältin aus der Fassung.

»Stimmt, die Frage ist nur, wer den Tod des Mädchens zu verantworten hat.«

»Das nehmen wir so nicht hin!«

»Das müssen Sie auch nicht. Sie werden sicher morgen bei der Befragung dabei sein. Wir bewegen uns vollkommen im Rahmen des deutschen Rechts, das Ihnen ja bekannt sein dürfte, Frau Doktor.«

Irmi bebte innerlich. Jolina und ihr feiner Assistent hatten Medikamente mit mehr als zweifelhaften Nebenwirkungen angehäuft und wollten die Polizei für dumm verkaufen. Der schnieke Österreicher tauchte noch einmal auf, ließ seine coole Fassade fallen und bedachte sie mit feinsten Wiener Schimpfworten. Andrea war für ihn eine Trutschn, Irmi nebst einer Gurkn auch noch eine oide Urschel. Für die Herren hatte er Wappler, Dodl und Koffer parat. Ja, wenn der Lack ab war, brach eben das Urwesen durch. Schließlich bekam die Anwältin ihren Landsmann unter Kontrolle, am liebsten hätte Irmi den auch noch festgenommen. Nun musste sie sich damit begnügen, dass die Kollegen Jolina mitnahmen.

Als sie mit Andrea draußen vor der Tür stand, atmete Irmi erst mal tief durch.

»Du warst ja ganz schön … also …« Andrea sah Irmi an.

»Was?«

»Na ja, kühl, also schon hart irgendwie … Glaubst du, dass es Jolina war?«

»Es spricht einfach verdammt viel gegen sie. Wir brauchen außerdem mehr Informationen über diesen Marius. Er scheint mir eine Eminenz im Hintergrund zu sein. Eine, die vom Spatzerl-Mauserl alles fernhält.«

»Ich hatte auch das Gefühl, dass der an irgendwelchen,

ähm ja, Fäden zieht. Besser, wir hätten den Typen verhaftet.«

»Ohne Haftbefehl? Finde was, und ich zerleg den in Einzelteile! Was hat der zu mir gesagt? Oide Urschl? Insbesondere das Adjektiv ›oide‹ nehm ich ihm übel.« Irmi lächelte müde. Die Aussicht, morgen nach München fahren zu müssen, beflügelte Irmi auch nicht gerade. In der JVA Garmisch wurden seit Sommer 2015 nur noch männliche Erwachsene aus den Bezirken Garmisch-Partenkirchen, Kaufbeuren und Weilheim-Schongau aufgenommen. Frauen mussten nach München ins neue Frauengefängnis.

Als Irmi müde und aufgewühlt zu Hause ankam, hörte sie Stimmen im Stall. Bernhard und Zsofia! Er erklärte ihr die Kühe, nannte ihr die Namen, und Zsofia lachte hell. Bernhard stolzierte wie ein Gockel umher, er hatte die von Zsofia gestrickte Mütze auf und eine saubere Hose an. In dem Moment schoss ein Pfeil in Irmis Herz. Warum hatte sie es immer so kategorisch ausgeschlossen, dass der ewige Junggeselle Bernhard doch noch irgendwann eine Frau finden würde?

Kicsi sprang an Zsofia hoch, zwei Ungarinnen unter sich. Der Schmerz kam jäh. Das fünfte Rad am Wagen, die ewig Gestrige, die sich nie so richtig außerhalb ihrer Komfortzone bewegte. War sie etwa eifersüchtig?

Die beiden hatten sie nicht gesehen. Irmi schlich ins Haus und ging ins Badezimmer. Ließ ihr Allheilmittel ein – ein Bad. Der alte Kater kam herein, dann der Kleine, und beide legten sich auf den Badezimmerläufer. Schlugen synchron und elegant die Pfoten unter. Zum ersten Mal seit einer Ewigkeit sperrte Irmi ab. Die Kater folgten Irmi mit Blicken.

»Ihr seid die Besten«, murmelte sie.

Die Kater schauten huldvoll. Man musste Katzen nichts sagen, was sie bereits wussten.

Sie lag lange in der Wanne, ließ immer wieder heißes Wasser nachlaufen. Als sie sich schließlich als Schrumpelweiberl in ein Handtuch hüllte und die Tür öffnete, überfiel sie auf einmal ein unbestimmtes Unwohlsein. Was, wenn die beiden jetzt in der Küche saßen? Würde sie dann im Handtuch reinschlappen und ein fröhliches »Griaß eich« in den Raum schmettern? Sich ein Bier nehmen und lässig wieder gehen? Sie war nicht so sehr der WG-Typ, sie brauchte viel Individualraum.

Aber die beiden waren schon wieder weg, offenbar mit Bernhards Auto. Irmi fragte sich, was es nun bedeutete, dass sie erleichtert war. Sie zog sich ihren kuschligen Herren-Flanellschlafanzug an. Hockte auf der Couch und sah in den Fernseher, der nicht lief. Trank ein Bier, kraulte abwechselnd beide Kater, die sich rechts und links an ihre Oberschenkel gelegt hatten. Als sie ins Bett ging, folgten ihr beide wie ein Schatten. Sie war nicht allein.

Irmi erwog, Jens anzurufen, aber das passte sicher nicht mit der Zeitverschiebung. Er würde sich schon melden. Irgendwann.

10

Als Irmi erwachte, stellte sie erstaunt fest, dass sie diese Nacht tief und fest geschlafen hatte. Sie tappte in die Küche und traf auf Bernhard, der von seiner Zeitschrift *Landwirt* aufblickte.

»Morgen«, grüßte sie.

»Morgen.«

Sie goss sich Kaffee ein, nahm einen Joghurt aus dem Kühlschrank. »Und, netten Abend gehabt?«

»Seit wann fragst du mich nach meim Abend?«

»Du hattest Besuch, oder?«

»Ja.«

»Die Zsofia?«

»Ja, sie woit Rinder schauen.«

»Aha.«

Irmi löffelte ihren Joghurt.

Bernhard stand auf. »Oisdann, Schwester.«

»Hmm.«

Das unbestimmte Unwohlsein war wieder da. Zum Glück war im Büro wenig Zeit für Befindlichkeitsstörungen. Andrea hatte wohl doch die halbe Nacht recherchiert. Kathi war bereits da, und wie so oft ließ sie ihren Ausbruch am Vortag unkommentiert.

Irmi und Andrea standen noch unter dem Eindruck ihres Besuches bei La Jolina. Daher stellte Irmi alle Fragen nach Caviezel hintan und ließ Andrea berichten.

Die hatte aus Marius von Hohenester einen Martin Bösl gemacht. Denn mit diesem Namen war er ins Leben gestartet, geboren im Wiener Bezirk Favoriten. Also doch!, dachte Irmi. Der Vater Bösl war abgehauen, die Mama Bösl servierte und putzte im Beisl um die Ecke. Der kleine Martin hing mit einer Gang ab. Pöbeleien, kleine Diebstähle, Vandalismus, eine normale Kindheit im Gemeindebau. Mit sechzehn wurde er wegen irgendwelcher Drogendelikte festgenommen und hatte das Glück, in ein Sozialprojekt vermittelt zu werden, wo man ihn auffing und seine Homosexualität akzeptierte. Er machte eine Friseurlehre, dann eine Ausbildung zum Maskenbildner, hatte wirklich am Burgtheater gearbeitet und beim ORF. Marius von Hohenester war ein Künstlername. Aus dem Bösl vom Eckbeisl war jemand anderer geworden.

»Hm«, machte Irmi. »Wenn du als Junge merkst, dass du anders bist als die anderen, dann wirst du in so einem Umfeld natürlich erst recht auf die Pauke hauen. Damit du cool und männlich wirkst. War sicher nicht leicht für ihn.«

»Na, die Kurve hat er schließlich ja noch gekriegt – zum Bloggerinnen-Helferlein. Mit seiner Drogenvergangenheit hat der sicher heute noch einen recht lockeren Umgang mit Drogen und Tabletten, oder?«

»Anzunehmen«, sagte Irmi, die immer noch verschnupft war. Kathi konnte stets wunderbar zur Tagesordnung übergehen. Sie hatte sich ja ausgekotzt, ihre Brust war wieder weit, sie konnte locker atmen. Auf Irmis Brustraum hingegen hockte etwas Schweres.

Kollege Hase war hereingekommen. »Guten Morgen. Sie reden von Drogen?«

»Ja, von diesem Marius, dem Assistenten von Jolina. Der hat in diesem Bereich Erfahrung.«

»Nun, La Jolina hat die auch. Ich habe mal ein wenig in ihren Blogs gestöbert. Sie pflegt einen sehr unverkrampften Umgang mit ihren Operationen und ihren Medikamenten. Und sie rät ihren Followern zu allerlei. Zum Beispiel hat sie nicht nur Tipps, wie man schneller abnimmt, sondern auch ein üppiges Fachwissen über Smart Drugs«, berichtete der Hase.

»Auch wenn ich wieder wie das Bauernweiberl klinge«, sagte Irmi mit einem Seitenblick auf Kathi. »Aber was sind Smart Drugs?«

»Smart Drugs werden zur kognitiven Leistungsförderung verwendet. Durch die Einnahme sollen die Lernfähigkeit und das Erinnerungsvermögen gestärkt werden. Angeblich verbessern Smart Drugs die Wachheit, das Denkvermögen, ja, sogar die Kreativität. Der Mensch wird als Chemiebaukasten gesehen – alles ist chemisch erklärbar, alles eine Frage der Neurotransmitter. Schüler wollen bessere Noten, Studenten halten dem Druck nicht stand, und Akademiker scheitern an ihrer 80-Stunden-Woche – also greifen sie zu kleinen smarten Helfern. Chirurgen, Piloten, Spitzenköche, alle nehmen sie dieses Zeug ein, Frau Mangold! Im Sortiment der Bloggerin haben wir zum Beispiel das Medikament Wakix gefunden, mit dem Wirkstoff Pitolisant. Das gibt man eigentlich bei Narkolepsie. Es fördert die Signalübertragung im Gehirn und erhöht die Ausschüttung von Acetylcholin, Noradrenalin und Dopamin. Das wiederum macht wach und fit«, sagte der Hase.

Irmi hatte zwar nur die Hälfte verstanden, aber immerhin hatte sie begriffen, dass hier ganz spezielle Medikamente für ganz spezielle Krankheiten missbraucht wurden.

»Rapastinel ist eigentlich ein Antidepressivum«, fuhr der Hase fort. »Im Unterschied zu traditionellen Antidepressiva tritt die Wirkung sehr rasch ein und hält über eine Woche an. Es verbessert angeblich auch die kognitiven Fähigkeiten. Smart Drugs, Designerdrogen, wie immer Sie das nennen wollen.«

»Aber wie komm ich da ran? Ist das so einfach? Ein Mittel gegen Narkolepsie?«

»Frau Mangold, es gibt ein weites Spektrum an Privatrezepten, Einkäufen im Internet, privater Weitergabe unter der Hand, echten Dealern. Die Welt ist unübersichtlich, die Kanäle sind mannigfaltig. Wenn Ihre Hausapotheke nur Paracetamol, Ibuprofen, eine Schmerzsalbe und Emser Pastillen enthält, gehören Sie zu einer aussterbenden Spezies.«

Irmi schüttelte den Kopf. »Mir widerstrebt es zu glauben, dass es so leicht ist, Medikamente zu missbrauchen. Und mehr noch widerstrebt es mir zu glauben, dass man so was Kindern verabreicht. Leichtfertig und egoistisch. Sie meinen also auch, dass die Mutter dem Mädchen die Medikamente gegeben hat?«

»Ich will nicht wild herumspekulieren. Ich kann Ihnen nur sagen, dass bei diesen Leuten offenbar eine gewisse Medikamentenmissbrauchs-Kultur geherrscht hat. Ein unbedachter Umgang. Wachmacher am Morgen, Helferchen für die Auffassungsgabe über den Tag, Nervenberuhiger am Abend. Inwieweit das Kind da mit hineingezogen wurde, weiß ich nicht. Was an speziellen Kinderpräparaten vorrätig war, hat heute fast jede Familie im Sortiment. Außer denen, die auf Globuli schwören.«

»Aber …«

»Frau Mangold, natürlich wird eine Mutter, die ganz locker Pillen einwirft, sich mal eben operieren lässt und das im Blog sogar noch kundtut, eher mal ihr Kind mit Pillen beglücken als jene Mami, die nur Globuli und Schüßlersalze im Schrank hat. Mehr kann ich aber dazu nicht sagen. Das ist eine persönliche Meinungsäußerung, die ich mit nichts belegen kann.«

»Ich brauche mehr als eine Meinungsäußerung! Die Anwältin von dieser Jolina kommt gleich. Bestimmt setzt sie alles in Bewegung, dass man die U-Haft aufhebt. Und sie kennt Leute an wichtigen Schlüsselpositionen. Wenn ich nicht mehr vorzuweisen habe, geht Jolina gleich wieder heim.«

Des Hasen Nase zuckte. »Tja, da kann ich leider nicht helfen. Wir haben auch die Berghütte durchsucht, sogar das, was vom Müll übrig war. Nichts, gar nichts. Die Zeit läuft uns davon. Keine Indizien, keine Beweise, keine Aussagen. Eine junge Frau, die Medikamente missbraucht, wobei keiner beweisen kann, dass der Missbrauch auch auf ihre Tochter ausgedehnt wurde.«

»Ihr Assistent hat eine Drogenvergangenheit«, gab Irmi zu bedenken.

»Ja, der Gedanke drängt sich auf. Aber für eine Verhaftung wird das nicht reichen«, meinte der Hase.

»Aber ich will den noch einmal sehen! Andrea, lade den

mal vor. Und wir«, Irmi sah Kathi an, »werden mit Jolina reden müssen. Also auf nach München.«

Sie kamen ohne nennenswerte Staus durch. Während der Fahrt redeten Irmi und Kathi nur wenig. Kathi war generell kein Morgenmensch, und Irmi war das nur recht.

»Diese Schnalle! Ich bin gespannt, was die sich ausdenkt!«, rief Kathi, als sie das Gebäude betraten.

Die »Schnalle« war kaum wiederzuerkennen. Sie war ungeschminkt, die Haare waren zu einem Pferdeschwanz gebunden. Ohne all die Tünche wirkten ihr geshapter Körper, die perfekt modellierte Nase und die aufgepolsterten Lippen wie bei einem Wesen aus einer anderen Galaxie, das nicht hierherpassen wollte. Anwältin Dr. Mareike von Rosenstein war hingegen wieder voll durchgestylt, diesmal in einem marinefarbenen Hosenanzug und wieder auf sehr hohen Schuhen. Irmi fiel auf, dass sie ohne ihre Absätze nicht über einen Meter sechzig messen konnte, denn sie war auch auf hohem Fuß immer noch kleiner als Irmi.

Jolina blieb dabei, dass sie Paris nichts eingegeben habe. Natürlich mal ein Fieberzäpfchen oder was gegen Übelkeit, doch nie etwas anderes.

»Sie haben aber ein ganz schönes Potpourri an Präparaten zu Hause!«, rief Kathi.

»Das ist nicht relevant. Meine Mandantin ist auch Vegetarierin, lässt das Kind aber dennoch Fleisch essen«, erklärte die Anwältin.

Lässt? Ließ? Paris war tot! Doch der Punkt ging an die schicke Mareike.

»Ihr Mitarbeiter, Herr von Hohenester, was hatte der für ein Verhältnis zu Paris?«

»Ein gutes. Er hat sie geliebt«, flüsterte Jolina.

»Er ist aber nicht zufällig ihr Vater?«

»Er ist stockschwul.« Nun kam doch etwas Leben in Jolina.

»Und wer ist denn nun der Vater von Paris?«, fragte Kathi.

»Weiß ich nicht so genau. Eine Party, ich kann mich nicht erinnern.«

Ein Außenstehender hätte diese Szene sicher amüsant gefunden. Irmi warf Kathi einen drohenden Blick zu, damit diese sich jeden Kommentars enthielt. Die Promiskuität von Jolina tat nichts zur Sache. Und auch die Anwältin warf ihrer Mandantin einen warnenden Blick zu.

Unzufrieden fuhren die beiden Kommissarinnen zurück ins Werdenfeldser Land, wo Hohenester bereits wartete. Er war auf hundertachtzig und wies es weit von sich, dem Kind jemals etwas verabreicht zu haben. Das sei Sache der Mutter gewesen. Aber Paris sei immer so ein gesundes Spatzerl gewesen und habe höchstens mal ein Fieberzäpfchen bekommen. Er verdrückte immer wieder ein paar Tränchen, und es war schwer abzuschätzen, ob er nur schauspielerte. Warum es dermaßen viele Medikamente im Haus gab, erklärte er ihnen auch.

»Heute ist man multioptional. Sie können Globuli einnehmen oder Antibiotika. Den Weg muss doch jedes Individuum selber gehen. Das befürwortet auch Jolina in ihrem Blog. Darum ist der auch so klass!«

»Sie wollen sagen, Sie und Jolina haben ein paar Smart Drugs für ihre Follower getestet oder was?«

»Was heißt getestet? Jolina tut viel für ihr Aussehen. Sie tut es für sich selbst, und sie berichtet von ihrem Erleben. Ureigen. Authentisch. Drum ist sie auch so erfolgreich.«

Es war ja dieser Tage so, dass man gerne andere für sich leben ließ. Im Fernsehen, im Web. Entweder man sah nur mit leisem Abscheu zu, oder man ahmte sie nach. Brot und Spiele – die Gladiatoren waren nur andere geworden. Und die Amphitheater waren den Bildschirmen gewichen.

Dieser Hohenester war aalglatt. Ohne echte Beweise kamen sie nicht weiter. Sie steckten fest wie einzementiert. Zu allem Unglück erfuhren sie, dass der Haftbefehl für Jolina aufgehoben worden war.

Es fiel ihnen allen schwer, wieder auf den Fall Göldner umzuschwenken. Aber genau das mussten sie tun. Andrea und Hansi hatten sich mal wieder reingefuchst in den verwinkelten Bau und Interessantes zutage gefördert.

Bei Göldner&Caviezel war letztes Jahr eine Architektin »betriebsbedingt« gekündigt worden. Ein großer Auftrag für die Sanierung eines Klosters nördlich von Augsburg war an ein anderes Büro gegangen, obgleich die Ausschreibung wohl so geklungen hatte, als wäre sie für Caviezel&Göldner gemacht worden. Andrea hatte auch den Grund ausfindig gemacht. Markus Göldner hatte bei den Vorgesprächen immer wieder Raum für Gebäudebrüter schaffen wollen, der Abt aber wollte kein von Vögeln verdrecktes Gebäude – wenn er doch gerade erst sanieren ließ.

»Also doch! Der ganze Vogelscheiß hat das Büro sehr wohl Aufträge gekostet! Der Caviezel verarscht uns doch, wie er es grad braucht!«, rief Kathi. »Ich will mit dem reden!«

»Leider ist er auf Geschäftsreise«, sagte Andrea. »Nach Berlin. Und mir wurde gesagt, dass er erst in einer Woche zurückerwartet würde.«

»Na toll!«

»Umso dringender müssen wir mit Beate Mutschler reden. Andrea, mach dich mal schlau, wie es ihr geht.« Irmi atmete tief durch. Schon wieder war ihr Gehirn zum Umschalten gezwungen. Diesmal zurück zu Jolina. Sie sprangen zwischen zwei Fällen hin und her, wobei ja noch gar nicht klar war, ob hinter dem Tod von Paris ein echtes Verbrechen stand.

»Wir fahren so lange in den ehemaligen Kindergarten von Paris. Damit wir überhaupt was tun«, meinte Irmi gedrückt.

»Ist da am Nachmittag überhaupt noch wer?«, fragte Andrea.

»Na ja, das wird schon so ein Ganztageskindergarten sein. Damit Muttis wie Jolina ihren wichtigen Befindlichkeiten nachgehen können. Wozu hat so eine überhaupt ein Kind?«, ereiferte sich Kathi.

Vielleicht weil sie genau wie Kathi damals nicht aufgepasst hatte? Weil der Erzeuger des Kindes abgehauen war? Aber das sagte Irmi natürlich nicht laut.

Schweigend fuhren Irmi und Kathi durch den kalten Nachmittag. Sie waren ziemlich überrascht, dass sich die Einrichtung als eine Art Waldkindergarten entpuppte. Die Kommissarinnen stellten sich der Erzieherin vor, die Birgit hieß und Mitte dreißig war. Die Kinder hatten zwei große, bunt bemalte Bauwagen zur Verfügung. Auf den Treppen standen Kerzen und ein Bild von Paris.

»Wie gehen die Kinder damit um?«, fragte Kathi.

»Wir haben für Paris gebetet und Luftballons für sie steigen lassen, mit guten Wünschen da oben im Himmel.«

Schlaf fein, Engerl – das hatte Sailer gesagt.

»Inzwischen haben wir erfahren, dass Paris zum Zeitpunkt ihres Todes Beruhigungsmittel im Körper hatte. Vermutlich ist sie deshalb eingeschlafen und letztlich erfroren. Hatten Sie den Eindruck, dass das Kind öfter mal Medikamente bekam?«

Die Erzieherin sah erschrocken aus und schüttelte den Kopf. »Nein, gar nicht. Paris war eigentlich sehr ... gesund. Zweimal ist sie nicht gekommen, weil sie erkältet war. Aber das sind alle Kinder ja mal. Paris war immer sehr wach. Sehr intelligent, würde ich sagen.«

»Ist es nicht etwas ungewöhnlich, dass eine wie La Jolina ihr Kind in einem Waldkindergarten anmeldet?«

»Ach, wir haben hier Kinder aus ganz unterschiedlichen Familien. Ich gebe schon zu, als Jolina hier ankam, war ich etwas, na ja ... Aber sie war eigentlich sehr nett, sehr liebenswert. Anfangs hab ich immer versucht, dafür zu sorgen, dass Paris ihre teuren Klamotten nicht so einsaut, aber das war Jolina egal. Das waschen wir oder werfen es weg, sagte sie immer. Paris kam als Modepuppe und ging als verdrecktes Waldkind. Die Kleidung war eben deren Stil.« Sie zuckte mit den Schultern.

»Und die anderen Kinder?«

»Och, Kinder in dem Alter schauen noch nicht so sehr

auf die Kleidung ihrer Freunde. Paris war egal, was sie anhatte. Und sie war beliebt. Sie war fröhlich.«

Es war Birgit anzusehen, dass sie mit den Tränen kämpfte.

»Wer hat das Kind denn abgeholt?«

»Oft Jolina selber oder auch mal ihr Assistent.«

»Wie kam Ihnen der vor?«

»Künstlich?« Birgit lächelte. »Er war mehr etepetete als Jolina.« Sie stutzte. »Glauben Sie denn, dass Jolina oder er, also …«

»Das müssen wir herausfinden.«

»Wissen Sie, Jolina war vorhin noch da.«

»Wie?«

»Vor etwa einer halben Stunde. Sie haben sie eben verfehlt. Sie hat die Sachen von Paris geholt.«

Jolina war aus München gekommen und hatte die Sachen geholt? Ziemlich viel, was sie sich da zumutete!

Irmi sah die Erzieherin fragend an.

»Es war furchtbar. Es war so endgültig«, erklärte Birgit. »Wir haben beide geweint. Der kleine Florian war ziemlich verliebt in Paris und hat Jolina ein kleines Einhorn aus Schnee gebaut. Weil Paris ganz verrückt nach Einhörnern war. Jolina hat es mitgenommen und gesagt, sie würde es gleich auf ihre Dachterrasse stellen.« Nun liefen ihr doch die Tränen über die Wangen. »Also wenn Sie glauben, dass Jolina ihrer Tochter ein gefährliches Medikament verabreicht hat, dann war das sicher ein Unfall. Fehldosiert. Verstehen Sie? Jolina hat ihre Tochter wirklich sehr geliebt.«

Auf dem Rückweg hingen Irmi und Kathi ihren Gedanken nach. Hohenester und Jolina waren beide wieder auf freiem Fuß. Irmi kam die Möglichkeit, dass einer von ihnen sich in der Dosierung geirrt hatte, am wahrscheinlichsten vor. Wie es weitergehen würde, musste letztlich die Staatsanwaltschaft wissen.

Es war wieder dunkel geworden, in dieser Jahreszeit wichen die Tage schnell der Nacht. Der Himmel war zugezogen, vielleicht würden neue Schneefälle kommen, und der kleine Florian würde ein größeres Einhorn bauen können.

Irmi spürte, wie wütend Kathi war. Aber sie durfte diese unbändige Wut nicht zulassen. Auch wenn der Tod von Markus Göldner zum Nebenkriegsschauplatz geworden war, so waren sie immer noch primär verpflichtet, den Mord auf dem Balkon aufzuklären, und auch hier zerrann ihnen die Zeit.

»Wir müssen morgen wegen Caviezel weitermachen«, sagte Irmi. »Und wir müssen uns Göldners Haus ansehen. Er wohnt ja in der Nähe von Unterthingau.«

»Das wird auch wieder so ein Arsch der Welt sein!«, maulte Kathi.

Im Büro erfuhr Irmi von Andrea, dass Beate Mutschler zu Hause war. Sie habe inzwischen eine Therapeutin, die sie weiter begleite, meinte Andrea. Frau Mutschler fahre auch gern mit den Kommissarinnen zu Markus Göldners Haus.

»Ob das gut ist?«, gab Irmi zu bedenken.

»Keine Ahnung. Vielleicht will sie sich mit seiner Umgebung konfrontieren und innerlich abschließen, ähm … ja …«

»Das ist doch bestimmt auf dem Mist der Psychotante gewachsen, oder?«, rief Kathi.

»Wir können in diesem Fall wirklich jede Hilfe brauchen«, erwiderte Irmi. »Und drum sind wir auch ganz, ganz nett und verständnisvoll zu Beate Mutschler.«

»Ja, ich benehm mich schon! Und ja, ich bin gestern ausgerastet. Tut mir leid! So, ich muss das Soferl vom Training abholen. Bis morgen.«

So war sie, die turbulente Kathi. Ein kurzes »Entschuldigung« – und weiter ging's im Sauseschritt.

Irmi und Andrea sahen ihr nach.

»So geht's auch«, sagte Andrea leise.

Irmi lächelte und fuhr nach Hause durch wirbelnden Schnee. Die Autos hatten nun wieder diese Särge auf den Dächern, der Skisport war in vollem Gange. Vielleicht hätte sie doch Ski fahren lernen sollen?

Daheim schlug sie die Zeitung auf und las einen Leserbrief zum Thema Skifahren, in dem es um einen Skigebietszusammenschluss am Riedberger Horn im Allgäu ging. Da argumentierte einer, dass man mit der Skigebietsvergrößerung die Verödung von Bergdörfern verhindern und mit den Österreichern konkurrieren wolle.

Ein zweiter Brief wandte sich gegen den Ausbau, der viel zu gefährlich sei. Diese Meinung teilte Irmi voll und ganz, denn sie kannte den Riedbergpass und wusste, dass man ihn selten ohne Baustelle befuhr: Muren, Erdrutsche, Felsstürze waren fast an der Tagesordnung. Jens hatte ihr erklärt, dass das Gebiet geologisch labil sei, in einer rutschgefährdeten Flyschzone liege und deshalb im Alpenplan als Zone C ausgewiesen sei, also jene Zone, die von Erschließungen verschont bleiben sollte. Der Alpenplan war 1972 ins Leben gerufen worden, weil man damals eine zu ausufernde Erschließung der bayerischen Alpen befürchtete. Vor allem wollte man ein Seilbahnprojekt auf den Watzmann, den heiligen bayerischen Berg, verhindern. Bayern war 1972 Vorreiter in Sachen Natur- und Umweltschutz, und genau das wollte man heute torpedieren? Der Leserbrief brachte es auf den Punkt:

»Die Staatsregierung nennt die Konkurrenzfähigkeit mit österreichischen Skigebieten als Grund für die Notwendigkeit der Skischaukel. Realiter schließt man ein kleines, wenig attraktives Skigebiet mit noch einem Zwerg zusammen. Selbst im Zusammenschluss bleibt es ein kleines Gebiet mit skifahrerisch uninteressanten Ziehwegen fernab jeder Konkurrenz aus dem Nachbarland! Es geht längst ums Prinzip, weniger um die gefährdeten Birkhühner. Das Birkhuhn lebt in der Übergangszone von 1400 bis 1800 Metern an der Baumgrenze. Es ist ein klassischer Standvogel, der sein Balzgebiet, sein Brutgebiet, seine Nahrungsflächen und sein Winterquartier beisammenhaben muss. Das hat es nur am Riedberger Horn. Birkhühner können sich an regelmäßige Störungen bis zu einem gewissen Grad ›gewöhnen‹, so wie sie das im Tourenskigebiet am Riedberger Horn jetzt schon tun. Allerdings gehen der Tourengeher und der Schneeschuhwanderer jedoch nur einmal rauf und wieder runter. Mit einem Lift jedoch wird es jede Menge Freeriding-Terrain an der gesamten Westflanke geben, und die jungen Wilden sind kaum bereit, Tierschutz zu ihrem Ding zu erklären, wenn der Powder lockt!«

Der Verfasser des Leserbriefs war ein Biologe aus München, und wieder ging es um Vogel- und Umweltschutz. Es gab zu viele Baustellen, wo der Mensch ohne Rücksicht auf andere Lebewesen agierte. Einer wie Göldner hatte gegen diese Windmühlen gekämpft – und verloren.

11

Irmi brach zu Hause ohne Kaffee auf. Bernhard hatte nämlich keinen gemacht. Zum ersten Mal seit ewigen Zeiten. Wo steckte er überhaupt? Irmi floh vom Hof und machte sich im Büro einen Kaffee, der bitter schmeckte. Da läutete ihr Handy.

Es war Marius von Hohenester. Seine Stimme bebte. »Sie haben mir doch Ihre Visitenkarte gegeben! Jolina ist weg!«

»Wie weg?«

»Verschwunden. Sie ist mit dem Auto in die Tiefgarage gefahren, aber nie oben in der Wohnung angekommen. Sie wurde entführt! Bestimmt!«

»Herr von Hohenester, warum nehmen Sie an, dass sie entführt wurde? Gab es eine Lösegeldforderung?«, fragte Irmi.

»Nein.«

»Wann war das genau?«

»Gestern Nachmittag. So gegen drei. Sie ist in die Tiefgarage gefahren, aber nicht hochgekommen ins Penthouse.«

»Ich verstehe Sie also richtig: Das Auto steht jetzt in der Garage, und Jolina ist verschwunden?«

»Ja. Ich bin nach circa dreißig Minuten hinuntergegangen, weil ich mir Sorgen gemacht habe. Sie wollte im Kindergarten Sachen von Paris abholen. Ich dachte, sie war so fertig, dass sie einfach weinend im Auto sitzen geblieben ist. Drum bin ich in die Garage. Aber sie war weg!«

»Herr von Hohenester, Jolina ist gestern verschwunden, und Sie melden Jolina erst heute als vermisst? Warum haben Sie sich nicht schon gestern Sorgen gemacht?«

»Ich dachte, sie wollte allein sein. Als sie nachts aber auch nicht heimkam …« Seine Stimme kippte.

»Wenn das Auto in der Garage war, dann müsste sie bei dem Wetter ja zu Fuß losgegangen sein. Haben Sie das gedacht?«

»Ja, nein … Ich bin dann eingeschlafen.«

»Weil Sie was eingeworfen haben?«

»Was glauben Sie, wie es mir geht? Ich bin fertig. Ich bin alle. Ich leide.«

Irmi schwieg.

»Sie müssen kommen!«, fuhr er fort. »Mit Ihren Kollegen. Und mit der Hundestaffel. Sie müssen Jolina suchen!«

Ach, kürzlich hatte er sie noch wüst beschimpft, und nun sollten sie kommen?

»Machen wir«, sagte Irmi nur und legte auf.

»Was war das?« Kathi stand schon eine Weile da, aber sie hatte natürlich nur Irmis Fragen gehört. »Jolina soll entführt worden sein?«

Irmi gab kurz den Inhalt des Gesprächs wieder.

»Das stinkt doch zum Himmel! Erst sitzt sie in U-Haft, dann ist sie frei – und schwups, weg ist sie! Das haben die sich doch ausgedacht, diese beiden!«

»Das wäre eine Möglichkeit. Die andere wäre, dass Jolina wirklich abgehauen ist, ohne dem guten Marius was zu sagen. Fährt ihr Auto in die Garage und verschwindet klammheimlich. Vielleicht ist sie doch nicht so dicke mit ihm.«

»Aber damit gesteht sie doch ihre Schuld ein, die kleine Paris mit ihren Drogen ausgeknockt zu haben!«

»Ja, das sieht leider so aus«, sagte Irmi leise. Denn egal, ob die beiden unter einer Decke steckten oder Marius wirklich nicht wusste, wo sein Schatzerl abgeblieben war: Jolina war weg, und das mitten in einer Ermittlung. Das sah gar nicht gut aus für sie.

Irmi beauftragte das Hasenteam, in der Tiefgarage Spuren zu sichern. Dann machte sie sich mit Kathi auf den Weg.

Als sie schließlich in Murnau ankamen, pfiff ein schneidender Wind durch die Straßen. Sie läuteten, und Hohenester meldete sich an der Gegensprechanlage.

»Fahren Sie doch bitte mit dem Aufzug in die Tiefgarage. Wir kommen direkt dort hin«, sagte Irmi.

Der Summer ging, sie standen im Eingangsbereich und wandten sich einer Treppe zu, die ins Untergeschoss führte. In der Tiefgarage standen momentan vier Autos. Jolinas Wagen war leicht zu identifizieren. Ein Fiat 500 L in Jeansblau, am Heck klebte ein Sticker mit der Adresse von Jolinas Blog.

Hohenester kam herangeeilt. Er war blass, und seine Haare waren nicht gegelt wie sonst. Er schien ehrlich besorgt, aber auch das konnte alles Show sein.

»Das ist ihr Auto?«

»Ja.«

»Haben Sie einen Zweitschlüssel?«

Er nickte. »Oben am Schlüsselbrett.«

»Dann holen Sie den bitte!«

Er verschwand wieder, und Irmi schaute währenddessen in das Auto. Auf dem Rücksitz lagen ein kleiner Rucksack, Gummistiefel, Hausschuhe in Einhornform, ein Anorak. Sie schluckte.

Wenig später kam Hohenester zurück. Gleichzeitig traf der Hase mit seinen Leuten ein. Irmi überreichte ihnen den Autoschlüssel.

Hohenester wiederholte die Geschichte. Er hatte Jolina von der Dachterrasse aus gesehen, wie sie in die Straße einbog. Natürlich hatte er erwartet, dass sie gleich käme. Nach ungefähr dreißig Minuten war er in die Garage gegangen, hatte dort jedoch nur das Auto vorgefunden mit den Sachen von Paris auf der Rückbank. Und Jolina war weg.

»Haben Sie sie angerufen?«

»Tausende Male«, sagte er pathetisch.

»Geben Sie mir bitte die Nummer?«

Er nannte sie, und Kathi tippte sie in ihr Handy ein.

»Wo könnte sie hingegangen sein? Freunde? Verwandte?«

»Sie hat doch nur noch mich!« Wieder dieses Pathos.

Man sah Kathi an, dass sie kurz vor der Explosion stand. »Gibt es einen Ort, eine Stelle, wo sie sich zurückziehen würde?«

»Nein, ich weiß keinen. Hier bei mir war ihr Hafen!«

»Sie überlegen bitte, wo Jolina sein könnte!«, raunzte Kathi ihn an. »Hat sie etwas mitgenommen?«

»Nein, eben nicht. Drum wurde sie ja auch entführt!«

»Warum sollte sie entführt worden sein? Ich frage noch

mal: Gab es Lösegeldforderungen? Oder Drohungen im Vorfeld? Irgendwas, was Ihre Vermutung nährt?«, fragte Irmi.

»Nein, aber …«

»Marius, Sie überlegen und rufen mich an, sobald sie sich meldet, ja?«

Er nickte. Irmi ging zum Hasenteam hinüber. Sie hatten sich das Auto vorgenommen.

»Auffällig ist nur, dass auf der Rückbank ein nasser Fleck ist«, sagte der Hase.

Ein nasser Fleck im Auto!

»Das war wahrscheinlich das Einhorn aus Schnee. Es dürfte geschmolzen sein«, sagte Irmi leise.

Der Hase sah sie an, als wäre sie nicht mehr ganz zurechnungsfähig. Irmi nickte kommentarlos dem Hasenteam zu und verließ fluchtartig die Garage. Kathi folgte ihr.

»Dieser Marius verarscht uns doch!«, rief sie erbost.

»Oder aber Jolina hat auch den Verdacht, dass ihr Assistent Paris sediert hat. Vielleicht war er es wirklich – und zwar aus abgöttischer Liebe zu seiner Meisterin. Um ihr und ihrem Wirken Ruhe zu verschaffen. Das hat sie nicht ertragen und ist weg.«

»Könnte natürlich auch sein. Was machen wir jetzt?«, fragte Kathi.

»Handy orten. Fahndung nach dem Mädchen. Flughafen, Bahn. Was, wenn sie sich was antut?«

»Ist La Jolina der Typ, der sich was antut?«, fragte Kathi rüde.

Irmi schluckte hinunter, was sie zu sagen gedachte. Kathi, du bist voreingenommen und gefühllos. Aber sie war gut im Schlucken.

Die Ortung des Handys ging schnell. Es war in Murnau eingeloggt, und sie entdeckten das Gerät schließlich in einer Schneewechte.

»Da. Sie hat es weggeworfen. Die ist auf der Flucht!«, rief Kathi.

Irmi tendierte inzwischen eher zur Ansicht, dass Hohenester am Theater nicht bloß Schauspieler geschminkt hatte, sondern sich selbst so einiges zum Thema Verstellung angeeignet hatte. Er verschaffte Jolina Luft. Zwar hatten sie die Flughäfen im Blick, aber das war im Grunde lächerlich. Sie konnte beispielsweise mit dem Zug sonst wohin in Europa gereist und von dort weggeflogen sein. Wahrscheinlich war sie längst in Rio.

Aber irgendwo in Irmis Gehirn hatte sich ein Gedanke auf den Weg gemacht. Was, wenn sie wirklich entführt worden war? Von wem? Was war eigentlich mit dem Vater des Kindes? Vielleicht wusste Jolina sehr wohl, wer er war, und der Vater hatte mitbekommen, dass sein Kind tot war?

»Wir können in dieser Sache momentan nicht viel unternehmen. Andrea soll mal sehen, ob sie den Vater des Kindes auftreiben kann oder vielleicht Jolinas Eltern findet. War da nicht die Rede davon, sie habe ihren Vater erst kürzlich wiedergetroffen? Aber ohne Jolina sind wir letztlich aufgeschmissen, also tun wir erst mal das, was wir ursprünglich vorhatten. Wir haben einen richterlichen Durchsuchungsbeschluss für das Haus von Göldner, also fahren wir jetzt mit Frau Mutschler ins Allgäu. Wir holen sie ab wie gestern besprochen.«

Frau Dr. Mutschler stand schon vor der Tür und wartete. Sie wirkte gefasst. Irmi stieg aus.

»Frau Mutschler, wir wissen es zu schätzen, dass Sie mit uns kommen«, sagte sie. »Wenn Sie das Gefühl haben, Sie können nicht mehr, dann brechen wir jederzeit ab, ja?«

»Danke, aber ich möchte selbst dorthin«, erklärte Beate Mutschler. »Der Besuch im Haus bringt mir Markus ein wenig zurück. Ich möchte begreifen, also ...«

Es war ihr anzumerken, dass sie unter Medikamenteneinfluss stand. So ganz glücklich war Irmi mit der Situation nicht, aber sie wollte das Haus auch nicht aufbrechen lassen. Und man wusste nicht, was der Besuch in Beate Mutschler hervorspülen würde. Sie brauchten einen neuen Impuls bei der Klärung dieses Mordfalls. Es gab so viele Verdächtige, aber nichts Beweisbares. Irmi erhoffte sich vom Haus irgendwas – die Zauberformel, den Zaubertrank, die Erleuchtung.

Sie stiegen in das Auto ein, Beate Mutschler saß auf dem Beifahrersitz und Kathi neben ihr. Sie stellte das Navi an und runzelte die Stirn.

»Das dauert ja ewig! Wo liegt das Haus denn?«

»Schon abgelegen«, meinte Beate Mutschler. »Aber sehr schön. Und das Navi schlägt meist eine etwas längere Strecke vor. Die kürzeste ist etwas ... nun ja ... verwirrend.«

12

Und so verließen sie Murnau, fuhren durch Bad Kohlgrub und Saulgrub und hielten nordwärts auf Peiting zu.

»Sind Sie denn weitergekommen mit Ihren Ermittlungen?«, erkundigte sich Beate Mutschler.

»Nun, es gibt einige Menschen, denen Ihr Partner gehörig auf die Füße getreten ist«, sagte Kathi.

»Das ist doch klar, wenn man für etwas eintritt«, meinte Beate Mutschler.

»Zuletzt ging es ihm um Windkraft«, erklärte Irmi. »Ganz konkret um einen Fall in der Nähe der Höhlmühle. Sagt Ihnen der Name Schickler etwas?«

»Ja, sicher! Markus hat ihn beobachtet, wie er das Nest eines Milans ausgeräumt und beide Altvögel erschossen hat. Stellen Sie sich das mal vor! Viele Greifvögel wurden fast ausgerottet. Man sieht es schon an den Namen: Der Hühnerhabicht wurde verfolgt, der Lämmergeier quasi ausgerottet, dabei stiehlt der Bartgeier, wie der richtige Name lautet, gar keine Lämmer, sondern ist ein Aasfresser. Es ist noch gar nicht so lange her, dass man statt von Raubvögeln von Greifvögeln spricht.« Inzwischen wirkte sie wacher. Dieses Thema war ihr wichtig und weckte ihre Lebensgeister. »Hierzulande gibt es viele Greifvogelhasser, und nicht wenige stellen dem Raubzeug – wie die das nennen – mit allen Mitteln nach: mit Schlagfallen, illegalem Abschuss und vor allem mit Gift. Der Rotmilan nimmt gerne Aas auf und wird dabei leider zur leichten Beute für Giftmörder. Und wäre das alles nicht schon schlimm genug, kommt jetzt auch noch die Windkraft!«

»Und die Milanhorste müssen weg, weil die projektierte Anlage sonst nicht gebaut werden darf?«, fragte Irmi, die sich nach vorne gebeugt hatte.

»Ja eben! Der Milan ist in mehrfacher Hinsicht der Verlierer. Viele Rotmilane kommen durch Stromschlag an Mittelspannungstrassen um. Dabei müsste das gar nicht sein: Das Bundesnaturschutzgesetz hat auch die bayerischen Stromversorger verpflichtet, alle gefährlichen Trassen vollständig zu sichern. Erfüllt ist diese Verpflichtung aber noch lange nicht. Und dann noch der Windkraftboom, völlig richtig. Der Rotmilan hat leider keine Angst vor den flügelschlagenden merkwürdigen Gesellen. Von allen heimischen Vogelarten gerät er am häufigsten in den tödlichen Sog der Rotoren: Die Dunkelziffer ist riesig.«

»Man sieht sie aber wieder häufiger«, bemerkte Irmi.

»Das sollte aber nicht darüber hinwegtäuschen, dass der Vogel es schwer hat: Rotmilane sind erst mit drei Jahren geschlechtsreif und legen meist nur zwei bis drei Eier. Die Brutdauer und die Nestlingszeit sind lang und sehr störungsanfällig. Und wenn ein Vogel tatsächlich durchkommt, dann meuchelt einer wie Schickler die Brut!«

»Ihr Partner Markus Göldner hat Fotos gemacht, Frau Mutschler. Von Schickler auf der Leiter.«

»Ich weiß.«

»Darauf ist aber wenig zu sehen, leider«, sagte Irmi.

»Aber wir haben den Horst beide vorher gesehen, verstehen Sie? Ich war dort. Und auf einmal war alles weg.

Rückstandslos, kein Gewölle, rein gar nichts! Natürlich hat Schickler den Horst entfernt und die Altvögel erschossen. Ich hab das gesehen. Vorher und nachher.« Sie schluckte. »Glauben Sie, dass Schickler, ich meine …«

»Zumindest hätte der ein Motiv gehabt«, sagte Irmi.

»In jedem Fall! Was glauben Sie, was der an Pacht abzockt!«

»Davon haben wir schon gehört. Sagen Sie, kennen Sie das Unternehmen Windwards?«

»Kennen wäre falsch. Aber wir hatten mit einem Vorstand eine Präsentation, und die Windwards gibt zumindest an, dass sie sehr an Artenschutz interessiert ist. Dass sie im Vorfeld alles ganz genau auf Rechtmäßigkeit und Umweltverträglichkeit prüft, weil der Ärger hinterher weit mehr Geld kostet. Inwieweit das stimmt, nun ja … Jedenfalls ist Windwards im Reigen der Hersteller sicher nicht der Übelste.«

»Sie würden also auch eher sagen, dass der Milanmord auf das Konto von Schickler geht?«

»Die Windwards findet auch einen anderen Standort. Schickler aber kommt in seiner erbärmlichen Restlebenszeit nie mehr zu so viel Geld!«

Kathi und Irmi waren sich nicht sicher gewesen, ob sie mit ihrem Verdacht gegen Caviezel noch hinter dem Berg halten sollten. Sie wussten zu wenig, sie konnten nicht einschätzen, wie Mutschler reagieren würde. Aber nun beschloss Irmi doch, den Ball zu spielen.

»Frau Mutschler, wussten Sie, dass der Kompagnon Ihres Freundes an der Windwards beteiligt ist?«

»Was? Jürg? Jürg Caviezel?«

Das kam so schnell, so überrascht, das konnte nicht gespielt sein.

»Wir wissen auch noch nichts Genaueres, Herr Caviezel ist auf Geschäftsreise, aber merkwürdig ist das schon«, sagte Irmi zögerlich. »Wusste Markus Göldner davon?«

Sie wirkte immer noch völlig konsterniert. »Ich glaube nicht! Das hätte er mir doch erzählt. Sein eigener Partner … Das kann ich mir nicht vorstellen …«

Was Irmi bisher über Markus Göldner gehört hatte, weckte in ihr den Verdacht, dass er sehr wohl von Caviezels Beteiligung gewusst, seiner Freundin diese Tatsache aber verschwiegen hatte. Irmi hatte ein merkwürdiges Gefühl, was Göldner betraf, obwohl sie ihn nie kennengelernt hatte.

»Lassen wir das momentan hintangestellt«, meinte sie. »Wir wollen uns jetzt erst mal das Haus ansehen. Und wie gesagt, sobald Sie sich unwohl fühlen, sagen Sie es uns bitte!«

Beate Mutschler nickte. Schweigend fuhren sie auf der B 12 durch eine verschneite Landschaft, und Irmi hatte den Eindruck, dass es immer winterlicher wurde, je weiter sie westwärts kamen. Ein schwäbisches Sibirien war dieses Allgäu! Am Horizont drehten sich träge ein paar Windkrafträder.

»Die haben Markus auch immer gestört«, sagte Beate Mutschler und bat Kathi abzubiegen. Es gab Industriebauten auf der Linken und in Unterthingau ein schmuckes Gebäude in Orange.

»Was haben die denn so ein fettes Rathaus?«, wollte Kathi wissen.

»Das war im 15. Jahrhundert Sitz eines Dorfgerichts des Fürststiftes Kempten, später ein Niedergericht und nach der Säkularisation sogar ein Gasthof. Heute wird da gerne geheiratet …«

Beate Mutschler schluckte schwer, und Irmi machte sich Sorgen. Sie hatte Sailer und Sepp gebeten, in einem zweiten Auto mit einem gewissen zeitlichen Abstand hinterherzukommen, und das Hasenteam war ebenfalls unterwegs. Sie kamen an einer Neubausiedlung vorbei, die hinter einem Wall lag.

»So hätte Markus nie wohnen wollen. Alles energetisch top, aber kein Raum mehr für die Natur.«

Auch Irmi hätte nicht hinter so einer Palisade wohnen wollen. Kathi schwieg, und es kam erst wieder Leben in sie, als sie auf Mutschlers Geheiß nach Beilstein abbog.

»Spinn i, das ist ja der Arsch der Welt! Und die Straße auch nicht geräumt!«

Was nicht ganz stimmte. Die Straße, die lange durch einen Wald führte, war schneebedeckt, aber durchaus griffig. Auf einmal tat sich weites Land auf, ein Weiler tauchte auf. Sogar eine bewirtschaftete Alpe gab es. Und einen gediegenen, gepflegten Hof, der Urlaub auf dem Bauernhof offerierte.

Hier war man wirklich auf dem Land, dachte Irmi und betrachtete amüsiert ihre Kollegin, die zu befürchten schien, dass der Yeti sie gleich anfallen würde. Kathi bog widerwillig in einen Feldweg ein, den nur noch eine Traktorspur geplättet hatte.

»Wenn ich hier mit dem Auto verhock! Ich sag es euch!«

»Es ist gleich dahinten«, meinte Mutschler. Zweihundert Meter weiter konnte man vor einem Zaun parken. Sie stiegen aus und stapften durch den Schnee auf das Tor zu. Noch immer pfiff ein scharfer Wind übers Land. Dass das Haus überhaupt zu sehen war, lag nur an der Jahreszeit. Im Sommer war es vermutlich zwischen dem dschungelartigen Baumbestand verborgen.

Jetzt im blätterlosen Winter war es, als stünden sie mitten im Zauberwald eines Fantasyfilms. Beinahe erwartete Irmi, dass auf den kahlen Ästen plötzlich bunte Blumen ausschlugen, in Pink und Türkis vielleicht.

»Sie schauen so?«, fragte Beate Mutschler. »Der Garten ist ein Lehrstück für vogelgerechte Gestaltung. Sie müssten das im Sommer sehen. Ein Traum! Markus hat Hecken gepflanzt, die von den Vögeln wirklich genutzt werden. Statt hässlicher Thujen hat er zum Beispiel Gemeinen Schneeball ausgesucht. Der wird vier Meter hoch, und die Früchte schmecken Vögeln besonders gut. Das Beste aber ist die Ruine.« Sie wies nach rechts, wo etwas stand, das an eine irische Kirchenruine erinnerte.

»Was ist das?«, fragte Kathi. »Stand hier mal eine Kapelle?«

Beate Mutschler lächelte. »Nein, das ist eine Fake-Ruine. Markus hat sie für die Eidechsen und den Uhu gebaut, der gerne in Steilwänden auf engen Simsen brütet.«

»Aha«, kommentierte Kathi, der es anzusehen war, wie viel Freude sie daran hatte, wadentief im Schnee zu stehen und derartigen Ausführungen zu lauschen.

»Auch die Schlehe mit den Schlehenfrüchten ist ein perfekter Vogelbaum. Oder die Felsenbirne«, fuhr Beate Mutschler fort. »Die Wiesenrose dort und die Kornelkirsche sind wichtige Bienennährpflanzen. Früher hat jede Hausfrau Hagebuttenmarmelade gekocht und ein Likörchen aus der Kornelkirsche hergestellt. Man tut ja heute grad so, als wäre vogelfreundliches Pflanzen eine Albernheit. Aber das ist einfach nur altes Wissen!«

»Heute hat man lieber gschleckte Gärten mit Parkrasen und dämlichen Rasenrobotern!«, meinte Irmi. Sie hatte zwar keine Zeit, einen Bauerngarten zu pflegen, aber auch sie bekam das Grauen angesichts der Monokultur von Thujen und Buchsbaum. In Schwaigen hatte sich die Natur einfach selbst ihren Weg gebahnt. Und Bernhard ließ für seine Bienen sogar Blühstreifen stehen – er, der Silolandwirt, der ein typischer Vertreter seiner Zunft war und natürlich jeden Halm nutzen wollte. Der immer so eng an die Straßen und Wege zäunte, dass er am liebsten die Pfähle in den Teer gesteckt hätte. Bloß keinen Zentimeter Grund verschenken. Die meisten betrieben Naturschutz nur, wenn sie selber betroffen waren. Auch Bernhard machte nur wegen seiner Bienen eine Ausnahme.

»Woher kommt, ähm, kam denn bei Markus Göldner die Begeisterung für den Vogelschutz?«, fragte Irmi.

»So ganz genau weiß ich das auch nicht. Markus hat wenig über seine Vergangenheit geredet. Er hat nur mal gesagt, er sei mittlerweile ein anderer als noch vor zehn Jahren. Er habe gemerkt, dass man im Leben Spuren hinterlassen müsse. Nicht nur materielle Spuren.« Sie zögerte. »Bei mir war es erst Trotz. Mein Ex-Mann war Jäger, einer von der üblen Sorte. Kein Heger, sondern ein Waffennarr. Ich musste öfter mit, wenn er mit seinen arroganten Spezln jagen war, und habe selbst einen Jagdschein gemacht. Was die Wildtierbiologie betrifft, war das auch sehr interessant, aber ich hasse Waffen! Nach der Trennung hab ich mich weiter für Tiere interessiert, ohne sie erschießen zu müssen. Über eine Kollegin bin ich dann zum LBV gekommen.«

»Der Tierschutz war ein Bindeglied zwischen Ihnen?«, fragte Irmi.

»Na ja, ich hatte mich auf einem Partnersuchportal für Akademiker angemeldet, es war ebendiese Freundin gewesen, die mich dazu überredet hatte. Und da hatte ich auch einige Dates. Es waren natürlich jede Menge Flitzpiepen dabei. Markus war der Erste, der über mehr reden konnte als über sein Bankkonto.« Sie schluckte schwer.

Aus einem Busch flogen Spatzen auf. »Auch so was«, bemerkte Beate Mutschler, als sie sich wieder etwas gefangen hatte. »Der Spatz stirbt aus. Und warum? Der Vorgartenbesitzer eliminiert die Blattläuse mit Chemie. Wildkräuter und lange Gräser gibt's ja schon lange nicht mehr. Heutzutage baut und saniert man Gebäude so perfekt, dass keine Brutplätze für Vögel mehr bleiben. Mal passt das Nahrungsangebot, mal gäbe es eine feine Behausung, aber der Spatz überlebt nur, wenn er beides vorfindet. Er ist kein großer Flugkünstler, deshalb müssen Futter und Nest eng beieinanderliegen. Man könnte auch im Kleinen so viel für die Vögel machen. Ich werde kurz noch die Futterhäuschen auffüllen.«

Beate Mutschler ging zu einem Schuppen und schien darin etwas zu suchen, während Irmi und Kathi im Schnee standen und ihr zusahen, wie sie Vogelhäuser bestückte und Meisenknödel aufhängte.

»Der Ex war Jäger«, raunte Kathi Irmi zu. »Der kann

auch schießen. Was, wenn der den Nachfolger abgeballert hat?«

»Der Gedanke ist mir auch gerade gekommen. Aber die sind doch schon lange getrennt. Warum sollte er jetzt den Nachfolger abknallen?«

»Irmi, auf Liebe folgt Hass, und der hält bei vielen ewig. Was weißt du, was das für ein Typ war? Die Arzthelferin hat ja auch gesagt, dass Beate Mutschlers Ex ein unangenehmer Arsch war.«

»Kathi, leise! Damit will ich sie jetzt nicht auch noch konfrontieren. Es ist schon belastend genug, in das Haus des verstorbenen Partners gehen zu müssen«, zischte Irmi.

Beate Mutschler kam zurück und sperrte das Haus auf. Sie klopften die Stiefel in einem Windfang ab, von dem aus eine Schiebetür in einen gewaltigen Raum führte. Niemand hatte den großen Kamin eingeheizt, und doch umfing das Haus den Besucher mit einer inneren Wärme. Der Raum hatte auf den ersten Blick etwas von einer kanadischen Lodge. Eine große Couch stand frei vor dem Kamin, bunte Kissen in Folkloremustern lagen verstreut. Auf den zweiten Blick fiel ein gewaltiger Totempfahl auf, der mittig im Zimmer stand und Teil der Ständerkonstruktion des Hauses war. Der Boden bestand aus geschliffenen Bohlen, und an fast allen Wänden wuchsen Bücherregale bis zur Decke. Eine Holztreppe führte ins Dachgeschoss hinauf.

»Darf ich?«, fragte Irmi.

Beate Mutschler nickte.

Irmi stieg hinauf. Der Pfahl endete in den Dachbalken. Ein schwerer dunkler Holzschreibtisch, schlicht und schnörkellos, stand vor einem bodentiefen Fenster, das Raubvogelsilhouetten trug. Man blickte ins Grüne, der Raum verschmolz mit der äußeren Umgebung. Über einer Kommode stand der bekannte Text:

Erst wenn der letzte Baum gerodet,
Der letzte Fluss vergiftet,
Der letzte Fisch gefangen ist,
Werdet ihr feststellen,
Dass man Geld nicht essen kann.

»Hmm«, machte Kathi, die mit Beate Mutschler hinterhergekommen war. »Das ist jetzt aber schon ein bisschen abgeschmackt, oder? Diese Zeilen stehen doch in jeder Studenten-WG.«

»Wenn etwas richtig ist und berührt, ist es deshalb nicht schlechter«, sagte Beate Mutschler leise. »Im Übrigen befürchte ich, dass Sie in heutigen WGs den Spruch nicht mehr finden werden.«

Irmi ließ den Blick weiter schweifen. Gegenüber vom Schreibtisch, auf der anderen Seite des Giebels, stand ein riesiges Bett. Die Bettwäsche trug ebenfalls indianische Motive in Rot und Schwarz.

»Ein sehr ungewöhnliches Haus«, kommentierte Irmi.

»Markus hat sich an indianischen Langhäusern orientiert. Er hat zwei Semester in Vancouver studiert und sich mit den Haida beschäftigt. Unten gibt es aber eine moderne Küche und ein gänzlich unindianisches Bad«, sagte Beate Mutschler mit leicht aggressivem Unterton. »Und was glauben Sie, was Sie hier finden werden?«

»Nun, in jedem Fall den privaten Computer von Markus Göldner. Unterlagen, Briefe, Akten – irgendetwas, was uns vielleicht einen Weg weist, der keine Sackgasse ist«, erklärte Irmi.

»Und so leid es mir auch tut, Frau Mutschler, und bei allem Respekt vor Ihrer Trauer: Ihr Freund ist auf ziemlich vielen Kriegspfaden gewandelt«, fügte Kathi hinzu. »Und er hatte jede Menge Kriegsbeile ausgegraben.«

Irmi zuckte innerlich zusammen. Hoffentlich hatte Kathi keine weiteren indianischen Vergleiche im Köcher.

»Gehen wir wieder runter«, sagte sie schnell. »Wir lassen später die Spurensicherer rein, die sollen das Haus genauer unter die Lupe nehmen. Hätten Sie eventuell ein Glas Wasser?«

Beate Mutschler nickte und ging vorneweg. Die Küche war aus wunderschön gemasertem Holz gearbeitet, ganz modern und doch verwurzelt in etwas, das Irmi ergriff. An der Wand hing ein weiterer Sinnspruch: *»Du kannst den Regenbogen nicht haben, wenn es nicht irgendwo regnet.«*

Ihr Blick blieb an zwei Fotos hängen, die in Schwemmholzrahmen gefasst waren und auf einem Bord standen. Das eine elektrisierte Irmi. Sie deutete auf die Bilder. »Frau Mutschler, wer ist das?«

»Das hier sind Markus' Eltern. Beide sind verstorben. Und das andere Bild zeigt seine Enkelin.«

»Ach, er hatte schon eine Enkelin?«, hakte Irmi nach.

»Ich weiß wenig darüber. Er hat wohl erst kürzlich mit seiner Tochter aus erster Ehe wieder Kontakt aufgenommen. Oder sie mit ihm. Wie gesagt, wir haben nicht dauernd über die Vergangenheit und unsere gescheiterten

Beziehungen geredet. Die Zukunft ist oder besser gesagt war vielversprechender …« Sie kämpfte nun doch mit den Tränen, und Irmi hoffte sehr, dass sie nicht zusammenbrechen würde. Vielleicht war der Besuch hier doch eine Dummheit gewesen, eine sinnlose Übersprunghandlung, weil ihnen einfach nichts mehr eingefallen war.

Irmi durchbohrte das Bild mit ihrem Blick. Auch Kathi fixierte das kleine blonde Mädchen auf dem Foto. Es war sehr hübsch und zart. So zart. Paris! Daran bestand überhaupt kein Zweifel.

»Frau Mutschler, haben Sie seine Tochter kennengelernt? Oder die Enkelin?« Irmi hoffte, dass man das Beben in ihrer Stimme nicht hören würde.

»Nein, wir, Markus und ich, wir … kennen uns erst seit dem Frühsommer. Wir wollten es langsam angehen lassen. Nach all dem, was vorher war … Im Sommer waren wir viel mit Vogelschutzprojekten befasst, ich habe meine Praxis und Markus sein Büro. Die Tochter habe ich bisher noch nicht gesehen. Ich weiß nur, dass Markus mal gesagt hat, er wundere sich, dass sie mit ihrem Job so viel Geld verdiene. Ich hätte die Tochter sicher demnächst mal kennengelernt, wenn nicht …« Wieder kämpfte sie mit den Tränen. »Warum fragen Sie?«

Kathi war schneller als Irmi. »Nur so. Wenn er intensiven Kontakt zur Tochter gehabt hätte, dann hätte sie uns vielleicht auch etwas Erhellendes erzählen können. Wo die Tochter wohnt, wissen Sie nicht zufällig?«

»Sie als Polizei werden das ja wohl herausfinden können!« Beate Mutschler klang wieder aggressiv.

»Natürlich.«

Wo Jolina bislang gelebt hatte, wussten sie ja nur zu gut. Allerdings hatten sie keine Ahnung, wo sie jetzt steckte.

Mittlerweile waren Sepp und Sailer mit dem zweiten Auto eingetroffen.

»Die Kollegen würden Sie jetzt heimfahren, Frau Mutschler«, sagte Irmi. »Wir warten hier noch auf die Spurensicherung. Herzlichen Dank für Ihre Hilfe und Ihr Entgegenkommen. Mir ist klar, dass Ihnen das nicht leichtgefallen ist.«

»Sie bringen aber nicht das ganze Haus durcheinander?«, vergewisserte sich Beate Mutschler.

»Nein, keine Sorge.« Irmi drängte Beate Mutschler dezent zur Tür und ging mit ihr durch den Winterschattengarten. Sailer bot der Hausherrin Kaffee aus der Thermoskanne an und stellte gleich eine Frage zur Anlage des Gartens. Irmi hätte ihn küssen mögen. Und so merkte Beate Mutschler auch nicht, dass Irmi und Kathi völlig durch den Wind waren.

Markus Göldner war der Vater von La Jolina!

Sobald der Wagen losgefahren war, kehrte Irmi ins Allgäuer Langhaus zurück. Ruhelos tigerte Kathi auf und ab.

»Paris ist die Enkelin, Jolina seine Tochter«, sagte sie. »Er ist tot, und die Kleine ist auch tot. Jolina ist weg. Das ist doch kein Zufall!«

Irmi war auf die Lehne der Couch gesunken. »Aber wieso? Wo willst du einen Zusammenhang sehen? Markus Göldner wurde Silvester erschossen und das Engerl einige Tage später vergiftet. Da sind diese ganzen Händel und offenen Verbalkriege, die Göldner wegen seines Vogelschutzes geführt hat. All die Feinde. Seine Feinde. Rieser, der

Schwager, der Graubündner … Was soll das alles mit Paris zu tun haben?«

»Wie lange machst du jetzt den Job?«, fragte Kathi ungewöhnlich leise.

»Lange, manchmal glaub ich sogar zu lange.«

»Lange genug, um zu wissen, dass das kein Zufall sein kann. Wir müssen sofort ins Internet. Sofort alles über diese erste Ehe erfahren. Los!«

»Ich rufe Andrea an, sie hat ja schon einiges über Göldner zusammengetragen. Sie soll speziell nach der Enkelin suchen. Und ja, wir fahren sofort zurück.«

Wenn man es eilig hat, wenn etwas die Seele quält, wenn die Verheißung wartet, werden Fahrstrecken endlos. Wenn man zum Zahnarzt oder zu einer Prüfung muss, verfliegt die Zeit und schrumpfen die Kilometer. Irmi und Kathi waren aufs Höchste angespannt, als sie Garmisch – endlich – erreichten.

Andrea erwartete sie. Sie sah blass aus, wo sie doch sonst immer ein Rotbäckchen war.

»Ja, ich habe ein paar Teile zusammengebastelt … äh ja. Ich …«

»Andrea, können wir die Puzzleteile mal hören?«, fragte Kathi und schien sich um einen neutralen Ton zu bemühen.

»Also, Markus Göldner ist echt der Vater von La Jolina. Die hieß damals Johanna Schmitz. Und er Markus Schmitz.«

»Aha, und warum heißt er jetzt Göldner?«, hakte Irmi nach.

»Er hat sich von seiner ersten Frau Petra Schmitz getrennt und nach einem knappen Jahr erneut geheiratet. Eine Evelyn Göldner. Und deren Namen hat er angenommen. Nach zwei Jahren war die nächste Scheidung, den Namen hat er aber behalten.«

»Weil Göldner auch besser klingt als Schmitz!«, rief Kathi dazwischen. »Ich würde eher einen Architekten anheuern, der Göldner heißt, als einen Schmitz. Das klingt so nach Ruhrpott-Proll.«

»Ja, Kathi, schön, dass du solche Vorurteile hast«, konterte Irmi. »Andrea, und wo kam Markus Göldner noch mal her?«

»Er stammt aus Velbert. Das liegt zwischen Essen und Wuppertal. Dann ist er in die Schweiz gegangen, nach Chur, wo er wohl den Caviezel kennengelernt hat. Zu der Zeit war er schon zum zweiten Mal verheiratet. Und nach der Scheidung ist er nach Kempten.«

»Wie alt mag Jolina gewesen sein, als er ging?«, überlegte Irmi.

»Da hieß sie noch Johanna Schmitz«, meinte Andrea.

»Mit einem Namen wie Johanna Schmitz kann man ja auch nichts werden. Dann schon eher als La Jolina«, bemerkte Kathi. »Und vor vier Jahren wurde die Enkelin geboren, die Markus Göldner gekannt und geliebt haben muss, sonst hätte er nicht ihr Bild aufgestellt. Von Jolina selbst, von ihrem Wiener Deppen und vom Architektenkollegen haben wir ja schon gehört, dass sie erst seit Kurzem wieder mit dem Vater Kontakt hatte. Das würde aber heißen, dass da jahrelang Sendepause war, oder?«

»War wohl auch, weil … Also, ich glaube, dass erst die

Enkelin sein Herz erweicht hat … ähm, ja, das Schweigen gebrochen hat …« Andrea klang unglücklich.

»Warum musste denn die Enkelin sein Herz erweichen, Andrea?«, fragte Irmi nach.

»Er verlässt seine pubertierende Tochter! Ist doch klar, dass die sauer auf ihren Papi ist«, unterbrach Kathi erneut.

»Ähm, eher war er auf sie sauer. Also passt auf. Ich hab ein wenig kreuz und quer gelesen, den Namen gegoogelt, also die Namen der ganzen Familie … ähm … also …«

»Andrea!«, riefen Irmi und Kathi unisono.

»Okay, es ist eine ganz fiese Geschichte. Am Silvesternachmittag 2006 ging eine Frau mit ihren beiden Pferden auf einem Stoppelfeld an der Nierenhofer Straße in Velbert entlang, unweit der Gaststätte zur Wilhelmshöhe. Es war … ähm … wenig los auf der Straße, die Pferde waren eher ruhige Tiere. Ein junges Mädchen radelte auf einem Fahrrad hinter der Gruppe her. Und dann gab es, also, es gab einige Explosionen. Ich habe hier diverse Zeitungsausschnitte, da steht, dass ein Zeuge, der ebenfalls mit dem Rad unterwegs gewesen war, total erschrocken ist. Es muss wahnsinnig laut gewesen sein. Jedenfalls rannten die Pferde auf die Straße. Sie schafften es noch, an einem Opel Astra Kombi vorbeizukommen, aber auf der Gegenfahrbahn fuhr ein Sattelschlepper. Das eine Pferd ist gegen das Fahrerhaus geprallt und wurde auf den Pkw zurückgeschleudert. Das zweite Pferd geriet in den Aufbau. Beide Pferde waren sofort tot, steht in den Artikeln. Der Lkw-Fahrer blieb wohl wie durch ein Wunder unverletzt. Er war anscheinend Ersthelfer. Ohne ihn hätte die Frau im Pkw nicht überlebt. In dem Astra saß eine Familie, die war unterwegs zu einem … ähm … Verwandtenbesuch. Die Familie hieß Novak und kam auch aus Velbert. Peter Novak fuhr, seine Frau Bettina Novak saß auf dem Beifahrersitz, die Tochter Sina hinten. Das Auto hat wohl Feuer gefangen. Ich hab euch ein paar Bilder ausgedruckt. Ähm, ja, Vater und Tochter sind am Unfallort gestorben, die Frau wurde herausgeschleudert und erlitt schwere Verbrennungen, und da steht, wartet: ›Sie konnte dank dem mutigen Eingreifen des Lkw-Fahrers und des Zeugen auf dem Fahrrad gerettet werden, bis dann die Notärzte eintrafen.‹«

Kathi hatte die Stirn kraus gezogen. »Ja und?«

Irmi schlug die Hand vor den Mund. »Und die Frau mit den Pferden, wer war das?«

»Eine gewisse Margit Lehmann«, berichtete Andrea.

»Also nicht die Frau von Göldner?«

»Nein, aber du bist, ähm, auf dem richtigen Weg. Das Mädchen, das die Böller gezündet hatte, also …«

»Das war Jolina? Echt?« Kathi war fassungslos.

»Das Mädchen, das diese Tragödie verursacht hat, hieß damals Johanna Schmitz. Zu dem Zeitpunkt vierzehn Jahre alt«, sagte Andrea leise.

»Das Mädchen von damals war wirklich unsere Internet-Queen La Jolina?«

»Ja, leider«, sagte Andrea. »Ich habe mit einem Kollegen in Velbert telefoniert. Er will uns die alten Akten schicken. Er erinnert sich noch gut an den Fall. Damals war er im Einsatz und hat selbst in der Wilhelmshöher Straße gewohnt, das war ganz in der Nähe vom Haus der Familie Schmitz im Eichenkreuzweg. Anscheinend ist das alles nicht weit weg von der Unfallstelle.«

»Kannte er Johanna oder Jolina?«

»Nein, aber er sagt, dass dies von allen Einsätzen seines bisherigen Lebens der schlimmste gewesen sei. Der Unfall. Die Pferdekadaver, die verbrannte Frau, ähm …«

Irmi lächelte. »Danke, dass du den Mann aufgetan hast, Andrea. Woher wussten die denn, dass es Johanna Schmitz war? Hat sie sich gestellt? Die muss doch selbst auch wahnsinnig erschrocken sein. Bestimmt ist sie erst mal abgehauen, oder?«

»Ja, ist sie. Aber der Radfahrer, also der Zeuge, der dazukam, war Hausmeister an ihrer Schule. Er wusste, dass er das Mädchen in der Schule gesehen hatte, also, es war eine Frage der Zeit …«

Andrea hatte einige Zeitungsausschnitte ausgedruckt und legte sie nun vor Irmi hin. Ein Bild war besonders grauenvoll. Man sah darauf das völlig zerstörte Auto, den Pferdekadaver, nebenan einen Lkw, zu dessen Füßen ein weiterer Pferdeklumpen lag. Irmi schluckte.

Es verging über eine Minute, bis Kathi hervorpresste: »Und der Kollege da oben, hat der noch mehr erzählt, Andrea?«

»Ja, er weiß, dass es mehrere Prozesse gab. Es waren wohl einige Verhandlungen, an denen Bettina Novak selber nicht teilnehmen konnte, weil sie im Krankenhaus lag. Der Anwalt der Familie Schmitz muss sehr gut gewesen sein, sagt der Kollege. Er war als Zeuge wohl auch an ein paar Prozesstagen dabei. Details will er uns noch schicken. Aber es war wohl so, dass man dem Mädchen keine Absicht nachweisen konnte. Es war ein dummer Streich, das konnte die Verteidigung am Ende so, ähm, festklopfen.«

»Wahnsinn!«, rief Kathi. »Dummer Streich! Ich glaub, ich spinn! Aber da muss es doch abgegangen sein in Velbert!«

»Dazu hab ich auch Artikel gefunden. Und Leserbriefe. Die einen wollten das Mädchen … ähm … ja … quasi steinigen. Die anderen warben um Verständnis. Könnt ihr ja auch mal lesen.«

Irmi war ganz an die vordere Stuhlkante gerutscht. Ein paar Böller, eine Geräuschkaskade, so lustig und so harmlos. Aber genau diese Böllerei hatte das Leben zweier Familien zerstört. Die Eltern des Mädchens hatten sich bestimmt komplettes Versagen vorgeworfen. Und das Mädchen selbst? Das schien sich gut erholt zu haben als glamouröse La Jolina. Die junge Frau war reich und berühmt. Und spurlos verschwunden.

»Boah, ey! Wenn das Soferl so was machen würde! Doch das würde sie nicht! Sie wüsste doch jede Sekunde, dass man neben Pferden keine Böller zündet! Und wenn sie so was getan hätte, ich glaub, ich hätt sie umgebracht!« Kathi stockte. »Nein, aber, aber … Mensch!« Manchmal schienen sogar Kathi die treffenden Worte zu fehlen.

Irmi atmete tief durch. »Das Soferl, ja. Das Soferl ist klug und kommt aus einer stabilen Familie.« Irmi lächelte. »Trotz seiner schnellen und manchmal lauten Frau Mama. Nein, im Ernst, du hast das wunderbar gemacht. Du und deine Mutter. Aber was weißt du über die Verfassung von Johanna Schmitz im Jahre 2006? Über die Familienverhältnisse?«

Kathi lächelte auch. »Danke. Schnell ist nicht so schlimm. Und laut ist manchmal notwendig, um gehört zu werden. Wenn die Schallwellen auslaufen, dann treffen sie noch so manchen. Wer schon flüsternd beginnt, wird leicht überhört.« Sie konnte sich einen Seitenblick auf Andrea nicht verkneifen.

»So philosophisch heut, Kathi?«, fragte Irmi amüsiert. »Nun gut, wir haben eine Vierzehnjährige, die indirekt zwei Menschen getötet und einen Menschen lebensgefährlich verletzt hat.«

»Und zwei Pferde hat sie umgebracht«, warf Andrea leise ein.

»Sie hat eine Tragödie verursacht«, fasste Irmi zusammen.

»Und zehn Jahre später schießt jemand den Vater vom Balkon. Und tötet das Kind. Ein Vater für einen Vater. Ein Kind für ein Kind«, sagte Kathi nun sehr leise – und wurde dennoch gehört.

Andrea starrte sie an. »Du meinst, ähm, du glaubst, jemand hat sich gerächt? Für damals? Dass all das mit dem Rieser und dem Schickler und dem Vogelschutz, dass das alles keine Rolle spielt?«

»Ja!«

»Aber jetzt? Warum jetzt, Kathi?«, fragte Andrea.

»Mir erscheint das auch etwas weit hergeholt. Extrem spekulativ«, warf Irmi ein.

»Mir nicht! Mir kommt das zum ersten Mal in diesem ganzen Vogelgeschmarre logisch vor.«

»Und in deiner Logik, wer war dann der Täter?«

»Na, entweder die Frau mit den Pferden. Oder, was ich für wahrscheinlicher halte, die Frau, die Mann und Kind verloren hat.«

»Ich weiß nicht«, meinte Irmi. »Warum nach zehn Jahren? Warum jetzt?«

»Was, wenn wir sie fragen? Diese Frau Novak muss doch aufzutreiben sein!«

»Nicht so leicht«, entgegnete Andrea. »Bisher hab ich sie noch nicht gefunden. Das habe ich, ähm, schon versucht.«

»Echt? Warum?«, fragte Kathi.

»Weil Andrea letztlich genauso verquer denkt wie du?«, konterte Irmi. »Nur leiser.«

»Wen es aber noch in Velbert gibt, ist die Frau mit den Pferden, Margit Lehmann«, fuhr Andrea fort. »Da macht der Kollege den Kontakt.«

Kathi grinste. »Oho, der Kollege. Der hat ja anscheinend mächtig Eindruck auf dich gemacht, was, Andrea? Du hast ja ganz rote Bäckchen. Schade, dass es kein Bildtelefon bei der Polizei gibt. Aber womöglich ist er ein ganz hässlicher alter Zwerg mit Glatzkopf.«

»Nein, er ist sechsunddreißig und sieht gut aus.« Andrea tippte auf den Bildschirm, auf dem das Konterfei eines äußerst sympathischen Mannes zu sehen war. Unter dem Foto stand, dass Polizeihauptmeister Lars Michalski in der Gesamtschule Velbert-Mitte Verkehrserziehung mache und auch als Vertrauensperson agiere.

Es war ein herrliches Schauspiel. Andrea hatte Kathi ausgeknockt. Irmi freute sich im Stillen.

Ansonsten war die Sache alles andere als witzig. Denn was, wenn ihre beiden jüngeren Kolleginnen recht hatten mit ihrer Ahnung? Was, wenn dieses ganze Vogelgeschmarre – wie Kathi es nannte – sie nur ins Leere geführt hatte? Was, wenn nach Rieser und Schickler auch Caviezel eine Niete gewesen war? Sie mussten in jedem Fall mit dieser Margit Lehmann reden.

»Was ist denn mit der Mutter von Jolina? Die sollten wir fragen«, schlug Irmi vor. »Lebt die noch in Velbert?«

»Da war ich auch dran. Da seid ihr aber grad gekommen«, sagte Andrea, die ihren Triumph sichtlich genoss.

»Und Jolina selber muss her! Jetzt noch dringender! Verdammt! Sie kann doch nicht unauffindbar sein.«

»Kathi, wenn sie sich abgesetzt hat, kann sie längst in China oder Südamerika oder sonst wo sein.«

»Wir haben die Passagierlisten gecheckt. Keine La Jolina. Und mit dem Zug kommt sie maximal durch Europa. Sie wird in Hamburg oder Rotterdam oder von mir aus in Genua kaum auf einem Frachtschiff angeheuert haben. Und sie wird auch keinen falschen Pass benutzt haben«, sagte Kathi. »Was für ein Scheiß! Aber du hast ja recht, wie soll man sie je finden, wenn sie nicht gefunden werden will?«

»Wir müssen die Listen nochmals auf Johanna Schmitz überprüfen lassen, sie kann mit ihrem alten Pass verreist sein. Mist!«, stieß Irmi aus.

Oder war sie doch entführt worden? Ein Vater für einen Vater. Ein Kind für ein Kind. Das hallte in Irmi nach.

Kathi stellte sich vor Andreas Arbeitsplatz und starrte eine Weile auf den Bildschirm. Dann beugte sie sich vor, klickte den Kollegen weg und suchte La Jolinas YouTube-Kanal. Doch der war immer noch »vorübergehend nicht am Start«. Im Netz tobten die Emotionen. Die Follower überschlugen sich mit »Komm zurück«-Aufrufen, mit

Beileidsbekundungen. »Wir lieben dich!« »Wir brauchen dich!« »Ohne dich hat mein Leben keinen Sinn mehr. Wenn ich nicht täglich deine Seite sehe, werde ich untergehen!« »Jolina, I'm addicted.« »Das Leben geht weiter. Dein Verlust ist der Wahnsinn, aber so viele lieben dich sooo sehr.« Und so weiter.

Vor La Jolinas Wohnung fuhr die Polizei schon seit einiger Zeit verstärkt Streife. Immer wieder legten junge Frauen Plüschtiere vor dem Haus ab. Sepp hatte ein Foto geschickt, auf dem Blumen zu sehen waren, die jemand in einen ultrahohen Ankle-Boot gesteckt hatte. Es war Heldenverehrung, es war Heldentrauer. Und es war auch irgendwie berührend, fand Irmi. Irgendwas in ihrem Inneren wollte glauben, dass Jolina unschuldig war. Sie musste an Marius denken, der immer wieder anrief und völlig verzweifelt wirkte. Was mochte der von Jolinas Vergangenheit wissen? Sie würden ihn noch mal befragen müssen.

»Andrea, du bleibst dran an der Geschichte von damals«, entschied Irmi. »Ich würde gern alles über den Ex von Beate Mutschler wissen. Denn wir haben vorhin erfahren, dass der sehr gut schießen konnte.«

»Echt?«

»Ja, echt. Und wir, Kathi, wir fahren zum Assistenten von La Jolina. Ich will wissen, ob der die Geschichte mit dem Böller und dem Unfall kennt. Und ob er Markus Göldner kennt.«

Wieder fuhren sie durch das schöne Murnau, wieder landeten sie im Penthouse. Marius von Hohenester trug einen weiten Overall, was in Irmis Augen sehr merkwürdig aussah. Overalls kannte sie höchstens in Blaumann-Qualität. Aber sie war in Fashion-Dingen wohl komplett hinterm Mond.

»Wissen Sie etwas?« Er klang flehentlich.

»Haben Sie immer noch keine Lösegeldforderung erhalten?«, konterte Kathi.

»Nein, aber Jolina muss etwas zugestoßen sein! Sie meldet sich nicht! So glauben Sie mir doch!«

»Zu ihrem Vater kann sie nicht, der ist nämlich tot«, fuhr Kathi fort. »Kannten Sie den?«

»Was, wer, ihr Vater? Also …«

»Sie haben uns in einem früheren Gespräch erzählt, Jolina habe seit einiger Zeit wieder Kontakt mit ihrem Vater. Ich wiederhole: Kannten Sie Jolinas Vater?«

»Nein!« Das klang trotzig. Und ein bisschen eifersüchtig. »Er hat von sich aus den Kontakt wiederaufgenommen. Jolina war erst sehr skeptisch. Sie hat ihn beim ersten Mal auf neutralem Boden getroffen. In einem Café in Schongau. Ich war aber nicht dabei.«

»War er jemals bei Ihnen?«

»Nein!«

»Er hatte eine Freundin in Murnau, das hätte sich doch angeboten«, meinte Irmi. »Tochter und neue Freundin in einem Ort. Eine Familienzusammenführung?«

Noch ein Gedanke huschte vorbei. Hatte Markus Göldner etwa Beate Mutschler erwählt, weil sie aus Murnau stammte? Aus Kalkül, um Tochter und Enkelin nahe zu sein?

»Hier ist er aber nicht gewesen!«

»Sind Sie denn immer da?«

»Ich bin Jolinas Schatten und lese ihr die Wünsche von den Augen ab.«

»Na ja, als sie diese Sachen aus dem Kindergarten geholt hat, war Ihr Schatten aber sehr schwach. Und beim ersten Treffen mit dem Vater war sie ja auch ganz unbeschattet«, provozierte ihn Kathi. Was seine Wirkung nicht verfehlte.

»Das werde ich mir mein Leben lang vorwerfen!«, rief Marius von Hohenester pathetisch. »Ein Leben lang!«

»Sie haben diesen Vater also nie gesehen?«, hakte Irmi nach.

»Nein!«

»Wissen Sie, wie er heißt?«

»Markus. Und Sie sagen, er ist tot? Seit wann?«

»Seit Silvester.«

»Aber da hat er Jolina doch noch eine SMS geschrieben. Sie hat sich gefreut.« Wieder klang in seinen Worten Eifersucht mit.

Was, wenn es der Wiener gewesen war? Da taucht im Idyll plötzlich ein Vater auf und macht ihm die Zuneigung streitig! Ein bedrohlicher Gedanke. Dieser Marius von Hohenester hatte Jolina wie eine Göttin aufs Podest gestellt und wollte keine anderen Follower neben sich haben. Schon gar keinen Vater. Und was, wenn er noch viel verquerer dachte und fühlte? Was, wenn auch Paris zu viel von Jolinas Aufmerksamkeit von ihm abgezogen hatte? Er wollte Jolina für sich haben, und die Trauer um ihr Kind trieb sie nur noch mehr in seine Arme. War das seine Idee gewesen?

Kathi hegte wohl ähnliche Gedanken, denn sie fragte harsch: »Wo waren Sie denn an Silvester?«

»Paris, Jolina und ich waren hier. Jolina ist echt die Partymaus, aber sie hasst Silvester.«

Das wunderte Irmi gar nicht. Und weder Jolina noch Paris konnten das Alibi des Wieners stützen. Paris war tot, Jolina verschollen.

Irmi wurde flau. War diesem Marius etwa zuzutrauen, dass er Jolina versteckte? Und ihnen allen eine Entführung vorgaukelte? Weil er der Entführer war? Blinde, verzehrende Liebe ging solche Wege. Besitzen statt freilassen. Da gab es genug erschreckende Beispiele.

»Dürfte ich mich etwas in der Wohnung umsehen?«, fragte Irmi.

»Wozu?«

»Vielleicht bekomme ich dabei einen zündenden Gedanken.«

Er sah sie skeptisch an, wedelte dann aber mit der Hand.

Irmi durchstreifte die Zimmer. So viele waren es ja nicht. Jolinas Zimmer mit dem angeschlossenen begehbaren Kleiderschrank. Das Kinderzimmer in Pink mit Einhorntapete. Das Zimmer von Marius. Eine Art Rumpelkammer, in der sich Koffer stapelten. Bad und Gäste-WC. Der Rest war ein einziger großer Raum, da ließ sich kaum jemand verstecken.

»Haben Sie einen Keller?«, fragte Irmi nach ihrem kurzen Rundgang.

»Nein, es gibt nur die Tiefgarage. Was wollen Sie eigentlich? Glauben Sie, Jolina hockt im Keller?« Er lachte hysterisch.

So dumm, sie hier zu verstecken, war er sicher nicht. Irmi notierte im Geiste: Prüfen, ob im Haus eine Wohnung frei war. Und Marius von Hohenester observieren. Sie schauderte, obgleich es schon wieder viel zu heiß war im Penthouse.

»Ihr Vater ist echt tot?«, vergewisserte er sich.

»Ja, ganz echt! Hatte Jolina nicht vor, ihn zu treffen?«, fragte Kathi.

»Doch, nach dem Shooting am Buchenberg. Er wollte Paris Skifahren beibringen. Jolina wollte das auch. Sie kann nämlich klass Ski fahren.« Er schniefte wieder. »Aber dann kam ja das Drama am Berg. Mei, des arme Madel.« Nun heulte er lautstark.

Da war nichts mehr zu holen. Sie verabschiedeten sich. Irmi setzte noch auf dem Weg zum Auto durch, dass er observiert wurde.

»Das wäre ja eine harte Kiste, oder?«, meinte Kathi. »Er ist eifersüchtig auf Jolinas Vater und haut den weg. Und das Kind gleich dazu. Irmi, das ist es! Das ist unsere lang gesuchte Verbindung.«

»Was wir aber beweisen müssen. Und dann wäre Jolina wirklich entführt worden, aber von ihm. Ein perfider Plan, wenn er den wirklich durchzieht.«

»Den kriegen wir am Sack!«, rief Kathi mit Inbrunst.

Sie kamen aufgewühlt ins Büro, wo Andrea zweierlei berichten konnte. Der nette Kollege in Velbert hatte für den nächsten Morgen eine Videokonferenz mit der Frau anberaumt, deren Pferde in den Unfall involviert gewesen waren. Und der Ex von Beate Mutschler lebte inzwischen in Kapstadt, wo er in einer privaten Klinik für plastische Chirurgie arbeitete. Außerdem war er in die Großwildjagd eingestiegen. Andrea hatte ein Bild mit einem erlegten

Löwen ausgedruckt. Der schien auf andere Kaliber als Göldner zu schießen.

Blieb wirklich Marius von Hohenester.

Als Irmi heimkam, lagen Bernhard und Kicsi auf der Couch. Bernhard hatte sein Handy in der Hand und grinste.

»Servus! Was erfreut dich so?«

»Ach, die Zsofia hat mir so a Video geschickt, wo es um an Tschiwawa geht, der wo quasi sprechen kann.«

Bernhard, der sein Handy eigentlich nie benutzte, der eine App für eine Abkürzung für Äpfel hielt, ließ sich Videos schicken? Und er schrieb SMS zurück? Und lachte einfach so mit sich selber? Irmi war platt und zog das Ungeheuerliche in Betracht: War Bernhard wirklich verliebt? Zum ersten Mal seit dreißig Jahren? Mit zwanzig hatte Bernhard die gleichaltrige Anna kennengelernt. Ein hübsches Madel, von einem großen Hof. Sie war Kinderpflegerin, beide waren im Trachtenverein. Beide spielten bei der Musik. Sie Klarinette, er Flügelhorn. Sie gingen dann offiziell miteinander, nach knapp zwei Jahren hatte Bernhard einen Verlobungsring gekauft. Irmi war damals noch mitgefahren, um ein Modell auszusuchen. An Annas zweiundzwanzigstem Geburtstag wollte Bernhard ihr einen Antrag machen, aber sie war nach Australien abgehauen, nur ihre Schwester Maria hatte von dem Plan gewusst. Bernhard und der Schwiegervater in spe hatten tagelang sehr viel getrunken und sehr viel Schmarrn geredet. Annas Vater, der stets zum Poltern aufgelegte Hias, hatte geschworen, dass er seine Tochter verstoße. »I hob koa Dochter mehr!«, hatte er durchs Dorf gebrüllt. Seine Frau Barbara hatte ihn darauf hingewiesen, dass er sehr wohl noch eine Tochter habe, nämlich Maria. Und für alle damals sehr überraschend hatte die zarte und leise Barbara just jene Maria gepackt, die Ende Mai ihr Abitur gemacht hatte, und war für vier Wochen nach Australien geflogen. Umsichtig, wie sie war, hatte sie noch eine Dorfhelferin engagiert. Die beiden Frauen aus Eschenlohe waren vorher nie so weit weg gewesen. Maria auf Klassenfahrt in Würzburg und zur Abigaudi auf Malle. Barbara ein paar Mal in Südtirol. Sie kamen nach vier Wochen voller bunter, fremder Eindrücke zurück und wussten Anna gut aufgehoben. Sie arbeitete auf einem Pferde-Therapiehof für traumatisierte Kinder. Dort war sie geblieben – als Geschäftsführerin. Später hatte sie einen Australier namens Honsa geheiratet, Sohn polnischer Auswanderer. Der erboste Papa war nicht zur Hochzeit mit dem »australischen Polack« geflogen, zwei Jahre später dann aber doch, als der Enkel zur Welt kam.

Bernhard hatte nie mehr von Anna gesprochen. Damals waren drei dünne blaue Luftpostbriefe gekommen, doch Irmi wusste nicht, ob Bernhard sie je gelesen hatte. Von Frauen jedenfalls hatte er die Nase voll gehabt. Es hatte schon hie und da eine Interessentin gegeben, aber Emotionen hatte ihr Bruder nicht mehr zugelassen. Und jetzt? Hatte er sich mit über fünfzig nun in eine üppige Ungarin verschossen?

Sie ging nachdenklich zu Bett und schlief bald ein. In dieser Nacht waren ihre Träume schnell und bunt. Marius von Hohenester lief am Ayers Rock vorbei, Bernhard jagte

Kicsi durch Sydney und schimpfte mit Irmi, weil sie nicht besser aufgepasst habe.

Am nächsten Morgen war Bernhard nicht da. Irmi trank Kaffee und versuchte langsam wieder in ihren Fall zu gleiten. Oder in beide Fälle, wenn man so wollte.

13

Samstag oder nicht – sie hatten sich im Büro eingefunden und trafen sich um zehn vor dem PC zur Videokonferenz. Der Kollege in Velbert hatte Wort gehalten. Der Bildschirm flackerte etwas. Dann war Lars Michalski glasklar zu sehen. Er war etwas stämmiger und sah wirklich sehr sympathisch aus. Man tauschte Namen und Begrüßungen aus, und es war ihm anzumerken, dass ihn vor allem Andreas Anblick erfreute. Er stellte Margit Lehmann vor, die einen grauen Kurzhaarschnitt und einen Islandpullover trug.

»Hallo, Frau Lehmann«, begrüßte Irmi sie. »Danke, dass Sie an dieser Videokonferenz teilnehmen, zumal am Samstag.«

»Kein Problem«, erklärte Margit Lehmann.

»Sie wissen, worum es geht. Um den Jahreswechsel 2006/2007. Es waren Ihre Pferde, die auf die Straße gerannt sind?«

Es war spürbar, dass Margit Lehmann nach all den Jahren noch immer litt und haderte. Aber das Vergessen war ein heimtückischer Geselle. Manches Böse und Schwere, das quälte und bohrte, verschwand irgendwann. Doch gerade wenn man schier sicher war, dass es nun geschafft sei, brach es wieder hervor.

»Wie könnte ich das je vergessen! Sobald ich diese Straße entlangfahre oder auch nur irgendwo einen Knall höre, sind die Bilder wieder da. Wie Zinnsoldaten so aufrecht.« Sie zögerte kurz. »Ja, es waren meine Pferde. Ein alter Hannoveraner Wallach namens Kujo und eine Quarterstute namens Showgirl.«

»In der Akte steht, dass die Pferde wegen eines Böllers erschrocken sind.«

»Eines Böllers? Es waren mehrere, die schnell hintereinander gezündet wurden. Es war wie im Krieg, ich hab mich selber so erschrocken, dass ich zusammenzuckte, richtig in die Knie ging ich. Meine Pferde waren immer sehr cool. Kujo war früher Vielseitigkeitspferd, ich hatte ihn für sein Altenteil bekommen. Den brachte nur wenig aus der Ruhe. Showgirl war NRW-Meisterin im Cutting, auch sehr entspannt, aber der Knall war so unglaublich laut, ohne jede Vorwarnung. Es waren Schallwellen, die einen fast umgepustet haben.«

»Wussten Sie gleich, woher das kam?«

»Nein, natürlich nicht. Ich wollte die Pferde noch halten, aber sie rissen mir die Führstricke durch die Hände, sie schnitten ins Fleisch, eine Narbe habe ich heute noch. Es ging alles so schnell, es …« Sie kämpfte gegen die Tränen an.

»Frau Lehmann, wir wollen Sie wirklich nicht quälen. Aber wann kam das Mädchen ins Spiel?«

»Da war der Knall. Der Aufprall. Noch ein Knall. Ich sah weg und hinein in die Augen des Mädchens. Sie stand neben ihrem Rad, sie hatte etwas in der Hand, und am Boden lagen so Schnipsel. Da begriff ich, glaube ich. Und dann kam der Mann auf dem Rad. Er schrie dem Mädchen etwas zu, woraufhin das Mädchen in Windeseile davongeradelt ist. Der Mann rannte zum Unfallort, doch ich war wie paralysiert. Ich konnte mich nicht bewegen. Ich konnte meinen Blick nicht abwenden. Ich hätte alles tun können und war doch wie festgewachsen am Boden. Das hat mir lange zu schaffen gemacht, dass ich nichts getan habe. Ich war lange in Therapie. Wissen Sie, es gibt ein Leben vor dem Unfall und eines danach. In das zweite hineinzufinden, es anzunehmen, war ein sehr langer Weg. Das zweite Leben ist ungleich schwerer zu gestalten. Was glauben Sie, wie oft ich diesen Tag minutiös nachgespielt habe? Was, wenn ich ein paar Minuten länger die Pferde geputzt hätte? Oder in der Stallgasse länger geplaudert? Oder auch schneller gegangen wäre? Dann wäre das alles nicht passiert. Es war die falsche Minute am falschen Ort.«

Sie alle fühlten mit. Selbst Kathi schien wirklich betroffen zu sein. Vielleicht weil diese Frau so wenig Aufhebens machte. Weil sie so klar erzählte. Sie tobte nicht, sie ironisierte nicht.

»Ab wann stand denn die Identität des Mädchens fest?«

»Ich habe bis heute kein Zeitgefühl, wie lange es gedauert hat, bis der Hubschrauber weg war, bis die Straße geräumt war. Es kam dann eine Frau von einem Kriseninterventionsteam, jemand hat mich nach Hause gebracht. Alles lag im Nebel. Der hat sich erst später wieder gelichtet. Und damit wurde es schlimmer.«

Der Kollege Lars schaltete sich ein: »Wir haben Frau Lehmann befragt, wir haben auch mit Herrn Wieczorek gesprochen, das war der Mann auf dem Fahrrad. Wieczorek wusste, dass er das Mädchen am Städtischen Gymnasium Velbert-Langenberg gesehen hatte. Er war dort

Hausmeister. Und Frau Lehmann kam das Mädchen auch bekannt vor.«

»Plötzlich ging mir auf, dass ich sie mal im Stall gesehen hatte«, erzählte Margit Lehmann. »Da hängen ja immer Mädchen ab, und dieses war mir deshalb aufgefallen, weil es so wahnsinnig dünn und sehr stylish gekleidet war. Ein Overkill für so einen Stall.«

»Jedenfalls war es dann ein Leichtes, die Identität des Mädchens herauszufinden«, sagte Lars Michalski. »Johanna Schmitz. Der Vater Architekt, die Mutter hatte eine Nobelboutique in Essen. Gut situierte Leute mit viel Geld.« Er zögerte ein wenig. »Der Vater Markus Schmitz hat sofort alles aufgefahren, beispielsweise einen Staranwalt aus Düsseldorf. Aber er hat niemals …«

»Er zeigte nie, dass es ihm leidtat«, ergänzte Margit Lehmann. »Ich glaube, das hat die Leute am meisten getroffen. Das hat es mir auch schwerer gemacht und der Familie Novak erst recht.«

Reue machte zwar keinen mehr lebendig, aber sie besänftigte etwas. Wenn Täter eiskalt blieben, war das für die Opfer noch schwerer. Der Dolch der »Warum?«-Frage bohrte weiter.

»Wenn wir es richtig verstanden haben«, fuhr Irmi fort, »konnte Bettina Novak dem Prozess ja gar nicht folgen?«

»Nein, ihr Bruder und ihr Anwalt waren vor Ort. Es gab einen Anwalt der Gegenseite, und der Knackpunkt in dem ganzen Prozess war die Strafmündigkeit. Die Verteidigung beharrte darauf, dass die Mandantin vierzehn sei und damit nicht strafmündig. Das war vielleicht ein Tauziehen. Die Staatsanwaltschaft fand, dass das Mädchen in seiner sittlichen und geistigen Entwicklung reif genug sei, das Unrecht der Tat einzusehen. Daher forderte sie, in jedem Fall das Jugendstrafrecht anzuwenden, denn das Mädchen war ja am 3. Januar fünfzehn geworden.«

»Wie war sie denn überhaupt an die Böller gekommen?«, wollte Irmi wissen. »Für den Erwerb von Kleinfeuerwerken muss man mindestens achtzehn Jahre alt sein.«

»Ja, das war auch so eine Fragestellung im Prozess. Wussten die Eltern, dass die Tochter im Besitz von Böllern war? Es wurde eine Freiheitsstrafe zur Bewährung diskutiert, ich hab das nicht alles mitbekommen damals. Am Ende bekam Johanna hundert Sozialstunden in einem Altersheim auferlegt. Das war es dann.«

Das war in der Tat wenig für drei Menschenleben, dachte Irmi.

Margit Lehmann schob sich eine Haarsträhne aus dem Gesicht. »Ich fand das entsetzlich und nicht nur ich«, sagte sie. »Es gab in der Folge noch viel Hickhack mit den diversen Versicherungen der diversen Beteiligten. Am Ende bekam ich dreitausend Euro für den Pferdeschadensfall zugesprochen. Kujo war noch fünfhundert Euro wert, Showgirl zweitausendfünfhundert. Es war beschämend.«

»Sie haben gesagt, Bettina Novak hätte einen Bruder gehabt, Frau Lehmann. Wie hieß der denn?«

»Warten Sie, Bettina Novak war eine gebürtige Winter, wenn ich mich richtig erinnere. Dann müsste der Bruder Ralf Winter heißen. Sicher bin ich mir aber nicht.«

Irmi nickte Andrea zu, die sich das notierte. »Und wie

ist Jolina beziehungsweise Johanna vor Gericht aufgetreten?«

»Nun ja«, sagte Lars Michalski, »sie hat natürlich beteuert, dass sie das alles nicht gewollt habe. Sie hat auch mal geweint, aber …«

»Aber Sie haben ihr das nicht abgenommen?«, fragte Irmi.

»Na ja, ich hatte eher den Eindruck, dass der Vater Druck gemacht hat. Dass er ihr eine Marschroute vorgegeben hat. Das Mädchen hat sehr kühl gewirkt.«

Markus Göldner, der Macher, dachte Irmi. Egal ob es um Vogelschutz ging oder darum, die Tochter rauszuhauen. Und plötzlich huschte ein Gedanke vorbei: Beate Mutschler hatte letztlich Glück gehabt. Sie wäre gegen diesen Olymp aus Ehrgeiz und Unbeugsamkeit nicht angekommen. Schon ihr erster Mann schien ein furchtbarer Macho gewesen zu sein. Wahrscheinlich war das Beate Mutschlers Beuteschema: Männer, die etwas darstellten. Dabei brauchte sie sich wirklich nicht zu verstecken. Sie hatte eine eigene Praxis, war attraktiv. Es hätte bestimmt eine ganze Reihe netter Männer gegeben, die sich für sie interessierten. Wahrscheinlich war das Problem, dass Beate Mutschler diese Männer nicht wahrnahm.

»Und die Mutter von Johanna?«, fragte Kathi. »Die scheint ja gar nicht in Erscheinung getreten zu sein.«

»Für die Familie war die ganze Sache damals natürlich übel. Das Fernsehen und das Radio belagerten regelrecht das Haus. Man wollte Interviews, auch von Petra Schmitz, also der Mutter. Sie hat ihre Boutique zugesperrt und sich im Haus verschanzt. Der Einzige, der nach außen auftrat, war der Vater. Nach dem Prozess gab es noch eine Welle der Entrüstung wegen des Urteils, und dann war schnell alles vorbei.«

Ja, so war das. Die Zuschauer auf den Rängen wandten sich anderem Brot und anderen Spielen zu. Nur diejenigen, die noch gefangen waren in den Katakomben des Kolosseums, waren allein mit ihrer Angst und ihrer Hilflosigkeit.

»Wissen Sie denn schon, was aus den Beteiligten von damals geworden ist, Frau Lehmann?«, fragte Kathi. »Markus Schmitz, der zuletzt Göldner hieß, ist mittlerweile tot, und seine Tochter Johanna Schmitz ist spurlos verschwunden.«

»Schmitz ist tot?«, wiederholte Margit Lehmann ungläubig.

»Ja, er wurde erschossen«, antwortete Irmi. »Und seine Enkelin, Johannas Tochter, ist ebenfalls tot.«

»Johanna hatte ein Kind?«

»Ja, ein Mädchen.«

Eine ganze Weile herrschte Schweigen. Schließlich sagte Margit Lehmann: »Sie glauben nun aber nicht, dass ich etwas damit zu tun habe?«

»Nein, eigentlich nicht. Bestimmt können Sie uns ein Alibi liefern, dass Sie in der Silvesternacht nicht in Bayern waren, oder?«

»Ich war an Silvester daheim. Allein allerdings. Silvester ist nicht so meins, na ja, ich denke, Sie verstehen das …«

»Frau Lehmann, wir sind völlig unverhofft in Ihre Geschichte hineingestolpert«, meinte Irmi. »Am Anfang unserer Ermittlungen stand Markus Göldner, der an Silvester regelrecht vom Balkon geschossen wurde. Göldner, der einst Schmitz hieß. Uns fehlen zehn Jahre, deshalb ist für uns jeder Hinweis, mit dem wir die leeren Seiten des Buches füllen können, von unschätzbarem Wert.«

»Er ist also wirklich tot? Und Johanna hatte tatsächlich eine Tochter?«, vergewisserte sich Lars Michalski.

»Die kleine Paris ist nur vier Jahre alt geworden. Sie hatte zu viel Beruhigungsmittel im Körper und ist erfroren.«

»Und Johanna selber ist verschwunden?«, hakte Michalski nach.

»Ja, das ist wirklich eine merkwürdige Verkettung von Umständen. Und zugleich eine Tragödie dreier Menschen, die ja familiär verbunden sind«, sagte Irmi. »Wir tappen im Dunkeln. Markus Göldner war ein engagierter Vogelschützer, der sich viele Feinde gemacht hat. Lange Zeit haben wir das Motiv bei seinen Feinden gesucht. Und jetzt kommt diese tragische alte Geschichte zum Vorschein. Das wirft eventuell ein neues Licht auf die Sache.«

»Vogelschützer? Na, ich weiß nicht! Er war ein Egomane. Ich kann mir kaum vorstellen, dass der Vögel geschützt hätte.« Margit Lehmann schüttelte den Kopf. »Johanna ist verschwunden? Und ihr Vater und das Kind sind wirklich tot?«

»Ja. Ist das keine Genugtuung für Sie, Frau Lehmann?«, sagte Kathi und kassierte sofort einen Fußtritt von Irmi.

»Nein. Mir hat schon das Schicksal von Petra Schmitz keine Genugtuung verschafft«, sagte Margit Lehmann sehr ruhig.

Es rauschte irgendwo im Haus. Die Polizisten in Garmisch starrten auf den Bildschirm und warteten, bis Margit Lehmann schließlich weitersprach.

»Ein halbes Jahr war vergangen, ein gutes halbes Jahr. Es war August und sehr heiß, da läutete es an der Tür. Als ich öffnete, stand Petra Schmitz vor mir. Ich hätte sie kaum erkannt. Ich kannte die Homepage ihrer Boutique, weil dort häufiger interessante Modeschauen organisiert wurden. Sie war sehr attraktiv gewesen. Schlank, gepflegt, gestylt, eigentlich makellos. Vor der Tür stand nun eine hohläugige Frau mit zerfurchtem Gesicht. Sie trug eine Jeans, die ihr viel zu groß war, und ein Trägershirt, das gnadenlos preisgab, dass diese Frau nahezu zum Skelett abgemagert war. Sie wollte sich bei mir entschuldigen. Verstehen Sie? Dieses Gespenst aus einer Welt, die längst versunken war, wollte sich entschuldigen. Für ihre Tochter. Für ihren Mann.«

Wieder entstand eine Pause.

»Sie hat mir erzählt, wie ihr letztes halbes Jahr verlaufen war. Ihr Mann hatte sie verlassen, und das Mädchen war inzwischen in einem Schweizer Internat. Und was mich noch überrascht hat: Sie hat gesagt, dass sie sich zu Hause vor ihre Tochter gestellt habe. Ihr Mann hätte das Mädchen viel strenger bestrafen wollen. Er muss regelrecht ausgerastet sein damals. Nach außen schien es ja so, als hätte er sie rausgehauen mit Anwälten, Macht und Ansehen. Vor der Öffentlichkeit hat er alles für die Tochter getan. Petra Schmitz hat mir damals erzählt, dass ihr Mann der Familie eingeschärft hatte: Hinter den Türen, hinter den Jalousien können wir streiten, schreien, weinen und wehklagen. Draußen zeigen wir gestraffte Schultern. Wir sind unantastbar, solange man uns sieht. Das haben sie offenbar durchgezogen. An dieser Show, diesem Zwiespalt, dieser Schizophrenie, möchte ich sagen, ist die Ehe der Eltern zerbrochen.« Margit Lehmann sah auf die Tischplatte vor ihr.

»Und dann?«, fragte Kathi.

»Von mir hat Petra Schmitz die Absolution erhalten, die sie anscheinend haben wollte. Später habe ich erfahren, dass sie einen Selbstmordversuch begangen hat und kurz darauf noch einen. Seitdem ist sie in einer Klinik. Sie ist vollkommen weggetaucht, aber ich besuche sie manchmal, und sie scheint sich zu freuen, wenn ich komme. Sie nimmt dann meine Hand.« Margit Lehmann zwinkerte ein paar Tränen weg.

Jede Hoffnung war verpufft, von Jolinas Mutter mehr über die Sache zu erfahren. Ebenso wie die Hoffnung, dass Jolina zu ihrer Mutter geflüchtet sein könnte. Sie würden von Petra Schmitz nichts über ihren Ex-Mann oder über die Tochter erfahren. Sie hatte ihr Herz verschlossen und ihre Seele hinter dem Bühnenvorhang versteckt. Wenn die Pein zu groß wurde, konnte der Körper das Denken und Fühlen wegdrücken, den Off-Knopf drücken. Nur noch die lebenswichtigen Funktionen aufrechterhalten. Essen, verdauen, schlafen.

»Haben Sie nach dem Prozess jemals etwas von ihm oder der Tochter gehört?«, fragte Irmi nach.

»Nein, mitnichten. Dabei hätte mir eine Entschuldigung des Mädchens gutgetan. Über ihn habe ich nur gehört, er sei weggezogen und habe bald neu geheiratet. Ich habe mich aber auch nicht mehr mit dem Thema befasst.

Ich musste abschließen mit der Sache, meinen Frieden machen.«

»Johanna Schmitz heißt heute La Jolina und ist Bloggerin. Haben Sie das mitbekommen?«, fragte Kathi.

»Ja, über ein Mädchen, inzwischen eine junge Frau, die bei uns im Stall reitet und mit ihr in der Schule war. Sie hatte wohl anfangs noch Kontakt mit ihr über irgendwelche sozialen Netzwerke, dann aber nicht mehr. Einige aus unserer Stallgemeinschaft schauen manchmal rein in ihren YouTube-Kanal. Ich finde es beklemmend. Sie kommt mir vor wie Michael Jackson. Mit jeder OP verschwindet sie mehr.«

Vielleicht war genau das ihr Ziel? Vielleicht wollte sie nicht mehr jenes dünne Mädchen sein, das das Leben so vieler auf dem Gewissen hatte? Oder deutete Irmi da zu viel hinein? Vielleicht war das alles an Jolina abgeprallt, weil sie sich für unschuldig hielt und einfach einen Weg gegangen war, den sie so oder so eingeschlagen hätte? Durch Margit Lehmann wussten sie nun, dass die Mutter in einem Heim in einer ganz eigenen Welt lebte. In Jolinas Internat dürfte man womöglich etwas aus der Zeit erfahren, als Jolina noch Johanna gewesen war.

»Und was wurde aus Frau Novak, die ja ihre Familie verloren hatte?«, hakte Irmi bei Margit Lehmann nach.

»Ich weiß es nicht. Sie war wohl jahrelang in irgendwelchen Kliniken und auf diversen Rehas. Allerdings kann ich mich da nur auf das Gerede in der Bäckerei oder beim Hausarzt berufen. Oder beim Friseur, der ist ja auch eine gute Infoquelle. Es war die Rede von vielen Operationen. Das Haus stand nach etwa einem Jahr zum Verkauf. Sie ist sicher weggezogen. Wer will schon in einem Haus leben, wo alles an den Mann und das Kind erinnert.« Margit Lehmann schluckte.

Irmi, Kathi und Andrea bedankten sich schließlich bei Lars Michalski und Margit Lehmann und beendeten die Videokonferenz.

»Eine böse Geschichte«, sagte Irmi. »Ich verstehe die Frau nur zu gut. Ein, zwei Minuten später oder früher losgegangen – und alles wäre ganz anders gekommen.«

»Hätte, hätte, Fahrradkette«, konterte Kathi. »Dies und das, Ananas! Es bringt nichts, zu überlegen, was gewesen wäre, wenn.«

»Wenn wir mehr über Jolina oder besser gesagt Johanna Schmitz erfahren wollen, sollten wir mit Frau Novak, deren Bruder und dem Internat sprechen«, schlug Irmi vor. »Andrea und Kathi, ihr versucht bitte, mehr herauszufinden. Ich muss eben mit dem Pressesprecher telefonieren. In einer halben Stunde sehen wir uns wieder.«

Nach dreißig Minuten saßen die drei wieder beisammen. Kathi begann mit ihrem Bericht.

»Ich bin immerhin so weit gekommen, dass ich etwas mehr über Wolfgang, Bettina und Sina Novak weiß. Den aktuellen Aufenthaltsort von Bettina Novak habe ich bislang nicht ausfindig machen können. Ich stehe aber mit mehreren Einwohnermeldeämtern in Kontakt und kriege Bescheid, was aus ihr geworden ist, sobald die etwas wissen. Ich habe nur herausgefunden, dass sie zum Zeitpunkt des Unfalls eine Apotheke in Velbert geführt hat, die hat inzwischen aber andere Besitzer. Ihr Bruder heißt tatsächlich Ralf Winter, wie Frau Lehmann gesagt hat, und lebt in München, da bin ich aber noch dran.«

»Super«, sagte Irmi und nickte Andrea zu. »Und was hast du herausgefunden?«

»Also, Jolina war ja in der Schweiz im Internat«, sagte Andrea.

»Ja. Und du weißt, wo?«, fragte Irmi.

»Bestimmt am Genfer See oder so. Was Nobles«, mutmaßte Kathi, der das alles schon wieder nicht schnell genug gehen konnte.

»See nein. Nobel ja. Sie war ... ähm ... in Zuoz, das liegt in der Nähe von St. Moritz. Das Lyceum Alpinum Zuoz wurde 1904 gegründet und ist absolut international. Um die zweihundert interne und hundert externe Schüler. Die pflegen den ›Spirit of Zuoz‹, ähm, ja, und da steht, dass es um eine Balance zwischen Traditionsbewusstsein und progressivem Denken gehe«, erklärte Andrea.

»Zuoz im Engadin?«, fragte Irmi überrascht.

Sie war mit Jens einmal dort gewesen. Der Ort lag auf 1650 Metern und war mit 322 Sonnentagen im Jahr klimatisch begünstigt. Würdevolle Engadiner Patrizierhäuser säumten enge Gassen, hohe Berge ringsum, dem Himmel in mancherlei Hinsicht näher. Für Irmi eine Herzenslandschaft. Sie waren zur Segantinihütte gewandert, sie hatten im Café Badilatti Kaffee der höchstgelegenen Kaffeerösterei Europas getrunken und waren mit der Bahn hinunter nach Poschiavo gefahren. Von der alpinen Grandezza zur mediterranen Leichtigkeit. Dort könnte man erhabener leben, wenn man nicht das Gehalt einer Polizistin hätte. Und einen Bruder, der einen brauchte. Aber war das überhaupt so? War der Bruder nicht gerade auf dem Weg zur Selbstbestimmung, und sie selbst verstrickte sich in feigen Schutzbehauptungen?

»Das kostet doch sicher ein Vermögen, oder?«, staunte Kathi.

»Anzunehmen, über Geld wird auf der Homepage des Internats lieber nicht gesprochen«, erwiderte Andrea. »Dafür aber über Anstand und Ordnung im Alltag, Respekt und Hilfsbereitschaft und eine … ähm … weltoffene Lebenseinstellung. Aber ich hab woanders nachgesehen. So um die sechstausend Fränkli im Monat kostet das schon …«

Kathi pfiff durch die Zähne. »Das ist ja mal 'ne Ansage. Na, da hat die Barbie ja wie die Faust aufs Auge hingepasst, oder?«

»Na ja, wenn du möchtest, dass dein Kind Fair Play lernt, weil es vorher genau darüber null nachgedacht hat, dann ist das sicher eine gute Wahl«, sagte Irmi. »Hast du da angerufen, Andrea?«

»Ja, aber die geben keine Auskunft, nicht ohne Schweizer Polizei jedenfalls …«

»Na, Andrealein, dann überleg dir das noch mal mit dem Kollegen aus Velbert. Vielleicht solltest du dir lieber ein Eidgenössli aufreißen«, bemerkte Kathi.

»Ach, Kathi, den Schweizer überlass ich dir. Ich bin mit Lars in zwei Wochen übers Wochenende verabredet. Da haben wir beide frei.«

Kathi war platt. Irmi auch. Und es stand zwei zu null für Andrea. Dass die auch gleich so ranging? Tja, stille Wasser!

»Na, dann probiere ich mal was«, sagte Irmi und zog ihr

Handy raus. Es war nun inzwischen vierzehn Uhr. In den Staaten müsste es etwa sieben Uhr morgens sein. Irmi wählte und wartete, bis sich die Mailbox meldete.

»Bitte melde dich mal kurz, Jens. Du müsstest mir einen Gefallen tun. Wir brauchen einen Zugang zum Internat in Zuoz. Du kennst doch den aktuellen Direktor. Es gab da 2007 eine Schülerin namens Johanna Schmitz. Über die müsste ich was wissen. Danke!«

»Hä?«, kam es von Kathi.

»Jens war in Zuoz auf der Schule. Die letzten vier Jahre zumindest. Er hat einen internationalen Abschluss gemacht.«

»Jens? Dein Jens?«

»Der nämliche.« Ein wenig kostete Irmi das nun schon aus. Obgleich es nicht ihr Verdienst war.

»Der war in so einem Nobelinternat? Hatten die Eltern so viel Kohle?«

»Nein, er hatte ein Stipendium. Als Ehemaliger ist er in so einer Alumnigruppe und kennt den jetzigen Direktor gut. Lass ihn mal machen.«

Ausnahmsweise schwieg Kathi und schüttelte nur ungläubig den Kopf. »Ihr seid ja hart drauf: Die eine greift sich einen NRWler, und die andere vögelt mit einem Superhirn aus der Nobelbutze.«

»Tja, Kathi, man muss immer auf Überraschungen gefasst sein«, meinte Irmi lachend und zwinkerte Andrea zu.

Zum Glück hatte Jens sein Handy gleich nach dem Aufstehen abgehört und sofort in der Schweiz angerufen, um mit seinem alten Kumpel zu plaudern, dem heutigen Direktor des Nobelinternats. Daraufhin hatte dieser brav Johannas Akte eingesehen. Jens hatte ein kleines Dossier zusammengestellt, das er per E-Mail nach Garmisch schickte. Irmi liebte ihn sehr in dem Moment. Er hatte sicher Besseres zu tun, aber er tat so etwas gern für sie, klaglos und ohne es im Nachhinein aufzurechnen …

Johanna war im Herbst 2007 in die neunte Klasse eingetreten, nach eineinhalb Jahren allerdings schon wieder von der Schule abgegangen. Sie war dort wohl eher still und unauffällig gewesen, man hatte aber ihre besondere Begabung für Kunst und Design erkannt. Markus Göldner hatte die Tochter mehrmals besucht. Er lebte zu dem Zeitpunkt in Chur, vermutlich unter anderem, um näher bei ihr zu sein. Wie es mit dem schulischen Werdegang von Johanna weitergegangen war, wusste im Engadin allerdings keiner.

Jens hatte geschrieben, dass er nun durch »harzigen Verkehr« zu Stihl fahren müsse und dass es in den USA leider kein »währschaftes Essen« gebe. Ja, die Schweizer Lektion hatte er sich eingeprägt. Er mailte ihr außerdem den Namen ihrer damaligen Zimmergenossin Li Wu, einer chinesischen Diplomatentochter, die nun wieder in China lebte. Alles letztlich wenig erhellend.

»Ich schlage vor, wir versuchen, diese Bettina Novak zu finden, die den Unfall überlebt hat«, sagte Irmi. »Und den Bruder in München, ja?«

Kathi kümmerte sich um Bettina Novak, und als sie nach etwa einer Stunde wieder in Irmis Büro stürmte, war sie in Alarmstimmung.

»So! Bettina Novak heißt inzwischen Bettina Gerstner.

Sie hat ihren Namen 2012 ändern lassen. So was geht nur, wenn man triftige Gründe hat. Also wenn der Name anstößig klingt wie beispielsweise Scheidengraber oder Mösenlechner oder wenn er extrem schwierig zu schreiben oder auszusprechen ist wie zum Beispiel Vlatawskowskajki oder so. Sie hat wohl ein psychiatrisches Gutachten vorgelegt, dass sie mit dem Namen nicht weiterleben will. Der Änderung wurde stattgegeben.«

»Und wieso Gerstner? Sie hätte doch ihren Mädchennamen nehmen können.«

»Wollte sie wohl nicht. Es gab wohl eine Oma, die so hieß und die Bettina Novak-Gerstner sehr beeindruckt hat.«

»Und hast du sie unter dem Namen aufgetrieben?«

Kathi feuerte den Ausdruck eines Fotos auf den Tisch. Darauf war eine Frau Anfang fünfzig zu sehen. Das gab es doch nicht! Die Frau kam ihnen durchaus bekannt vor.

»Aber Kathi, das ist doch …«, stammelte Andrea.

Sie starrten auf das Foto. Es zeigte eine der Frauen, die mit ihnen auf der Hütte gewesen und auf Skitour gegangen waren. Jene Frau, die sich ziemlich über Jolina echauffiert hatte. Sie hatte rote Flecken am Hals gehabt, die Irmi für Sonnenbrand gehalten hatte. Was, wenn das die alten Brandverletzungen waren?

»Irmi, das ist sie! Die einzige Überlebende des furchtbaren Unfalls war auf der Hütte! Der Hammer!«, rief Kathi. »Eine späte Rache genau zehn Jahre später? Vater gegen Ehemann? Tochter gegen Tochter? Auge um Auge. Das ist unsere Täterin! Wie perfide. Sitzt einfach auf der Hütte und wartet, bis ihre Zeit gekommen ist.«

Noch immer betrachteten sie das Bild. Alles war anders. Die Stoppuhr stand wieder auf null. »Aber wir haben doch noch einen Toten in Murnau«, sagte Irmi. »Hat sie auch Markus Göldner umgebracht?«

»Irmi, jetzt warten wir erst mal auf Bettina Novaks weitere Vita!«, rief Kathi. »Wahrscheinlich ist die nicht nur Apothekerin, sondern auch noch Sportschützin!«

Sie hatte fast recht. Andrea telefonierte mit Lars und erfuhr nicht nur, dass Bettina Novak seinerzeit mit ihrem Bruder und ihrem Mann eine Apotheke in Velbert geführt hatte, sondern auch, dass sie alle zusammen eine Jagd im Bergischen gepachtet hatten.

»Siehst du! Das ist unsere Frau! Und vor wenigen Tagen haben wir sie auf der Alm getroffen. Sie existiert also und erfreut sich bester Gesundheit. Anders als ihre Opfer! Ich ruf jetzt den Hüttenwirt an und frag den, wer bei ihm gebucht hat.« Kathi stürmte wieder hinaus.

»Aber das wäre ja, also ...« Andrea sah Irmi hilfesuchend an.

»Das wäre furchtbar! Aber hat Jolina die Frau denn nicht wiedererkannt? Das müsste sie doch eigentlich, oder? Mir widerstrebt allein der Gedanke. Eine Frau tötet ein kleines Kind?«

»Auch Frauen töten. Mütter töten sogar ihre eigenen Kinder. Immer wieder«, sagte Andrea und überraschte Irmi wieder einmal. Auch wenn sie manchmal unsicher und nervös wirkte, war diese junge Frau nicht zu unterschätzen.

Kathi war zurückgekommen. »Also, jetzt passt auf: Die Hütte hat eine Stephanie Lohse aus Essen gebucht. Sie ist eine alte Freundin von Bettina Gerstner aus der Zeit vor dem Unfall. Die Dritte im Bunde ist ebenfalls eine alte Freundin, die heute in Paris wohnt, Nora Missilier. Seit fünf Jahren, also seit es Bettina Novak wieder ganz gut geht und sie Gerstner heißt, treffen sich die drei einmal im Jahr zu einer Mädelswoche in den Alpen. Am Anfang ging es wohl darum, Bettina zu beweisen, dass sie sehr wohl wieder Ski fahren kann. Inzwischen ist es eher eine nette Tradition geworden. Sie treffen sich immer nach Silvester und meist über Dreikönig hinaus. Letztes Jahr waren sie im Kühtai, das Jahr zuvor in der Schweiz in Savognin.«

»Aha«, sagte Irmi zögernd.

»So, und jetzt passt mal auf: Die drei haben sich am 2. Januar in Bad Kohlgrub getroffen und sind im Johannesbad abgestiegen. Da sind sie zwei Tage geblieben, waren am Hörnle und auf dem Laber und sind am Donnerstag auf die Hütte im Allgäu gewechselt, wo wir sie dann ab Freitag gesehen haben. Und was sagt euch das? Bad Kohlgrub liegt doch quasi in Rufweite von Murnau.« Kathi warf einen triumphalen Blick in die Runde. »Und wisst ihr was?«

Sie schien eine Antwort zu erwarten, also warf Irmi ein »Nein« ein.

»Unsere Frau Novak, die ja Gerstner heißt, hat schon ab dem Neujahrstag im Johannesbad gewohnt. Sie ist mittags angekommen!«

»Und das hat dir das Hotel einfach so gesagt?«

»Du kennst doch meinen Charme!«

»Bei Gott, ja.«

»Aber noch zwei Fragen, also …«, mischte sich Andrea

ein. »Woher wusste sie, dass, also, dass Jolina auf der Hütte war? Und wo wohnt sie … ähm … bitte schön jetzt?«

»Beide Fragen kann ich beantworten, meine Lieben!«, schmetterte Kathi. »Jolina hat schon Mitte November gepostet, dass sie ein Shooting auf der Hütte machen wird. Dass es einen Livestream geben wird. Dass sie ja sooo süße Wintersachen zeigen wird. Schon von der Winterkollektion des kommenden Jahres. Als Preview sozusagen. Jeder, der einen Computer anschalten kann oder ein Smartphone bedienen, wusste davon.«

»Und wo lebt sie jetzt, diese Bettina Gerstner?«, setzte Irmi nach.

»In Lindau am Bodensee. Sie arbeitet in einer Apotheke in der Altstadt und lebt in einer Gasse, die Zitronengässele heißt.« Kathi musste vor lauter Euphorie tief Luft holen. »Und ich wette, sie hat der Mädelsriege genau diese Hütte vorgeschlagen!«

»Und was machen wir jetzt?«, fragte Andrea.

»Du wühlst dich weiter in die Leben der Beteiligten rein. Vielleicht erfährst du was über Jolinas alte Freunde aus dem Internat. Und wir sind halt on the road again, würde ich sagen. Ach, Andrea, nette Kollegen gibt's bestimmt auch bei der Kripo in Lindau.« Kathi grinste anzüglich.

»Danke, Lars genügt mir. Momentan.« Andrea drehte wirklich auf. Dieser Lars Michalski schien sie zu beflügeln.

Irmi sah auf die Uhr. Es war achtzehn Uhr geworden.

»Wir machen Schluss für heute. Kathi, wir fahren morgen ganz früh nach Lindau! Ich will die Frau zu Hause antreffen.«

»Wann genau fahren wir los?«

»Um fünf?«

»Ach, du Schande! Um fünf? Aber klar, machen wir!« Kathi salutierte andeutungsweise und verschwand.

Erneut musste Irmi die Staatsanwaltschaft belästigen. Immerhin gelang es ihr, einen Haftbefehl und einen Durchsuchungsbeschluss zu erwirken.

»Sie kommen ja ganz schön rum!«, bemerkte der Staatsanwalt. »Bitte geben Sie den Kollegen am See vorher Bescheid, Frau Mangold.«

Ziemlich aufgewühlt fuhr Irmi nach Hause. Was für ein Tag! Und was für eine Wendung! Waren sie viel zu lange mit den Vögeln am Himmel herumgetrudelt? Alles nur Sinkflug? Falsche Routen? Keine Orientierung? Im Gegensatz zu den Vögeln, die in der Luft nie zusammenstießen und irrwitzig weit fliegen konnten, um im nächsten Jahr an ihren Geburtsort zurückzukehren. Da war der Mensch doch vergleichsweise hilflos. Er brauchte Karten oder ein Navi namens Siri – während Tiere längst ein eingebautes Navigationsgerät hatten.

Ihr Telefon läutete, es war Jens, der sich erkundigte, ob seine Infos hilfreich gewesen waren.

»Danke, du Guter! Ich habe mich gern an unseren Ausflug ins Engadin erinnert«, sagte Irmi.

»Ja, da sollten wir wieder hinfahren. Es gibt wenig Schöneres.«

Irmi atmete tief durch.

»Stress?«, erkundigte sich Jens einfühlsam.

»Ach wo! Alles wie immer. Wir haben uns verrannt, aber nun tut sich etwas ganz anderes auf, und lose Stricke verknüpfen sich plötzlich. Ich hab grad daran gedacht, wie Tiere navigieren, wie klar sie ihre Wege finden und wie blöd wir Menschen sind!«

Jens lachte. »Es ist eben nicht vorgesehen, dass wir von Natur aus das Magnetfeld der Erde spüren. Viele Tiere, vor allem Vögel und Schildkröten, aber auch der Nacktmull und die Languste, spüren das Magnetfeld. An der Uni Oldenburg beschäftigt man sich seit Jahren mit der Navigation von Vögeln und ihrem Magnetsinn. Bestimmte Proteine reagieren mit chemischen Reaktionen auf Magnetfelder und führen möglicherweise die unsichtbaren magnetischen Informationen in optische Reize über. Und stell dir vor: Bei Rotkehlchen kann man das Navi sogar lokalisieren. Es sitzt im rechten Auge, und eventuell nehmen die Rotkehlchen das Magnetfeld nicht nur wahr, sondern sehen es tatsächlich!«

»Ach, Jens, was du dir alles merken kannst! Dass dein Gehirn nie explodiert.«

»Dafür vergesse ich andere Sachen. Geburtstage, Brillen, Schlüssel. Was mir genau genommen wichtiger wäre. Was nützt einem das Wissen, dass Meeresschildkröten die Ozeane durchpflügen und ihren Geburtsstrand wiederfinden, weil sie sich an Magnetfeldern orientieren?«

»Mich zumindest hast du beeindruckt oder auch frustriert. Ich weiß so was nämlich nicht, und dann erschreckt mich, dass sich der Mensch mit seinen kümmerlichen Sinnen so überschätzt.«

»Deine Sinne sind gut. Du navigierst dich schon durch den Fall. Und wenn ich dir was helfen kann, melde dich. Ich werde nun mit Dr. Vanessa Rudolph essen gehen.«

»Ist die hübsch?«

»Wenn man 150 Kilo, verteilt auf eine Größe von einem Meter sechzig, hübsch findet, vielleicht.« Jens lachte, und nachdem sie aufgelegt hatten, schickte er noch eine Reihe von Smileys aufs Display der Freisprechanlage.

Irmi lächelte. So schlecht war das Leben gar nicht – Magnetfelder hin oder her.

14

Die Fahrt nach Lindau verlief ziemlich einsilbig. Fünf war aber auch eine unchristliche Startzeit. Mit dem Haftbefehl im Gepäck erreichten sie kurz nach sieben Uhr morgens die Insel im schwäbischen Meer. Nebel waberten vom See her. Möwen riefen zum Morgenappell. Lieferautos schepperten über das Kopfsteinpflaster. Einem Schild entnahmen sie, dass der samstägliche Bauernmarkt wegen eines verkaufsoffenen Sonntags erst heute stattfand. Hoffentlich war Bettina Gerstner dann überhaupt daheim. Warm eingemummte Bauern entluden Kisten aus dem Kleinbus. Die Äpfel waren fast unpassend bunt im Wintergrau.

Kathi überquerte eilig den hübschen Marktplatz. Irmi hatte das Gefühl, als würde sich in dieser Altstadt der Erdball ein wenig langsamer drehen. Zumal es winterlich still war und nicht durchwuselt von Touristen. Lindaus Gassen umfingen sie, eigentlich hätten sie ständig den Kopf in den Nacken legen müssen, um die Fassaden der Bürgerhäuser aus dem 16. und 17. Jahrhundert zu bewundern. Aber wie so oft fehlte ihnen die Muße dazu.

Wenig später klingelten sie bei Gerstner im Zitronengässele, einer stillen Wohngasse. Es dauerte eine Weile, bis ein Türsummer surrte. Sie gingen in den ersten Stock hinauf, wo Bettina Gerstner im Türrahmen lehnte und eine Teetasse in Händen hielt. Es war ihr anzusehen, dass sie ein paar Sekunden brauchte, um die Kommissarinnen einzusortieren.

»Sie? Sie waren auf der Buchenbergalm, oder?«

»Richtig. Sie werden wissen, warum wir hier sind, oder?«, fragte Kathi.

»Nein.«

»Dürfen wir hereinkommen?«, erkundigte sich Irmi.

Bettina Gerstner nickte und ging ihnen durch einen langen Gang voraus. Ihr leichtes Hinken fiel heute mehr auf, aber das lag vermutlich daran, dass sie heute mehr darauf achteten. Sie gingen bis zu einer Wohnküche, die mit Holzmöbeln ausgestattet war. Eher schlicht war das Ambiente der übrigen Wohnung: hie und da ein paar Farbakzente und an der Wand ein Schwarz-Weiß-Foto des Matterhorns in Gewitterstimmung.

»Sie mögen Berge?«

»Sehr.«

»Obgleich Sie aus Velbert stammen?«

Keine Antwort. Sie warteten.

»Frau Gerstner, Sie hießen mal Novak, richtig?«, fragte Irmi.

»Warum fragen Sie, wenn Sie das wissen?«, entgegnete Bettina Gerstner. »Möchten Sie auch einen Tee?«

»Gerne.«

»Gibt's Kaffee? Und zwar einen starken?«, erkundigte sich Kathi in einem motzigen Tonfall.

»Sicher«, sagte Bettina Gerstner und hantierte mit einer Espressomaschine, die man direkt auf die Herdplatte stellte. Wenige Minuten später saßen sie alle vor ihren Getränken.

»Sie kannten La Jolina als Johanna Schmitz«, fuhr Irmi fort. »Sie hat Ihr Leben aus der Bahn geworfen.«

»In der Tat.«

Irmi beschloss, in die Vollen zu gehen. »Hat die junge Frau Sie auf der Hütte nicht erkannt?«

Sie lächelte. »Nein, ich war vor zehn Jahren etwas kräftiger. Meine Nase sieht inzwischen anders aus, auch die Wangenpartie und die Augenbrauen. Das ist alles dem Unfall geschuldet, von dem Sie ja anscheinend wissen. Ich habe eine andere Haarfarbe. Ich bin eine andere Frau.«

»Warum sind Sie auf diese Hütte gefahren?«, hakte Irmi nach.

»Weil es da hübsch ist.«

»Jetzt verarschen Sie uns nicht!«, fuhr Kathi dazwischen. »Sie fahren ausgerechnet dahin, wo La Jolina ist? Erzählen Sie mir bloß nicht, das sei Zufall gewesen! Man konnte im Internet nachlesen, dass sie dort sein wird. Warum waren Sie da?«

Bettina Gerstner verzog den Mund zu einem wehmütigen Lächeln. »Nun, ich habe Johannas Weg mitverfolgt. Ich konnte es lange Zeit nicht glauben, dass dieses Mädchen einfach so weiterlebt. Und ich fand, dass ich nach zehn Jahren abschließen musste. Einen letzten Schlussstrich ziehen.« Sie sah Irmi an. »Kennen Sie das? Es gibt einen Ex, dem man ewig nachtrauert. Und dann trifft man ihn Jahre später und ist völlig enttäuscht. Die totale Entzauberung. Und man weiß gar nicht, warum er so lange die Gedanken und Gefühle regiert hat.« Sie nahm einen Schluck Tee. »Ja, und ich dachte, das könnte auch mit ihr funktionieren.«

»Hat es das?«, fragte Irmi.

»Ja, sie hat mir fast leidgetan. Dieses Kunstprodukt. Und dann die Tragödie mit dem Kind. Wer ein Kind verloren hat, weiß, dass dieser Schmerz nie weniger wird und dass keine Zeit der Welt diese Wunde heilt.«

»Sie wollten einen Schlussstrich? Na, den haben Sie ja furios gezogen! Das Kind vergiftet, ein wirklicher Schlussstrich! Sie haben Sinn für perfide Inszenierungen! Und heucheln auch noch Mitgefühl. Chapeau!« Kathi spuckte Gift und Galle.

»Was soll ich getan haben?«

»Paris, die kleine Tochter von Jolina, ist erfroren, weil jemand ihr Beruhigungsmittel eingeflößt hatte«, sagte Irmi und beobachtete Frau Gerstner sehr genau.

»Ach, und das soll ich gewesen sein?« Bettina Gerstner war aufgesprungen. Ging kurz umher. Setzte sich dann wieder. »Sie waren doch auch auf der Hütte. Und viele andere. Und auf die Idee, dass Johanna selbst es gewesen sein könnte, weil sie in Ruhe ihre Shootings durchführen wollte, darauf sind Sie nicht gekommen? Chapeau, kann ich da auch sagen!« Auch ihr Ton wurde schärfer.

»Doch, das sind wir«, sagte Irmi ruhig. »Aber auch Jolinas Vater wurde getötet. In Murnau.«

»Aha.«

»Mehr haben Sie dazu nicht zu sagen?«, rief Kathi. »Markus Schmitz soll im Prozess damals sehr bestimmt aufgetreten sein. Der hat Ihnen doch sicher das Kraut ausgeschüttet, oder?«

»Interessante Formulierung.«

Kathi gab nicht auf. »Sie sind schon am 1. Januar in Bad

Kohlgrub eingetroffen. Markus Schmitz, der zuletzt Göldner hieß, wurde in der Silvesternacht in Murnau getötet. Nicht weit von Kohlgrub. Wo waren Sie denn in der Silvesternacht?«

»Allein auf dem Zahn.«

»Wo, bitte?«, fragte Kathi.

»Hoch über dem Graswangtal. Der Berg sieht aus wie ein überdimensionaler Backenzahn mit ein bisschen Karies vielleicht. Er markiert den Beginn einer ganzen Reihe schroffer Kameraden, die sich in ost-westlicher Richtung ziehen. Sollten Sie etwa Ihre Heimat nicht kennen?«

Bevor Kathi etwas Unflätiges erwidern konnte, fragte Irmi: »Und da hat Sie jemand gesehen?«

»Keine Ahnung, es waren Leute auf der Kolbensattelhütte, und zwei Wanderer waren unterwegs auf den Kofel. Am Sonnenberg war niemand. Ich habe es mir zur Gewohnheit gemacht, an Silvester immer allein zu sein.«

»Dafür gibt es dann aber keine Zeugen!«, fiel Kathi wieder ein.

»Es ist das Wesen des Alleinseins, dass man allein ist.«

»Nun gut«, sagte Irmi. »Lassen wir das für den Moment. Für Ihre Anwesenheit auf der Buchenbergalm haben wir jedenfalls jede Menge Zeugen, und im allgemeinen Trubel hätten Sie Paris leicht etwas verabreichen können. Sie sind Apothekerin, und Sie hatten allen Grund der Welt, Jolina zu hassen.«

»Hass, was für ein großes Wort.«

»Es war ein großer Einschnitt in Ihrem Leben. Eine Katastrophe. Würden Sie uns erzählen, was am Silvesternachmittag vor zehn Jahren genau passiert ist?«, fragte

Irmi und hoffte, die Frau über die Erinnerung aus der Reserve zu locken.

»Wozu?«

»Weil wir den Vorfall damals verstehen wollen.«

»Vorfall, ja, so kann man das auch nennen. Sie kennen die Geschichte doch offensichtlich. Es war am Silvesternachmittag. Wir waren auf dem Weg zu Freunden.«

»Wir?«

»Mein Mann, meine Tochter und ich. Im Auto.« Sie nahm einen Schluck vom Tee. »Wir fuhren auf der Nierenhofer Straße, Höhe Wilhelmshöhe. Auf einem Stoppelfeld neben der Straße ging eine Frau mit zwei Pferden spazieren. Sina liebte Pferde. Sie klebte an der Scheibe. Plötzlich gab es einen Knall. Und noch ein paar Detonationen. Wir hörten es sogar im fahrenden Auto, draußen muss es tausend Mal lauter gewesen sein. Die Pferde rannten los mit wehenden Stricken. Ich dachte noch, wenn sie nur nicht auf die Straße rennen. Von vorne kam ein Lkw, etwas Großes verdunkelte unsere Scheibe, es wurde kurz heller, dann kehrte das Schwarze zurück, und es gab einen Knall, Splittern, Scherben.« Sie atmete schwer.

Irmi wartete, und Kathi war klug genug zu schweigen.

»Ich habe später oft darüber nachgedacht. Es war der Moment, als sich oben und unten verkehrte. Als ich meine eigene verbrannte Haut roch. Dann kam der Schmerz aus mir heraus, ein Monster aus Schmerz. Wie ein Atompilz schoss dieser Schmerz in die Atmosphäre – die Straße, die Leitplanke, das Gras, sie alle müssen es gespürt haben. Ich war komprimiert zu einem Klumpen, und mir wurde schwarz vor Augen. Ein anderes Schwarz als jedes, das ich zuvor hätte beschreiben können.«

Kathi war blass geworden. In Irmis Innerem war etwas, das sich wehrte. Wollte sie überhaupt wissen, was diese schmale Frau ihnen nun erzählen würde mit dieser leisen Stimme, die raschelte wie Pergamentpapier?

Bettina Gerstner sah Irmi direkt an. »Und auf einmal wusste ich, dass es immer schwarz bleiben wird, wenn ich mich nicht wehre. Ich hatte keine Nahtoderfahrungen, ich sah mich nicht auf der Schaukel, wie mein Papa mich anschiebt, ich ging nicht durch ein gleißendes Tor oder sah auf mich herab. Ich schrie: ›Mama!‹ Das ist wohl der Urschrei der Menschheit, und mit diesem Schrei war ich wieder da. Es gab ein winziges Zeitfenster, in dem ich entscheiden konnte. Bleiben oder gehen. Ich war eingebucht auf Tod und entschied in diesem Moment, die Buchung zu stornieren.« Wieder sah sie Irmi an. »Später habe ich die Entscheidung oft bereut. Und dann kam der Augenblick, wo die Zeit stillstand.«

Wieder eine Pause.

»Ich sah meine Hand, die brennt. Ich sah mein Schienbein durch die Jeans. Und ich bestand nur noch aus Schmerz, aus vielen Einzelexplosionen. Ich hatte mich fürs Dableiben entschieden und hatte das Gefühl, als würde jedes der Systeme nun einzeln wieder hochfahren. Jedes in wüsten Nervenexplosionen. Jemand begann mir die Kleidung vom Leib zu reißen, ich versuchte, meine Unterhose festzuhalten. Daran erinnere ich mich noch. Jemand kippte flaschenweise Wasser über mich, es war Mineralwasser, und dann konnte ich nicht mehr atmen. Jemand anders saß auf mir, hatte das Knie in meinen Brustkorb gedrückt und versuchte, den Herzschlag in meinen Leib zu pressen. Atme!, schrie derjenige, der zu dem Knie gehörte. Ich atmete – und mir wurde klar, das hier wird länger als eine Woche dauern. Zwei oder drei vielleicht. Seltsam, oder? Skurril! Der Verstand hält dir die Augen zu. Das Adrenalin blockiert die Synapsen. Und mein vegetatives System hatte beschlossen, nicht ohnmächtig zu werden. Oder ich hatte es beschlossen, um nicht erneut von der Schwärze aufgesogen zu werden. Ich ritt auf dem Schmerz auf und ab. Ein Höllenritt. Und dann kamen noch mehr Menschen und legten mich auf eine Trage. Es wurde wattig, alles war wie Watte.«

»Das waren die Sanitäter, die Notärzte?«, fragte Irmi, um überhaupt etwas zu sagen.

»Ja. Später war ich in einer Klinik. Ich wusste nicht, wie viel Zeit vergangen war. Die Rippen waren gebrochen, das Schienbein und ein Luxationsbruch hatten den Oberschenkel in die Hüfte geschossen. Dort verlaufen Arterien, allein das hätte für den Tod gereicht. Im Spiegel hatte ich einen Gesichtsverband gesehen. Das Ohr war verbunden, und ich dachte, ich werde mein Kind nie mehr küssen können. Ich werde nie mehr schön sein können für meinen Mann.« Sie sah Irmi unverwandt an. »Bis heute frage ich mich: Habe ich da zum ersten Mal an die gedacht, die ich liebe? Die mein Leben sind? Oder waren. Hatte ich sie bis dahin vergessen? Nein, ich hatte die Frage die ganze Zeit mit mir herumgetragen: Wo sind sie?«

»Wo waren sie?«, fragte Kathi leise.

»Mein Mann Wolfi war sofort tot. Sina starb im Krankenwagen. Details gab es später. Nicht sofort und nicht die ganze Wahrheit. Nur Portionen, man musste mich schonen. Zeit ist relativ, das Zeitgefühl erst recht. Ich bemerkte nach und nach, was alles kaputt war an dieser stotternden Maschine, die sich Mensch nennt. Und dann brachten sie mich in eine Spezialklinik für Verbrennungen. Mein behandelnder Arzt dort sagte zu mir: ›So weh, wie es beim ersten Mal tut, tut es nie mehr.‹«

Sie atmete tief durch, sie sog Luft ein, als müsste sie sonst ersticken.

»Sie haben mir die Haut abgezogen«, fuhr Bettina Gerstner fort. »Lid, Lippe, Ohr. Immer wieder, ich war eine einzige offene Wunde. Im Warmluftfilter lag ich, ein Fleischklumpen, der einst ein Mensch war. Ich war ein Klumpen, den man nun steril hielt.«

»Aber, aber …«

»Aber es gab Schmerzmittel? Das fragen Sie sich?«

Kathi nickte.

»Natürlich. Alles vom Feinsten. Ich war Major Tom. Völlig losgelöst. Aber die Medikamente gab es erst hinterher. Der Schmerz war vorher der Gradmesser, wo er begann, kam das Fleisch. Bis zur Schmerzschwelle war ich nur verbrannter Abfall. Eine Grenze, die zu ziehen war. Verstehen Sie?«

Irmi starrte auf die Tischplatte. Sie hielt sich für nicht übermäßig wehleidig. Aber wie konnte man so was aushalten?

»Sie sehen weg, Frau Mangold?«, fuhr Bettina Gerstner fort. »Es ist vieles möglich, alles ist relativ. Und Sie liegen da, Stunde um Stunde, Tag um Tag, Woche um Woche.

Von den Ärzten sah ich immer nur die Augen, sie waren vermummt im Sterilraum. Aber dein Gehirn läuft weiter, während du wartest. Ein böses Organ, das Gehirn. Eines mit Eigenleben, eines, das schwer zu steuern ist. Der Wahnsinn klopfte an, also habe ich nachgerechnet: Welcher Wochentag ist heute? Dann habe ich zurückgezählt zu meinem zwölften Geburtstag. Welcher Wochentag war da? Was habe ich da gemacht? Was hatte ich an? Wer kam zu Besuch? Man muss den Kopf beschäftigen.«

Die Frauen nippten an ihren Tassen.

Dann durchbrach Bettina Gerstners leise, eindringliche Stimme die kurze Stille: »Erst viel später sah ich die Ärzte ohne Maske, aus den schnellen Augenbewegungen wurden ganze Gesichter. Und von da an gab es nicht mehr diese Intimität. Wenn du nur die Augen kennst, kennst du die Seele. Mit einem Gesicht und einem Körper gibt es viele Signale, mit der sich diese Seele übertünchen lässt. Und außerhalb des Sterilraums kehrte die Welt zurück und mit ihr die Wut. Vielleicht war da auch Hass. Das Schicksal hatte von allen Erdenbürgern mich am schlimmsten gestraft. Mein Augenmann hat mich später, als ich auf der normalen Station lag, im Rollstuhl ins Nebenzimmer gefahren. Da war ein sechzehnjähriger Lehrling, der unter einem Lkw auf der Hebebühne gestanden und an einer falschen Schraube gedreht hatte. Heißes Öl hatte sich über ihn ergossen. Kein Gesicht mehr. Wie sollte er denn jemals lieben und geliebt werden? Ich hatte ja wenigstens geliebt.« Sie atmete tief durch und sah Irmi an. »Erst vier Monate später stand ich an den Gräbern derer, die ich geliebt hatte. Der Arzt hatte mir auch die Frau aus Tschetschenien gezeigt, die ihre Beine verloren hatte und deren drei Söhne vor ihren Augen in Stücken durch die Luft gewirbelt worden waren. Er sagte zu mir: ›Alles, was Sie brauchen, ist Zeit.‹«

Sie nickte wie zu sich selbst.

»Ja, die Zeit! Eine heimtückische Taschenspielerin ist das. Sie kann die Tricks, kann ganz schnell oder ganz langsam verlaufen. Eines Tages konnte ich wieder auf eigenen Beinen auf die Toilette gehen. Wie viel Zeit war vergangen? Ich konnte im Kalender nachschlagen, wann der Unfall gewesen war, und all die Kästchen und Zahlen dazwischen zählen. Aber das war nicht meine subjektive Zeit. Im Krankenhaus wieder allein auf die Toilette zu gehen war wie ein Wunder. Und eines Tages saß ich allein in unserem leeren Haus. Mein Bruder hatte wohl ein wenig aufgeräumt. Die Blumen gegossen. Es war Herbst geworden. Dabei war mein Leben doch an Silvester stehen geblieben.«

»Hatten Sie denn … hatten Sie …« Wieder brachte die sonst so forsche Kathi kaum mehr als ein Stammeln hervor.

»Psychologische Hilfe? Betreuung?«

»Ja, so etwas?«

»Natürlich. Denn es gab noch viele Operationen in den nächsten drei Jahren. Und dazwischen immer wieder Pausen, in denen man mich anfüttern musste, päppeln. Bis zum OP-Gewicht. Es gab all diese Begegnungen mit Menschen, deren Prognose klar war. Sie wurden mit jedem Tag kränker, ihr Verfall war beschlossen vom Krebsdämon, vom Leukozytenmonster – ich hingegen wurde mit jedem

Tag gesünder. Und nach vierzehn OPs war nicht mehr viel zu sehen außer ein paar roten Flecken am Hals und einem leichten Hinken.«

Ja, sie war wieder eine gut aussehende Frau, aber was war mit ihrem Herzen, ihrer Seele?, fragte sich Irmi. Konnte man seinen Frieden mit dem Schicksal machen? Oder auch nur einen Pakt mit ihm eingehen? Oder musste man am Ende die töten, die schuld waren? Um seinen Frieden zu finden?

Bettina Gerstner lächelte. »Es hört nie ganz auf, aber es wird leichter. Man baut es in das eigene Leben ein. Und man wird zur Randgruppe. Verstehen Sie? Früher waren es die anderen, die hinkten und um Schonung bitten mussten. Und nun war ich das Hinkebein, das sich nur sehr moderat belasten durfte. Ich hatte die Seiten gewechselt, war anders geworden, langsamer und weniger belastbar. Und ich sah auf die Menschen, die meinen Weg kreuzten. Sah sie beleidigt in die Welt glotzen. Am liebsten hätte ich ihnen zugerufen: Ihr arrogantes Pack, ihr wisst gar nicht, wie gut es euch geht! Aber man kann immer nur von der Position aus urteilen, in der man eben ist. Manche stehen auf einem Stein inmitten eines kleinen Baches. Ein lächerlich kleiner Sprung würde genügen, um ans Ufer zu gelangen, denn es ist nicht weit dorthin. Und doch springen sie nicht. Sie verzweifeln lieber und warten, bis das Wasser wirklich steigt, um noch mehr verzweifeln zu können. Und schon wieder reden wir von der Relativität.«

»Sie klingen …« Irmi zögerte.

»Abgeklärt?«

»Das nicht, aber Sie klingen in jedem Fall so, als hätten

Sie Ihren Frieden gemacht. Warum rächen Sie sich dann zehn Jahre später an dem Mädchen, das Ihr Leben aus den Fugen geschossen hat?«

»Ich habe mich nicht gerächt.«

»Frau Gerstner, Markus Göldner ist tot. Paris ist tot, und ihre Mutter ist verschwunden. Wo steckt Jolina?«

Bettina Gerstners Blick war spöttisch und verriet, was sie von der Kompetenz der Polizei im Allgemeinen und Irmis Leuten im Speziellen hielt.

»Sie glauben wirklich, ich war das?«

»Ja, das glauben wir. Und die Staatsanwaltschaft auch. Wir haben einen Haftbefehl. Wenn Sie Ihren Anwalt verständigen wollen?«

»Wenn ich etwas gelernt habe in den Jahren nach dem Unfall, dann ist es, dass ich mich von Anwälten lieber fernhalte.«

»Sie verzichten also auf einen Anwalt?«

»So ist es, und wenn Sie mich verhaften wollen, dann tun Sie das. Sie haben aber die Falsche erwischt.«

»Ich frage Sie nochmals: Wo ist Jolina?«

»Keine Ahnung. New York, Mailand, London, dort, wo Fashion gemacht wird?«

»Sie ist verschwunden!«

»Bitte durchsuchen Sie gerne meine Wohnung.« Ihre Stimme klang noch immer spöttisch.

»Das werden wir tun. Wir haben eine entsprechende Anordnung. Und jetzt nehmen wir Sie mit nach Garmisch zur Vernehmung.«

Irmi und Kathi waren übereingekommen, Bettina Gerstner nicht erst beim Amtsgericht vorzuführen und sie dann im Einzeltransport ins Untersuchungsgefängnis nach München zu bringen. Sie hatten keine Zeit, und solange von einer Tatverdächtigen keine Gefahr ausging, konnte man auch diesen Weg wählen.

»Dann tun Sie das, wenn Sie meinen, es bringt Sie weiter«, sagte Frau Gerstner ergeben.

Sie schwieg die gesamte Fahrt, und auch in Garmisch war sie wenig auskunftsfreudig.

»Frau Gerstner, Sie waren in Kohlgrub, und Sie können schießen«, beharrte Kathi.

»Ach, geschossen habe ich? Auf Markus Schmitz? Oder besser gesagt Markus Göldner?«

»Wo waren Sie in der Silvesternacht?«

»Das sagte ich bereits. Allein auf dem Berg.«

»Aber Sie waren auch auf der Buchenbergalm, und Sie kennen sich mit Medikamenten aus. Vielleicht wollten Sie Jolina nur erschrecken. Vielleicht ist das aus dem Ruder gelaufen. Auch eine Apothekerin vertut sich in der Dosierung. Reden Sie jetzt bitte mit uns!«

»Es gibt nichts zu reden. Ich habe niemanden getötet.«

»Aber bitte! Wer außer Ihnen hatte denn Grund dazu?«, rief Kathi.

»Jolina, die tolle Internetmami, selbst?«

»Und die hat vorher ihren Vater erschossen? Frau Gerstner, Sie hatten allen Grund, den beiden Schmerz und Untergang zu wünschen! Wir wissen, dass Sie schießen können.«

»Oder es waren zwei Täter?«, entgegnete Bettina Gerstner. »Jolina hat ihr Kind sediert, und der Vater hatte einen ganz anderen Feindeskreis? In den Kriminalromanen, die ich ab und zu lese, gibt es das öfter.«

Ja, das gab es. Und es war durchaus eine Option. Womöglich hatte Caviezel etwas mit Göldners Tod zu tun, und Jolina hatte ihr Kind auf dem Gewissen. Das war nicht völlig abwegig. Im Gegenteil. Und doch wehrte sich etwas in Irmi. Etwas sagte ihr, dass es nur eine einzige Täterin war – und dass Jolina in höchster Gefahr schwebte.

»Fragen Sie doch Jolina!«, sagte Bettina Gerstner.

»Wir können sie nicht fragen, weil sie verschwunden ist. Haben Sie Jolina entführt? Und egal, welchen Zeitbegriff Sie momentan pflegen: Es ist zu spät. Richten Sie nicht noch mehr Unheil an!«, sagte Irmi mit Nachdruck. Sie hoffte immer noch, irgendwie an die Frau heranzukommen.

Diese lächelte auf eine merkwürdige Weise nach innen. »Sie glauben wirklich, ich würde so etwas durchziehen, obwohl eine ganze Polizeieinheit auf der Alm weilt? Sie glauben wirklich, ich würde ein Kind töten und anschließend die Mutter entführen?«

Bettina Gerstner wurde anschließend nach München überstellt.

Kaum waren sie wieder allein, rief Kathi empört: »Die ist eiskalt! Wenn du so was überlebt hast, dann hast du Schaden genommen. Und dieser Frau traue ich alles zu. Sie war in der Hölle. Sie hat andere Begrifflichkeiten. Andere Emotionen.«

»Gut, dann lass sie Göldner getötet haben und auch das Kind. Aber warum ist Jolina verschwunden? Und jetzt sag nicht, sie hätte sich abgesetzt. Ich bin überzeugt, dass sie entführt wurde. Und das kann nicht der Racheplan von Frau Gerstner sein! Sie will Jolina lebenslang bestrafen. Sie will ihr Leid zufügen. Sie will Jolina Albträume einpflanzen. Sie will sie zermürben. Sie zu einer Untoten machen! Wieso sollte sie Jolina entführt oder sogar umgebracht haben?«

»Weil etwas schiefgelaufen ist?«, schlug Kathi vor. »Was wissen wir denn, was hinter den Kulissen gelaufen ist! Vielleicht hat Jolina sie eben doch erkannt, hat eins und eins zusammengezählt.«

Das war gar nicht so unwahrscheinlich. Und die Vorstellung machte Irmi Angst.

15

Auch am nächsten Tag in München gestand Bettina Gerstner nicht. Man hatte ihr einen Pflichtverteidiger geschickt, der auch mit seinem Juristenlatein am Ende war. Mehrmals rügte er Kathis rüdes Vorgehen. Frau Gerstner war bei ihrer spöttischen Haltung geblieben. Als Kathi dann einen ihrer typischen Aussetzer hatte, stürmte sie hinaus und der Verteidiger hinterher. Irmi saß der Tatverdächtigen allein gegenüber.

»Ihre Kollegin muss noch viel lernen«, meinte Bettina Gerstner. »Geduld. Milde. Sie ist sehr hart im Inneren. Schwere Kindheit?«

Irmi versuchte, sich ihre Überraschung nicht anmerken zu lassen. Kathi hatte liebevolle Eltern gehabt und eher das Gegenteil einer harten Kindheit erlebt. Aber ihr Vater war beim Bergsteigen abgestürzt, als Kathi dreizehn gewesen war. Ihr Freund war gegangen, als sie schwanger war. Die wichtigen Männer in ihrem Leben hatten sie verlassen. Und Kathi hatte immer in der Schuld ihrer warmherzigen Mutter gestanden, weil diese das Soferl aufgezogen hatte. Hatte sie durch ihre schroffe Art bewusst einen Gegenentwurf zu ihrer Mutter aus sich gemacht?

»Johanna hatte auch keine üble Kindheit und hat doch so etwas Dummes angestellt«, gab Irmi zu bedenken.

»Na ja, ich glaube, ihr Vater war kein lieber Papi. Am Anfang ist so viel Licht in den Menschen. Kinder sind

Licht. Doch das Licht wird weniger mit jeder Kränkung. In der Mitte des Lebens sind die Schatten viel stärker als das Licht«, meinte Bettina Gerstner.

»Das würde ja bedeuten, dass alle um sich schlagen, verletzen und töten?«

»Sehen Sie sich doch um, Frau Mangold! Was sehen Sie? Ich sehe Kriege im Großen, ich sehe Kriege im Kleinen. In Büros, in Firmen und Familien. Ich sehe Schattengespenster. Sehen Sie etwas anderes? Tragen Sie eine Brille aus Goldstaub?«

»Nein, aber das Licht muss die Finsternis besiegen. Deshalb habe ich diesen Beruf gewählt.«

»Sie sind eine Idealistin? Oder nur dumm?«

»Weder noch. Wo ist Jolina?«

»Ich weiß es nicht. Und wenn Sie noch so oft fragen!«

»Und dabei bleiben Sie?«

»Sicher. Weil das die Wahrheit ist.«

Irmi verließ den Verhörraum. Müde. Frustriert.

Kathi kam ihr wütend entgegen. »Dieses Weib. Eiskalt ist die!«, rief sie.

»Wenn du mal eine winzig kleine Möglichkeit einräumst, dass sie doch die Wahrheit sagt, wer wäre dann verdächtig?«

»Sorry, aber da fällt mir keiner ein. Caviezel? Der hatte vielleicht einen Grund, Göldner aus dem Weg zu räumen, aber warum sollte er ein Kind töten? Und Jolina entführen? Wenn er Göldner hasst und strafen wollte, dann hätte er doch vorher dessen Familie ins Visier genommen.«

Kathi schwieg für ein paar Sekunden.

»Caviezel tötet Göldner, und Jolina hat ihr Kind getötet? So weit waren wir schon mal. Doch dann hatten wir es wieder verworfen«, sagte sie. »Jolina war es. Sie muss es gewesen sein!«

Irmi überlegte. Kathi hatte recht. Und noch etwas kam ihr in den Sinn. »Unser Zeuge Lohmüller hat einen Mann in der Wohnanlage herumstreifen sehen. Die im Architekturbüro auch. Und ich bin mir sicher, dass in der Nacht, als Paris starb, noch jemand auf Skiern ins Tal abgefahren ist.«

»Ja, aber das kann sonst wer gewesen sein. Da waren auch noch andere Leute auf der Hütte. Und es kann auch Frau Gerstner gewesen sein. Haben wir sie noch gesehen in der Nacht, nachdem die Sanis weg waren?«

»Ich weiß es nicht.«

»Eben! Keiner von uns erinnert sich.«

»Dann bleibt uns der Mann, der in Göldners Auto geglotzt und sich in der Wohnanlage herumgetrieben hat«, meinte Irmi.

»Ja, geschenkt! Lass das den Bader gewesen sein, der sich zusammen mit seinem gemeingefährlichen Schwager irgendwas Blödes überlegt hat. Vielleicht wollten die was an seinem Auto manipulieren, Hinterfotzigkeit, das ist deren Prinzip. Siehe Bewertungsportal. Aber zum Glück für die beiden ist ihnen jemand zuvorgekommen. Unser Racheengel. Und jetzt geh ins Bett, Irmi, du siehst nicht gut aus. Wir setzen die Befragung morgen fort. Die Gerstner wird schon noch gestehen.«

»Und Jolina? Uns läuft die Zeit davon! Es ist kalt. Was, wenn sie irgendwo erfriert? So wie ihre Tochter? Wer sagt uns, dass sie noch lebt?«

»Wer sagt uns, dass sie überhaupt entführt wurde? Ich

weiß, dein Gefühl, deine Überzeugung. Aber sie kann sich auch einfach abgesetzt haben. Sie hat Geld zum Saufuadern, sie hat Kontakte. Stell dir vor, dein Vater ist tot, dein Kind auch, du bist völlig durch den Wind. Du willst flüchten, weg von all dem, das ist doch eine menschliche Reaktion«, meinte Kathi.

»Aber du bist doch auch Mutter! Würdest du nicht wissen wollen, wer schuld ist am Tod deines Kindes? Und nicht weichen, bis du Gewissheit hättest?«

»Du würdest so denken und ich auch. Aber Jolina hat ja wohl schon als Johanna Schmitz anders getickt. Die ist schuld an zwei Toten und einer Schwerstverletzten und steckt das locker weg. Die macht sich zum Kunstprodukt, und es geht ihr nur um die Außenwirkung. So eine tickt anders! Ab jetzt, geh schlafen!«, insistierte Kathi.

In dieser Nacht schlief Irmi unruhig. Sie fegte einen der Kater im Halbschlaf vom Bett, was der mit einem Kratzer in ihr Bein quittierte. Wahrscheinlich hatte er sich festhalten wollen. Es war sieben, als ihr Handy sie weckte. Jens war am Apparat.

»Wie schön, dass du dich meldest! Um Himmels willen, wie spät ist es bei dir denn gerade?«

»Mitternacht. Ich hatte noch zu tun. Und zwar ohne dass hier dauernd einer reinquakt und mich auf irgendwelche Sicherheitsbestimmungen hinweist. Ohne Frau Dr. Rudolphs Micky-Maus-Stimmchen. Aber sag, wie geht es dir im bayerischen Winter?«

»Ich fühle mich winterlich. Alles ist eingefroren. Inklusive mein Hirn.«

»Erzähl!«

Irmi berichtete von der Frau, die nicht gestehen wollte, und von ihren Zweifeln.

»Du bist nicht überzeugt, Irmi, oder?«

»Nein, irgendwie nicht.«

»Wenn du deiner inneren Stimme folgst, Irmi, was sagt sie dir, wohin lockt sie dich?«

»Sie flüstert unentwegt, dass es weder Caviezel noch Frau Gerstner war.«

»Und die Frau mit den Pferden?«

»Daran habe ich auch schon gedacht. Aber das erscheint mir so abwegig.«

»Weil sie nett war? Empathisch?«

»Ja, das auch.«

»Alles kann Fassade sein. Alles Maskerade. Dicke Tünche. Nur Kulissen für eine Geisterstadt. Das weißt du doch am allerbesten, Irmi.«

»Ja.«

»Sie hat das Ganze miterleben müssen. Du hast erzählt, dass sie bis heute Petra Schmitz, die Mutter von Jolina, besucht. Sie sieht diese Frau, die ein Zombie wurde. Sie hat über die Jahre Sympathien für die Frau entwickelt. Und deren Tochter bloggt über Banalitäten. Modescheiß! Ihre Beauty-OPs. Die Mutter und diese Pferdefrau sind beide Opfer. Die eine hat sich in einen Kokon eingesponnen, die andere kann die Wut und den Hass nicht weiter unterdrücken – und handelt. Sie hatte viel Zeit, sie kann kühl handeln. Liegt in der Kälte nicht überhaupt eine starke Symbolik, Irmi? Die Frau ist über die Jahre im eigenen Sein erfroren und erstarrt?«

»Willst du meinen Job haben? Oder den eines Polizeipsychologen oder Profilers?«, fragte Irmi lächelnd.

»Wenn du so lange bei Stihl in Virginia Beach programmierst?«

»Das würde schlecht für Stihl enden, fürchte ich. Mal angenommen, es war die Pferdefrau, dann müsste sie auf der Hütte gewesen sein. Aber wir haben sie nicht gesehen.«

»Was heißt das schon? Man sieht, was man weiß. Was man erwartet. Viele Menschen waren da oben. Mit Skimützen vermutlich. Ich würde das nicht ausschließen.«

Irmi dachte nach. Jens hatte recht. Es konnte ja trotzdem Bader gewesen sein, der um das Auto geschlichen war. Und diese Hypothese hatte noch eins für sich: Margit Lehmann hasste vor allem Jolina, und dieser Hass rechtfertigte eine Entführung.

Schritt für Schritt war sie ihr näher gekommen. Erst hatte sie den Vater umgebracht, dann das Kind. Und am Ende ging es um das blanke Leben von Jolina.

»Sie ist eine Frau und nur mittelgroß«, gab Irmi zu bedenken.

»Zum Schießen braucht man keine Statur wie Klitschko. Und um jemanden zu entführen, gibt es jede Menge Tricks. Du solltest den Gedanken zumindest zulassen, Irmi.«

»Ach, ich wünschte …«

»Was?«

»Dass du hier wärst. Zumindest in einem Land ohne Zeitverschiebung«, sagte Irmi leise.

»Ich bin bald in Südafrika. Da ist es nur eine Stunde.«

»Na dann«, sagte Irmi.

Sie vollführten ihre Winkelzüge schon viele Jahre. Sie liebten sich, auf Distanz und auch mal ganz nah, aber immer im Wissen, dass ihre Begegnungen zeitlich knapp bemessen waren. Das tat manchmal weh, aber es machte sie beide auch frei.

»Jens, danke. Du hast natürlich …«

»Recht? Nein, ich habe lediglich den Blick von außen.«

»Sagt mir dein Blick von außen auch, wo ich Jolina suchen soll? Die Frau mit den Pferden stammt aus Velbert. Was, wenn sie Jolina irgendwie aus Murnau weggelockt hat? Sie kann überall sein zwischen dem Alpenrand und dem Ruhrgebiet. Sie kann sogar weit abseits dieser Linie sein.«

»Meine Allerliebste, du hast immer den richtigen Weg gefunden, du wirst es auch diesmal tun. Irmi, ich muss jetzt ins Bett. Kann ich dich morgen anrufen?«

»Bestimmt. Oder ich probiere es. Und danke.«

Sie legten auf. Einige Sekunden später kam ein Kuss-Smiley von Jens. Irmi lächelte.

Seine Anregung war natürlich nicht von der Hand zu weisen, genau genommen war sie alarmierend, denn dann hatten sie wertvolle Zeit vertan und die falsche Frau verhaftet.

Mit diesem Gedanken, der auf der Fahrt ins Büro zu einer festen Überzeugung wurde, erreichte Irmi die Polizeiinspektion in Garmisch.

»Andrea, kannst du bitte Lars anrufen? Wir müssen Margit Lehmann noch einmal auf den Zahn fühlen und ihr Alibi überprüfen. Was hat sie damals gesagt? Sie sei an Silvester allein daheim gewesen? Schwache Aussage.

Wir müssen wissen, wo sie am Dreikönigswochenende war!«

»Glaubst du wirklich … ähm … sie war es? Nicht die Gerstner?«

»Ich glaube, die Gerstner war es nicht. Wir verrennen uns. Und verlieren Zeit!«, rief Irmi fast schon in Kathi-Lautstärke. Das war die Anspannung, die anschwoll wie eine Flutwelle.

Kathi war hereingekommen. »Irmi, echt! Du hast irgend so ein Seelenverwandtschaftsdings mit der Gerstner. Drum willst du nicht glauben, dass sie es war!«

»Und du bist voreilig. Los, Andrea, anrufen! Vereinbare bitte einen Termin für eine Videokonferenz.«

»Aber wenn sie's war, wenn Lars sie vorlädt, dann ist sie doch gewarnt. Wenn sie's echt war, also …«

Doch dieses Risiko war Irmi bereit einzugehen.

Kathi trampelte kopfschüttelnd aus dem Raum, Gestik und Mimik demonstrierten: Jetzt spinnt die Alte komplett. Andrea schlich sich hinaus, auch sie schien nicht überzeugt. Wenig später kam sie zurück.

»Lars hat sie vorgeladen. Er lässt sie mit dem Polizeiauto abholen, hat er gesagt. Bisschen bad cop, hat er gemeint. Irmi, wenn das … wenn das …«

»Wenn das schiefgeht, liegt das in meiner Verantwortung, Andrea!«

Irmi hatte noch Jens' Rede im Ohr von der inneren Stimme, der sie folgen sollte. Aber auch innere Stimmen sprachen manchmal Müll.

Es war früher Nachmittag, als Irmi mit Andrea vor dem PC saß. Kathi hatte wohl beschlossen, sie durch Missachtung zu strafen. Andrea hatte wieder rote Bäckchen, eindeutig von Lars befeuert. Der Kollege aus Velbert saß da und guckte streng, doch Margit Lehmann wirkte eher genervt als beeindruckt.

»Hallo, Frau Mangold da unten in Bayern, ich hab echt was anderes zu tun, als dauernd mit Ihnen zu plaudern. Und am Arbeitsplatz von der Polizei abgeholt zu werden, ist auch nicht gerade förderlich. Ich bin Erzieherin, wissen Sie, wie das aussieht?«

»Frau Lehmann, wir hier unten in Bayern haben zwei Tote. Markus Göldner und die kleine Paris. Johanna Schmitz, die Mutter des Kindes, wird vermisst.«

»Und wenn ich Sie richtig verstehe und Herrn Michalski auch, dann verdächtigen Sie mich nun doch?«

»Wo waren Sie an Silvester und wo am 7. Januar?«, fragte Irmi.

»Ich war Silvester zu Hause, und zwar allein. Das sagte ich bereits.«

»Und am 7. Januar?«

»Da war ich nachmittags mit zwei Freundinnen ausreiten.«

»Die das bezeugen können?«

»Sicher. Wir sind alle nicht dement! Und wissen Sie was, ich hab sogar ein Bild. Auf meinem Handy.« Sie reichte es Lars. »Da!«

Der wischte ein wenig am Smartphone rum und hielt es in die Kamera. Man sah drei Frauen zu Pferde, die je eine Glühweintasse in der einen Hand, die Zügel in der anderen hielten.

»Das war auf einem Bauernhof in der Nähe. Der Heinz

hat uns Glühwein angeboten und ein Foto gemacht. Und wie Ihnen Herr Michalski bestätigen wird, ist das am 7.1. um drei Uhr nachmittags aufgenommen.«

Irmi rechnete nach. Wenn sie gegen sechzehn Uhr das Pferd im Stall abgegeben hatte und gleich losgefahren war, hätte sie durchaus vor Mitternacht auf der Hütte sein können. Folgerichtig fragte sie: »Und nach dem Ausritt? Wo waren Sie da?«

»Zu Hause in der Badewanne und dann vor dem Fernseher. Sie glauben doch nicht ernsthaft, dass ich dann noch nach Bayern gefahren bin? Ich mag Bayern nicht. Die Leute sind dumm und großkotzig zugleich. Beschimpfen alle als Saupreußen, die nicht deren Sprachfehler haben. Und beschweren sich, dass sie im Bund für andere Länder so viel zahlen müssten. Wer hat dieses arme, verdummte Bauernvolk denn vor fünfzig Jahren aus dem Sumpf gezogen? Damals haben die Bayern ihre Zimmer geräumt, um an Gäste zu vermieten, und selber auf dem Dachboden geschlafen. Wir Nordrhein-Westfalen haben sie damals aus der Kuhscheiße geholt!«

Angriff war immer auch Verteidigung, befand Irmi und wartete.

Margit Lehmann atmete tief durch. »Sollte ich einen Anwalt holen? Sie verdächtigen mich ja wirklich! Dann sage ich nämlich jetzt nichts mehr.«

»Sie haben Vater und Tochter gehasst. Nicht nur, weil Sie die Bilder von damals nie mehr loswerden, sondern auch, weil die beiden keine Reue gezeigt haben. Weil sie selbstgefällig, hochmütig, ja hoffärtig waren. Das hat Sie am meisten getroffen.«

Margit Lehmann schien abzuwägen, ob sie schweigen oder doch noch etwas sagen sollte. In ihren Augen flackerte etwas auf. Sie beugte sich ganz nah an die Kamera.

»Ich war es nicht. Sie haben sicher recht, dass der Hochmut das Schlimmste war. Die Reuelosigkeit. Keine Gewissensbisse.« Sie stutzte kurz. »Sie haben gerade das Wort hoffärtig benutzt. Das tun wenige. Wissen Sie, wer das auch immer gesagt hat? Bettina Novaks Bruder.«

»Ihr Bruder? Der all die Prozesse für sie geführt hat?«

»Ja, Ralf Winter, ihr Zwillingsbruder.«

»Sie meinen …?«

»Ralf Winter ist ein sehr kluger Mann, der beispielsweise Worte wie hoffärtig benutzt hat. Ich habe ihn ein paarmal reden hören bei den Prozessen, alles wie gedruckt, ja …«

Irmis Herz klopfte schneller, und die Denkmaschine begann zu rattern. »Wissen Sie etwas über ihn?«

»Nein, aber damals, in all den schauerlichen Prozessen, war er der Redner. Der Ansprechpartner. Er wusste seine geliebte Schwester inmitten von Schmerz und Angst. Und er sah seinen Kontrahenten, wie der seine Tochter da raushaute. Er hatte seine kleine Nichte und den Schwager verloren. Und seine Schwester ja irgendwie auch. Zumindest lange Jahre, als sie nur in Kliniken lag.«

Plötzlich kam Irmi eine Idee. »Sekunde!«, sagte sie zum Bildschirm und wandte sich an Andrea. »Hol mal die Bilder von Rieser und Co.«

Andrea ging, pures Erstaunen im Blick, und war wenig später zurück. Irmi hielt die Bilder von Höck, Bader und Rieser vor den Bildschirm.

»Kennen Sie einen davon?«

»Den da sicher nicht«, sagte Margit Lehmann und zeigte auf Höck. »Den da auch nicht.« Sie deutete auf das Foto von Rieser. »Aber der da, der erinnert mich ein bisschen an Ralf Winter. Ich weiß ja nicht, wie der heute aussieht. Er war mal blond, sicher ist er ergraut. Wer ist das? Ist das Ralf Winter?«

Nein, das war Bader. Aber der Zeuge Lohmiller hatte einen Mann umherschleichen sehen, der Bader ähnelte. Die Mitarbeiterin aus dem Architekturbüro hatte ebenfalls eine Beschreibung abgegeben, die an Bader erinnerte. Was, wenn Ralf Winter der Spion gewesen war? Er hatte unerkannt agieren können. Keiner hatte ihn auf dem Schirm gehabt.

Sie dachte an das Gespräch mit Jens. Was, wenn es nicht Margit Lehmann, sondern der Bruder gewesen war, der das Leid seiner Schwester nicht hatte ertragen können und wollen?

»Frau Lehmann, wissen Sie mehr über Ralf Winter?«

»Er war auch in der Apotheke hier in Velbert tätig. Sie waren alle drei Apotheker, die Zwillinge und Novak. Bettina hat ihren späteren Mann im Studium kennengelernt, sie hatten alle drei zusammen studiert, glaube ich. Soweit ich weiß, hat der Bruder die Apotheke noch eine Weile allein weitergeführt und dann verkauft. Ich war mal drin, da gab es andere Besitzer.« Sie schwieg. Blickte auf den Schreibtisch. Dann hob sie den Kopf und sah direkt in die Kamera. »Sie sind alle weggegangen. Nur ich bin geblieben. In Velbert. Ich komme immer noch an der Unfallstelle vorbei. Und sie verliert über die Jahre an Schrecken. Ja, ich bin die Einzige, die geblieben ist.«

»Weil Sie Bayern und seine Bewohner nicht mögen?«, sagte Irmi lächelnd.

»Na ja, es gäbe ja noch ein paar andere Bundesländer, in die ich ziehen könnte – und die ganze Welt.« Margit Lehmann klang versöhnlich.

»Ich gehe ja auch nie woanders hin«, sagte Irmi. »Und Sie haben gar nicht so unrecht. Wir Bayern sind selbstgefällig. Dabei ist die Landschaft wirklich nicht unser Verdienst.«

»Brauch ich jetzt einen Anwalt?«, fragte sie.

Es war ein Risiko. Irmi warf Andrea einen schnellen Blick zu. Die schüttelte unmerklich den Kopf.

»Nein, Sie können gehen«, erklärte Irmi. »Und bitte verzeihen Sie Herrn Michalski, wir haben ihn um Amtshilfe gebeten.«

Margit Lehmann nickte. »Wenn Ralf Winter etwas mit der Sache zu tun hat, dann wäre ich an Ihrer Stelle auf der Hut. Ich habe selten jemanden gesehen, der so … so … ich weiß gar nicht, wie ich sagen soll. Er war nicht nur wütend. Er war schwarz, dunkel, zornig, ach … ich … Verstehen Sie?«

Irmi hatte eine Ahnung, bedankte sich und beendete die Videokonferenz.

»Hör mal zu, Andrea«, sagte sie. »Wir müssen wissen, wo Ralf Winter steckt. Wo er lebt. Was er jetzt macht. Und zwar sofort.«

»Wolltest du nicht seine Schwester fragen?«

»Nein, momentan lieber nicht.«

Sie wussten zu wenig. Ralf Winter und Bettina Gerstner konnten gemeinsame Sache gemacht haben. Das war gar kein so schlechter Gedanke. Er hatte womöglich Göldner erschossen und sie das Kind getötet. Es war unklar, wie lange die Staatsanwaltschaft den Haftbefehl würde aufrechterhalten können. Wenn Bettina die Chance bekam, ihren Bruder zu warnen, war alles aus.

»Ach ja, und erzähl Kathi bitte, was wir erfahren haben. Sie scheint mein Vorgehen nicht mitzutragen. Frag sie, ob sie noch im Boot ist. Sie könnte ja sonst Urlaub einreichen.«

Andrea starrte Irmi an. »Das kann ich nicht, ich meine … du musst … ich …«

»Natürlich kannst du das! Du kannst alles! Und grüß mir den Lars. Guter Typ. Seltenes Exemplar. Erstaunlich, dass er solo ist.«

Andrea lächelte verlegen. »Er war mal verheiratet. Seine Frau stammte aus Lettland und hat irgendwann ihren Jugendfreund wiedergetroffen. Mit dem ist sie nach Jurmala abgehauen, das liegt am Meer. Er ist anscheinend so ein lettischer Beachboy. Jedenfalls war sie nach acht Jahren einfach weg. Das hat ihn sehr getroffen. Da war ihm nicht so nach … na ja … also …«

»Dumme Kuh, also diese Ex mein ich«, sagte Irmi nur und ging.

»Wo gehst du hin?«, rief ihr Andrea nach.

»Heim, ich muss melken. Bernhard hat einen Arzttermin. Sobald du mehr über Ralf Winter weißt, ruf mich an. Du weißt ja, wie lange ich ungefähr zum Melken brauch.«

»Aber …«

Irmi ging, ohne sich umzusehen. Man konnte delegieren. Man musste es nur tun. Die anderen waren gut, anders gut als sie selbst, aber gut. Ein leichtes Lächeln huschte über Irmis Gesicht. In diesem Moment fand sie sich ziemlich prima. Als sie daheim angekommen war, muhten vereinzelte Kühe.

»Ich weiß, ich bin etwas zu spät dran. Gemach, die Damen, gleich geht's los.«

Irmi schlüpfte in einen Blaumann, setzte eine Mütze auf und begann mit der Arbeit, die sie seit ihrer Kindheit kannte. Früher hatten sie von Hand gemolken, heute gab es einen Melkstand. Einige Nachbarn hatten längst Melkroboter. Sie hatten über hundert Kühe und rannten im Hamsterrad der Landwirtschaft. Auch Bernhard drohte zerrieben zu werden zwischen den Empfehlungen des Bauernverbands, den Molkereien, der hohen Politik, den Discountern. Irmi bedauerte, dass Bernhard nicht der Aussteigertyp war, der auf Mutterkuhhaltung, Heumilch oder gar Bio umstellte. Bernhard wollte von seiner Arbeit leben, aber das ganz konventionell. Sie waren in diesem Punkt ziemlich verschiedener Meinung, doch Irmi hielt sich zurück, denn sie hatte einen festen Job außerhalb seiner Welt.

Die Arbeit ging ihr leicht von der Hand, und sie war gerade dabei, den Tieren Kraftfutter in die Rinne zu kippen, als das Telefon läutete. Es war Andrea.

»Also, der Bruder lebt in München, das wussten wir ja schon. Die Adresse ist in Sendling, er arbeitet da in der Nähe des Harras in einer Apotheke. Ist da Teilhaber.«

»Hast du ihn gesprochen?«, fragte Irmi.

»Nein, ich hab aber noch jemanden erwischt in der Apotheke. Also, die nehmen an, er ist in seiner Ferienwohnung. Da ist er oft, also …« Andrea klang komisch.

»Wo ist denn diese Wohnung?«, fragte Irmi.

»In Garmisch«, sagte Andrea leise.

»Wie bitte?«

»Ja, in Garmisch. Ich bin grad dabei herauszufinden, wo genau.«

Garmisch! Jolina lebte in Murnau. Etwas rückte näher, was Irmi Angst machte.

»Schau, dass du die Adresse von der Ferienwohnung findest, Andrea! Ich fahre nach Murnau zu diesem Marius von Hohenester. Ich muss ihn fragen, ob der Winter kennt oder ihn zumindest schon mal gesehen hat, verdammt!«

»Ich kann dir ein Bild von Ralf Winter aufs Handy schicken. Er sieht Bader wirklich ähnlich.« Andrea klang kläglich.

»Mach das!«

»Irmi, noch was: Kathi würde dich abholen.«

»Ach?«

»Ja, sie …«

»Gut, passt.« Irmi sah auf die Uhr. Es war genug Zeit, um kurz zu duschen. Kathi goutierte es nämlich gar nicht, wenn Irmi nach Silo stank. Der beißende Geruch kroch nämlich überallhin und setzte sich fest. Irmi föhnte die Haare im Schnelldurchgang und setzte eine Mütze auf. Es würde gruselig aussehen, wenn sie diese später absetzte, aber es ging ja nun nicht um den Gewinn eines Schönheitswettbewerbs.

Kathi stand schon im Hof, als Irmi rauskam. Sie hatte

nicht gehupt, sondern rauchte und nahm auch diese Kippe artig auf.

»Andrea hat dich ins Bild gesetzt?«, fragte Irmi kühl.

»Ja, hammerhart. Du hattest recht.«

»Margit Lehmann war es nicht. Falsche Verdächtige«, erklärte Irmi.

»Aber sie hat den entscheidenden Hinweis geliefert«, meinte Kathi.

»Das wissen wir auch noch nicht«, blockte Irmi ab.

Sie blieb einsilbig, bis sie in Murnau angekommen waren. Es war stockdunkel geworden. Sie läuteten, und der Wiener stand schon in der Tür, als der Aufzug sich öffnete. Diesmal trug er einen glamourösen Pulli mit eingewirkten Goldfäden und eine enge schwarze Jeans, die an seinen dürren Beinen wie Leggings wirkte.

»Wissen Sie endlich was über Jolina? Wo sie ist?«

»Herr von Hohenester …«

»Marius reicht. Das hab ich Ihnen schon mal gesagt!«

»Marius, können wir bitte kurz reingehen?«

Er nickte, und sie ließen sich wieder auf der weißen Ledercouch nieder.

»Sie haben also immer noch nichts von Jolina gehört, Marius?«

»Nein, das Spatzerl ist nach wie vor verschwunden, und Sie tun offenbar immer noch nichts! Warum sind Sie hier? Nicht, um mir endlich eine gute Nachricht zu bringen?«

»Marius, Sie sind also immer noch nicht der Meinung, dass Jolina einfach verschwunden sein könnte?«

»Sie hätte mir davon erzählt. Wie oft muss ich das denn

noch sagen? Wir waren so.« Er kreuzte die fein manikürten langen Finger. »Und warum lassen Sie mich überwachen? Ich merk so was! Wenn Sie glauben, dass ich … ich … Sie war mein Augenstern!« Es traten schon wieder Tränen in seine Augen.

Irmi zeigte ihm das Handy mit dem Bild von Ralf Winter. »Kennen Sie den Mann?«

Er sah hin, stutzte. »Jessas, ja. Das war die Nervensäge.«

»Wer?«

»Der Mann war im November hier. Er hat geläutet. Wollte unbedingt ein Autogramm für seine Nichte. Wir machen so was privat nie. Wir öffnen auch nicht. Was glauben Sie, was sonst hier los wäre! Aber er hat mich überlistet. Er hat sich das Paket vom DHL-Mann geschnappt und dem wohl gesagt, er nehme es mit hoch. Er sei ein Freund der Familie, hat er behauptet. Den Boten hab ich am nächsten Tag ganz schön zusammengefaltet!«

»Haben Sie dem Mann einfach nur eine Autogrammkarte in die Hand gedrückt, oder hat er Jolina persönlich getroffen?«

»Er war total beharrlich, deshalb hat Jolina mit ihm schnell ein Selfie gemacht. Damit die Nichte auch glaubt, dass er wirklich bei ihr war. ›Sie wird im siebten Himmel sein vor Glück‹, hat er gesagt. ›Sie ist ein Engel, meine Nichte.‹ Das fand Jolina irgendwie rührend. Sie hat noch etwas mit ihm geplaudert, unter anderem über unseren Dreh am Buchenberg, ja genau, das hat ihn sehr interessiert.«

Die Nichte ein Engel, der aus den Wolken herabblickte! Irmi zuckte innerlich zusammen.

»Bitte, das ist jetzt sehr wichtig, Marius. Hatten Sie irgendwie das Gefühl, Jolina habe den Mann gekannt? Schon von früher oder so? Von irgendwoher?«

»Komisch, dass Sie das sagen. Das Schatzerl meinte, seine Stimme wäre ihr so vertraut. Wissen Sie«, er sah Irmi prüfend an, »Jolina hat in der Wohnung selten ihre Kontaktlinsen drin, und ihre Brille setzt sie auch nur ungern auf. Sie sieht ohne aber nicht so gut. Was ist mit dem Mann? Hat er etwas mit Jolinas Verschwinden zu tun? Reden Sie!«

»Bitte erinnern Sie sich ganz genau, wann Sie Jolina zum letzten Mal gesehen haben.«

»Wie gesagt, sie war mit dem Auto zum Kindergarten gefahren, um die Sachen von Paris abzuholen. Ich wollte mitkommen, aber sie sagte, das müsse sie alleine machen. Und ich bin oben auf der Dachterrasse gestanden und habe geraucht. Irgendwann sah ich ihren Wagen um die Ecke kommen. Und hab erwartet, dass sie in wenigen Minuten hier auftauchen würde. Dem war aber nicht so. Ich bin in die Garage hinuntergefahren. Da stand das Auto. Mit einem Karton, in dem Paris' Sachen lagen. Das wissen Sie doch alles.« Ihm liefen die Tränen hinunter. »Sie ist hier oben nicht angekommen. Aber das glauben Sie mir ja nicht!«

Irmis Magen verkrampfte sich. Plötzlich kam ihr alles ganz klar vor. Ralf Winter musste Jolina in der Tiefgarage aufgelauert haben, und sie hatte ihn als den netten Onkel wiedererkannt, der ein Autogramm für seine Nichte holen wollte. Entweder hatte er ihr eine Story aufgetischt, woraufhin sie in sein Auto eingestiegen war. Oder aber sie hatte ihn als Ralf Winter von damals identifiziert, womöglich sogar flüchten wollen, und er hatte sie überwältigt. Wobei die erste Variante die wahrscheinlichere war. Die Spusi hatte ja keinerlei Kampfspuren in der Garage entdeckt. Ralf Winter hatte Jolina in seiner Gewalt. Irmi war sich auf einmal sicher. Was, wenn sie jetzt zu spät kamen?

»Marius, wenn Sie doch noch was hören, melden Sie sich umgehend, ja?«

Er nickte. Und die beiden Kommissarinnen eilten die Treppen hinunter, statt den Aufzug zu nehmen. Auf dem Weg zum Auto rief Andrea an. Sie hatte die Adresse der Ferienwohnung in Garmisch herausgefunden. Kathi und Irmi fuhren viel zu schnell und redeten nichts. Es war stockdunkel geworden, als sie vor dem Haus standen. Was tun? Einfach läuten? Winter wäre in jedem Fall gewarnt. Auf dem Parkplatz, der zu dem Anwesen gehörte, das wohl nur aus Ferienwohnungen bestand, stand kein Münchner Auto. Ein Hamburger, eines aus Mettmann, ein Wagen aus Böblingen und drei leere Stellplätze. Auf den einen rollte soeben ein langer Mercedes mit Kölner Kennzeichen. Ein älterer Mann stieg aus.

»Wohnen Sie hier?«, fragte Kathi.

Der Mann beäugte sie skeptisch, ohne zu antworten.

»Kriminalpolizei«, fuhr Irmi fort und zückte ihre Dienstmarke. »Wir sind auf der Suche nach Ralf Winter. Der hat doch hier eine Wohnung, oder?«

»Kripo?«

»Ja, es geht um eine Zeugenaussage«, sagte Irmi leichthin. »Haben Sie Herrn Winter kürzlich gesehen?«

»Ja.«

»Wann genau?«

Der Mann hatte die Stirn kraus gezogen. »Wir sind seit Weihnachten da. Er ist Neujahr gekommen, glaub ich. Ob er die ganze Zeit da war, keine Ahnung. Die letzten Tage war er jedenfalls da. Grad vorher ist er weggefahren.«

»Was für ein Auto hat er?«, fragte Kathi mit äußerster Beherrschung.

»Einen Audi Q7. Mit einer Münchner Nummer. Ist Apotheker. Sehr höflicher Mann«, sagte er.

»Danke«, sagte Irmi.

Die beiden Polizistinnen ließen den verblüfften Mann stehen. Im Gehen gaben sie die Haltermittlung durch. Kurz darauf hatten sie das Kennzeichen und gaben eine Fahndung nach dem Wagen heraus. Sailer und Sepp wurden losgeschickt, um das Haus zu observieren, aber Ralf Winter kam die ganze Nacht nicht wieder.

Irmi und Kathi waren auf Abruf nach Hause gefahren. Es waren die sprichwörtlichen glühenden Kohlen, ja, mehr noch. Irmi kam sich vor, als wandle sie auf einem Nagelbrett. Sie zischte Kicsi an, als die wild bellend um ihr Frauchen herumsprang.

»Halt endlich mal deine Hundeklappe!«

Bernhard blickte umwölkt.

»Kimm, Kitschhund, mir gehn in die Wirtschaft. Die Dame is ganz schlecht drauf.«

»Ja, Zsofia ist sicher besser drauf!«, rief Irmi ihm hinterher.

O Gott, sie musste sich beherrschen, um die Kontrolle

zu behalten. Sie hatten so lange im Trüben gefischt und in einer braunen Brühe gestochert, es musste nun einfach zu einer Lösung kommen. Sie brauchte Klarheit.

Nachts schlief sie schlecht, wachte immer wieder auf. Frühmorgens fuhr sie ins Büro, wo eine ebenfalls übernächtigt wirkende Andrea saß.

16

Es war neun Uhr, als Sailer anrief.

»Der Wagen steht am Skistadion. Koaner zum sehn. Was solln mir tun?«, fragte er.

»Observieren. Jemanden anfordern, der Schlüssel hat. Für alle Räume! Wir kommen sofort!«

Irmi gab Kathi Bescheid, die so schnell eintraf, dass Irmi sich fragte, ob sie aus Lähn im Tiefflug in die Polizeiinspektion gefahren war. Die Fahrt zum Skistadion war nervenzerfetzend für Irmi. Es durfte einfach nicht zu spät sein! Sie parkten neben Sailer, der seinerseits neben dem Q7 stand.

»Es kimmt glei oaner, der aufsperren kann. Mir solln auf der Terrasse vom Olympiahaus warten.«

Am Himmel vollzogen Sonne und Wolken einen schnellen Wechsel. Die imposante Schanze war in ein Wechselspiel der Farben getaucht. Sie eilten ins Rondell des Stadions, wo gerade eine vormittägliche Schanzenführung startete. Dabei erfuhren sie, dass es zweihundert Höhenmeter vom Stadionboden bis zu den Absprungbalken waren. Ein paar Asiaten streckten kichernd ihre Köpfe durch eine Fotowand und mutierten so zu Wintersporthelden, die mit Smartphones und Tablets fotografiert wurden. Vor Schwinghammers Langlaufschule standen die Freunde der langen Latten. Ein ganz normaler bunter Touristentag im winterlichen Garmisch.

Irmi, Kathi, Sepp und Sailer standen mitten in dem Hufeisen, dessen Schenkel die alten Tribünen darstellten. Die Wandskulpturen, die Türme, die Holzsitzbänke hatten bessere Zeiten gesehen. Es war eine eigentümliche Stimmung, die Irmi an diesem Platz überkam. Die NS-Architektur marodierte vor sich hin, die Steine waren verwittert und abgeblättert, eigentlich entwürdigend für diesen Ort, den der damalige IOK-Präsident de Baillet-Latour als »die schönste Wintersportanlage der Welt« bezeichnet hatte. Garmisch hatte 1933 den Zuschlag für die Olympischen Winterspiele erhalten, die 1936 stattfinden sollten. Ein neues Stadion musste her. Für damalige Verhältnisse war es gewaltig. In opulenten Bildern im Leni-Riefenstahl-Stil zeigte Hitler Deutschland den großen Sport in einem großen Deutschland. Vierzigtausend Gäste hatten Platz, man konnte sogar sechzigtausend Menschen hineinquetschen. Die Welt sollte dem Sport zujubeln. Dass für die Olympischen Spiele Garmisch und Partenkirchen am 1. Januar 1935 trotz erbitterten Widerstands der beiden Marktgemeinderäte zwangsvereinigt wurden, war der Welt egal. Im Juni 1939 erhielt Garmisch-Partenkirchen nach kurzfristigen Absagen der Städte Sapporo und St. Moritz erneut den Zuschlag, die Winterspiele 1940 auszutragen. Dazu wurde die Stadionanlage nach Plänen von Arthur Holzheimer umgebaut und erhielt die damals revolutionäre hufeisenförmige Form. Zu den Spielen kam es aber wegen des beginnenden Zweiten Weltkriegs nicht mehr.

Die neuzeitlich gekleideten Touristen in ihren Funktionsjacken wuselten durch das Stadion, das aus der Zeit gefallen zu sein schien. Auf der Terrasse vor dem Olympiahaus saßen warm eingemummelte Menschen vor ihrem Kaffee. Eine Bedienung schimpfte, ein kleiner Junge war ihr vor die Füße gerannt. In diesem Moment erfasste Irmi ein Schauer. Es war der perfekte Platz, um jemanden zu verstecken. Auch der perfideste. Mittendrin im Leben.

»Fordern wir ein SEK an?«, fragte Kathi.

»Nein, du weißt ja nicht, wo er ist. Er kann uns beobachten. Wir sollten so wenig Aufsehen wie möglich erregen.«

Kathi ließ ihren Blick durch das Hufeisen schweifen. »Er kann überall sein! Und wo sollen wir Jolina suchen? Wenn sie überhaupt hier ist.«

Ein Mann kam herangeeilt. »Polizei?«, fragte der Manager der Anlage.

»Mangold, Reindl, die Kollegen«, sagte Irmi und wies auf Sailer und Sepp. »Wenn Sie hier jemanden verstecken wollten, wo würden Sie das tun? Gibt es einen Ort, wo keiner hinkommt?«

Der Mann lächelte. »Hier gibt es Räume, da ist seit Ewigkeiten keiner hingekommen«, sagte er mit einem leicht fränkischen Zungenschlag. »Auf dieser Seite«, er wies nach rechts, »befinden sich die Räume vom Olympiastützpunkt, Fitnessräume – da ist natürlich immer mal was los. Drüben …« Er brach ab.

»Drüben?«, hakte Irmi nach.

»Da ist die Ausstellung drin, man geht am Turm rein, da ist auch eine Kasse. Außerdem befinden sich da die alten Sprecherkabinen, die Kellerräume …«

»Wie käme man rein?«, unterbrach ihn Kathi.

»Es gibt Zugänge über das alte Rennbüro, da ist eine Stahltür«, sagte er und wies auf die marode Holztribüne, wo es in halber Höhe eine Tür gab. »Außer mir hat die Feuerwehr die Schlüssel dafür und der Hausmeister …«

Irmi warf Kathi einen schnellen Blick zu. Es war momentan egal, wie Winter da hineingekommen sein mochte, entscheidend war, ob er jetzt drin war. Sie mussten da hinein. Und zwar allein, um kein Aufsehen zu erregen.

»Wir brauchen die Schlüssel, und Sie beschreiben uns bitte, wo welche Räume liegen!«, erklärte Irmi dem Manager und wandte sich dann an Sailer und Sepp: »Ihr sichert die Eingänge und fordert Verstärkung an, am besten einen Rettungswagen. Bitte kein Blaulicht.«

Dann eilten Irmi und Kathi mit dem Franken durch das Olympiahaus. Beim Anblick der Wandmalereien fühlte sich Irmi, als wäre sie mitten in einem Film aus den Fünfzigern gelandet. Der Manager sperrte am Stadionbau eine Tür auf. Sie betraten ein Rennbüro, in dem eine Bullenhitze herrschte.

»Die Heizung ist eine alte Dampfheizung. Man kann sie angeblich gar nicht abschalten, sonst springt sie nicht mehr an«, sagte der Mann mit den Schlüsseln.

»Sie bleiben bitte hier zurück. Wir wissen nicht …«

»Ich war beim Bund, ich bin Bergsteiger«, unterbrach er Irmi rüde. »Sie brauchen jede Menge unterschiedlicher Schlüssel. Sie müssen mich mitnehmen. Los jetzt!«

Vom Büro aus gelangten sie zu einer Reihe von alten Kassenräumen mit hochschiebbaren Glasfensterchen. Irmi kam es vor, als hörte sie plötzlich Stimmengewirr und sähe eine rotbackige Frau mit abgeschnittenen Handschuhen, die Karten verkaufte. Sie hatte den Eindruck, als brandete diese typische Stimme aus der Wochenschau herauf. Es war ein Zeitensprung, ein Flashback aus alten Filmen. Irmi ließ den Blick schweifen: Die Kabäuschen lagen ebenerdig und waren einsehbar, stellten also keine guten Verstecke dar.

»Oben oder unten zuerst?«, fragte Kathi. Sie beide hatten ihre Waffen entsichert.

»Hört man uns trampeln, wenn wir oben sind?«, fragte Irmi. »Ich meine, wenn einer sich unten versteckt hielte?«

»Nein, niemals. Achtzig Zentimeter Zwischenboden allein bis ins Erdgeschoss, da war mal ein anderthalb Meter großes Wespennest drin. Zum Keller noch eine Decke. Da ist es totenstill.«

»Okay, Sie bleiben am Eingang stehen und rühren sich nicht vom Fleck«, schärfte Irmi dem Mann ein.

Sie betrat mit Kathi einen Gang. Links war die Fensterfront zum Parkplatz, rechts reihten sich Raum an Raum, die alten Sprechkabinen, deren vergammelte Holzfenster Richtung Schanze blickten. Schlagregen war eingedrungen und hatte einem uralten Fernseher Patina verliehen. Ein Handmikrofon lag herum, das in Irmi schon wieder die schnarrende Wochenschaustimme auferstehen ließ.

Sie durchkämmten Raum für Raum, sicherten mit der Waffe, doch alles, was sie antrafen, waren uralte Kopfhörer und Megafone, die vielleicht der Propagandaminister oder der Führer selbst benutzt hatte. Wenn sie nicht in atemloser Anspannung gewesen wären, hätte man das Ganze als schaurig-schönen Ausflug in die vergessene Vergangenheit des Sports sehen können. Hinein in eine Sportwelt, die einer irgendwann mal abrupt angehalten und dem Verfall preisgegeben hatte. Es gab ein Turmzimmer, einen Raum des Skiklubs mit Akten, die man wohl längst hätte sichten müssen. Sicher waren erstaunliche Zeitdokumente darunter, die schon in weitere Verfallsstadien hineingammelten.

Doch nirgends eine Spur von Jolina. Die Unruhe wuchs. Sie wussten, dass sie nun ins Gedärm der Anlage vordringen mussten. Kathi und Irmi eilten zurück, die Treppe hinunter und wieder ins bullenheiße Rennbüro.

»Wie ist die Situation im Keller?«, fragte Kathi.

»Viele Räume, teils verschlossen«, erklärte der Mann mit den Schlüsseln. »Die alten Duschen werden ab und zu im Sommer von ausländischen Fußballvereinen benutzt. Sonst kommt da monatelang keiner hin. Zumal im Winter …«

»Licht?«

»Geht. Aber wenn es an ist, ich meine …?«

Wenn sie die Beleuchtung anschalteten, wäre Ralf Winter sofort alarmiert. Also mussten sie auf Irmis Hirnbirn und die Handytaschenlampen vertrauen.

»Sie bleiben bitte hinter uns«, wies Irmi den Manager an.

Sie stiegen hinunter in den Kellertrakt. In die Katakomben, hinein in eine Unterwelt, die rabenschwarz war. Mit jedem Schritt wurde sie finsterer. Von oben gab es Lichtschächte, in denen Stalaktiten aus Salpeter wuchsen. Sie flüsterten jetzt.

Das nächste Fenster am Lichtschacht war eingeschlagen. Scherben lagen am Boden. Von oben ließ sich problemlos eines der Gitter im Boden anheben. Anschließend konnte man in den Lichtschacht steigen und ein Fenster einschlagen. Wenn man das Gitter oben wieder auflegte, fiel das nicht weiter auf.

Nebenan befand sich der Heizungsraum mit dem Gerätemonstrum, das vor sich hin murmelte. Und es gab einen Raum, aus dessen Wand martialische Haken ragten, über deren Bestimmung Irmi lieber nicht nachdenken wollte. Eine alte Lampe mit Ziehharmonikabefestigung wuchs rostig aus der Wand des nächsten Raumes. Bei Manufactum kosteten solche Teile heute viel Geld, genau wie die Bakelitschalter. Vermutlich hatte Leni Riefenstahl höchstpersönlich damit die Beleuchtung ausgeknipst, um ihre Olympiafotos gleich im Keller zu entwickeln. Irmis Gehirn schlug wilde Kapriolen. Während sie an den Räumen vorbeigingen, flackerten Zerrbilder vorbei: von Folterkellern und von der Unterwelt in der Serie *Die Schöne und das Biest*, die Irmi Ende der Achtziger gesehen hatte.

Sie gelangten zu den alten Duschen. Die Fliesen waren eierschalenfarben, die Duschköpfe ragten aus der Decke. Irmis Kopfkino lief Amok, in ihrem Inneren zogen Bilder von KZ-Duschen vorbei. Noch ein Duschraum schloss sich an, an einer Wand verlief ein Betontrog mit dürren Wasserhähnen – und da lag eine Flasche. Es war feucht im Trog, ein Hahn tropfte. Jemand hatte hier Wasser gezapft. Und das lag sicher nicht lange zurück.

Plötzlich hörten sie ein Geräusch und fuhren herum. Im Scheinwerferkegel von Irmis Stirnlampe stand ein Mann. Eine Silhouette in einem langen Mantel. Eine Waffe blitzte auf. Doch Kathi kam ihm mit ihrer Dienstpistole zuvor und schoss. Ein Schrei war zu hören. Dann ein Scheppern.

Plötzlich ging die Deckenbeleuchtung an, der Hüter der Katakomben musste sie angeschaltet haben. Er schien Nerven wie Drahtseile zu haben. Sie blinzelten. Auf dem Boden des Duschraums kauerte der Mann und fluchte. Mit erhobenen Waffen gingen sie auf ihn zu. Kathi hatte ihm in den Oberarm geschossen. Er hatte die Hand auf die Einschussstelle gepresst, Blut floss durch seine Finger. Seine eigene Waffe war ihm offenbar aus der Hand gefallen und über den Boden geglitten. Irmi kickte sie beiseite, und der furchtlose Manager stellte seinen Fuß drauf. Kathi und Irmi näherten sich dem Mann auf dem Boden und blickten in die Augen von Ralf Winter. Es waren die Augen seiner Schwester.

»Wo ist Jolina?«, schrie Kathi ihn an.

Er lächelte spöttisch und schwieg.

»Wo?«, wiederholte Kathi. Sie war völlig außer sich.

»Da, wo sie hingehört! In der Hölle!«, entgegnete Winter.

Während Kathi ihm Handschellen anlegte und ihn damit an einem stabilen Rohr befestigte, richtete Irmi ihre Waffe auf ihn. Sie hasste es, mit einer Pistole auf einen Menschen zu zielen. Kaltes Metall, das verantwortlich war für warmes Blut.

»Wo ist Jolina?«, fragte sie.

»Wo ist der Wind? Wo ist die Hoffnung? Wo sind die Gerechten?« Er lachte irr.

»Kathi, du bleibst hier und wartest auf die Sanis und die Kollegen. Wir haben ja noch ein paar Räume zu durchsuchen.«

Irmi graute. Es war so totenstill hier. Warum rief Jolina nicht um Hilfe? Gut, vielleicht trug sie einen Knebel. Oder aber sie war längst tot hier in der Unterwelt.

Der Manager und Irmi gingen weiter und blickten in jeden Raum. An einer Tür hing ein Schild mit der Aufschrift: *Betreten des Raumes verboten! Einsturzgefahr!*

Irmi betrachtete ihren Begleiter, doch der schüttelte den Kopf. »Ich habe dieses Schild nicht aufgehängt«, sagte er.

Irmi drückte die Klinke hinunter. Die Tür war versperrt. Das Vorhängeschloss war neu. Auf einmal packte Irmi eine ungeheure Wut. Sie feuerte zweimal. Eigentlich hatte sie gar nicht zu hoffen gewagt, dass das funktionieren würde, denn sie erinnerte sich nur zu gut daran, wie sie zweimal im Lauf ihrer Karriere versucht hatte, eine windige Nebeneingangstür aufzubrechen. Die Schlosszylinder hatten bombenfest gehalten.

Die Tür vor ihr jedoch stand jetzt offen. Hier flammte kein Licht auf. Ein leerer Raum lag vor ihnen, links hinten ging es ums Eck, wo vermutlich die alten Toiletten lagen. Irmi graute es vor dem Weitergehen. Sie hatte das Gefühl, als trüge sie Bleischuhe, und sie ging wie in Zeitlupe. Das eine WC war leer, doch da war noch eins.

In der Ecke der zweiten Kabine kauerte eine reglose Gestalt. Sie hatte etwas Tierisches an sich und sah aus wie ein Wesen aus einem Gruselfilm. Irmi hatte ihre Waffe im Anschlag und näherte sich langsam. Im Lichtkegel ihrer Stirnlampe bekam das Wesen eine Kontur. Der eine Arm des Yetis, oder was immer es war, hing in einem Eisenband, das seinerseits über eine Kette mit einem in der Wand eingelassenen Ring verbunden war. Ein gefangenes

Tier, das leise wimmerte. Irmis Herz klopfte gegen das Rauschen in ihren Ohren an. Sie hockte sich zu der Gestalt, die fellig war und Pferdefüße hatte und deren Kopf eine Gorillafratze war. Vorsichtig zog Irmi den Gorillakopf ab. Das Wesen wimmerte leise weiter. Und dann sah sie in Jolinas Augen. Unendlich sanft strich Irmi der jungen Frau über die Wangen.

»Alles ist gut, alles ist gut. Wir sind hier. Wir holen Sie hier raus, ja?« Dann brüllte sie in die Dunkelheit: »Kathi, schau, ob der Kerl irgendwo einen Schlüssel hat, und komm sofort her damit. Und ruf bitte noch einen zweiten Rettungswagen!« Irmi rieb Jolinas eiskalte Hände und redete mechanisch weiter: »Alles wird gut. Alles wird gut.«

Ihr Begleiter war losgelaufen. Aus weiter Ferne hörte sie Stimmen und Schritte. Der Mann kam mit einem Schlüssel zurück. Die Eisenfessel sprang auf, der pelzige Arm sank herab. Mittlerweile schienen die Kollegen eingetroffen zu sein, denn Kathi war plötzlich da und stieß einen kleinen Schrei aus.

»Wir müssen sie schleunigst hier herausbringen«, sagte Irmi zu ihrer Kollegin, die wortlos auf die Pferdebeine starrte.

»Zieh die mal ab«, sagte Irmi, und Kathi zog. Darunter kamen stylishe Winterboots zum Vorschein.

»Können Sie aufstehen, Jolina?«, fragte Irmi.

Doch die junge Frau reagierte nicht. Irmi und Kathi fassten sie unter und zogen sie hoch. Sie war leicht, und sogar durch das Pelztierfell waren ihre Rippen zu spüren. Jolina machte irgendwelche Bewegungen, die an Laufen erinnerten, und langsam gingen sie auf das Licht zu. Vielleicht war das nun grundfalsch gewesen, sollte sie schwerer verletzt sein, aber etwas in Irmi schrie, dass sie diesen gruseligen Ort so schnell wie möglich verlassen sollten, bevor ein böser Zauber sie alle in den ewigen Schatten zog. Sie wankten weiter, Jolinas Bewegungen wurden etwas flüssiger, das Licht wurde heller. Draußen warteten schon zwei Rettungswagen. Sailer stand da und hielt Jolinas Peiniger in Schach.

»Jolina, gleich haben wir es geschafft«, sagte Irmi.

Da hob sie den Kopf und murmelte: »Ich bin nicht Jolina, ich bin Johanna Schmitz, und ich bin ein Monster.« Dann sackte sie weg.

Die Sanis kamen ihnen mit einer Trage entgegen, der Notarzt legte Jolina eine Infusion. Stimmen wehten durch die Katakomben. Winter wurde in den einen Rettungswagen geführt, die Trage mit Jolina verschwand im anderen.

Irmi betrachtete Kathi, die weinend auf die Knie gesunken war. Sailer stand bei ihr und hatte ihr eine Decke um die Schultern gelegt. Sein Blick sah so verwundet aus wie neulich, als er das Engerl getragen hatte. Sie alle waren letztlich Landpolizisten und arbeiteten fernab von städtischen Brennpunkten. Auch hier wurde gemordet, aus Liebe und verschmähter Liebe, aus Geldgier und Neid, aus Verzweiflung. Doch was sie soeben gesehen hatten, war einem Hass entsprungen, der so dunkel war, wie sie es noch nie erlebt hatten. Es gab etwas, das nach Schwarz kam und sich ins Bodenlose weiter verdunkelte.

Das Hasenteam traf ein. Der Hase selbst zog einen Flachmann aus seiner Tasche und reichte ihn Irmi, die ihn dankbar in Empfang nahm. Kathi war aufgestanden. Mit der Decke um die schmalen Schultern und den schwarzen Augenringen sah sie aus, als hätte sie gerade eine Apokalypse überlebt. Auch sie nahm einen kräftigen Schluck. Dann gingen sie langsam die Treppe hinauf, hinaus ins weiße Winterlicht.

Neugierige standen herum, Handykameras liefen, jemand versuchte in die beiden Rettungswagen hinein zu filmen. Da schlug Sailer dem jungen Mann das Handy aus der Hand und trat es ganz langsam in den Schnee.

»Spinnen Sie? Das bezahlen Sie mir! Ich verklag Sie!«

»Bürscherl, pass auf, dass i ned di zerdapp!«, brüllte Sailer.

Ein vorsichtiges Lächeln zog über Kathis Gesicht. Sie waren um Haaresbreite der Schattenwelt entkommen.

Ralf Winters Verletzung war nicht gravierend. Er wurde nach vier Tagen aus dem Klinikum entlassen, wo sein Zimmer bewacht worden war wie das Hochsicherheitsgefängnis Alcatraz. In den darauffolgenden Befragungen erlebten sie einen Ralf Winter, der weder bereute noch irgendwelche Vorteile herausverhandeln wollte. Er hatte sein gesamtes Leben seit dem Unfall auf die Planung seiner Rache verwendet. Seine Aufgabe war nun getan.

»Die Schmerzen meiner Schwester waren meine, sie tobten nur ungleich wütender in meinem Körper«, erklärte er.

Ralf Winter hatte damals in den Prozessen gesessen, er hatte das Haus der Schwester gepflegt, war durch die leeren Räume gelaufen und hatte um seine Nichte geweint. Er hatte die Apotheke am Laufen gehalten und war jahrelang für alles zuständig gewesen, was seine Schwester nicht aus eigener Kraft hatte tun können. Er hatte sie durch die OPs begleitet, durch die Rehakliniken, durch den Behördenkram. Bis sie als Bettina Gerstner in Lindau neu angefangen hatte und er in München bei einem alten Studienkollegen.

Er war zum Spion geworden und hatte jedes Tun von Göldner und von Jolina mitverfolgt. Längst wussten sie, dass ihre Ahnung richtig gewesen war: Die Zeugen hatten ihn mit Bader verwechselt, denn die beiden hatten eine ähnliche Statur und Haarfarbe. Im Schutz einer Kopfbedeckung hatte man sie ohne Weiteres verwechseln können.

Ralf Winter hatte Göldner und Jolina über Jahre bespitzelt, er wusste alles über das Leben der beiden. Mit jedem Tag, jedem Monat, jedem Jahr war er verbitterter geworden. Wie konnten jene weiterleben, die seiner Schwester alles genommen hatten? Diese Frage hatte ihn umgetrieben, hatte sein Herz vergiftet.

Irmi erzählte Bettina Gerstner von den Taten ihres Bruders. Ihr war klar, dass sie ihr damit weiteres Leid zufügen musste. Bettina Gerstner war kurzzeitig zusammengeklappt, doch ein Notarzt hatte sie schnell stabilisiert. Manche Dinge waren so unfassbar, dass der Körper beschloss, vorübergehend seine Vitalfunktionen abzustellen. Bettina Gerstner erzählte, dass sie früher ein sehr inniges Verhältnis zu ihrem Bruder gehabt habe. Durch die Tragödie waren sie so stark miteinander verbunden, dass sie ihre Wege anschließend bewusst hatten auseinanderlaufen lassen. Doch nur Bettina Gerstner war klar gewesen, dass man nicht ewig in der Vergangenheit leben konnte, wollte man sich nicht völlig zugrunde richten. Sie hatte in den Bergen Verbündete gefunden, die sie heilen konnten. Ihr Bruder hingegen war komplett in seinen Hass abgetaucht.

Göldner zu erschießen war kein Leichtes gewesen. Ralf Winter hatte mehrfach probiert, ihn auf seinem eigenen Grund zu erwischen, aber er war nie in eine gute Schussposition gekommen. Zu verwinkelt und zugewachsen war Göldners Grundstück gewesen. Dann hatte Winter seinen Plan auf diesem Böllerschützentreffen umsetzen wollen. Schon damals hatte er den klugen Gedanken gehabt, dass bei so viel Lärm ein echter Schuss nicht auffiele. Aber auch da hatte Göldner nie so gestanden, dass Winter gut hätte schießen können. Und so wartete er und hasste weiter.

Mit verzehrender Wut hatte Ralf Winter Jolinas Aktivitäten im Netz verfolgt. Er hatte ihre Tochter schon in der Krippe und im Kindergarten beobachtet, aber keinen passenden Moment gefunden, denn er wollte die große Inszenierung. Von Jolinas Bergausflug hatte er seit seiner Finte mit dem Autogramm gewusst. Er war am Berg gewesen wie so viele andere auch, getarnt durch eine in die Stirn gezogene Wintermütze. Er hatte sich unter die anderen gemischt, war untergegangen im allgemeinen Trubel, hatte sich selbst vor der eigenen Schwester unsichtbar gemacht. Ein Mann mit Tarnkappe.

Die kleine Paris hatte er oben in den Schlafräumen getroffen, wo sie nach Schokolade gesucht hatte. Er hatte ihr welche gegeben, die er vorher präpariert hatte, und behauptet, es sei Zauberschokolade, nach deren Genuss man in sternklaren Nächten die Einhörner galoppieren sähe. Er hatte erzählt, die Einhörner würden unter großen Bäumen warten, bis eine kleine Prinzessin sie aufwecken würde. Eine Schokoprinzessin. Deshalb war Paris unter den Baum gekrochen, sie wollte die Einhörner finden. Dort war sie eingeschlafen, völlig ausgekühlt und schließlich gestorben. Irmi hoffte so sehr, dass sie in ihren letzten Träumen die Einhörner gesehen hatte, die übers Firmament galoppierten. Wenn es einen Himmel gab, dann ritt das Engerl nun ein weißes Einhorn mit einem pinkfarbenen Sattel.

Ralf Winter war noch in derselben Nacht von der Hütte verschwunden, als er sicher war, dass sein Plan aufgegangen war. Er war es gewesen, den Irmi gehört hatte, als er auf Skiern zu Tale gefahren war. Bettina Gerstner rang mit sich. Auch sie hatte ihn nicht gesehen, obgleich er so nahe gewesen war. Aber sah man generell nicht immer nur das, was man auch erwartete?

In den Vernehmungen gab Ralf Winter bereitwillig Auskunft. Er erzählte, wie er Jolina aufgelauert und um ein Autogramm für seine Nichte gebeten hatte. Der jungen Frau war er wohl vage bekannt vorgekommen, aber so zwischen Tür und Angel und ohne Kontaktlinsen hatte sie ihn nicht recht einordnen können. Später war er dann in der Tiefgarage aufgetaucht und hatte von seiner Nichte erzählt, die ein Engel sei, so ein feiner Engel. Und er hatte Jolina gefragt, ob ihre Tochter denn auch ein Engel sei, ob man das bei so einer Mutter denn überhaupt werden könne. Erst da hatte Jolina begonnen zu begreifen, wer vor ihr stand. Doch es war zu spät gewesen, denn schon im nächsten Moment hatte er ihr das Taschentuch mit dem

Chloroform auf Mund und Nase gedrückt. Schnell war es gegangen und ohne Spuren. Anschließend hatte er sie in das seltsame Tierkostüm gesteckt und in die Katakomben verschleppt. Hatte sie gequält. Tag für Tag.

Ob er Jolina hatte töten wollen, sie einfach verrotten lassen oder gar freigeben, darüber schwieg er sich aus.

»Denken Sie sich eine Lösung aus«, hatte er gesagt und irr gelacht. »Malen Sie sich das aus, was Ihre Albträume nährt.«

Irmi sah dem Prozess, wo sie als Zeugen aussagen würden, mit Unbehagen entgegen. Sie wollte Winter nicht wiedersehen. Es stand nicht einmal fest, ob man ihn nicht eher als psychiatrischen Fall einstufen würde. Sie alle waren unendlich müde.

Als das Adrenalin ging, kam die Betonschwere und legte sich über sie. Ungläubig flüsterte Kathi: »Er hat sie gezwungen, immer wieder mit der Gorillafratze in den Spiegel zu sehen und zu sagen: Ich bin nicht Jolina. Ich bin Johanna Schmitz, und ich bin ein Monster.«

EPILOG

Zwei Wochen waren vergangen. Jolina lag noch immer im Garmischer Klinikum. Irmi wollte gerade ihr Zimmer betreten, als ihr Bettina Gerstner entgegenkam. Sie sah sehr müde aus. »Frau Mangold, wie schön, Sie zu sehen! Jolina ist gerade eingeschlafen. Trinken Sie einen Kaffee mit mir?«

»Gern.«

Sie gingen schweigend ins Café des Krankenhauses.

»Wie geht es ihr?«

»Körperlich gut.«

»Und seelisch?«

»Ihr Vater ist tot, das Kind ist tot – und sie selbst ist so entwürdigt und gepeinigt. Das dauert.«

»Wird sie es packen?«

»Wenn sie will, ja. Sie muss Lebensmut schöpfen. Wer wüsste das besser als ich. Aber sie redet mit mir. Das ist gut. Ich stehe im Austausch mit der Psychologin. Doch, ich denke, sie wird es packen.«

»Das ist schön«, sagte Irmi und war sich dessen bewusst, wie lahm und abgegriffen das klang. »Und es ist großartig, dass Sie, also …«

Bettina Gerstner lächelte. »Sie meinen, gerade ich?«

»Na ja. Sie hat Ihr Leben zerstört.«

»Und mein Bruder ihres. Ich hätte das merken müssen. Ich hätte es doch spüren müssen, welchen Pfad er eingeschlagen hatte!«

»Nein, das hätten Sie nicht spüren können. Wie denn auch? Nicht einmal denen, die uns am nächsten stehen, sehen wir in den Kopf hinein.«

Denen vielleicht sogar am wenigsten, weil wir keine Distanz haben, dachte Irmi. Weil wir sie so sehen wollen, wie wir sie gerne hätten. Auch ein herannahendes Erdbeben war aus der Distanz weitaus besser zu prognostizieren als direkt im Epizentrum.

Bettina Gerstner schüttelte den Kopf. »Ich war blind. Wollte wegsehen. Wir haben so viele Jahre nur immer über den Unfall gesprochen. Er hat unser Leben regiert. Zwangsläufig. Ralf musste mich in die Kliniken fahren, musste nach jeder OP für mich da sein. Es gab auch so viel zu schreiben, zu telefonieren. Krankenkasse, Versicherungen, Finanzamt. Es reicht ja nicht, dass man am Boden ist, die Behörden und Ämter treten noch nach. Jahrelang hatten wir den Unfall vor Augen. Als ich dann die Stelle in Lindau antrat, zog mein Bruder nach München. Natürlich haben wir uns gegenseitig besucht. Wir waren auch zusammen beim Skifahren. Wir haben sogar mal Weihnachten gemeinsam gefeiert. Ich wollte immer Gespräche über die Zukunft führen.«

»Das war doch eigentlich gut«, bemerkte Irmi.

»Ja, aber nur ich hatte diesen Blick in Richtung Horizont. Ralf hingegen ist weiter im Styx geschwommen …«

»Ich bleibe dabei. Sie konnten das nicht merken. Weil er auch gar nicht wollte, dass Sie es spüren.«

Sie nickte. »Das arme Mädchen. Ich hätte nie gedacht, dass ich das einmal sagen würde. Sie ist völlig allein mit ihren Albträumen.«

Das war die Brutalität des realen Lebens. Die Follower und Facebook-Freunde saßen nicht an ihrem Bett und trösteten sie. Und kaum war Johanna Schmitz nicht mehr die coole und anbetungswürdige Jolina, wandte sich die Community der nächsten Bloggerin zu.

»Und ihr Adjutant?«, fragte Irmi.

»Der Österreicher? Dieser Marius? Der war zwei- oder dreimal hier und hat ein paar Tränchen vergossen. Aber dann hat er sich ziemlich schnell verabschiedet. Wo nichts mehr zu holen ist, verlassen die Ratten das sinkende Schiff.«

»Jolina könnte doch weitermachen mit ihrem Blog?«, meinte Irmi.

»Um in der Sprache der Alpenrepublik zu bleiben: Aufgwärmt is nur a Gulasch guat«, konterte Bettina Gerstner lächelnd.

»Sie hat Glück, dass Sie da sind.«

»Nennen Sie es Glück. Oder Vorsehung. Es ist auch für mich eine Chance. Und eine Wendung. Ich werde mich um sie kümmern. Ich habe ihr angeboten, bei mir zu wohnen. Wir haben auch schon überlegt, was sie studieren könnte. Sie war ja erst in Zuoz und dann in Ftan, wo sie exzellent Skifahren gelernt und ein ziemlich gutes Abitur gemacht hat. Bisher hat sie ihre Talente gut hinter der Maske der Coolness verborgen. Sie selbst denkt an Architektur in Konstanz. Jolina hat ja diese Begabung, das Gefühl für Formen.«

Irmi war sprachlos. »Das heißt, Sie wollen …?«

»Wer denn sonst?«

Wer denn sonst. Drei kleine Wörter. In ihrer Kombination unanfechtbar.

»Ich wünsche Ihnen alles Glück!«

»Vielen Dank. Sie können im Übrigen gern mal vorbeikommen. Ich kenne ein paar Plätze auf der Insel, wo Sie nicht von Touristen totgetreten werden.«

Irmi zögerte kurz. »Und es tut mir leid, dass wir Sie … na ja …«

»Geschenkt. Ich hätte denselben Verdacht gehabt wie Sie. Und ganz ehrlich, manchmal denke ich, es wäre besser gewesen, ich wäre die Täterin. Dann müsste ich nicht auf einen Bruder sehen, der …«

Sie schwiegen ein paar Sekunden, bis Irmi ihr schließlich die Hand reichte. »Auf Wiedersehen.«

»Ich nehme Sie beim Wort.«

Als Irmi später ins Büro kam, saß Kathi mit Sailer vor einem Kaffee. Irmi erzählte von ihrer Begegnung.

»Aber wie bringt sie das nur fertig? Jolina oder Johanna hat ihr Leben zerstört, oder?«, rief Kathi.

»Und dera ihr Zwilling das von der Jolina«, ergänzte Sailer.

»Trotzdem, ich begreif das nicht«, beharrte Kathi.

»Weil das Licht über die Schatten siegen muss, Kathi.«

Kathi starrte sie an. »Du klingst wie eine Gestalt aus einem Fantasyschinken. Wie die Hüterin des Grals oder die Fee, aus deren Stab Lichtflitter ins Dunkel wirbelt. Möge die Macht mit dir sein!«

»Ach, Kathi, haben die Menschen nicht alle Sehnsucht nach Klarheit? Nach Strukturen? Und nach Liebe? Nach einem Helden, der sie führt? Nach einem Beschützer? In dem, was du Fantasyschinken nennst, kämpfen Licht und

Schatten gegeneinander, aber am Ende siegt immer das Licht. Offenbar fällt es uns in diesen Fantasywelten leichter, ans Gute zu glauben.«

»Weil es eben Fantasy ist!«

»Keine Ahnung. Vielleicht müssten wir in unserer Welt einfach mal einen Schritt zur Seite treten. Unsere Blickwinkel ändern. Eine lange Reise machen!«

»Hä?«

»Ich habe mir ein halbes Jahr freigenommen. Mit der Option, eventuell gar nicht mehr zurückzukommen. Vorruhestand sozusagen. Du verweist doch immer auf mein hohes Alter, Kathi.«

»Irmi, das kannst du nicht machen!«

Sailer stimmte ein. »Frau Mangold, des kennen S' doch ned tun!«

»Doch, das kann ich.«

»Aber, aber …« Sailer starrte Irmi an. »Warum denn nur? So schlimm san mir doch ned!«

»Nein, ganz im Gegenteil. Ihr seid großartig. Aber ich will unbedingt dafür sorgen, dass auch in meinem Leben das Licht über die Schatten siegt.«

DANKSAGUNG

Es gab diesen Moment, als ich in den Katakomben des Garmischer Skistadions stand. Es war absolut gespenstisch – aber zugleich ein Ort, der nach einem Krimi schrie, und so kam es zum düsteren Finale dieses Romans.

Ich danke Julia Schlegel für die Idee, Peter Nagel für sein Engagement und Michael Burkhardt für die wahrhaft eindrückliche Führung! Ein großer Dank geht an den »Vogelmann« Jochen Fünfstück, der quasi eine Gastrolle übernommen hat. Sein Humor, gepaart mit Kompetenz, ist immer eine helle Freude. Ich bedanke mich bei Sophia Engel vom LBV in München für ihre Ideen zum vogelgerechten Bauen. Das Haus in Beilstein gibt es realiter nicht, sehr wohl aber den kleinen Weiler. Ein Dankeschön geht auch an die Ärztin Nikola Mooser für ihren Impuls, das Bewertungsportal »Medijama« zu kreieren. Auch diesmal bin ich Oliver Ahegger für »juristischen Beistand« zu Dank verpflichtet. Besonders herzlich danke ich Wolfgang Frühauf für seine Kenntnisse in polizeilichen Angelegenheiten. Der größte Dank geht an Knut, der mir in leisen und doch schwergewichtigen Worten von seinem Unfall erzählt hat. Ohne seine Worte hätte die Protagonistin Bettina Gerstner sicher nicht so berührend über ihren Unfall sprechen können. Danke für das Vertrauen!

Ein großes Dankeschön an Michaela May, die das Hörbuch wieder so brillant eingelesen hat und mich stets darin bestärkt, dass Irmi Mangold eine Gute ist. Danke wie immer an die kluge Annika Krummacher – und last, but not least danke ich Stefanie Frühauf und Barbara Romeiser von der Presseabteilung des Piper Verlags, die sich nun schon seit Jahren für Irmi und Kathi starkmachen.

Alles Menschen, die in einer verschatteten Welt dafür sorgen, dass das Licht die Finsternis besiegt!

GLOSSAR

abigholt	heruntergeholt
Beisl	kleine Wiener Kneipe
blede Kachel	dummes Weib
Derf-Schein	Berechtigungschein, Erlaubnis
Gabelweihe	anderes Wort für Milan
Gifthaferl	Giftspritze
Glump	Unrat
Gschlerf	Gesindel, Pack
Gschwerl	Gesindel
harziger Verkehr	(schweizerisch) zähfließender Verkehr
Hatsch	mühevoller Aufstieg
hoaklig	heikel
Is der Voda a Kanarie, wird da Bua gelb.	Der Apfel fällt nicht weit vom Stamm.
Kanacken	derbe Beleidigung für Ausländer
Lutscher	Langweiler
Matz	durchtriebenes Weib, Luder
Obacht	Vorsicht
Quod erat expectandum.	Was zu erwarten war.
Schnütznedli	(schweizerisch) Taschentuch
siebengscheite Urschl	Frauenzimmer, das sich besonders schlau fühlt
Tschamperer	Liebhaber
währschaftes Essen	(schweizerisch) bodenständiges und günstiges Essen
Zornbinkel	jähzorniger Mensch
Zupfgeign	exzentrische Frau